傾城一諾

7

目次

第一章 登臺求娶

夏芍晚上七點回到東市，依舊是晚上，但七月中旬的夏天，天還不算黑。機場大廳裡，這次來接她的不止她的父母，還有老夏家一大家子。

夏芍的父母、大姑夏志梅、小姑夏志琴，還有小叔夏志濤一家全都到了，連爺爺夏國喜和奶奶江淑惠都一起來了機場。那架勢，恨不得拉紅布條，上面寫上「歡迎狀元回家」。即便是華夏集團再榮光，夏芍都覺得沒有今天的待遇隆重，可見家中出了高考狀元，對整個家庭來說是件多麼榮光的事。

夏國喜和江淑惠站在最前面，看見夏芍進了機場大廳，江淑惠便顫巍巍地走過來，拉著夏芍的手，也不知該說什麼，只一個勁兒地道：「考得好！考得好！」

夏國喜看著孫女，他至今覺得以前對不住孫女，因此也不腆著老臉跟以前一樣訓話，只是讚許地點點頭作罷。

夏家的親戚們卻是激動不已，夏志元夫妻臉上又是驕傲又是心疼的表情怎麼也壓不下，女兒的高考成績出乎他們的意料。他們早知她想報考京城大學，京城大學是京城第一學府，對成績的要求自然是高。他們原想著，女兒以此為目標，成績必然不能差了。誰想得到，她能捧個狀元的成績單回家。

在女兒還沒有展露出經商的天賦時，夏志元夫妻的想法很簡單，孩子學業成績不錯，能考上一所好大學，將來找個好工作就行了。後來華夏集團發展成省內龍頭企業，女兒的成績似乎變得不是那麼重要，只是李娟還是有這麼個最樸實的想法，但她也知道女兒管理著這麼大的公司，費神勞力，成績方面過得去就行了。她哪裡能想到，女兒這麼爭氣。

「在香港累了吧？回來先休息兩天。我跟妳爸說了，這回要宴請家裡親戚朋友，辦得隆重點，能請的都請。」李娟向來勤儉持家，她說出一句辦得隆重點可不容易。

夏芍的行李被父親接過去，跟母親拉著手笑道：「行。請請家裡的親戚朋友，陳總、孫總和馬總他們都請，不太認識的人就不用請了。」

「那怎麼行？咱們小芍這麼優秀，成績又這麼好，那當然是要風風光光大辦，現在不知道有多少人想給小芍祝賀呢。」夏志濤在一旁說道。

只是他一開口，蔣秋琳就扯了丈夫的衣角一下，暗地裡瞪了他一眼：小芍的事你也敢做主？

夏志濤一愣，這才反應過來，抬眼間見夏芍淡淡地看來，便趕緊笑著擺手，「我、我這不是高興的嗎？行行，我不說了，小芍說了算。」

夏芍把目光收回來，「也不用急，等錄取通知書到了，再請酒席也行。」

夏家人都知道夏芍報了京城大學，夏志濤當即笑道：「我們小芍還能考不上？」

「就是。我們小芍是網路傳媒的先驅，國家的人才，京城大學還能不收這樣的學生？」夏志梅的丈夫劉春暉也笑道。

夏芍看了兩人一眼，淡笑道：「話還是不要說得太滿。國家有招生政策，大學又不是我開的，不是我想去就一定能去的。現在錄取的消息還沒下來，機場人多，有些話還是不要說太滿。傳出去，人家當我夏芍是怎樣的張狂？」

夏志濤和劉春暉看夏芍表情淺淡，頓時有些訕訕的。夏志梅和蔣秋琳都暗地裡瞪了自己老公一眼，最終由夏志元張羅著去飯店吃了頓飯。

吃飯的時候，兩家人再不敢像上回那樣惹夏芍不快，就連恭維奉承的話都陪著小心，觀察著夏芍的臉色。他們也發現了，夏芍不愛聽這些。

夏志濤和劉春暉一看，只好半途把話題一轉，轉去了一些跟夏芍無關的話題上。夏志元跟他們聊了兩句，這才讓席間氣氛不那麼尷尬了。

夏芍這次回來就是在家裡陪父母的。福瑞祥古董店和華夏拍賣公司的事，由陳滿貫和孫長德主持著，這幾年早已經運作成熟。夏芍在香港忙於地產和網路傳媒的時候，對內地公司的事也是過問的。每週孫長德和陳滿貫都會打電話給她彙報公司情況，有重要事情也會請示夏芍。

夏芍曾讓孫長德將華夏拍賣公司在其他周邊省市落戶，如今公司早已開了起來。雖然有和同行之間的競爭，但因為華夏拍賣公司在拍賣行業裡面起步早，業界聲譽高，因此一落戶其他省市，便立刻成為龍頭企業。

公司的事暫時沒有讓夏芍特別操心的，因此她真正在家裡過起了吃飽睡，睡飽吃的日子。期間無非就是陪著母親出去逛逛百貨公司、買買菜，回到家裡下下廚之類的。夏芍把她在香港跟曲冉學的手藝拿出來，哄得長輩樂呵呵的。

這樣的日子才過了三天，夏芍便覺得清閒過了頭，於是她跟母親說了一聲，打算開車回老家十里村。她回十里村，不是為了接爺爺和奶奶回家裡住的，兩位老人自從她回來就沒再回村子，一直都是住在桃源區的宅子裡。夏芍今天回來，是打算去後山上，師父曾經住過的宅子裡看看，打掃打掃。

說這話的時候正是早晨，一家人圍坐一桌吃早餐。夏國喜一聽孫女要回老家竟是為了去後山的宅子，不由愣了愣，咕噥道：「那宅子裡的老傢伙不是早搬走了嗎？」

夏國喜至今不知夏芍跟唐宗伯拜師的事，這件事只在內地上層圈子裡廣為人知，人人都知道夏芍是唐宗伯的親傳弟子，但內地對這樣的事，卻是沒有報導過的。

莫說是夏國喜，就連夏芍的姑姑叔叔對這件事也不是很了解。夏芍在風水上的客戶都是社會各界的名流，而夏芍的姑姑叔叔雖說沾了些光，但還搆不到這個圈子。

夏志元夫妻互看一眼。暗道唐老先生是從十里村的後山上搬走了，卻是搬來了桃源區。女兒在旁邊為唐老置辦了座宅院，這事如果讓夏國喜知道，還指不定怎麼想。

事到如今，夏志元夫妻已經不怕說出來，可這事他們不能替女兒做主，說不說在於她。

「那位老先生姓唐，不是您想的那樣。他是華人界的玄學泰斗，德高望重。早些年因為身體不好，覺得村子裡風水好，才留在那裡休養。沒有唐老先生，就沒有今天的我。他老人是我師父，現在已經回到香港。」夏芍放下手中的碗筷，解釋道。

當初隱瞞這些事，是因為家事未定，而夏芍年紀又小，說出來老人接受不了，必有家庭大戰。而如今，諸事已定，也該為師父正名了。

這話如平地驚雷，把夏國喜震了個不輕。

老人家好半天沒反應過來，什麼玄學泰斗？什麼師父？

「我自小在山上跟師父學習玄學易理，習天機捭闔、陰陽術數、風水命理之術。師父教我為人處世之道，待我如親孫，我今天的成就離不開他老人家的教導。」夏芍接著說道。

一旁的兩位老人家都愣了。天機捭闔、陰陽術數是什麼，夏國喜聽不懂，但風水命理他聽懂了。那不就是風水師、算命師一類的人？山上那老頭子是個老神棍？

夏國喜聽了夏芍這話，最先的反應是驚訝，他一直以為山上那老頭是有什麼背景的大官，不然市裡當初不會把他安排到十里村後山。也正因此，他看那老頭一直不順眼，他一生最恨那些以權謀私的人和那些特權階級，山上那老頭被他罵了好多年，今天乍一得知離他想像的相差甚遠，不由反應不過來。

回過神來的時候，夏國喜心頭最先便是一怒。當年市政府就為了這麼個老神棍，占用了村裡的地建了宅子？夏國喜根本沒考慮村裡後山一直沒有田地，且建了那座宅子之後，年年村裡人都有一筆豐厚的補償款，至今未斷，如今村裡不少人過年的時候都還盼著那筆豐厚的收入。但他現在不考慮這些，他只是憤怒——那個老神棍騙了市政府的人不說，還把他孫女騙上山學這些牛鬼蛇神的東西？

按照夏國喜以往的脾氣，他今天是會發一通火的，可這火他沒發出來，因為他聽見孫女的話裡有一句「待我如親孫」的話，這話堵得他一句火也發不出來。他有重男輕女的老思想，這孫女是夏家孫輩裡的第一個孩子，他原本期望很重，期盼她會是個男孩，繼承夏家香火。然而，因為她是女孩兒，他對她對大兒媳婦多年都不待見。說重話的時候常有，即便是老伴喜歡孫女，讓她在家裡長住，上小學那幾年還讓她在村子裡跟著周教授讀書，但摸著良心說，夏國喜沒怎麼關注過孫女。

在他的想法裡，孫女將來是要嫁出去的，終究不是夏家的人。直到這幾年，看見孫女的成就連兒孫輩也難有，再加上唯一的孫子夏良作惡難恕在青市被判了刑，巨大的反差和事實擺在眼前，讓他很是低落了一段時間。

正是這段時間讓他想了很多，對自己的老觀念老思想有了些看法和改變。

但那又如何？以前的事早已鑄成。

或許，在孫女心裡，山上那老神棍，才更像是她的爺爺？

這想法也不知怎地，讓夏國喜心裡頭有些蒼涼。正是這蒼涼，讓他一句話也說不出來。不管山上那人教了她什麼，或許他比自己這個正牌的爺爺更疼愛自己的孫女？

夏芍將爺爺的神情看在眼裡，並沒有多言，她真正難以釋懷的是爺爺從前對母親的挑剔。因為生的是女兒，不管母親如何孝敬爺爺都無法得到好臉色。

對爺爺，夏芍沒有多少感情，所以他對自己的忽略並未給她帶來多大的傷害。她自認這些年對老人盡到了身為晚輩該盡的孝道，她可以說一句以前的事既往不咎，卻無權替母親原諒。

夏芍只道：「世上以風水命理的由頭騙人之輩確實有很多，但不代表風水命理之術就是神棍之學。縱橫經緯陰陽捭闔之術，向來都是帝王之學，政治家軍事家必修之術。古有周文王、孫臏、孔明，現在也有不世出的高人。只不過，這些高人可不是尋常擺攤算命之處能見得到的。我師父從不敢跟古之陰陽大家相比，但也是如今難得一見的高人了。在華人圈子裡，他老人家敢稱泰斗。爺爺還記得京城大學的周老教授？這些年老教授就致力於易經的研究，國內外不少學者對此已開始重視，所以，以玄學易理之術騙人的人，是該打擊痛恨，卻不能因此誤解玄學易理本身，這是不理智的。」

夏芍也沒想過一下子讓夏國喜把觀念改過來，她這麼說，只是為師父正名而已。說完這些，她迅速把粥喝完，對爺爺奶奶和父母道了聲自己吃飽了，便出門去開車。只留下夏國喜臉色複雜地看著孫女離去，也不知是在想風水命理之術是不是神棍之學，還是在想其他。

夏芍獨自開著車往十里村去，村子裡的人對夏家的車都認識，見車子開進村子，皆不由探頭探腦。有的人興奮地跟在後頭往夏家走，卻發現車子在家門口沒停下，而是一路往後山去了。

車子停在半山腰，夏芍下車進了宅子。

一開門，院子裡花草的清香撲面，夏芍禁不住微笑，目光柔和。她走進門，一路穿堂過院，去了主屋。書房裡一切擺設如舊，桌椅上只有淺淺的灰塵，一看就是前不久剛打掃過。

唐宗伯下山去的時候，夏芍將備份鑰匙交給了村長，雇他定期來灑掃。夏芍的父母那裡也有鑰匙，夫妻兩人回來看望老人的時候，也會去山上打掃。

眼下正值盛夏，院子裡頭七棵石榴樹上花紅似火，分外惹眼。夏芍笑了笑，走去石榴樹下盤膝而坐，望著院子裡熟悉的景致。

對面樹下一張石桌，是跟師父研究占卜之道的地方，而這棵樹下是她常打坐的地方。當年師兄第一次上山，晨起也是坐在這裡，還被她趕去了別處。

想起徐天胤來，夏芍不由笑容又柔了柔。這次她回來，他沒能過來，因為軍區正有軍演。這次的軍演是大軍區多兵種演練，徐天胤也脫不開身。他來不了，夏芍心裡總覺得少了些什麼。以往只要她一回來，他必到的。這一回見不到，反而不習慣了。

夏芍抬頭看看頭頂開得正美的石榴花，想著往年石榴都是八月底就可以摘來吃了。師父這裡佈著風水局，地氣比其他地方要好，院子裡的樹開花結果都要早些。去京城之前，這些樹上的石榴當可摘了。師兄在她上大學之前，必定會來一趟，到時候摘了給他嘗嘗。師父院子裡長的東西，他必然喜歡。

這樣想著，夏芍便期盼起下個月軍演結束兩人的見面來。她一低頭，見地上長出了些雜草，這才起身將雜草鋤了鋤，然後給石榴樹和院子裡的花草都澆了些水，又進去將各屋都灑掃了一遍，這才留戀地看了看院子，轉身出去，但還沒走到門口，便是一愣。

門口有很多人，一群人嘰嘰喳喳，一聽就是村裡的人。

老老少少的一見夏芍出來，頓時沸騰了。

「小芍子回來了，真是小芍子啊！俺們看著車往山上開，還以為是妳爸媽回來了呢！」

「我就說我從前頭看見是小芍子開的車，你不信！」

「小芍子，成績考得好啊！聽說妳和周旺家的小子都報了京城大學？錄取了別忘了說一聲，大娘大爺們給妳發紅包！」

夏芍高考狀元的事早就傳遍了村子裡，現在村子裡老人們教育孩子可都以夏芍為榜樣。聽著村裡老少的話，夏芍笑得溫暖，說道：「哪能讓大爺大娘們給我發紅包？等我錄取了，請爺爺奶奶叔伯嬸子們吃飯。」

「喲，可真會說話，到底是出息了！」村裡老少笑得鬧哄哄。

夏芍一笑，回到家裡，在等待錄取通知書的時間裡去了趟青市，在華夏拍賣公司裡見了見其他省市的經理和主管，聽彙報，又請了青市一中的校長盧博文和當初的班導師魯莉吃飯。

盧博文現在混得很好，儘管夏芍轉學到了香港，但可是從青市一中出去的學生，成就斐然，也算是為學校打了好大的廣告。當初的教務主任錢海強如今已經升為副校長，算是春風得意。讓夏芍有些意外的是，魯莉來的時候能看出小腹微微隆起，竟是有喜了。

魯莉結婚了，丈夫並非當初的男友。經魯莉說，她當初聽了夏芍的話之後，覺得愛上的人未必真就那麼愛她，雖然痛苦，但也忍痛分了手。分手後不久，就遇到了如今的真命天子。她嫁的男人是一家公司的經理，待她很好，如今剛結婚半年，生活很甜蜜。

盧博文本希望夏芍能到學校再做一次演講，但算算大學報到的時間，最後遺憾著作罷。

夏芍回到東市，在福瑞祥古董店裡坐鎮了幾天，一直到八月初的某天，錄取通知書到了。

接到京城大學的錄取通知書的這天，夏芍自己都沒看幾眼，便被李娟拿在手裡，翻來覆去地看著，連中午做菜都多放了幾把鹽，吃得一家人臉色發苦。

夏志元無奈地笑，「瞧把妳給樂得。不知道的，還以為是妳考上了。」

「我這不是高興嗎？從小芍上學開始，見她成績好，我就想著她將來能上什麼學校。現在總算是看見了，我高興還不成嗎……」李娟說著，眼圈都紅了，隨即笑著起身，「快快快，找個好日子，這酒席一定得請。閨女說要請村裡老少，你說咱們是回村裡辦，還是請去飯店？」

夏芍這時開了口：「上回周教授回京城，在村裡辦了一回酒席，周旺叔家裡忙得腳不沾地。事後收拾打掃，實在太累，我看還是去飯店吧。」

這樣排場有點大，夏芍卻寧可如此也不想累著父母。夏志元夫妻怎能不知女兒想法？他們當即舒心一笑，想想除了女兒成人禮那天，夫妻兩人還真沒再主持過這麼大的酒席了。

三天後，一場令東市矚目的酒宴在五星級飯店舉辦，宴請的卻不是社會各界的名流，而是十里村的老老少少。

這天，夏志元夫妻自是盛裝出席。李娟穿著淺咖啡色的夏裙，不露肩也不露背，戴著一串珍珠項鍊，化了淡妝，很是得體。她挽著丈夫的手臂，和西裝筆挺的夏志元一起走進宴會廳。

村裡的女人們都露出羨慕的神情，知道夏家發達了，可如果不是親眼所見，誰能想像得到發達成這樣呢？看看這桌上的飯菜，再看看夫妻兩人的打扮，想想以前過年時李娟回老家時的樣子，哪還是一個人？那氣質簡直天差地別。

好在夏志元夫妻性情未變，對村子裡的人招待得很熱情，而夏芍自然是今天的主角。只不過，今天席上除了夏芍，還有一人也很搶眼，那便是胖墩周銘旭。

在夏芍接到京城大學錄取通知書的同一天，周銘旭也接到了這張紅色的通知書。這下子，可把全村老少給高興壞了。

「以前村裡不常出什麼大學生，沒想到這幾年倒是多了起來。杜平去了京城，翠翠到了南方。現在可好，村裡還出了京城大學的大學生，一出就是倆，這是咱們村裡風水變好了吧？」

周銘旭撓撓頭，笑道：「我比不上小芍，我是好不容易才考上的。」

「考上了就是考上了，別謙虛，我過兩天可還等著吃你的慶功宴。」夏芍陪著父母端著香檳過來，微笑著道。

周旺夫妻立刻笑了起來，只是有些靦腆，「這是當然的，肯定要請。只不過，我們是在村子裡辦，比不上這大飯店，到時候可不許嫌棄。」

「嬸子，我小時候沒少在您家裡吃飯。這麼多年沒吃了，可還想著呢！」夏芍道。

「就是就是，小芍她不是那種不知看不起咱們的孩子。俗話說，三歲看老。咱們都是看著她長大的，還能看走眼了？」村裡人打趣道。

這天，劉翠翠也回來了。她本是要留在大學所在城市打工，順道參加模特培訓的，但是夏芍要上大學了，所以她回來了。

只是，劉翠翠的回來，讓她爸不太待見。在夏芍和父母挨桌敬酒的時候，劉父撇了撇嘴，一邊喝著茅臺，一邊咂巴著嘴，「妳就是不爭氣。看看人家的閨女，又是開公司又是念京城大學。生了妳這麼個賠錢貨，人家杜平還知道在外頭打工，妳呢？」

孟嬸子拉拉丈夫，「少說兩句。今天什麼場合？丟人現眼回家去丟。」

劉父趁著酒勁兒呼喝妻子：「我看妳是皮癢了，找抽是不是？」

劉翠翠站起身來，護著母親，「爸，今天可是小芍家裡請客，華夏集團董事長的宴席，你要是在這裡打人，立刻把你送警局去。」

劉父大怒，剛想罵女兒，見夏芍走了過來，當下閉了嘴。夏芍只當沒看見，笑著敬了酒，然後便說去趟洗手間，順道把劉翠翠叫了出去。

「翠翠姊，想必妳也知道華樂網的事了。華夏娛樂傳媒在香港，我能幫妳安排模特兒的專業培訓，妳如果喜歡這個行業，寒暑假可以去香港。」華樂網運營起來之後，在內地的反響也很大，現在的大學生基本都知道。

劉翠翠愣住，「去香港？小芍，妳太看得起我了，我是剛學而已。」

「妳的條件很好，關鍵看妳想不想入這一行。別跟我客氣，妳要將來真成了名模，咱們還有合作的機會。」劉翠翠對夏芍有救命的恩情，幫她是必然的。這一行潛規則太多，夏芍的真實想法是想護著她。有華夏集團在背後，很多人會顧忌。當然，這些話夏芍沒有明著跟劉翠翠說。劉翠翠自尊心強，她若是知道夏芍有這些打算，必然不會接受。

「小芍，妳對我好，我知道，可是這有點突然，妳讓我考慮考慮好嗎？」劉翠翠說道。她對模特兒這一行接觸不多，只知收入豐厚，路走好了能供她弟弟讀書，也能早日改善母親的生活，但她原來的想法很簡單，做個業餘模特兒，拍拍封面賺點外快就不錯了。

有機會成為專業模特兒，但要去香港，這讓她犯嘀咕。老實說，她是有農村女孩子那種潑辣肯吃苦的幹勁兒，可心裡也有那麼點的自卑。

「好，妳考慮好了打電話給我。」夏芍點頭道。

這天的酒席進行到很晚才散，第二天夏芍準備再請請陳滿貫、孫長德和公司裡的高階主管，只是當天晚上夏芍就接到了劉翠翠的電話。

「小芍，妳說的事，我決定了，就由妳安排吧。」電話那頭，劉翠翠聲音帶著濃濃的鼻音。

夏芍聽出不對勁來，問：「怎麼了？」

「那個人，他根本就是潑賴瘋子。就因為今天酒席上我媽說了他兩句，他回來就把我媽給打了。我弟弟去勸，他差點打死我弟。我不能讓我媽和我弟跟著他了，我得把他們早點接出來。」劉翠翠話語裡透著決絕。

夏芍聽了一嘆，家家有本難念的經，但這對劉翠翠來說，未必不是壞事。

「好，我安排。」夏芍安慰了劉翠翠幾句，然後掛了電話。

第二天，夏芍依計畫請了公司的人，然後訂了機票，準備回香港。

在香港等待著她的是艾達地產總部的落成儀式，以及華夏娛樂傳媒收購了港媒週刊之後整合完畢開始營運的發布會。

這兩件事，夏芍打算同時舉辦。

她回香港的那天，已是八月中旬，徐天胤還是沒有消息。軍演期間，他的手機打不通，夏芍也不願去打擾他，儘管心裡想念，卻告訴自己等她從香港回來的時候，就能見到他了。

帶著這個念頭，夏芍坐上了飛往香港的班機。

抵達香港的那天，夏芍最先接到的是羅月娥的邀請——她兩天前剖腹生下了一對龍鳳胎。

夏芍一下飛機，把行李交給來接機的展若南和曲冉，便驅車趕往醫院。

私立醫院的豪華單人病房裡，羅月娥正躺在床上，護士抱著兩個孩子來給她看。夏芍進門的時候，正見羅家一家人歡喜得團團轉，正在比較哪個像誰。陳達站在妻子身邊，夫妻兩人一人抱著一個，臉上都是慈愛的笑容。

這一幕讓進門的夏芍不忍心打擾，她知道這對羅月娥和陳達來說，這一天有多不容易。

羅家二老最先看見夏芍，沉浸在兒女雙全喜悅裡的羅月娥這才抬起頭來。一見夏芍站在門口，又是激動又是感激地道：「妹子，妳可來了，快來看看！」

夏芍笑著走到床邊，見羅月娥懷裡抱著的小傢伙閉著眼，睡得正香，便放輕了聲音道：「月娥姊，恭喜妳。」

羅月娥看一眼懷裡的女兒，眼圈紅了，「恭喜我做什麼？這都得謝謝妳……」

「別這麼說，是這兩個孩子跟你們有緣。」夏芍拿出兩個紅包遞給兩個孩子。

羅家人受寵若驚，夏芍是風水大師，她封的紅包，意義格外不同。

「等孩子百日後，八字可拿給我看。我幫他們選個好名字，做個護身符。」夏芍道。

她的話自然是讓陳達和羅月娥喜出望外，但夫妻兩人隨即有些不好意思，「艾達地產的落成儀式，我們大概是去不了了。」

夏芍答說不礙。

「妹子，等以後我恢復過來了，再去京城看妳。」羅月娥道。

夏芍笑著點頭，這時護士過來將孩子抱走，夫妻倆依依不捨地望著孩子被抱出去，回過神來發現夏芍還在這裡，都有點不好意思。夏芍知羅月娥剛生產不久，必然容易疲累，也不敢在病房裡耽擱太久，坐了一會兒便告辭了。

第二天，艾達地產總部大廈落成儀式，也是華夏娛樂傳媒整合運營的發布會，冠蓋雲集。

艾達地產沒有用世紀地產當初的大廈，因為依那座大廈的坐向來說，氣運將盡。夏芍選了不遠處的一座新完工的大廈，氣勢雄渾，與三合集團、嘉輝國際集團的大廈幾乎呈三足鼎立之勢。

這樣的氣派讓到場的人都感受到了華夏集團的野心。以往世紀地產與三合集團、嘉輝國際鼎立的時候，都不敢將大廈與兩個集團靠得太近，更不敢與之比肩，但華夏集團卻直接將艾達地產的總部設在了這裡。更要緊的是，另兩位當家人竟然都沒什麼反應。

戚宸和李卿宇在夏芍身旁站著，一個笑得狂妄，一個笑得沉靜，三人不知在說什麼，相談甚歡。戚宸和李卿宇似乎一點不悅也沒，看起來還挺高興的。

李卿宇看著夏芍，淺笑著問：「去京城的事準備好了？」

「有什麼好準備的，時間到了過去不就行了？」夏芍聳肩。

李卿宇一愣，隨即失笑，確實像她的做派，「那唐老呢？留在香港？」

「師父留在香港，風水堂那邊需要人，你有空多去看看他老人家。」夏芍道。

李卿宇又是一愣，難得她有要求，於是他點頭，「好。」

戚宸在一旁聽著兩人交談，本就眉宇沉沉，聽了這話更是挑眉，目光很有力度地往夏芍身上落，「為什麼不是讓我多去？」

「你不討喜，不會哄老人。」夏芍很乾脆地道。

戚當家當即臉黑如鍋底，笑得森森然，「我不但不會哄老人，眼光也不太好。」

尤其是挑女人的眼光。

這女人，說句稱他心的話會死嗎？

夏芍也不知聽不聽得出來戚宸的話外音，她笑得悠然，舉杯道：「難得戚當家有自知之明，為此乾杯。」

李卿宇很配合地舉杯，戚宸喀嚓一聲捏碎了手中酒杯，權當捏斷的是某個女人的脖子。

周圍不少人看過來，表情驚嚇，不知發生了什麼事。

「碎碎平安，多謝戚當家。」夏芍渾不在意，讓侍者收拾地上，給戚宸遞去手帕和新酒杯。

戚宸被氣得一笑，瞪了夏芍一眼，「妳個不知所謂的女人，遇到妳我運氣真不好！」說完，接過酒杯，仰頭一口喝光，大步往洗手間去了。

周圍的人莫名其妙，剛剛還見戚宸殺氣騰騰，怎麼這會兒又笑了？他到底是生氣還是高興？

這一段小插曲沒人解惑，等戚宸從洗手間出來的時候，儀式開始了。

夏芍今日穿著盛裝，帶著艾米麗和劉板旺上了演講臺。

到香港一年，自身分曝光之後，夏芍這是第四次站在發布會的演講臺上。她微笑，還是那一身沉穩的氣度，緩緩看了眼臺下。

「歡迎各位蒞臨。今天是艾達地產公司總部落成的好日子，也是華夏娛樂傳媒收購了港媒週刊之後，宣布正式營運的好日子。在這樣的日子裡，我其實沒有太多的話要說，因為再多的話，也不過是更高更遠更強盛。就請諸位且看，看華夏集團更高更遠更強盛的明天，而今天，我只有一件事宣布，那就是——華夏集團旗下，福瑞祥古董店、華夏拍賣公司、艾達地產、華夏娛樂傳媒，將正式起航。」

在場的人都看著臺上鮮花簇擁下的少女。

華夏集團能走多高多遠，現在沒人知道答案，眾所周知的是，華夏集團旗下，古董、拍賣、地產、網路傳媒，無一不是巨頭。

而眼前的少女，即將離開香港，帶著這一身的榮光，遠赴京城。

九月初，東市桃源區荷香遍地，明柳曲橋，景致宜人。某座宅院裡也是安靜的，主屋的門敞開著，地上大包小包，而張羅收拾東西的夫妻兩人午睡去了，夏芍獨自坐著後院的棗樹下。她的面前有張桌子，桌上兩顆新摘的石榴靜靜躺在盤子裡。

夏芍的目光落在上頭，安靜而憂愁。

師兄沒來。

在香港出席了艾達地產的落成儀式之後，回來之前，夏芍陪了師父陪了朋友。又到分別的時候，雖然有些不捨，但是看著朋友都有自己的生活，也是一種歡愉。

展若南死活不肯去國外讀書，她去了國外若不收斂也是闖禍，考慮到這點，展若皓便同意她在香港隨便報了一所大學念，而曲冉從馬來西亞帶回的新菜式經過改良，在往事餐廳裡大受好評。讀書、做節目、經營餐廳，雖然還有家事未決，但這小妞兒的生活已開始風生水起。

展若皓就頭疼了，他有紅鸞星動的跡象，奈何紅線的那一頭，見了他就躲，一點也不來電。

對此夏芍只是一笑，身為朋友，她除了祝福和期待好結果，別無其他。

師父在香港，華夏集團旗下的地產公司和網路傳媒總部都在香港，夏芍必然會常來香港。因此，這一次的分別或許不會許久不見，也沒有太多感傷。有的只是期待，期待京城，期待離家之前，能見師兄一面，但這一面卻沒見上。

夏芍在回到東市的當天晚上，一下飛機就接到了徐天胤的電話。她以為他要來，歡喜地接起來，卻聽見電話那頭男人冷沉壓抑的聲音，「有任務，我要走了。」

夏芍愣住，連同走向機場大廳的腳步都停住。

但這回電話那頭沒沉默太久，隔著電話，遠隔數百里，都能聽出緊張的氣氛來。徐天胤像是在收拾東西，很迅速，「我走了，別擔心。」

夏芍的情緒全被前面的三個字給帶走了，她感受得到緊張的氣氛，趕在他掛電話前壓下心中各種思潮，囑咐道：「師兄，照顧好自己。」

「嗯。」徐天胤很快就應下，頓了頓，又道：「等我。」

「嗯。」夏芍應下的一瞬，電話那頭便掛了。

夏芍拿著手機，半天沒動，父母面露怪異神色，以為她有什麼事，正憂心地朝她招手。

夏芍愣了愣，隨即笑著走進大廳，輕描淡寫說是朋友來的電話，然後便說起去京城大學報到的事，把話題給轉了開。

她不知道徐天胤為什麼還要對外執行危險的任務。他是軍人，理應為國，但他如今已是青省軍區司令，究竟是什麼樣的任務要他親自出手？

見不到面的失落抵不過憂心，兩人雖然見面機會不多，可每晚通電話已成習慣。徐天胤出任務時，手機自然打不通。她也不會去打，但她擔心，於是在收拾行李準備去京城大學報到的這幾天，她一閒下來便靜不下心。

上大學前見不到師兄，總覺得少了點什麼。

李娟忙著幫女兒收拾行李，夏芍告訴她不用帶太多東西，到了地方再買。李娟嘴上答應著，轉身就整出了一堆東西。夏芍無奈之下只好時常去翻翻，覺得用不到的就拿出來。

夏志元在一旁樂呵呵笑，由妻子和女兒折騰。

夏芍從家裡出發這天，天氣晴朗。

離開家的時候，她的目光往青省軍區的方向望去。儘管她知道師兄不在軍區，也不知他此刻在哪裡，她還是朝那裡望了一眼，小聲道：「我出發了，等你回來。」

東市到京城，驅車需要十個小時。一大早出發，晚上才能到。夏芍坐著華夏集團的商務車往京城去，原因是父母要送她去京城大學報到。

夏芍向來獨立，去京城本不需父母陪同，但有一晚她起夜，聽見父母在房中說話。

「女兒當初去青市讀書，我們就沒去送她。去香港的時候，也沒去送她。如今她讀大學了，還讓她一個人走？別的孩子讀大學，家長都去送……」

母親這話帶著失落，夏芍這才驚覺她太獨立了，以致於忽略父母的情感。他們或許想盡一盡父母的責任，送她去大學報到，看看京城大學，看看她將來學習生活的地方。

夏芍默默回房，次日一早便打了個電話給公司，讓公司開輛七人座的商務車來。

之所以要這麼多的座位，是因為結伴去京城大學報到的人，還有元澤和周銘旭。

車子停在車站路口，遠遠地便見一名少年站在那裡。

清早的陽光下，少年背著背包，穿著白色休閒衫、淺色牛仔褲，一臉乾淨爽朗。

元澤的出現，讓街上的風景都亮了亮。來來往往的女孩子不少都看向他，他只笑著看向停在面前的車。車門一打開，便先跟夏志元和李娟打了招呼。

「伯父、伯母，我來搭個順風車，辛苦你們了。」

夏志元夫妻見過元澤，在夏芍去青市一中讀書那年，元澤和夏芍是東市中考狀元。很巧的，元澤今年也是青省的高考狀元。

夏志元笑道：「省委書記的公子搭順風車，有什麼好辛苦的？」

李娟笑著點點頭，對於官家的公子，她不太懂得怎麼招待，不過三年前見到元澤的時候，他看起來就不像是官家公子，看著雖然貴氣，卻很好相處。

夏芍若是知道母親的想法，八成會笑出來。元澤好相處？他在官門家庭裡長大，出身、家教、涵養，均高人一等，本身也是個驕傲的人。只不過，他年紀輕輕已懂得處世之道而已。

夏芍在車裡沒下來，只道：「爸，省委書記家的公子不缺錢，搭順風車要收他油錢。」

元澤望進車裡，視線落在夏芍那含笑的眉眼上，露出溫暖調侃的微笑，「一年不見妳，妳越來越小氣了。聽說華夏集團的資產翻了一倍，妳這個董事長卻連油錢都跟老同學要。」

夏芍瞥著元澤，「不給的話，我就跟元書記告狀，說他想讓兒子歷練歷練，一個人去京城大學報到，結果他回頭就來搭我的順風車。這是投機取巧的行為，應該好好教育。」

「我覺得妳不是想要油錢，是想要封口費。」元澤笑了起來。

夏芍噗哧一笑。

元澤把背包往車裡一扔，鑽了進來。夏芍往裡面讓去，元澤坐在了她身旁。

兩人相視一笑。一年沒見，彼此都有些變化，情誼卻沒變，這是最叫人暖心的地方。

元澤的家雖然在東市，但他父親在青市工作，他又在青市讀書，高三這一年基本不回家，連過年都在青市。夏芍過年的時候就回來了兩個星期，行程很緊，兩人沒見上面。高考完後，元澤身為省委書記的公子，高考得中，以狀元的高分考入京城大學，他的應酬自然也多。因此，直到臨近到大學報到的日子，兩人才聯繫上。

元澤上了車，等了一會兒，周銘旭和他父親周旺才到。兩人因為搭順風車，也沒好意思帶太多東西，卻拿了兩箱東市特產的香梨，說是去了京城送給周教授。

元澤和周銘旭認識，在初中的時候，兩人跟夏芍都是同班，也算老同學了。老同學見面，自然笑看對方這幾年的變化。只不過，周銘旭如果不是和夏芍是朋友，只怕跟元澤也說不上話。雖說兩人都考上了京城大學，成績卻是差得不少。

周旺一聽說元澤是省委書記家的公子，立刻震驚了，接著便顯得有些局促。他怎麼也沒想到，送兒子去大學報到，竟能跟省委書記家的公子同行。好在周旺父子坐在後頭的座位，沒跟元澤一起，因此當車子發動後，閒聊了起來，氣氛便漸漸放鬆下來。

「柳仙仙前兩天就出發去京城了，她說先去旅遊一圈。」元澤說道。

夏芍一笑，這些她知道。柳仙仙的成績要考上京城大學是不可能的，但她在舞蹈方面有專長，這三年，年年都拿省內舞蹈一等獎，她是被保送的。

最讓夏芍欣喜的是，原本成績普通的苗妍，竟也趕上了末班車。她高考的成績比周銘旭還低，但苗妍戶口所在地在中緬邊境，分數線低些，也順利被京城大學錄取了。

胡嘉怡去了英國留學尋夢，誰事先也沒想到，她去的是一家魔法學校。

這說起來其實並不算什麼新聞，夏芍記得，前世時美國加州確實註冊了一所官方認證的魔法學校：格雷魔法學校。

這是世界上第一所註冊的巫師學校，並已被美國官方正式認證為學術機構，只要完成規定的學業，還有學位證書頒發。而且，學校非常嚴格，學生須讀七年，才能拿到魔法熟練證書。

校長奧伯倫將一生的精力都花費在學習黑魔法上，學校有十六個系，包括煉金術、馴獸術、馬語、魔杖製作和咒語。學校還教授高級魔法數學、量子論、宇宙學和玄學，並教授草藥學以及所有古老科學。學生分住在四座古代建築裡，分別為風、水女神、侏儒和火蜥蜴。

只不過，學校在註冊的時候，城堡仍處於建設中，因此學生暫時網路授課。但無論怎麼說，這所學校都是官方認證的。

前世的時候，這所學校是二〇一一年才註冊的，並且聲稱是世界上唯一一所魔法學校，且這所學校在美國加州，而胡嘉怡去的學校在英國。

夏芍知道，英國是奧比克里斯巫師家族的大本營，她無法知道胡嘉怡去了之後，是否會跟這個家族的人有接觸，可這所學校很神祕。胡嘉怡在電話裡的時候也不肯多透露，顯然這所魔法學校來歷不簡單。

胡嘉怡去英國追尋她的夢想，剩下的朋友按照一年前的約定，將在京城大學聚首。

一行人早上八點從東市出發，到達京城的時候，已是晚上七點。

飯店早就訂好了，車子直接開去。從進入京城開始，周旺父子倆就從車窗望著京城夜晚霓虹閃爍車水馬龍的繁華。別說他們父子倆了，李娟也是第一次來京城，驚嘆連連。

「京城就是漂亮。」李娟嘆道。

夏芍調侃道：「您有的是時間看，到飯店少說要兩個小時，夠您看了。」

李娟沒反應過來，「飯店還離得很遠嗎？」

元澤倒是聽出夏芍的話外音來，笑著問：「妳確定兩個小時可以？」

夏志元替妻子解惑，「他們說的是塞車。京城這地方，什麼都有什麼都多，車也很多。」

夏志元這幾年管理慈善基金，來京城出差了好幾次。他熟悉路，自然也體會過塞車之苦。

李娟起初還不信，但還真讓夏芍和元澤說中了，車子一路上走走停停，等到了飯店門口的時候，起先還很興奮的周旺父子和李娟已經快睡著了。等車子停穩，夏志元喊一聲下車，三人醒過來，一看時間，竟然已經十點了。

元澤下了車，道：「怎麼樣？我贏了，我說兩個小時到不了的。」

夏芍看元澤一眼，「你的意思是，搭了我的順風車，還得讓我再搭頓飯？」

「是妳說的喔，那我就恭敬不如從命了。」元澤笑道。

夏芍沒發現這小子還厚臉皮，夏志元由飯店服務生引著把車停好，一行人便進了飯店。坐了一天的車，大家都累了，在飯店吃了頓晚飯，之後便去房間睡下。

第二天是京城大學新生報到的日子。

夏志元開著車往京城大學走，白天與晚上不同，京城的恢宏氣勢更容易入眼。一路上，李娟又來了精神，周銘旭也往外看。他對周教授多有崇敬，走到今天也是因為對這位本家二爺爺的崇拜，想要來他生活執教的城市和學校，今天真正到了京城，他怎能不激動？

夏芍則淡定得多，元澤卻不放過她。

「夏大師，聽說京城風水不錯，講解一下唄！」元澤揶揄道。

周旺不明白元澤為什麼這樣稱呼夏芍，他只以為是開玩笑，周銘旭卻是知道夏芍在玄學上的本事，不由好奇地看過來。

夏芍笑道：「如今高樓大廈，不容易看得出來。不過，大體也能說說。只是說起京城風水不得不提起龍脈，兩位京城大學的高材生，有獎問答時間，歷史上總共有多少個王朝？」

「二十四。」元澤和周銘旭異口同聲。

夏芍滿意地點頭，「風水上一直流傳著一個說法，說中國共有二十四條龍脈。古之帝王，王朝興建之後，必尋一條龍脈葬先祖，發後人，但龍脈亦有氣數，氣數盡時便是王朝覆滅之時。從黃帝起，至清朝終，二十四條龍脈皆盡，因此再無封建專政王朝。」

「其實天下龍脈發於崑崙，中國只有三支主龍脈，黃河、長江將中華大地分成北、中、南三大部分，古代勘輿學稱之為三大行龍，京城便坐落在三大行龍的北龍之上。京城不僅在北龍流域內，還在北龍生氣的聚集之處。京城以西山和軍都山為屏障，面向東南，近處以海河衝擊平原為小明堂，天津為案山，遠處以渤海為大明堂，以山東半島為案山，且四面八方之水匯於京畿之南。其堂局之大，風水之佳，乃是任何城市都不具備的。因此，京城為多朝帝都而不改是有一定道理的。」

元澤和周銘旭聽得入神，李娟也聽入了迷。周旺則不可思議，不知道為什麼夏芍懂這麼多。她那年曾在村子裡為村民指點過庭院風水，這些東西當時以為她是跟著周教授學的，現在想想，真是跟著周教授學的？

一路上說著話，時間過得也快，直到夏志元把車停下，眾人才轉頭往窗外看，京城大學到了。

新生報到的日子總是熱鬧的，學校在火車站和長途汽車站都安排了接新生的大巴，到了校門口就分成了各個系，然後統一帶進去註冊。

夏芍、元澤和周銘旭是自駕來的，三人不想跟著人群走，於是很有默契地進學校，自己找報到的地方去，找不到看看風景也是好的。夏芍讓父母送她來報到，就是抱了帶他們逛逛的心思。

一行人在學校裡慢悠悠地走，夏芍邊走邊笑著為父母指點京城大學裡的名景和建築。

六人談笑而行，怎麼看都不像是來報到的，跟身旁一隊隊走過的新生區別甚大，但是夏芍三人又一看就是新生，因為只有新生才會和父母同行，而且這個時間老生還沒有報到，來學校幫新生辦理報到事宜的都是學生會的幹部，身上掛著工作牌，一目了然。

帶著一隊新生走過的學姊停了下來，看了夏芍、元澤和周銘旭一眼，問：「你們三個新生，為什麼不跟著隊伍報到？」

夏芍見她面如滿月，神采懾人，竟有朝霞之相。朝霞之相，在面相學裡，男主公卿將相，女主后妃夫人。如今這年代，雖沒什麼后妃了，但這面相少說也是高官之妻。可惜的是，這女人雖然面相好，眼神裡的神采卻不太好，生生給這朝霞之相降了格。

真正的朝霞之相，神采很重要，應是清秀溫婉且神采照人的。這女子卻是神采懾人，一字之差，天差地別。她姿態端莊，氣質高雅，語氣雖不算盛氣凌人，可神態略顯高傲。這讓她的面相在朝霞之相裡落於下乘，略凶。

說白了，就是有后妃夫人之相，卻短暫。

一個照面，夏芍已看透這人日後的命運軌跡。她淡淡一笑，剛來學校，也不願跟人結怨，便客氣道：「學姊，我們想著新生報到有三天時間，也不急。難得父母來一趟，先陪他們逛逛。」

那學姊打量了夏芍一眼，目光略微有異。她並不是認識夏芍，只是覺得有些眼熟，又一時想不起來。這時，旁邊陸續有隊伍經過，又一名學姊聽見了停下來道：「新生報到之後還有體檢，還要幫你們安排宿舍。沒看見這麼多新生都是按照規定來的嗎？考上京城大學的學生都是有素質的，怎麼一開學就搞特殊？學校這麼大，你們又不知道在哪裡辦理，學生會接你們新生都是有經驗的，請服從安排。」

夏志元和李娟聽了一愣，周銘旭的父親周旺也有些尷尬。夏志元對那名語氣不善的女大學生笑了笑，便要開口說話。

夏芍攔住父親。她新入學，不在意這些學生幹部的態度，但沒道理讓她的父母看人臉色。

「我記得錄取通知書上沒有寫入學第一天就得報到。新生報到時間三天，我想我有權利選擇哪一天報到。」夏芍看了眼那名學生幹部。

那女生皺起眉來，新生報到，看見學長學姊，哪個不是笑著討好？沒見過這麼張狂的新生。

「妳知道今年來報到的新生有多少嗎？學生會就這麼幾個人，我們的工作量也是很大的，能理解一下嗎？妳說什麼時候報到就什麼時候報到，妳是在給我們加大工作量，妳知道嗎？」

「小芍……」李娟看向女兒，她覺得對方說得也有道理。女兒剛入學，不好搞特殊，免得將來人際關係處不好。她是想到處看看，卻不願意給女兒添麻煩。

夏芍對母親笑笑，暗地裡輕輕拍她的手，以示安撫。

這時，元澤笑著開了口：「敢問學姊，我們今天不報到，明天後天就沒有新生報到了嗎？」

元澤笑容溫煦，那名女生愣了愣，看得有點呆，一時沒反應過來他這麼問是什麼意思。元澤繼續笑，不了解他的人只覺少年笑容溫暖，了解他的人才能看出，這笑容裡禮貌有餘，卻帶著疏離，「今天是報到的第一天，我想很多新生會避開第一天的高峰期。我們跟著明後天的新生一起報到就好，儘量不給學姊添麻煩。」

添麻煩一說只是客氣話，言下之意，壓根兒就不會給學生會增加工作量。

周銘旭在一旁撇撇嘴，本來就是這麼個理。學校安排了三天的報到時間，他們三人不管哪天報到，都會有新生來報到，到時候他們跟著就是了，何來給學生會增加工作量之說？

夏芍笑著哼了哼，與其說他們給學生會增加工作量，不如說他們跟其他人不一樣，讓這些幹部覺得不受尊重，感到不快而已。

「學生會的工作量大、責任重，這我們能理解，但我的父母初到京城大學，他們想到處看看，學姊能理解嗎？就算各有立場，不能理解，那態度能好一點嗎？畢竟，我是妳的學妹，我的父母不是。」夏芍自認不是難說話的人，她真正在意的是對方呼來喝去的態度。

有不少隊伍停了下來，一些報到的新生身旁都跟著家長。家長們的竊竊私語和對那名學生會女生的目光，令氣氛很尷尬。

最先停下跟夏芍問話的那名氣質端莊的學生會幹部打量了夏芍一眼，又掃了眼周圍，點頭道：「好，那你們今天帶著家長逛逛吧，明後天按流程報到。」說完，便看了給學生會丟臉的那名女生一眼，女生臉色頓時一白，臨走前狠狠瞪了夏芍一眼。

人都走了以後，李娟憂心地看向女兒，雖說剛才女兒為她和丈夫找回了面子，她卻擔心她日後在學校的人際關係，「小芍，這、這不會得罪人吧？」

夏志元也有點擔心，「妳這孩子，跟她去報到就是了，爸媽不在乎這點面子，就是怕給妳惹麻煩。這不是在咱們青省，也不是在香港。京城這地方，官多權大，有背景的人有的是，妳可別輕易得罪人。京城大學的學生會幹部，將來可都不是一般的人。妳看看共和國的領導，有多少是京城大學學生會幹部出身？別得罪人，要不，今天把名報了吧。」

夏芍見父母如此擔心，便一笑，「爸、媽，瞧你們說的？權錢權錢，權永遠比錢大，這我還能不知道？只是這世上官大的想著更大，更大的想著更長久。你們忘了，我是幹什麼的了？」

夏志元和李娟一愣，這才想起來，女兒還有另一重身分——風水師。

唐老是玄學界泰斗，什麼樣的人脈沒有？何況女兒的師兄還是開國元勳徐家的嫡孫呢！在京城，什麼人脈能比得上徐家？

而且，女兒自己也不是不能建立人脈。華夏集團的資產現在在全國來講，排得上前十。自古官商一家，如果不是有深仇大恨或者根本的利益衝突，誰也不會跟女兒過不去。

這麼一想，夏志元夫妻才放下心來。之後便放心由女兒帶著，在京城大學裡繼續遊覽。

夏芍優哉游哉的，有了第一天上午在學校報到的小插曲後，她反倒是不著急了。第一天帶父母遊覽了京城大學，第二天乾脆沒來學校，帶父母去故宮轉了一圈。元澤和周銘旭都跟著一起，兩人一路聽著夏芍指點故宮風水，一點也不著急，卻把夏志元夫妻和周旺給急了個不輕。

雖說是不擔心會得罪人，可報到是大事，這幾個孩子還真打算拖到最後一天？

夏芍不急，元澤便也笑咪咪跟著，還調侃夏芍：「妳小心開學典禮上演講的時候，被人認出開學第一天就跟學生會衝突。新生代表，不做好榜樣。」

夏芍瞥一眼元澤，「沒事，不做好榜樣的新生代表又不是只有我一個人。」

京城大學有選出當年新生中最優秀的學生做代表，在開學典禮上演講的慣例，今年京城大學兩名新生代表都來自青省。

高考狀元每個省都有，但夏芍和元澤卻是一人是華夏集團的董事長，一人是青省省委書記的公子，當選當之無愧。

對於讓夏芍感到不快的人，周銘旭也沒什麼好感，他就一句話：「什麼好榜樣？咱又沒違反校規。學校說了三天報名的時間，咱就最後一天去，怎麼著？誰敢說錯？」

這話氣得周旺一巴掌拍在兒子的後腦杓，「你這小子，別跟著起鬨！」

周銘旭咧著嘴，捂著後腦杓，回頭道：「爸，幸虧我初中高中都是住校的，不然你這麼老打我後腦杓，我保准考不上京城大學。」

周旺一愣，夏志元和李娟都被這話給逗笑了。

夏芍還真就是最後一天去報到的，但報到的時候，遇到了麻煩。

京城大學是按系註冊報到，夏芍讀的是經濟學，元澤是外交管理系，周銘旭則是考古學。三人分屬經濟學院、法學院和歷史學院，因此報名的時候是分開的，各找各的學院和學系。

元澤是最先辦理完的，其次是周銘旭，兩人一碰面，發現夏芍還沒回來，便一起去找她。

正值中午，陽光有些毒辣，經濟系報到的桌子前面排了很長的隊伍，卻不見動彈。夏芍站在最前面，而她面前的就是辦理報到的桌子，桌後卻是空無一人。

元澤和周銘旭結伴過去，一路聽見新生竊竊私語，兩人一聽，臉色就變了。

原來幫經濟系辦理報到手續的正是那天跟夏芍有衝突的學姊，她見夏芍到了跟前，連她報到的單子都沒接，直接便說：「中午了，去吃飯。」然後，便離席吃飯去了。

她不僅把夏芍晾在當場，還把後面排隊的新生都晾在原地曬太陽，鬧得新生們頗有怨言。

「怎麼回事？這大中午的，要讓人在這兒曬多久的太陽？」

「怎麼其他系的學長學姊沒去吃飯，就咱們系的沒人了？真倒楣……」

「唉，站在最前面的還是個美女，就這樣讓人曬太陽啊？」

「小芍。」元澤和周銘旭過來，周銘旭有點惱怒，元澤也蹙了蹙眉，臉上的笑容有些淡。

夏芍看起來並不生氣，只是看了兩人一眼，「辦好了？」在得到肯定的答覆後，她笑著悠然轉身，「走，咱們也去吃飯，下午涼快了再來。」

今天辦理入學手續，夏志元夫妻和周旺都在飯店沒跟來。夏芍三人沒了家長在旁邊，便去了學校裡面的飯店。京城大學裡就有五星級飯店，不乏有條件的學生來此消費，平時學校有交流舞會也是在飯店裡辦。

三人午餐在飯店裡用的，之後更是在飯店的休閒區坐著喝茶聊天，一直等到下午四點後，陽光沒那麼毒辣了，才陪著夏芍回到報到的經濟系隊伍。

這個時間辦理報到手續的已經很少了，很快就輪到了夏芍。但那名學姊看了夏芍一眼，笑哼了一聲，對旁邊的人道：「哎呀，口渴了，喝杯水先。真是的，一到新生入學都忙，一忙就是忙三天，碰上配合的還好，碰上不配合的，累死個人。」

旁邊不遠處辦理手續的便是那名氣質端莊的女幹部，她往這邊看了一眼，沒說什麼。

而夏芍面前，女生坐在椅子裡，垂著眼皮拿起桌上的礦泉水便喝。元澤和周銘旭跟在夏芍身旁，兩人都蹙眉。周銘旭上前想說話，被夏芍含笑攔下。

周銘旭一愣，正在這時，他聽見一聲猛咳。一轉頭，就看見了頗為詭異的一幕。

只見那女生坐在椅子裡，仰頭喝水。詭異的是，她眼神驚恐，嘴張著，礦泉水瓶子裡的水就像是開了的水龍頭，不住往嘴裡灌。那女生顯然喝不了這麼多，而且她已經被嗆著了，卻不知道為什麼不停下，還是在不停灌水，直到瓶子都見底，女生才霍然停下動作，彎腰猛咳。

周圍的學生會成員和新生們都看了過來，而那女生剛才有一瞬，覺得自己快被嗆死了。

夏芍不緊不慢地問：「學姊，喝夠了嗎？那就辦手續吧。」

女生還在咳，聽見夏芍的話，頓時發怒。

她猛然站起，還沒說話，便見一名學生會的男幹部神色焦急地過來，問：「有沒有接到經濟系新生夏芍的報名表？」

元澤挑眉，那名男生火急火燎地對旁邊辦理法學院報到手續的女幹部說道：「王部長，我到現在都還沒在新生裡接到夏董的人，她不會……不來京城大學了吧？這件事會長很重視，要不要跟會長說一聲？」

說起華夏集團來，國內政商圈子裡的人沒有不知道的，但學生當中，除了青省和香港，其他地方的媒體雖然也有報導，有不少人知道華夏集團是近幾年崛起的商界新秀，也知道其當家人年紀很輕，但對夏芍的樣子，不是人人都知道。

學生當中，對古董店、拍賣公司和地產這些行業，都不太認識，絕大多數人聽說夏芍的大名是因為華樂網。

身為培養社會精英搖籃的京城大學學生會，對華夏集團卻有一份詳細的資料。華夏集團從起家至今的輝煌傳奇，一筆一筆皆在其中，而且這樣一位富有傳奇色彩的女孩子，是香港名校聖耶女中極力推薦的高考狀元。

京城大學學生會很重視，在開學之前就專門為此開過會，會長張瑞下令一定要把夏芍吸收進學生會。這樣的人，還沒大學畢業就已經是成功人士社會名流了，傻子才不拉攏。

張瑞讓去接新生的學生會幹部都用點心，一定要接待好夏芍，而京城大學學生會想到華夏集團的資產，便認為夏芍一定會乘坐飛機來京城，因此專門派車去機場接。一等三天，眼見今天是學校規定的報名的最後一天，卻還不見夏芍的蹤影。

這名男生口中的王部長，名叫王梓菡，正是報名第一天，夏芍看她有朝霞之相的女生。她蹙眉，問：「你查過報名表了嗎？」

「查過了。」那名男生堅定道。

兩人的對話雖然聲音不大，但因為周圍很安靜，許多新生都聽了個正著。

正當這時，一個悠然的聲音傳來：「不好意思，你們是在找我？」

所有人齊刷刷轉頭，那名學生會的男生驚訝地看著夏芍，將她上下打量。王梓菡也看向夏芍，那名幫夏芍辦理入學手續的學生會女幹部更是愣住，一時沒反應過來。

夏芍什麼話也沒說，把手裡的入學報到資料往桌子上一丟。啪一聲，幾張表格滑到桌後的女生面前，後者眼神直勾勾地盯著表格裡的名字……夏芍。

京城大學的學生會不同於其他大學，由學生會常務代表委員會和學生會執行委員會組成。常務代表委員會是學生會的常設權力機構，執行由學生代表大會賦予的職權。負責解釋學生會章程、決策重大事務、反映學生意見、維護學生權益等工作。而執行委員會則是學生會工作執行機構，共十數個部門，主要主持開展校園學術、科技、文藝、體育、實踐活動以及校際、區際和國際學生交流活動項目。

京城大學學生會無論歷史和影響力，都堪稱學生組織之最。自成立之初到現在，學生無一不是社會精英，與國家和民族的命運相連。別的不說，會裡的幹部在畢業後要麼從政，要麼從商，無一不是新一代的政商要員。

這樣一個培養政商要員的搖籃，對成員的選拔和考察極其嚴格。還沒有學生還沒來學校報到，就先被內定要爭取的先例。

因此，學生會對於夏芍的資料還是認真看過的。報導、相片，甚至是華樂網成立之初的視頻，但真人與照片和影片上的還是有些差距，並且當學生會安排了去機場接機的人員之後，其餘人便沒有再那麼用心記了，反正等人來了學校，自然會見到。

誰能想到，她會自己來？

宣傳部部長王梓菡也沒有想到，在校園裡隨便一瞥，瞥見的會是夏芍本人。

難怪她會覺得眼熟。

而這個時候，那名負責接機的男生，也在打量過後，覺得越看越像。

「妳、妳真是……」

「我是夏芍。」夏芍點頭，語氣淡然，說罷，轉頭看向桌後那名也不知是嗆的還是震驚的，整張臉都紅得不正常的女生，問：「學姊，可以辦理入學手續了嗎？」

四周新生這時候才炸開了鍋。

「夏芍？哪個夏芍？這名字聽著耳熟。」

「傻吧你，跟不上時代了吧？華樂網的創始人啊！」

「啊？」

「啊什麼啊？別告訴我你沒上過華樂網，鄙視你！」

「上過是上過，但是、但是不是聽說華樂網的創始人很牛氣，資產數百億嗎？怎麼……是我們這屆的新生？不會吧？」

「人不是就站在你面前嗎？還有假？傻了吧！」

「你不傻，就你熟悉，可也沒見你把人認出來！」

「靠！我哪知道華樂網的創始人會來京城大學讀書？」

「暈！我們這屆不得了啊……」

新生們嘰嘰喳喳，這個時間已是新生報到的最後一天傍晚，人剩的不多了，但是一群人呼啦一聲圍上來，經濟系的報名桌前看起來還是黑壓壓一片。

桌子後頭的那名女生臉色漲得通紅，負責接夏芍的男生撥開人群，激動得笑著奔過來，「夏董，真是妳？這太意外了！學校的車在機場等了三天，妳、妳是怎麼來學校的？」

夏芍見那名男生雖其貌不揚，但笑容真誠，這才點頭笑道：「自駕來的。我的父母想看看京城大學，便讓他們送我來了。」

夏芍提起她的父母，王梓菡便皺了皺眉頭，所有學生會的人都沒想到，一個白手起家、偌大集團的當家人，會像普通學生那樣，讓她的父母送她上學。

「學姊，請辦理手續。」夏芍回答完男生的話，便轉頭又淡淡地道。

「我來我來！」那名男生笑道，很熱情地便往桌後去。

夏芍的手虛虛一攔，笑道：「謝謝學長。我不知道學校安排在機場接機，讓你撲了個空又等了三天，實在抱歉。有空我請大家吃頓飯，聊表謝意。」

四周又是嘩一聲，這回是看向那名學生會的學長。

旁邊院系辦理新生入學工作的學生會幹部更是豔羨，且不說夏芍對張建這小子青眼有加，這小子將來有沒有前途的問題。就說被一名美女說請吃飯，也足夠被人羨慕上好一陣子了。

之前眾人都是各自在桌後忙碌，誰也沒太注意。且夏芍站在桌子最前頭，背對所有人，也不太惹眼。但此時她回身微笑，不少人呆了呆。

傍晚的紅霞落在少女臉上，只見她眉目如畫，肌膚勝珠，是個貨真價實的大美女。

眾人一半呆木地看著夏芍，一半欣羨地看著張建，學生會的男生更是捶胸頓足——這小子家庭一般，能進學生會已是燒了高香，哪來的這等豔福？

夏芍面色如常，繼續道：「我想，學生會接待新生都是有經驗的。這麼多新生報到，學生會對此一定有章程。既然幫經濟系辦理手續是這名學姊的工作，我想還是不要亂了章程的好。」

打臉，這肯定是打臉。

王梓菡皺起眉頭，她沒記錯的話，這話是趙玫新生報到第一天訓示夏芍的話。今天趙玫兩次晾著夏芍，不給她報到，她是知道的。她只是想讓這新生懂規矩，沒想到此時卻被打了臉。

趙玫的臉紅得都快冒熱氣了。

夏芍一看時間，「學姊，現在是下午四點五十分。中午妳說去吃飯，我等了妳一個小時。

下午妳要喝水，我等了妳半個小時。看來學生會接新生的經驗和時間觀念，實在令人堪憂。一寸光陰一寸金，我以為這是小學生都知道的事。」

夏芍暗諷趙玫連小學生都不如，枉為京城大學的學生，趙玫豈能聽不出來？她立刻咬唇，低頭咳了兩聲。她到現在都還覺得鼻腔嗆得發疼，只是這時候已經沒心思去考慮剛才喝水時遇到的詭異事情，她只是羞憤不已。

她哪裡知道，報到第一天那名不按規矩來的新生，竟是學生會極力想爭取入會的人。

老實說，能進學生會的人首先成績都不錯，再者是辦事能力高，而能當幹部的人，家裡都有些背景。可家裡再有背景，跟夏芍也不在一個高度上。

凡是入了京城大學學生會的人，都是有些傲氣的。他們自認能力高，將來前途不可限量，最鄙視的就是靠家裡蔭蔽。學生會裡每個人都對未來有很高的期盼，無論是從政還是從商，他們已經一隻腳邁進了成功的大門，並且註定是社會名流。

就在他們有著這樣的未來規劃的時候，夏芍在入學前便已完成了很多人的人生目標。甚至，她如今的高度，是許多人一輩子也無法企及的。畢竟，在這個千萬級別都能算作富翁的年代，上億的資產已經令人嫉妒，而數百億是個什麼樣的概念？

這些資產，不是夏芍繼承來的，而是她白手起家一手創立。

趙玫羞憤得想反駁，卻一句話也說不出來。

「趙玫，辦事效率拖沓，等新生報到之後，在學生會會議上公開做檢討。」王梓菡道。

「部長……」趙玫臉色一白。

王梓菡看了夏芍一眼，點頭道：「既然來了，那就報到吧。一會兒給妳安排宿舍，明天體檢。妳是新生代表，兩天後的開學典禮上的演講要好好做，別耽誤了。」

王梓菡依舊端著架子，只是眼裡的傲氣少了些，態度不冷不熱。她跟夏芍在那天並沒有太大的衝突，衝突都是趙玫惹起來的，因此這件事她可以置身事外。

夏芍神色不動，她能看得出來，王梓菡在剛得知她身分的時候，確實是驚訝了一會兒，但她此刻卻只像是把她當作學妹看待。雖然她眼裡少了些傲氣，可姿態仍然不低。

這女生從面相上看就知家庭背景不低，父輩身居高位，而在官家眼裡，商人永遠是低一等的，夏芍對王梓菡的態度並不感到奇怪。或許，她的成就令對方正眼相待，但這只是在能力上，並不等於在身分上，對方承認兩人對等。

王梓菡正不正眼看她，夏芍其實根本不在意。她的目光壓根兒不放在這些官二代或者是三代身上，她的目光在一代，這是她走入京城的目的。

因此，對於王梓菡的話，夏芍懶得計較。

她只想快點辦完手續，來學校三天來，她還沒見到柳仙仙和苗妍。柳仙仙早就來到京城了，這妞兒說是要來先旅遊一趟。苗妍現在應該也到了，畢竟這都是報到最後一天的傍晚了。

夏芍的思緒飄到別處，等回過神來的時候，趙玫已經迅速地把報到手續辦好了。將蓋了章的資料表遞給夏芍時，趙玫連頭也沒抬。

夏芍接過來，很有禮貌地道：「謝謝學姊。」

趙玫臉又紅了，她巴不得夏芍不說話，趕緊離開。

這時有一個很好聽的男生聲音傳來：「總算是辦好了。宿舍樓號填了沒？趕緊去把宿舍床鋪收拾一下，我們倆也還沒去宿舍。」

元澤伸頭去看夏芍手裡表格上填寫的宿舍樓號，與其說催著她收拾宿舍，倒不如說看看她在哪個宿舍樓，先認認路，以後好常去。

夏芍調侃道：「是，讓元少當了一天的跟班，看來我今晚又得搭一頓飯。」

元澤眨眼，「妳說錯了，是三天。」

夏芍頓時無語，「你不當打劫的，真是屈才了。」

周圍的新生和學生會聽得一愣一愣的。明眼人都看得出來，夏芍對待元澤的態度不再是淡然的，而是笑意溫暖，兩人一看就是熟識。

夏芍什麼身分？和她熟識的人必然不是尋常身分。這少年氣質陽光，笑容溫煦，眉宇間的氣度看起來卻不像是普通家庭出身。

元少？什麼身分？

王梓菡目光一動，視線落在元澤臉上，像是看出了什麼。

夏芍三人壓根兒就不在意她，周銘旭這時也往夏芍的報名表格上瞧了一眼，說道：「走吧，夏叔和嬸子還在飯店等我們，妳行李多，先幫妳搬上去。入學典禮過後，咱們抽個時間去看看我二爺爺？」

夏芍點頭，三人轉身離開，「好，不過可別提前跟周教授說，我想給他老人家一個驚喜。」

「嘿嘿，咱倆想一塊兒去了。」周銘旭憨憨一笑。

三人越走越遠，身後的人目光還黏在他們背上。

夏芍三人沒去宿舍，而是打了個電話回飯店，然後去了學校門口等。一個小時後，夏志元開著車來了。而這一個小時的時間裡，華夏集團董事長是今年京城大學新生的事，已經像風一般，吹遍了全校。

華夏集團的董事長不僅是新生，還是新生代表。比其他人早一步功成名就也就算了，還是高考狀元，這讓人怎麼活？

夏芍對此無所謂，華夏集團要開始全面起航，她本來就沒打算像以前一樣隱藏身分讀書。高調就高調，這時候已經沒差別了。

元澤的行李最少，周旺父子也沒帶太多東西，行李最多的就是夏芍了，李娟把生活必需品都給夏芍帶來了，一堆行李塞滿了後車箱，就差棉被沒帶了。

周銘旭目瞪口呆，小芍最不缺錢了，怎麼連毛巾都帶著？他爸都知道有什麼需要，來學校置辦就是，小芍怎麼搞得像搬家似的？

元澤見識過夏芍去青市一中報到時的情景，顯得很淡定，還咦了一聲，「妳忘記帶被子了。」

夏芍苦笑。

夏芍的寢室在五樓，是四人房，有獨立的小陽臺和洗手間。條件看起來跟青市一中和聖耶女中差不多，但實際上京城大學的宿舍要更寬敞明亮些，而且小陽臺很漂亮。

寢室裡只剩裡面一張空位，但三名室友床鋪整齊，人卻都不在。

元澤和周銘旭幫忙把行李搬上來，兩人便被趕回去收拾各自的寢室。

李娟笑著幫女兒收拾床鋪，這才是她跟來的最大目的。女兒上大學的床她親自給鋪得舒舒服服的，以後回去，她也就放心她在這邊的生活了。

夏芍和夏志元把其他的行李拿出來歸置，就在這個時候，寢室門被人從外頭打開，進來兩名女生。走在前頭的女生穿著露肚臍的短襯衫、小短裙，腰身纖細如柳，粉色的太陽眼鏡遮了半張臉，只露出艷紅的唇。

女生一進來，目光就落在夏芍身上，臉色很不善，問：「聽說這寢室裡有個什麼新生校花，誰敢搶老娘的校花寶座，出來比一比。」

夏志元和李娟夫妻一愣，這、這也是大學生？

夏芍笑道：「行啊，妳想怎麼比？」

「脫了，比身材。」女生語不驚人死不休。

夏芍噗哧一笑，看著柳仙仙，「妳還是老樣子。」然後轉身對父母道：「爸、媽，你們別誤會，這是我在青市一中的朋友，跟你們提過的，柳仙仙和苗妍。」

「伯父好，伯母好。」柳仙仙摘下太陽眼鏡，問：「先問一下，她沒在你們跟前說我壞話吧？如果說了，我打算大學這四年好好跟她算帳。」

夏志元和李娟瞪大眼，怎麼也沒想到這就是女兒口中那個舞跳得特別好的朋友？

夏芍笑笑，目光落到柳仙仙身，「妳還打算藏多久？不能見人？」

話音落下，柳仙仙後頭就伸出張靦腆的臉蛋來，正是苗妍。

一年前那個瘦得皮包骨的少女，今日再見，看起來已是豐滿很多。當然不是指真正的豐滿，而是苗妍看起來比從前有肉了些，臉也紅潤多了，整個人精神面貌比以前健康了不知多少。

「伯父好，伯母好。」苗妍站出來，向夏志元和李娟鞠躬行禮。

夏志元趕緊客氣地笑了笑。很顯然，苗妍的性子更容易讓長輩一眼就憐惜。

「小芍，終於見到妳了。謝謝妳，我好很多了。」苗妍既激動又感激。

柳仙仙無語翻白眼，似乎對這種相見戲碼很不感興趣。

夏芍走過去跟兩名許久不見的朋友擁抱了一下，然後開天眼打量苗妍，發現她身上的陰氣還是有，但是平衡很多了。封陰陽眼要三年，眼下才一年，這效果已經很不錯了。

想起苗妍的陰陽眼，夏芍不免想起徐天胤，心裡又開始擔憂。師兄走了半個多月了，至今沒有音訊。但剛見到朋友，這擔憂很快又被夏芍壓下，對苗妍笑道：「不用謝我，相識都是緣分。要不，怎麼咱們到了大學，還能是室友呢？」

「咦？」苗妍瞪大眼，「妳怎麼知道我們是室友？」

夏芍笑看她一眼，「我進來寢室之後是鎖了門的，妳們要是沒有鑰匙，怎麼進來？而仙仙不可能是經濟系的，跟我怎麼可能一個寢室？剩下的，不就是妳了？」

苗妍眼睛瞪得更大，眼裡生出佩服來，「好厲害。」

「哼，一見面就上演福爾摩斯？」柳仙仙翻白眼。

苗妍靦腆道：「我報了經濟系。我爸就我一個女兒，他年紀大了，那麼大的家業沒人繼承。以前我身體不好，現在好點了，也不知道能不能幫上他的忙，我一直覺得自己很笨……」

「京城大學都考上了，證明很多事努力還是可以的。別氣餒，現在的生活不是比以前好多了？加油，還會更好的。」夏芍笑著為苗妍打氣。

「嗯。」苗妍點頭，眼圈又紅了，「不過我真沒想到我們能一個寢室，真是太好了。」

夏芍挑眉問：「妳們怎麼知道我在這個寢室？」

柳仙仙又翻白眼，「剛才還福爾摩斯了不是？妳現在是京城大學的名人，公認的新生校花，宿舍底下狼光一片啊！現在妳的資訊，院系、班級、宿舍，全校皆知，就差私人電話號碼了。我在想，要不要把妳的私人號碼拿出賣，明碼標價，絕對能大賺一筆，說不定一把就賺齊了老娘四年的大學學費？」

夏志元和李娟聽著女兒和朋友你一言我一語，再聽柳仙仙這話，再次目瞪口呆。

夏芍對父母道：「她是開玩笑的。」然後又對柳仙仙道：「看來要打消妳這個念頭，我得付出一點代價，晚上出去吃飯？」

「幹麼晚上？現在就去，正好是晚飯時間。」柳仙仙一點也不跟夏芍客氣。

夏芍見床鋪已經整理好，還有點兩箱行李沒取出來，當即便不管了，歸置在一起放好，然後便招呼著父母和兩名剛見面的好朋友去吃晚飯。

到了京城大學飯店門口，元澤、周銘旭和他父親已經在那裡等了。這是之前幾人說好的，收拾完行李在這裡見面，晚上一起吃飯。沒想到，柳仙仙和苗妍竟然一起出現了。

元澤跟兩人認識，笑著打了聲招呼。夏芍不在青市一中的這一年裡，顯然她的朋友們常聚，元澤之前跟柳仙仙她們不是很熟，現在已經熟稔了。

周銘旭聽夏芍提起過這些青市一中的朋友，今天是第一次見，他對柳仙仙的性子不敢苟同，可看見苗妍從夏芍身後探頭出來的時候，向來憨厚老實的少年頓時像被雷擊中般愣住。

這晚，夏芍和朋友們歡聲笑談，氣氛熱烈，時不時開幾個在父母長輩看來有點過火的玩笑。

吃完飯，夏志元和李娟都有些感慨，覺得送女兒來大學的任務完成了，是該回東市了。華夏慈善基金會裡還有事要忙，夏志元也不好出來太久，而李娟看見女兒過得好，身旁又有這麼多朋友，也沒什麼不放心的。於是夫妻兩人一商量，吃完飯時就決定第二天回家。

夏芍第二天送別了父母，然後去體檢，準備新生入學典禮的演講。

京城大學的開學典禮在禮堂舉行，國家很多會議都在京城大學的禮堂舉辦過。禮堂裡五層半圓弧旋轉多功能設計，能容納上萬席次，今天更是座無虛席。

今天來的並非只有入學新生，還有歷屆的學生，全校師生齊聚。這對於京城大學的開學典禮來說，是很特別的一年。因為今天的演講，與往年新生代表的演講不一樣，上臺演講的人不僅代表著新生，也代表著成功的企業家。

這樣的機會不可多得，相較於那些站在世界頂點的政治家企業家的演講，這名還在創造輝煌的少女則代表著同時代的年輕人。她才十九歲，她還在成長，前途不可限量。因此，她的成功經驗，更被同齡人所重視。

不過，今天在京城大學校長和學生會主席的致詞之後，最先登上演講臺的，不是夏芍，而是另一名新生代表。說起這名新生代表來，也是有很有趣的傳聞。

聽說這名在一開學完全被掩蓋了光芒的新生代表，也是來自青省的高考狀元。青省今年可謂揚眉吐氣，但這名新生代表的身分更令人驚訝，他是青省省委書記元明廷的獨生子元澤。

省委書記，共和國委員，省部級，這可是真正的高官，而元澤身為官門家庭的第二代，成績竟然這麼出眾。並不是說官家公子成績都不好，但凡有家庭背景的，往往自身努力的不多見。有成績好的，但高考狀元卻可以成為奇葩。

元少在一片看待奇葩的眼神裡完成了演講，同樣身為新生代表，他的風頭被夏芍搶去不少，他卻很有紳士風度，言語幽默，獲得滿堂掌聲。

學生們對元澤先做演講沒什麼異議，大多數只以為好戲都是要壓軸的，只有很少數人明白，元澤是官門家庭出身，他父親是省委書記，他先出場暗含著自古不變的階級道理。官商權錢，官在商前，權在錢先。

夏芍走上臺的時候，整個禮堂靜了靜。

「各位貴賓，各位同學，大家好。我是京城大學二〇〇二級經濟系新生夏芍。很榮幸今天能站在京城大學禮堂的演講臺上，這於我來說是難忘的一天，是一生都會銘記的榮光。」

「但我今天不是為了榮光而來，華夏集團的輝煌和高考狀元的頭銜成就了我的榮光，任何人看我都可以看見我的榮耀，我看自己卻只有看見最樸素的自己，這頭上的輝煌才能長存不墜。」夏芍掃視一眼全場，「這就是我今天要演講的主題，戒驕戒躁，成就自身，才能成就外物。」

相較於元澤的風趣，夏芍的演講明顯犀利，帶著警醒和批判。

學生會會長張瑞看了趙玫一眼，這一眼頗嚴厲，顯然對她的表現很不滿。

趙玫被看得臉上白一陣紅一陣，偷偷瞟王梓菡一眼。王梓菡蹙了蹙眉頭，這件事後面的發展雖然跟她沒有太大的關係，但新生報到那天，最先叫住夏芍的是她。如果她不叫住夏芍，也就不會有後來的衝突，或許今天夏芍的演講主題也就不是這個。

戒驕戒躁？這怎麼聽都像是在影射學生會。

這件事情學校領導也聽說了，因此對夏芍的演講主題，眾人反應不一。京城大學的校長，身為中科院院士的許翰德卻是笑了笑，微微頷首，對臺上的夏芍表示嘉許。

在一個滿是自我肯定情緒的大學學府裡，以戒驕戒躁為演講主題，給入學的新生乃至全校校友澆一頭冷水，這事不是一般人敢做的，而夏芍顯然有這種膽量。

這是令許翰德讚許的地方。他是貧苦家庭出身，憑著自身對學術的鑽研，一步步成為國家科學院的院士，主持過國內外頂尖的生命科學方面的研究。對他來說，現在的年輕人，自信心足，缺點是承受批評的能力弱，戒驕戒躁這個主題正切中關鍵。

這種主題的演講，學校領導沒少做，但大多被當成長輩的碎碎念，也不知聽進去的學生有多少。或許同齡人的喊話，更能令這些優秀學子的頭腦醒一醒。

許翰德讚許著點頭，旁邊的其他校領導一看，也跟著笑了笑了。

再一次出人意料的是，夏芍的演講並沒有想像中的犀利。或許，她的主題是犀利的，演講內容卻沒有漫天的批評，而是像在傳授自己的經驗，這讓她沒有引起大家的反感。

夏芍陳述了華夏集團的成長史，講述那些被媒體誇大報導背後的真實經歷，就連聽慣了演講的高年級學生都聽得入神。

「……你成就了外物，外物予你一身榮光。別人看那榮光萬里，你的目光只落在萬里之外。看見最樸素的自己，看見最長遠的未來，這才是成功者。戒驕，戒躁，即便成就不了外物，也能成就自身。成就了自身這一方天地，萬物便都在胸間。每個人都是自己這一方天地的主人，成功自此而始……謝謝大家。」

滿場皆靜，夏芍微笑著鞠躬。接著，不知道哪裡開始傳來掌聲，一時間，全場掌聲雷動。

元澤無奈地微笑，「真是的，完全被她比下去了。」

而按照院系班級分坐在各處的柳仙仙、苗妍和周銘旭，卻是一臉的驕傲。只是柳仙仙翻了個白眼，不說好話，「嘖，又搞這種深奧的訓話！」

此時演講環節已經進行完了，聽說明天開始便是軍訓，而京城的大學的軍訓一律由京城軍區負責。只不過，京城軍區下屬五個軍團，不知道是哪個軍團負責京城大學的軍訓。

想起軍區，夏芍的心又是一亂。已經二十天了，師兄還是沒消息……

她轉身往臺下走，走到一半，敏銳地感覺到臺下的掌聲忽然停了，然後聽到了道道齊整的腳步聲。她抬起頭來，這一看，愣住了。

禮堂前方鋪著紅毯的主廊道上，三隊軍人神情嚴肅，踏著齊整的步伐而來。軍靴踏在地毯上，有著踏破山河的力度。

兩隊軍人迅速占領禮堂主廊道，分立兩旁，將兩旁座位上的學生擋得嚴嚴實實。一隊軍人則速度更快地跑進禮堂，視前排坐著的京城大學領導如無物，走到臺前分成兩隊，分立在演講臺上兩旁的階梯上。

剛剛站好，又有兩隊軍人從禮堂前方縱深的廊道裡進來，分列禮堂最前方站成一排，為首的一名旗手將手中大旗往地上一放。砰一聲，整個禮堂裡的師生心尖兒都跟著顫了顫。

旗子揚起，上書幾個大字：共和國第三十八軍團。

眾人震驚又茫然。

負責京城大學軍訓的是京城軍區裡兵力最龐大的第三十八軍團，但按歷屆規矩，接下來應該是校長到臺上致詞，拋磚引玉請出軍團的司令才是，現在怎麼搞出這麼大的動靜？

今天來的是第三十八軍團的劉參謀，負責京城大學的軍訓好幾年了，跟校方也很熟，這突如其來的情況，他可沒事先跟校方說。

許翰德見軍方無人出來解釋，便欲站起身來，但他屁股還沒離席，便被一名軍人的大喝嚇得又坐了回去。主廊道入口處的軍旗手聲音嘹亮地喊道：「報告將軍，第三十八軍團第一一四師到達目標地點，任務完成，請指示。」

學生們譁然，「將軍？」

新生們不知軍訓的事，還以為是校方請來的軍方高層，頓時齊刷刷轉頭，看向走廊入口處，而其他師生卻表情怪異，至少他們那幾屆，軍方來過師長團長參謀長，卻從來沒將軍親臨過。

寂靜的禮堂裡，廊道傳來一個男人冷沉的聲音。

「待命。」簡單的兩個字，冷得聽不出溫度。

有個人朝演講臺慢慢走過來。

他穿著筆挺的軍裝，一身孤冷的氣度。

禮堂裡的燈光照在他線條凌厲冷峻的眉宇間，卻照不進他深邃的眼眸裡。他的眼眸黑如暗夜星子，看到臺上懵愣住的少女時，漆黑的眸底才似浮現起情緒——蝕骨的思念，壓抑的思念。

他捧著一束玫瑰和百合混插的花束，向夏芍直直走去。

紅毯兩旁被士兵列隊占領，護得牢牢的，兩旁的師生根本就看不見徐天胤，但禮堂上面四層坐著的師生卻看得清清楚楚。

男人極俊，金色的肩章顯示他是一名少將。

好年輕的少將！

徐天胤自左邊的階梯上了演講臺，走向呆立在臺上的夏芍。

接著，他把手中的花束遞到她面前。

臺下的所有人都看清了徐天胤，女學生們不少人捂住嘴，男生們則齊刷刷看向夏芍。

夏芍意外得不知該作何反應，她從看到徐天胤走進來的時候就呆住了。見他把花遞到她面前，她傻傻地接過，目光定在他有些瘦了的臉龐上。

她的師兄回來了……

夏芍眼圈發紅，這一刻再突然再不對勁，也不抵他完好地站在她面前。

徐天胤似乎對她接住花微微鬆了一口氣，他從兩朵百合花的中間拿出一個紅色的小盒子，當著夏芍的面，單膝跪了下來。

夏芍目瞪口呆。她的面前，紅色的盒子打開，裡面放著一只用鑽石鑲嵌，款式別致的花戒。那戒指像是一朵綻放的芍藥，花蕊處有顆珍貴的金珠。

徐天胤將戒指送到夏芍面前，向來平板冷淡得沒有溫度的聲音，此刻難得有了溫度。他看著夏芍的眼睛，短短四個字，像是演練了無數遍，「愛妳，嫁我。」

眾人的氣都快抽乾了，夏芍一手捧花，一手捂著嘴，言語無法形容她此刻的心境。

她懷疑自己聽錯了。或許，因為太擔心師兄在外執行任務會有危險，她產生了幻覺？

師兄竟然在向她求婚。

他居然在這種場合，搞出這麼大的動靜……

在京城大學的開學典禮上求婚，這也太高調了。

夏芍懵了，呆萌師兄真的在求婚。

年前因為他逼婚逼得緊，她知道他的性子，才甩了個難題給他。想著以他的性子，怎麼也不可能做出當眾求婚的事，而她則可以以此拖兩年，拖到條件成熟了，再答應他不遲。

夏芍想破頭也想不到會有今天。

師兄到底想了多久？練了多少遍？

一想到他可能為了她徹夜想著求婚，夏芍便有些感動，但她太過震驚，一時不知怎麼反應。

徐天胤依然單膝跪地，舉著戒指，望著她。他抿著唇，像是剛才那求婚的話他演練了無數遍，但再叫他說一次很困難。只是看著夏芍愣住不動，他最終還是開了口：「芍，嫁給我。」

也正是這句話，喚醒了夏芍。

她低頭看著徐天胤，半嗔怪半感動地道：「你不是出任務去了？」

「嗯，去了。」徐天胤不動，簡短回答。

「真去了？沒騙我？」

徐天胤看著夏芍有點懷疑的眼神，說出的話簡短，卻像是誓言，「不騙妳，永不。」

「那……那個是怎麼回事？」夏芍朝那面「共和國第三十八軍團」的旗子努努嘴。

「任務完成，回京述職。」

夏芍呆住，接著心頭湧出難言的滋味。

這一刻，心疼多過感動。

她自從看見有軍人進來，心中就似有所感，但她怎麼也沒想明白，師兄在青省軍區任職，怎麼會調來京城軍區？

原來他是回京述職？

回京城述職不是說調就能調，要付出不少吧？怪不得她覺得他都是司令了，還總出任務。

原來這男人是早知她會有到京城的一天，因此早就開始累積軍功。她知道這次大軍區軍演，青省軍區大獲全勝，而兩人在一起三年，僅夏芍知道的，他出任務的次數就有五次。第一次，他受傷回來，她心疼了好一陣子。後來每次他出去，她都得擔心一段日子，好在他都平安回來了。而最後一次，她大學的開學典禮，他出現在她面前，告訴她，他回京任職。

以師兄的軍銜來看，即便他沒有說，夏芍也能猜得出來，他的職務必是第三十八軍團司令。

京城軍區是共和國七大軍區之一，跟省軍區有很大的區別。省軍區隸屬於大軍區，除了邊疆省份，一般只有預備役部隊，省軍區司令的實權不太大，而大軍區則負責諸兵種的軍事訓練，有戰區性質。

京城軍區下轄五個軍團、三個衛戍師和三個武警機動師，據說總兵力有四十萬，而第三十八軍團則是京城軍區的第一軍團，編制四個師、三個旅，麾下有坦克師、導彈旅、高砲旅、工兵旅、直升機大隊、化學防護團、工兵團、通訊團、電子對抗分隊、特種兵大隊。

這是真正的軍隊，真正的握有實權。

夏芍看著徐天胤，心中百般滋味。她為他高興，這是他應得的，卻也為他心疼，他太拚命了。

驕傲心疼之後，便是感動。她捧著花，眼圈微紅，目光柔極，問：「有沒有受傷？」

「沒有。」徐天胤的否認並沒有讓她的心有一刻的放下，反而令她更加心疼。

夏芍忽然俯身，擁抱了他，在他耳旁輕聲道：「傻瓜。」

被夏芍擁住，徐天胤的身子明顯微微僵直，隨即他抬手抱住她，氣息沉得令人心口發疼。

那是蝕骨磨人的思念，大半年相隔兩地不曾相見的折磨。如果不是今天的求婚，他早在見到她時就會抱住，不再分開。

感覺到她語氣嗔怪，聲音帶著哭腔，他的大掌伸去她背後輕輕地拍，安撫著道：「沒事，我真的沒有受傷。」

夏芍直起腰，怕師兄來一句「給你檢查」之類的話。

見她直起身來，他把戒指又遞過來，看著她。

夏芍險些失笑。好吧，現在對這個男人來說，最要緊的是這件事。

徐天胤望著夏芍，第三次說道：「嫁給我。」

夏芍目光落到戒指上，戒指做工精美，一看就是特意訂做的。

今天對夏芍來說真的是萬分意外的一天，她沒有辦法思考太多。臺下數千雙眼睛盯著，她想像不了之後傳開會怎樣，除了眼前的事，她無法再考慮其他。

而且，在這個男人為她做了這麼多事之後，她無法拒絕。

不忍、不能，也不想。

感情早已深埋，之前不答應是因為時機不成熟，現在時機似乎仍不成熟，但事已至此，她要求的求婚他做到了，她似乎沒有反悔的餘地。

「你打算讓我自己戴上嗎？」夏芍低頭注視著男人的眼眸，輕聲笑問。

這句話的意思誰都懂，徐天胤卻維持著單膝跪地手執戒指的姿勢，望著夏芍的眼睛，吐出四個字：「說妳願意。」

夏芍轉過頭去欲咳，這男人在關鍵時候真是一點也不傻。她的臉頰有些紅，不是她不想說，而是女人說「我願意」，跟男人說「嫁給我」一樣有難度，而她也不是擅長說這些的人。

「說妳願意。」徐天胤堅持。

夏芍氣也不是笑也不是，這男人怕她不說這話，戴上他的戒指會反悔還是怎樣？

雖然她可以矯情點，說句「你到底要不要戴，不戴算了」，這男人應該也會幫她戴上，但這話她說不出口，這太傷他的心意了。

既然求婚的事他都能做到，那麼回答一句她又有什麼理由做不到？

夏芍深吸一口氣。她緊張，她竟然緊張。

徐天胤的眼神慢慢變得溫柔，他在等她。

然後，他看到她幾不可察地點了點頭，臉頰粉紅，微笑道：「我……願意。」

我願意。

簡短的三個字，拂去他半年來籌備的辛苦。徐天胤仰著臉，臉上凌厲的線條瞬間化為柔情，一身孤冷寒霜漸漸消融。

徐天胤笑了，夏芍第一次見他這麼笑。他以前的笑總是曇花一現，輕輕牽起唇角，留給人短暫驚豔，但此刻他笑了，深邃漆黑的眸像星辰乍亮。

夏芍初次知道他可以笑得這麼開懷。

徐天胤沒有急著把戒指給夏芍戴上，而是伸出手，緊緊抱住她的腰，額頭抵著她的小腹，輕輕地笑著。

夏芍愣住，不知道他會這麼開心。

她看著他笑，看著他放開她，把戒指從盒子裡取出來。

他執過她的手，緩緩且虔誠地幫她戴上戒指。戒指的尺寸剛剛好，徐天胤的目光落在夏芍纖細的手指上，深深凝望著，像是在銘記這一刻。然而，他不知道的是，夏芍正看著他，似也是在銘記。

徐天胤站起來，低頭靠近。

夏芍驚醒了，她瞪大眼，往後一仰，驚問：「幹麼？」

「吻妳。」男人回答得理所當然。

夏芍臉色漲紅，險些踩徐天胤一腳。她瞪著他，往臺下使眼色。他不知道今天是什麼場合嗎？他已經夠高調的了。

徐天胤明顯看懂了夏芍的意思，但他堅持，「書上說，吻了才算結束。」

書上說？

夏芍又好氣又好笑。她就知道，求婚的戲碼要麼是他有軍師，要麼是從哪裡看來的。原來他真的去翻書了。

夏芍瞪眼，徐天胤一看就知道她不樂意。他的眼裡露出不解之色，不明白為什麼她能接受他眾目睽睽之下求婚，卻不讓他吻她。

就在這時，臺下忽然有人喊道：「吻一個唄！」

是女生的聲音，夏芍無法確認方向，卻聽得出來是柳仙仙。

柳仙仙的這一聲喊，眾學生都沸騰了。

這是求婚啊！

在開學典禮上的現場求婚！

這在京城大學的校史上是絕對前無古人。

這是京城大學的禮堂，多少政商名流在這裡演講過。這裡對京城大學來說，是神聖而禮遇貴賓的地方，學生們再前衛再浪漫，也不敢在這裡求婚。

但對方一看身分就不普通，共和國建國之後，有這麼年輕的少將嗎？

毫無疑問，對方不僅是年輕的將軍，還是京城軍區第三十八軍團的人。

最年輕的少將，最年輕的集團創始人，將軍與才女的組合，怎能不讓人激動？

禮堂頓時哄鬧開了，許多人站了起來。

「吻她！」

「親一下！」

面對這種情況，學校的領導們都不知道該怎麼反應，更別提學生會了。

張瑞呆愣，趙玫捂著嘴，王梓菡看著徐天胤，目光變了變，像是把他認了出來。

而起鬨的學生裡，也不全是同樣的反應。

周銘旭一臉不可置信地盯著臺上，眼睛都瞪圓了，「媽呀，小芍太牛了，這是少將啊！」

苗妍卻是在高中時就見過徐天胤的，她只是笑著，臉也跟著發紅，滿眼的羨慕。

元澤坐在前排的座位，望著臺上，目光複雜，努力維持著微笑，笑容裡卻有著失落和苦澀。

其實他早就知道會是這樣。雖然一直不服氣，想著徐天胤不過是比他早出生了十年。如果給他十年的時間，他也可以風風光光地追求她。

他想憑自己的能力，可是老天沒有給他這個時間。他和她有緣，從初二那年他被混混圍毆的巷子裡，但他和她之間的緣分，或許只註定是朋友。

少年人生第一次悸動的暗戀，就在這剛剛走入大學的開學典禮上，落下了帷幕。

怎能不失落，怎能不苦澀？

但元澤還是維持著微笑，儘管他心裡還是不服氣，覺得給他時間，他也可以做到，但他不想因此而失去她的友誼。他不是傻子，看得出她對自己只有朋友之情。

哪怕是朋友之情，也是一種緣分。如果連這都失去，就真的沒有半點機會了。

再者，徐家的門檻太高，這樣高調地求婚，徐家會同意嗎？她真的不會受到傷害嗎？

元澤皺起眉，剛才還失落的心情，此刻已被憂慮填滿。

而夏芍此刻是臉頰通紅，她自是不肯當眾被吻，於是她在一片起鬨聲中偷偷掐了徐天胤一把，「這是你搞出來的事，你自己解決。」

夏芍說完，轉身朝校長致歉，然後率先離開禮堂。

後面的事是徐天胤解決的，今天軍區的軍人出現在禮堂搞了這麼一齣，並沒有事先通知校方，但徐天胤表明了身分之後，校方自然是什麼不滿都沒有了。

徐家？竟是徐家？

徐家在京城可是第一紅頂家族，四九城裡最榮華的四大家族也只能望著徐家的臉色行事。徐老爺子如今是共和國開國時期僅存的一位老人了，他老人家的分量可想而知，而他的兒孫一輩，更是身居政壇，前途無量。

聽說徐老爺子的嫡長孫是從軍的，在徐家很另類，但這個人京城的人很少見過，因為他幼時身體不太好，一直在香港療養。後來從軍，身分也很神祕，一直不在外界露臉。三年前聽說他在青省軍區擔任司令，授少將軍銜。過年回京城，也只有政壇最上層的那些人能見得到他。

沒想到他今天會出現在京城大學的禮堂上，還公開向剛入學的華夏集團董事長求婚。

而且，他調回了京城，任第三十八軍團司令，手握京城第一重兵。

許多人震驚了，只不過最先感受這股震驚的是京城大學的領導。對局勢有敏感度的人都能聞得出來，徐家軍政大權在握，在這個姜系和秦系鬥爭最緊密的時候，京城往後可就熱鬧了。

但在京城熱鬧起來之前，最先熱鬧起來的是網路。

這段史無前例的共和國最年輕的少將向華夏集團董事長求婚的視頻，被放到了網路上。

這件事是夏芍預料到的，在她離開禮堂之後，腦子一清醒，第一時間就給在香港負責華夏娛樂傳媒的劉板旺打了電話，讓他盯著華樂網，封鎖一切關於這件事的視頻。

然而，華樂網雖然是網路傳媒的開拓者，這半年來卻已不是獨家。華樂網封鎖了消息，在其他的網站還是曝光了。

這樣勁爆的大新聞，立刻在網路上傳得沸沸揚揚。

夏芍在京城大學也是一舉成名，高調得當天就沒回學校宿舍，而是在外頭的飯店暫住，但第二天她還是得回學校，因為要參加軍訓。

但在軍訓之前，她接到了家裡打來的電話。

第二章

神祕老人

自從女兒創辦了華樂網之後，夏志元上班的時候都會樂呵呵地打開網站瞧瞧，華夏集團封鎖的消息，他自然是沒看見，但他沒看見，不代表公司的人沒看見，同事把把搜索出來的視頻給他看。這一看，夏志元猶如被雷劈中，屁股後面似有火燒地趕回家中。

李娟在家中接到夏志梅打來的詢問電話，整個人有些懵，壓根兒不知道發生了什麼事。夏志元趕回來之後，夫妻兩人去了夏芍房裡開電腦，把網站打開一看，李娟呆住了。

「小徐？」這是怎麼回事？

「這小子！這小子！」夏志元氣得手發抖，臉色更是精彩。他拿出手機撥打女兒的電話，電話一接通，夏志元就控制不住地吼道：「這是怎麼回事？」

「你那麼大聲音幹什麼？別嚇著女兒！」李娟忙把手機搶過去，心疼又震驚，「喂？小芍，妳跟媽說，網上那事……是、是真的嗎？妳跟小徐……這什麼時候的事？小徐他不是說他有女朋友嗎？你們兩個是怎麼回事？」

夏芍臉色發苦，一時不知怎麼回答，於是便道：「媽，我今天軍訓，一句兩句也說不清楚，等中午我再打電話跟你們解釋。」

父母的反應，夏芍有心理準備，可事情還是出乎她的意料。中午的時候，她又接到了父母打來的電話，說他們來京城了。

只不過這次他們不是自駕來的，而是搭飛機急忙趕來，訂了飯店就打電話通知夏芍。

夏芍接到電話的時候剛剛軍訓完，正是吃午飯的時候。

這一上午對夏芍來說，過得也不平靜，負責京城大學軍訓的正是第三十八軍團。大學生的軍訓跟軍隊新兵入伍的訓練自然不一樣，也不重要，因此，不到最後一天檢驗成果的時候，並沒有軍區首長前來視察。

可今年不一樣，軍訓第一天，第三十八軍團的政委、參謀長、四師三旅的師長旅長都來了。

當然，他們是陪著身為司令的徐天胤來的。

一排軍區高官列席，搞得軍訓場上氛圍異常緊張。學生們是興奮，負責軍訓的教官們則是緊張。除了緊張，還有為難，尤其是負責經濟系一班的教官。

他所帶的班級裡面有未來的司令夫人，他是嚴格，還是不嚴格？

這名教官是入伍三年的兵，能留在京城軍區部隊裡，自然是一等一的強兵。這要是讓他訓練新兵，不把新兵們練趴下扒一層皮絕不算完，但面對的是嬌貴的京城大學學生，強度自然弱了不少。縱使是這樣，每年軍訓也都能把一群嬌貴的少爺千金練得喊狠喊累。

當然，這種強度，在戰鬥部隊的軍人眼裡，真的是撓癢癢的小兒科。只是不知道這種小兒科在司令眼裡，是算嚴格，還是不嚴格？

那名倒楣的糾結的教官默默轉頭，望一眼看臺上由參謀長和師長們陪坐著的徐天胤。徐天胤神情冰冷，目光只望向一個方向，那裡站著穿迷彩服的少女。

她穿迷彩服也很好看，頭髮紮成馬尾束在帽子後，臉蛋在陽光下透著薄粉。

徐天胤的眼神微柔，看到夏芍鼻尖上細小的汗珠之後，輕輕蹙了眉。一招手，教官心裡咯噔一下，轉身跑過來。徐天胤道：「休息。」

教官苦著臉。好吧，懂了。

於是，這一上午，夏芍所在的經濟系一班的訓練強度就跟撓癢癢差不多。在教官看來，與其說是軍訓，不如說是帶著一群大學生玩，連夏令營的強度都沒有，也就是聊天打屁，唱唱軍歌，步伐走得踢踢踏踏。中間休息三次，然後一上午就這麼過去了……

經濟系一班的學生這一上午過得歡樂，夏芍卻過得相當難受。她不是沒有高調過，以夏芍的性子，很快便會淡然接受周圍的各種注目禮，然後該幹什麼幹什麼，但她難受的是教官對待她的態度，簡直把她當首長夫人供著，讓她瞪了徐天胤好幾眼，恨不得把他攆回軍區去。

他在這裡根本是添亂，這樣下去不好，夏芍正打算中午跟徐天胤說，讓他軍訓期間別來學校，該怎麼訓練就怎麼訓練，可這話還沒來得及說，她就接到了父母打來的電話。

掛斷電話，夏芍臉色發苦，看了眼徐天胤，說道：「我爸媽來京城了，走吧。」

……

兩人來到飯店的時候，正是用餐時間。夏志元在飯店包廂訂了一桌酒席，但今天這桌酒席只有四個人：夏志元、李娟、夏芍和徐天胤。

徐天胤一身軍裝沒換，進門的時候牽著夏芍的手。夏芍本欲掙脫，徐天胤卻堅持不放。這讓夏芍沒太敢看父母的眼睛，只笑了笑，叫了聲：「爸，媽。」

夏志元的目光果然最先落在徐天胤牽著自己女兒的手上。

李娟倒比夏志元坐得住，她先按了丈夫一把，然後看向徐天胤，「小徐來了？坐吧。」

「伯父，伯母。」徐天胤跟夏志元和李娟打過招呼，便牽著夏芍的手坐下，直到坐下來，他也沒鬆開手。

李娟臉皮有點臊，她向女兒使眼色，讓她先把手抽出來。現在的年輕人，實在是比他們那時候開放多了，當著長輩的面，拉著手像個什麼樣子？

夏芍低著頭，輕輕扯了扯手。
徐天胤卻握得緊了緊，依然不放開。
夏志元這才好生看了徐天胤一眼，道：「小徐，伯父還真沒看出來啊，這是什麼時候的事？」
「小徐不是有女朋友嗎？」李娟忍不住開口。這是她最糾結的，這件事讓她怎麼也接受不了。女兒向來是優秀的，讓她這個當母親的怎麼接受得了女兒當破壞別人感情的第三者？
母女連心，夏芍一聽就知道母親在糾結什麼，她頓時一笑，「媽，妳想哪兒去了？」
「那是怎麼樣？」夏志元轉頭看向女兒，拍了桌子。他向來寵女兒，這麼多年來，還是第一次跟女兒這麼瞪眼，「你們兩個年輕人，這麼大的事瞞著家長！不經過長輩的同意，你們就這麼私自訂情，這是誰家的規矩？」
在年輕人眼裡，求婚的戲碼不過是求個浪漫，但在長輩眼裡不一樣，這就跟訂下婚事沒什麼兩樣。戒指都戴了，這不是訂婚，是什麼？
「你這麼大聲做什麼？」李娟還是心疼女兒，當即就說起了丈夫，但她也疑問重重，「小芍，這到底是怎麼回事，妳倒是說呀！」
「爸、媽，其實我和師兄是……」
「伯父、伯母，我說的女朋友就是芍。」徐天胤打斷夏芍未說完的話，直截了當，也把得知真相的夏志元夫妻震驚的目光都吸引到他身上。
「什麼？」夏志元和李娟懵了，兩人互看一眼，琢磨這句話的意思，卻怎麼也不敢相信。
「就是我們家小芍？」李娟眼睛瞪大，音調也提高了起來，話都說不利索了，「可、可是你第一次來我們家的時候，我們家小芍她、她剛念高中啊！」

「嗯。」徐天胤很冷靜，話語簡潔有力，只道事實：「我們在一起三年了。」

三年？

李娟張著嘴，看向女兒，她那時候不是才十六歲嗎？

「我、我打你！」夏志元站起身來便要揮拳頭，莫說徐天胤是將軍，就算他是天王老子，夏志元這時候也要揍這小子。

「伯父。」徐天胤端坐不動，眉毛都不動一下，對夏志元揮舞過來的拳頭視若無睹，只是望著未來岳父，深邃的目光裡除了堅定，只有堅定，「我愛她，我要娶她。」

這一句話令夏志元揮舞的拳頭停住，李娟也愣住。

夏芍的心像是漏跳一拍，然後整個心都是暖的。她眼圈微微發紅，覺得此刻比大學禮堂裡的求婚更令她動容。再多的浪漫，也比不了他面對父親的責難時，一句如山堅定的話語。

夏芍因這話感動，夏志元卻因這話無語。他有種一拳打在棉花上的感覺，有火不知往哪裡發。這混蛋小子是個奇葩，油鹽不進，跟他想像中追求女兒的其他小子有點不一樣。

「好好好，你要娶她？那你說，你怎麼娶她？」夏志元深深看徐天胤一眼，又覺得自己這話有點沒說準意思，於是又補了一句：「你說，你們徐家是個什麼態度？」

夏志元這話問到了關鍵點。

「以你們徐家的家門，看得上經商的家庭？」夏志元有話直說，事關女兒，含糊不得，「小徐啊，伯父說這話，不怕你笑話。我閨女就是沒有華夏集團，她在家裡，我們夫妻倆也是把她當掌上明珠。她有本事也好，沒本事也好，將來結婚嫁人，我們都不希望她受委屈。你們徐家是開國元勳的家庭，官家門庭高，未必看得起生意人。說句實話，我們小芍將來嫁給合適的人家，保准人家家裡把她當寶。也不會有給她添堵的事，但是嫁進你們徐家的門，誰給我保證她不受人白眼，不被人瞧不起？再說句不中聽的，你們徐家同不同意她過門都還是個問題。」

李娟臉色一白，她這一路上滿心都是網路上視頻裡小徐跟自家女兒求婚的畫面，心裡都在想著問清楚這兩個孩子到底是什麼時候走到一起的。再深的問題，她都沒來得及想。現在看來，還是丈夫考慮得深，這些事確實才是最大的問題。

夏志元看著徐天胤，再問：「小徐，你也別怪伯父說話不好聽，我就是想問問你，你跟小芍求婚，你們徐家事先知道嗎？同意嗎？要是不知道，你搞這麼一齣，鬧得沸沸揚揚的，全世界都知道了，然後你們徐家再來句看不上小芍，不讓她過門，你打算叫她以後怎麼做人？」

李娟臉色又一白。是啊，要是這樣的話，女兒不就成了笑柄，以後臉往哪兒擱？

夏芍心裡是有些愧疚的，如果不是她隨便找了個求婚的難題丟給徐天胤，想著以此來拖一拖兩人的事，他就不會為了滿足自己，搞出今天這一齣，自然也就不會生出這麼多頭疼的事來。說白了，今天這局面，她自己也是有責任的。

徐天胤面對夏志元夫妻的目光，脊背挺直，坐得端正。夏志元夫妻不是第一次見徐天胤了，初時見他覺得這年輕人性情太冷，但相處過後知道他外冷內熱，話不多，做的多，對長輩也恭敬，因此，此時看他仍是平常的冷面模樣，倒不覺得怎樣，只是想他給句明白話。

「徐家有爺爺在，我有一位叔叔和一位姑姑，還有一位堂弟和一位表妹。」徐天胤幾句話就把徐家的情況說明白，「我的婚事，只需要告訴爺爺，不需要叔叔和姑姑做主。」

夏志元和李娟聽了一愣，這話聽起來是不錯，徐老爺子是徐家的一家之主，有他老人家在，其他人都說不上話。叔叔姑姑這些人雖是長輩，但也不能左右晚輩的婚事，但是這話怎麼聽著有哪裡不太對勁？

「小徐，你父母呢？」李娟開口問。

夏芍緊張地看向徐天胤，明顯感覺他握著自己的手緊了緊，但他面色如常，聲音聽起來很平靜，「他們去世多年了。」

「什麼？」夏志元夫妻愣住。

「師兄的父母在他很小的時候就意外過世了，徐老爺子很寵師兄，徐家子孫都從政，只有他從軍，也由著他了。」夏芍跟父母解釋。其實她也沒見過徐天胤的爺爺，那名威名赫赫的老人究竟是什麼樣的，她心裡也沒底。這些都是根據徐天胤往日的隻字片語裡推斷出來的，此時說給父母聽，只是為了暫時安撫他們。至於徐家那邊，早晚都要見，她打算能爭取就爭取，爭取不了也有別的辦法。

天下熙熙皆為利來，官商雖有門庭之別，但利益不分門庭。

夏志元和李娟顯然對徐天胤父母都已不在世的事很意外，夏志元驚愣道：「那、那這麼說，你的婚事只需要老爺子做主就可以了？」

「我的婚事，我自己做主。爺爺是長輩，只需要告訴他老人家，其他人無權過問我的事。」徐天胤的語氣不像是爭辯，而像是在陳述一個事實。

一個他在徐家地位很特殊的事實。

夏志元和李娟從他的話裡卻聽出了威嚴和冷峻來。

無權過問？什麼叫無權？

「這話說得，你叔叔姑姑對你的婚事做不了主，還能以後跟你們不來往？」夏志元皺眉頭，「他們要是看不上小芍，以後見面不得給她臉色看？」

不怪夏志元多想，他和妻子就是這樣。當年結婚的時候，因為老人看不上李娟，大妹夏志梅看不上李娟，於是結婚以後無論他怎麼維護妻子，過年過節的時候，李娟總是被挑剔。如果不是女兒有出息了，他們夫妻兩人在夏家的地位今非昔比，李娟還不知道會被挑剔到什麼時候。

當然，夏志元知道徐天胤有本事有地位，可他在徐家怎麼說也是晚輩，他家長輩如果挑剔自己的女兒，他就是再護著，還能怎麼樣？難聽的話還不是得聽著？

夏志元和妻子過了半輩子這種生活，他是無論如何不想讓女兒過這種日子的。

「沒有人能給芍臉色看。」徐天胤道。

夏志元一愣，隨即就想皺眉頭——這話聽起來根本是句空話，有什麼意義？但夏志元沒能說出口，當他看見徐天胤的臉色時，話堵在喉嚨裡。

徐天胤氣勢冷冽，看起來像是如果此刻面前有個人敢給夏芍臉色看，立刻就會沒命一樣。

夏志元一時不知該怎麼接話，幸好徐天胤這氣勢沒維持太久，夏芍還沒安撫他，他自己就收了回來，然後歉疚地對夏志元和李娟點點頭，起身倒了兩杯熱茶遞了過去。夏志元和李娟愣愣地接了，然後便見他繼續道：「爺爺知道這件事了，昨晚我跟他談過，他老人家沒什麼意見。」

這話讓夏志元夫妻又是一呆，這回連夏芍都愣住。

「什麼？老爺子知道了？」夏志元眼神發直。

徐天胤點頭，「爺爺沒反對。」

夏志元和李娟互看一眼，兩人都不知道說什麼了。

夏芍看著徐天胤，她了解師兄，他不說假話。他的話雖然簡潔，但句句是真。他這話裡是說「沒意見，沒反對」，可沒說老爺子同意。

也就是說，徐老爺子還沒有明確地表明態度。

「老爺子就沒說門第有別？」半晌，夏志元才找回聲音。

徐天胤看著夏志元，「爺爺是農民出身。」

一句話讓夏志元沒話說了。

確實，以前抗戰時期，都是窮苦百姓出身，老人家未必有門第之見，可建國半個世紀了，在權力中心待這麼久，真的不會變嗎？就算徐老爺子沒有門第之見，徐家其他人能沒有嗎？

想到這裡，夏志元重重嘆了一口氣。

「吃飯吧，吃完飯再說。」夏志元一指桌上已經涼了的飯菜。

且不說菜涼了，今天壓根兒就沒人有心思吃飯，倒是徐天胤沉默地吃了一會兒，然後叫來飯店服務生，把桌上幾道菜拿下去熱了熱。

夏芍一看那幾道菜，便露出暖心的笑意。那幾道菜都是她的父母動筷最多的，當然，也有她愛吃的。夏志元和李娟也發現了，夫妻兩人互看一眼，沒說什麼。

直到吃得差不多了，夏志元才放下筷子道：「我和小徐有幾句話說，妳們母女先回房間。」

夏芍看向父親，李娟站起身來，看女兒一眼，向她使眼色。夏芍只好跟著母親去飯店的房間，留下徐天胤獨自面對父親。

到了房間，李娟先去床上坐了，看向關了房門走過來的女兒，目光不知是責怪還是無奈。夏芍笑了笑，帶著點討好的意味。李娟頓時笑了，笑罷瞪她，「妳就會什麼都瞞著妳爸媽，這麼大的事妳也敢瞞著。」

夏芍只笑不語。她能怎麼說？能說知道父母不會同意，所以故意不說？

「這可倒好，早就見著女婿了，我和妳爸都還蒙在鼓裡。」

夏芍又笑，笑容更加諂媚。

「妳怎麼想的？小徐比妳大十歲啊，這年紀差得也太大了。」李娟又是無奈又是怨怪。

夏芍坐到母親身旁，「媽，師兄的性子妳和我爸都是看見的。他性情其實不冷，只是話不多，但勝在心細，很會照顧人。」

「媽知道。」李娟嘆了口氣，「小徐是個好孩子，媽看得出來。媽對小徐的人品沒意見，就是他比妳大太多了，而且徐家的門檻也太高了。小芍啊，我和妳爸是怕妳以後受委屈。妳嫁進徐家，妳爸媽還有什麼比這更有面子的？可是爸媽寧可妳嫁到門檻低一點的家庭，人家把妳當寶供著，好過妳受了一肚子委屈，爸媽連主也沒辦法為妳做。」

李娟說到這裡，眼圈紅了，「怪我和妳爸沒本事，我們要是那種有能耐的父母，也就不用怕妳受委屈了。」

夏芍趕緊遞張面紙給母親，「媽，妳和爸的考量我清楚，可你們也把我想得太卑微，你們怎麼就知道我一定是受委屈的那個？你們的女兒是不是受委屈的人，你們還不清楚嗎？」

李娟擦著眼淚呆住，隨即道：「我知道妳不受委屈，可到了徐家，妳不受委屈，妳就得跟徐家人鬧起來。那可不是妳那些姑姑叔叔，妳還能像對妳姑姑叔叔那樣對徐家人？」

「那倒不能。」夏芍一笑，只是意味有些深。

對待不同的人，用不同的手段，官再大，不也是普通人？

普通人那就好對付了。

當然，夏芍不希望對徐家人用什麼手段，現在只是假設他們找她麻煩的前提。眼下不還沒見到嗎？如果沒那麼嚴重，那最好。

李娟一看女兒這樣笑，就知道她在想什麼。那回她姑姑叔叔惹到她，她就是這樣笑的，結果不聲不響把黑幫的人都請來了。

李娟有點擔心，夏芍卻安撫道：「媽，您放心吧。我做事心裡有數，這您還不知道？」

李娟也不知再說什麼好，過了半晌，嘆氣，「都是媽沒多留心，當初看出妳和妳師兄關係好，還以為他對妳像對妹子，哪知道你們這兩個年輕人……啊！」

李娟本是咕噥兩聲，但說到此處卻像是想起很重要的事，臉色一下子變了，「妳跟媽說，小徐他……沒、沒把妳怎麼樣吧？」

夏芍一愣，趕緊搖頭，「沒有。媽，妳想到哪兒去了？」

這事自然只能否認，敢承認，今天她和師兄都得挨揍。

李娟這才舒了口氣。

夏芍一看時間，已是下午一點鐘了，看來今天下午的軍訓她得請假。夏芍的估量一點也沒錯，夏志元和徐天胤談了近兩個小時，也不知道徐天胤話那麼少，夏志元是怎麼跟他談那麼久的。

夏芍不知道父親跟徐天胤談了什麼，只是見兩人來敲房門的時候，夏志元臉色還好。

「好了，妳趕緊回學校吧。我和妳媽在京城住一晚，明天就走。」夏志元一進門就道。

夏芍一看時間都三點了，而且父母明天就走，她這會兒回學校已是沒什麼心思，於是便和徐天胤去了飯店走廊，讓他先回學校，今天下午就當她請假了。夏芍還讓徐天胤明天起不要去學校看她軍訓了，這樣影響不好，而且他剛到京城軍區任職，事情肯定很多，她不想他耽誤工作。

夏芍的要求，徐天胤自然答應。如今兩人都在京城，且夏芍讀大學，時間比高中的時候多了很多，兩人見面也會多了起來，不急於這段軍訓的時間。

徐天胤走後，夏芍留在飯店陪了父母一晚。出乎意料的是，夏志元和李娟對這件事都沒再說什麼，只是第二天早上起來往機場去的時候，夏志元才看向了女兒，目光有些感慨。

「妳聽著，要是徐家讓妳去家裡坐坐或者吃頓飯，妳去了要大大方方的。記住，咱們門第雖然比不上人家，但是不丟人。要是他們為難妳，這婚事不要也罷，爸媽絕對不會叫妳過受委屈的日子，聽見了沒？」

夏芍笑著點頭，心裡暖暖的。

送別了父母，夏芍趕回學校的時候，已經快中午。算算時間，上午的軍訓已經快結束了，夏芍便沒去軍訓場上，乾脆回了宿舍。

她還沒收拾好行李，那天母親來幫她收拾了寢室之後，晚上她壓根兒沒回來，而是陪著父母在飯店過夜。父母回去後，學校體檢，夏芍又和柳仙仙、苗妍、元澤和周銘旭一起到校外去玩，一夜未歸。第二天開學典禮，鬧出求婚的事，夏芍躲出去一晚，昨晚也是在飯店陪父母，於是算下來，她開學幾天了，竟還沒在宿舍睡過。

夏芍把東西歸置好，去洗手間洗了把臉，出來時聽見寢室門開了，走進來的女生正在說話。

「妳說那個苗妍是哪裡來的人？怎麼說話小聲小氣的，活像鄉下來的土包子。」

「可不是鄉下來的？聽說成績也不怎麼樣，就是家住邊境省份，分數線低才考上來的。」

「怪不得，我說她說話怎麼小聲小氣的，軍訓的時候連報到都不敢喊大聲。這麼下去，等考核那天，肯定會連累我們系。」

「考核什麼呀？妳沒看教官都不敢好好訓練嗎？誰叫我們班有位司令夫人呢！」

兩個人邊說笑邊走進來，說完了才看見夏芍床鋪的位置收拾乾淨了。

兩人一愣，開學幾天，她們自然是知道跟夏芍分在了一個寢室，但她這兩天都沒回來，昨天下午和今天上午都請假了，整個系裡都在說她肯定是和司令約會去了，這怎麼就回來了？

兩人心裡咯噔一聲，當看見從洗手間裡出來的夏芍時，兩人臉色發白。

夏芍是身價數百億的企業老闆，就憑這點，她們就得仰望，而且她現在還是國家最年輕的少將心尖兒上的人。聽說那位徐司令家庭背景不簡單，軍商聯姻的話，夏芍的身分更叫人仰望。

正因為明白，所以在背後說夏芍是非的時候，被她聽了個正著，兩人才變了臉色。

夏芍表情很淡，走去桌邊整理課本，不鹹不淡地道：「背後莫論人是非，我以為這種最基本的品德，小學生都應該具備。」

兩名女生臉色漲紅，一句話也不敢反駁。夏芍整理好課本，抬起頭來看向兩人，輕輕點頭，「我也覺得軍訓事關院系班級榮譽，不好輕鬆混日子。」

兩名女生一愣，聽出夏芍這話似有什麼意思，而夏芍則徑直出了宿舍，走廊裡遇到不少回來宿舍的女生，她們見到夏芍，無不是行注目禮。夏芍對周圍的目光淡然處之，走到樓梯口時碰上了回來的苗妍，兩人便一起出去吃飯。

柳仙仙是音樂系舞蹈組的，跟夏芍和苗妍不在一個宿舍樓，兩人去了柳仙仙宿舍樓下，這丫頭洗了澡換了衣服，美美地化了個妝才下樓，一下來就對著夏芍笑道：「喲，司令夫人在這兒等我，真有面子！不行，我得把這事兒發到網路上，給我自己炒作炒作！」

夏芍知道柳仙仙就是一張毒嘴，懶得跟她計較，打電話給元澤和周銘旭，五人一起去吃飯。

元澤見到夏芍，神色如常。儘管學校都在傳夏芍一軍訓就請假定是跟徐天胤約會去了，但他看見夏芍，還是一臉溫暖的笑。兩人朋友這麼多年，元澤對夏芍的性情還是了解的，她向來不愛高調，又怎是那種軍訓時候走掉，徒惹話題的人？

她必然是遇到了必須要離開的事。

果然，中午吃飯的時候，夏芍把父母來京城的事說了，獲得元少和周銘旭驚訝的目光，苗妍擔憂的目光和柳仙仙幸災樂禍的笑聲。

下午夏芍重新回到班級軍訓，可是自打這天下午開始，經濟系一班逍遙了一天半的新生們，開始了魔鬼般的高強度訓練。

教官像是要把之前的訓練強度補回來，別人班訓練的時候，他們也訓練，別人休息的時候，他們站軍姿。別人在樹下唱歌玩遊戲的時候，他們則圍著操場跑圈。

幾天下來，經濟系一班怨聲四起。

跟夏芍同寢室的兩名女生自然認為這是夏芍示意教官的，但這事說出去，誰也不信。夏芍就是經濟系一班的人，訓練，她跟著訓練；站軍姿，她跟著站；曬太陽，她跟著曬；跑操場，她跟著跑。班裡的男生都叫苦叫累的訓練強度，她一個女孩子，能把自己也搭進去？

兩名女生憋屈得要命，再觀夏芍，心下驚疑。不知道為什麼，總覺得軍訓對於夏芍來說很輕鬆似的。男生都累得出了一身大汗，她卻臉上乾乾淨淨。訓練了半個月，人人都曬得黑了一層，女生們在宿舍裡叫死叫活，她皮膚仍是粉白得玉瓷似的。訓練場上，不知惹了多少人的眼。

眼看著明天就是軍訓考核的日子，過了明天軍訓就結束了，今天下午教官難得鬆了鬆，提早放人休息。男生們呼啦一下跑去樹下陰涼地方坐著，女生們則往洗手間跑，洗臉擦防曬霜。

進洗手間的人多了，難免有磕磕碰碰。夏芍剛要出去，便聽見裡面傳出一聲驚呼，接著一人叫道：「沒長眼啊！」

夏芍回頭，見罵人的正是自己同寢室的室友，叫什麼名字她沒在意，而被罵的女生面容小巧，一雙眼睛小刀子似的很是伶俐，被人罵了只是笑了笑，脆生生點頭，「是，我沒長眼。」她這麼乾脆地承認，倒叫夏芍同寢室的女生一愣，隨即手指尖輕輕一痛，卻沒有多在意。

夏芍對這種爭執沒興趣，與其看戲，不如早早回宿舍。今天是軍訓最後一天，她跟朋友約好了晚上出去玩，但轉身的時候忽然蹙了蹙眉。

她感覺到身後有什麼東西，可那種感覺迅速消失。

那名被罵的女生看了眼夏芍的室友，接著走出了洗手間。

經過夏芍身邊的時候，她看了夏芍一眼。

這一眼是笑嘻嘻的，眼神卻有種說不出的古怪感覺。

夏芍的修為如今已在煉神還虛，向來感覺敏銳，此時目光與這女生一對上，夏芍在她身上一掃。一看之下，竟沒發現異常，而這女生已從她身旁經過，往走廊去了。

夏芍向來相信自己的直覺，即刻開了天眼。

沒想到這女生看起來似是普通人，周身並無內家元氣，感覺卻像野獸般敏銳，在夏芍的目光落到她後背上時，她霍然回頭，目光亮如刀刃。

夏芍不為所動，瞧見那女生袖口裡的某樣東西，目光為之一變。

那女生似也感覺到夏芍發現了什麼，居然掉頭就跑。

夏芍二話不說，抬腳便追。

兩人在走廊裡一前一後，撥開人群跑得飛快，讓周圍的人莫名其妙。

夏芍追出教學大樓，夕陽迎面，照得人眼都睜不開，夏芍卻速度一點也沒受影響，轉過教學大樓繼續追，最後追到軍訓場上。

那女生也精明，場上都是統一著裝的學生，訓練場上到處都是自由活動的人，她跑進去，混入人群，可就不好找了，但她不知道，夏芍的天眼可沒那麼容易騙過。

夏芍見她往訓練場上跑，一路加快速度追過去。那女生身手敏捷，跑起來的速度絲毫不慢於夏芍，因此兩人一前一後，距離時近時遠，一直保持著拉鋸的態勢。

但就在轉彎的時候，女生的速度明顯慢了下來。夏芍心中狐疑，一抬眼見透過女生看見她前方有名背著手沿著湖邊正往訓練場方向散步的老人。女生跑到老人旁邊，步子一頓，然後回頭衝著夏芍挑釁一笑。接著拉著老人，往夏芍身上推去。

夏芍正好奔來，對方此舉讓夏芍發怒。

老人被推到夏芍身上，夏芍只得伸手去接。

那名女生已經混進訓練場中，不仔細尋是尋不到了。

夏芍抬頭遠望的時候，老人也皺著眉頭，顯然對突來的事有些惱怒，但他轉頭去看扶住他的人時，明顯一愣，威嚴的眼底有光芒閃過，忽地低頭喊道：「哎喲……我的腰！」

夏芍聽見老人哀嚎，見後頭幾步遠處便有休息的長椅，便趕緊扶著老人去坐。

老人不領情，喝斥：「廢話，妳這麼大年紀被人推一下試試！」

夏芍被罵得莫名其妙，先是挑眉，後是蹙眉，並不是惱怒。老實說，這老人在她看起來可真不像有事。聽這罵人的聲音，洪亮如鐘，且老人臉色紅潤，雖然頭髮已白，但怎麼看都是長壽且身體硬朗的老者。

老人看見夏芍的眼神似有所悟，當下有氣無力道：「我的腰……」

夏芍險些失笑，她看了老人一眼，把他扶去長椅上坐下。

反正那女生一時也找不到了，她倒想看看這老人想幹什麼。

老人一坐下，就開始數落她：「你們這些年輕人啊，還京城大學的學生呢，就這素質？在校園裡跑跑鬧鬧，成何體統？把我撞倒了，妳說吧，怎麼辦？」

夏芍挑眉，「您弄錯了吧？剛才可是我扶了您一把，您才沒摔著，撞您的另有其人。」

老人眼一瞪，理直氣壯，「要不是妳追她，她會跑嗎？她不跑，我會被撞到嗎？」

這話讓夏芍愣了愣，隨即搖頭笑笑。

老人被她笑得也是一愣，反應過來，又哎喲一聲，「我不管，反正這事有妳的一半責任，我抓不住那學生，可抓著妳了。妳敢推脫，我找你們校領導去。看妳穿著迷彩服，是新生吧？我去找妳們校領導，給妳記大過，哼！」

老人說話間還抓著夏芍的袖子，活像怕她跑了似的。

夏芍不氣不惱，「那您老的意思是想怎樣？」

老人顯然沒想到她這麼容易就這樣問了，擺手道：「賠錢。醫藥費，補品錢。」

夏芍垂眸，看樣子，她是被訛上了？

夏芍無奈，她是一開學就高調了，師兄求婚的視頻網路上瘋傳，可是也沒到全民皆知的程度吧？這頭髮花白的老人，怎麼看都不像是會玩電腦的人，怎麼就認定她有錢可賠呢？

「老人家，我看起來很有錢嗎？」夏芍淡然問道，不等老人回答，她又笑，「不過，我看您老倒不像是缺錢的樣子。」

老人愣住，看向夏芍。

夏芍這時才將老人的面相全看在眼裡，「您老天庭飽滿，五嶽朝拱，神態威嚴，氣色黃紅，這可是福澤深厚，大貴之相。且您地閣寬大豐厚，晚年福厚，家中豈會缺錢？」

話雖這麼說，她心裡卻是狐疑，這老人豈止是大貴之相？

老人氣色黃紅，面相上氣色之論是最為神妙的地方。人的氣色是至精之寶，現乎色而發乎氣。古語有云，帝王之相，紫氣加身，而老人的氣色黃紅，怎麼看也該是國之將相。

老人這時已是回過神來，瞪眼，拉長臉，「妳是京城大學的學生嗎？怎麼聽著倒像是給人看相算命的神棍？小小年紀不學好。那些個擺攤算命的東西，是該妳這麼個國家百年學府裡的大學生信的嗎？迷信！」

夏芍挑眉道：「面相之學可不是迷信，您老要是相信科學，我就從科學的角度為您解釋？」

老人一聽，眼裡分明來了興致，表面上卻哼了哼，轉著身子一坐，不說要聽，也不說不聽。

夏芍坐下，見老人裝模作樣地揉著腰，明知他壓根兒沒事，還是伸手去幫忙捶打兩下，道：「您老不信面相，總該信醫術吧？《醫經》裡望聞問切之理，籠統說來不過是觀氣色、聽聲息、問症狀、摸脈象，而面相之學斷人吉凶，也是觀氣色聽聲息。一個人身體康健，必然面色紅潤神清氣爽，定有精力顧及事業學習，運勢自然好些。試問一個人毛髮稀疏面色蠟黃，一看氣色就不好，身體都顧及不來，運勢又怎會好呢？至於切脈，面相學裡也有摸骨之法，骨正自然身正，身正乃運正的根本。莫說醫學上骨為人體之根本，就從武學上來講，習武之人從古到今，不還講究個骨骼清奇嗎？」

夏芍又道：「至於我說您老是大貴之相，那也是從古到今，玄學大師們經過摸索總結出來的，算是一種統計學和概率學。擁有您老這面相的人，絕大多數可能是大貴之相。當然，也有失誤的時候，畢竟這是一種概率，總有人在概率之外。所以有時僅僅看面相，作不得篤定，要想篤定，結合著人的八字來看，那就準確了。」

老人聽得一愣一愣的，好半天沒反應過來。

「世上之學，本就是相聯繫的。所謂科學，其實就是人類對自然進行解釋的過程。所謂迷信，很多是因為人們不了解為什麼，但是我相信，再過個幾百年，現在很多認為迷信的東西，很多都能成為科學。」

老人呆住，半晌之後，反應過來，氣哼哼道：「口齒伶俐！怎麼不去讀外交系，為國出力？」

「您老怎麼知道我不是外交系的？」夏芍反問。

老人一窒，隨即瞪夏芍，「看妳一副小神棍的樣子，就不像！」

夏芍笑而不答。她想說古之能人異士，多是國士，佐天下經緯國運，到了現代，傳承丟失嚴重，能輔佐國運的人已經很少了。大部分風水師也是不敢說參破天機，指點國運的。她尚未至煉虛合道的境界，不知此境界是否能看破天機……

所謂天機，一人、一家、一族、一國之運，過去未來，盡在胸間，而夏芍的能力從天眼到天眼通，尚只能觀未來，過去尚看不透。且她從來沒試過看國運，也不好說自己能不能做到。

夏芍有些走神，這時，有人喚她的聲音傳來：「小芍？原來妳在這裡。」

夏芍抬頭，見苗妍、柳仙仙、元澤和周銘旭四人一起走了過來。

再一看，軍訓場上的人群已經散了，今天的軍訓結束了。

原本休息過後還要去集合的，聽聽教官最後的訓示，然後才解散。結果夏芍被老人絆在這裡，誤了剛才的集合。這下倒好，又不知要有什麼流言說她了。

幸好夏芍對這些都不在意，但沒見到夏芍，苗妍可是急得不輕。她剛和夏芍一起去洗手間，看見她追著那女生跑了，不知她去了哪裡，一解散她就找到柳仙仙等人一起尋找，沒想到四人還沒怎麼找，一出軍訓場，就看見夏芍和一位老人坐在湖前的長椅上，看起來像在聊天。

苗妍舒了一口氣，氣喘吁吁地過來，四人都用奇怪的眼神看著夏芍，不知道這是哪裡冒出來的老人，她跟老人在聊什麼？

京城大學是對外開放的，平時有老人進來散步也不奇怪，看夏芍這樣子，跟這老人認識？夏芍沒急著為朋友們解惑，而是笑問老人：「您老現在腰不疼了吧？」

老人一愣，這才反應過來。

鬧了半天，他被這丫頭給耍了。

什麼為他解說面相的科學道理？壓根兒是在跟他耗時間。她說了多久，他就聽了多久，還跟她搭話了半天，這怎麼看都不像是一個有傷的老人。

老人老臉一紅，瞪著眼站起來，腰不疼了，也不用人扶了，就是有點沒面子，於是努力板起臉來道：「哼，小聰明！妳以為這樣就算完了？我的腰就是被妳們撞壞的，不賠醫藥費可以，明天起妳給我到學校對面的公園去陪我散步打太極，我什麼時候身體好了，妳什麼時候沒事。敢不來，我告訴妳們校領導去！」

夏芍看著老人，「您老要是腰真被撞著了，不如我帶您去趟醫院瞧瞧？要不，我陪您老回家，跟您子女一起去醫院幫您老檢查身體，也好有個交代？」

「想得美！」老人一聽這話倒笑了，「妳是想知道我住哪裡吧？門都沒有！讓妳來，妳就乖乖地來，別打小算盤，不然我真找你們校領導，哼哼！」

說完，老人背著手欲走，走了兩步又停下回頭，「年輕人，早點起床，記住，五點起床。」

然後，頭也不回地真的走了。

柳仙仙叫道：「這老傢伙是什麼人啊？五點起床？他怎麼不說晚上不睡覺呢？我說妳這又是得罪什麼人了？開學才幾天，妳真是禍事不斷。」

夏芍笑笑，五點鐘對她來說不算早。她自幼習武，向來早起打坐。

「該不會是訛妳吧？我看這老人身體好得很。明早妳真去？我陪妳。」元澤道。

「去什麼去？不去！」夏芍還沒回答，柳仙仙便道：「憑什麼好覺不睡，陪著這老傢伙去公園打太極？傻了才去！行了行了，不說這事了，趕緊找地方吃飯！」

說罷，拉著夏芍和苗妍，一路帶頭往校園裡的餐廳去。

京城大學裡除了餐廳，特色餐館也不少，其中就有青省風味的。五人中除了苗妍，其他都是青省的，來到京城雖才不足一個月，卻想念家鄉風味，於是去一家餐館吃著不錯後便常去了。

吃飯的時候，柳仙仙問起傍晚洗手間外頭的事，夏芍這才又想起那女生來。

當時，她只是看到女生袖口裡有幾粒黑漆漆的東西，看起來與陰煞不同，又不是什麼好東西，沒想到那女生掉頭就跑，夏芍這才追著她出去，卻撞上了那位老人。

老人的身分，夏芍心中存疑，不敢完全肯定，但也有幾分猜測。

不管他是不是，明天去陪他散步，看看他還有什麼招兒再說。

「什麼意思？妳是說，咱們京城大學除了妳之外，還有神棍？」柳仙仙很驚訝，一副這世界神棍怎麼這麼多的表情。

元澤、苗妍和周銘旭也看向夏芍，夏芍笑道：「這有什麼好奇怪的？奇門江湖，各家爭鳴，什麼高手沒有？碰到了也不奇怪。」

「那她為什麼要跑？這就奇怪了不是嗎？」元澤道。

「咱小芍什麼大名？知道的人不少。也許人家發現被她看出來了，又不想和她認識呢？」

柳仙仙幸災樂禍地笑，「這個神棍也有被討厭的一天，太有趣了。」

為。」

元澤看她一眼，「如果是這樣，不引起芍子的注意不是更好嗎？如果我不想和一個人結識，在有他的場合，我連看他都不會看。儘量避免和不想認識的人目光接觸，才是正常人的行為。」

柳仙仙一愣，其他幾人頓時沉默。

據夏芍所說，這女生看了她一眼，才讓她感覺出不對勁的。這麼說來，她既想引起她的注意，又不想和她靠得太近，這人到底什麼目的？

一時間誰也沒法說得準，只覺得大學生活才剛開始，課都還沒正式上就已經這麼不平靜了，還不知道以後會怎樣，但幾人中有個柳仙仙在，她向來是不管不顧的活絡分子，沒一會兒就不考慮這些了，帶著頭兒玩鬧，一頓飯吃下來，到最後幾人都把這事拋到了腦後。

因為明天上午是軍訓檢閱式，晚上五人便沒去校外歡鬧，而是吃過飯後在校園裡散步一會兒，便各自回宿舍休息，畢竟這幾天軍訓可夠累的。

夏芍和苗妍同班同寢室，兩人自然結伴。九月底的天氣，京城還很熱，大晚上的宿舍門都開著，兩人走到走廊，還沒進寢室，便聽門裡傳來煩躁的聲音。

「嘖，好癢，怎麼這麼癢？今天怎麼這麼多蚊子？」

「蚊子？還好吧，我沒被叮著啊！要不，妳進蚊帳？」

這樣的對話，在大夏天的宿舍裡常有，沒什麼特別，夏芍卻臉色一變，在離寢室門口還有三步遠的時候，一把拉住了苗妍的手腕。

苗妍不知怎麼了，正要問，轉頭見夏芍臉色難看，她直覺事情不對勁。

寢室裡煩躁的聲音又傳來：「真的有蚊子，我覺得渾身都癢！癢死了癢死了，好煩！」

夏芍臉色一變，一步便踏進宿舍，呼喝道：「別撓！」

寢室裡的兩人雙雙抬頭，看著門口臉色難看的夏芍。

夏芍看向其中一名女生，這女生正是今天在洗手間裡跟人發生衝突的，而此時她的手臂上以肉眼可見的速度生出一串水泡。

那女生被夏芍的臉色驚著，隨後也跟著低頭。

一看之下，頭皮發麻，「啊」一聲，驚恐地大叫。

另一名女生也捂住嘴，「這、這怎麼了？」

苗妍跟在夏芍身後，臉色煞白，「小芍……」她有陰陽眼，雖然這時已經封住了，但還是能看見一些東西。此刻在苗妍看來，那名手臂上起水泡的女生臉色發黑，眼角、嘴角都是下垂的，看起來……就跟死人差不多。

那名手臂上起水泡的女生驚恐不已，她站起身來，嚇得原地直跺腳，邊跺腳邊甩手臂，恨不得把那隻起水泡的手臂甩掉，「這是什麼？討厭討厭討厭！」

其他寢室的人聽到叫聲，紛紛走出來圍觀。夏芍拉著苗妍進來，毫不猶豫地把門關上。

那名女生手臂撞到桌角，上面的水泡碰破了一個，詭異的是，裡面流出的不是膿水，而是三五成群的……蝨子。

數不清的小蝨子往外爬，讓人頭皮發麻。

夏芍臉色一變，對另一名看呆了的女生道：「去拿個杯子，盛杯水來。」

那女生驚呆了，兩眼發直。

夏芍喝斥一聲，「快去！」

說話的功夫，夏芍手上掐出個不動明王印對著女生虛虛一彈，那女生驟然醒過神來，看起來比剛才鎮定許多，點頭就趕緊跑去拿杯子倒水。

苗妍忽然驚呼一聲，拽著夏芍直往後退。

夏芍往地上瞥去，只見那些從女生手臂水泡裡爬出來的蝨子成群地尋著人來，往人身上蹦。

夏芍眼裡寒光一閃，虛空製出一道符，往地上拍去。成群的蝨子被拍中，以肉眼可見的速度乾癟化成灰。

那名不停甩著手臂尖叫的女生在看見這一幕後，眼神發直。

另一名女生倒了水來，夏芍接過水杯，遞去那女生面前，寒著臉道：「吐口唾沫。」

女生愣著，夏芍怒喝：「吐！」

女生嚇得一個哆嗦，趕緊照做，往水杯裡吐了口唾沫。

詭異的事再次發生，那口唾沫不是浮在水面上，而是慢慢的沉了下去。

夏芍拿著水杯去把水倒掉，回來的時候淡然道：「恭喜妳，中蠱了。」

蠱是一種古老而神祕的巫術，有說起源於苗疆地區，有說起源於《本草綱目》。古時南方地溫熱潮濕，常孳生蚊蟲，《本草綱目》引用古代療治奇毒的藥方，在每年五月五日收取許多毒蟲做蠱，用來治療惡瘡，不料後來被人利用，以此害人。

但即便是苗疆蠱毒，一開始也並非是用來害人，而是用來自衛的。

在遠古時候，苗族居住在深山，每座深山幾乎都被原始森林所覆蓋，猛獸毒蟲之多，難以想像，甚至有無法抵擋的毒瘴。且苗族人數量少，女子獨行時，一遇外來族群，經常會被欺侮，於是，祖宗便根據生活周邊的動植物特點，研究出蠱材，讓欺侮本族人者無法得逞，甚至痛苦萬分。

一開始，所謂的蠱材，不過是一些會讓人體敏感或發癢的動植物身上的東西，經製作成蠱毒之後，藏於指甲中，一旦受到攻擊，便將被指為蠱毒的粉末撒在對方的皮膚上，讓對方發癢或劇痛難忍。這是目前較多人證實的蠱毒的做法，而現如今還傳承在世的蠱毒，也大多是這一類。

可這不代表沒有人會高深的蠱毒。

顯然，夏芍的室友中的就是蟲蠱中的一類，叫蝨子蠱。

身中蝨子蠱的人，會全身奇癢，手一抓便起泡。泡不能抓破，抓破就會有蝨子爬出來。

養蠱之術也是獨家祕術，有所傳承，非本族人不得真傳。夏芍只知道，蟲蠱一類，無論是蜈蚣蠱、蛇蠱，還是螞蟻、螞蝗一類的蠱，都需要養一隻蠱王，然後放蠱之時，需要將手指彈出，並且有一指、二指、三指、四指的區別。一指二指所放的蠱比較容易治療，中蠱者很容易康復，但三指便比較難治了，若是四指的蠱，幾乎屬於不治之症，中者必死。

夏芍開著天眼看向那名中蠱的室友，見其皮膚之下血管裡全是幼蟲，密密麻麻的。

蝨子蠱其實不難解，也就是屬於一指的程度。

說白了，這類蟲蠱究其原理，應屬於微生物和寄生蟲一類，不過是得一些祕術之法，能讓其在人體裡繁殖，使中蠱者痛苦不堪罷了。

既然是微生物和寄生蟲一類，用藥物就可以殺死。

「張嘴，伸出舌頭我看看。」夏芍開口。

那名女生臉色比剛才好看了許多，並沒有那麼駭人了，在聽見夏芍的聲音之後，包括苗妍在內，都驚得一個激靈。那名中蠱的女生，險些跳起來。

三人眼神發直，直勾勾盯著夏芍，明顯都還陷在那句「中蠱」的話裡。

這話要是平時聽見，除了苗妍，另兩名女生都得笑出來。中蠱？在拍電影嗎？這裡是京城大學，不是電影學院。可是，詭異的事就在眼前，稍微有點常識的人，就從未見過這麼古怪的病。

如果是單單起水泡，可以是認為生了皮膚病，去醫院看看醫生就好，但裡面竟然有噁心的蟲子往外爬，這怎麼看都不像是正常的生病。

「張嘴。」夏芍知道中蠱的人心中恐懼，因此耐著性子又道。

那名女生看著夏芍，不知怎地，鬼使神差地就聽話張了嘴。

她看著夏芍的眼神有些畏懼，夏芍不是華夏集團的董事長嗎？怎麼會這些神祕的東西？

夏芍沒空理會這女生在想什麼，她的目光落在女生的舌頭上，見其舌根上已起了白花，便心中有數，回身去桌前拿了紙筆，快速寫了一些東西，遞給另一名女生，「這時間學校的藥店還開著門，去按這方子抓藥，讓他們把藥煎好帶回來。」

那名女生接過夏芍寫的紙條，只見上面寫著：「當歸三錢、黨參二錢、花椒二錢、黃柏二錢、烏梅三錢、乾薑二錢、附子二錢、細辛二錢、黃連三錢、桂枝二錢。」

這些東西就能治好方茜的怪病？

「妳不是跟她是好朋友嗎？那就去吧。晚了等藥店關了門，她就得癢一個晚上。不想讓妳的朋友遭罪，就早去早回。」夏芍淡淡地道。她對這兩名背後論人是非的室友沒什麼好印象，出手救人是出於四人同寢室，她可不想晚上睡覺的時候聽見叫喊聲，看見蟲子在地上爬。

方茜聞言，看著江曉蓓，身子因為恐懼而發著抖，一張嘴牙齒就打顫，連話也說不出，只能用眼神表達她的哀求。

江曉蓓咬了咬唇，看了眼方茜手臂上的水泡，頭皮發麻，轉身拿了錢就跑出了寢室。

許多人不知道發生了什麼事，第二天流言產生了許多版本，諸如夏芍訓哭同學之類的。當然，這些都是後話。

門關上後，夏芍問方茜：「今天下午跟妳在教學大樓洗手間裡發生衝突的女生，妳知道她叫什麼名字，在哪個系嗎？」

方茜愣住。

什麼意思？害她的是那個賤人？

「我只是隨便問問，我跟她有些恩怨。不管是誰害妳，妳如果聰明的話，就不該往外張揚。妳得罪了草鬼婆，她今天對妳只是小施薄懲，若妳把這件事傳出去，妳會比今天難受很多。」夏芍的目光在方茜的手臂上落下。

方茜眼裡的憤怒果然被驚恐取代。

草鬼婆？什麼是草鬼婆？

夏芍看她又驚又疑，卻懶得解釋。蠱在苗疆地區稱為草鬼，施蠱的巫師稱為草鬼婆。修煉蠱毒跟修煉風水術不一樣，女子體陰，蠱毒只有女子能養，所以經常在影視劇裡看到放蠱的人都是苗女，而沒有男人。

「妳認識那個女生嗎？」夏芍再問。

方茜搖了搖頭，頓了頓，又開始點頭。

夏芍挑眉。

「我我、我不不、不認識，曉、曉蓓她、她……」方茜說不出一句完整的話，夏芍卻是聽明白了，江曉蓓或許認識。

江曉蓓去了一個小時才回來，回來的時候手裡提了個玻璃瓶，裡面是黑乎乎的草藥湯。草藥的味道難聞，江曉蓓打開瓶子就皺眉頭，方茜卻恨不得把那瓶還熱著的草藥一股腦兒喝下去。

夏芍在一旁看著，開著天眼。她這也是第一次解蠱毒，方子是從師父書房裡的醫書裡看到的，剛才開的方子也是看了方茜的中蠱程度開的劑量，不知道效果會怎樣。

顯然效果是不錯的。

方茜喝下之後，半小時內，身體裡密密麻麻的蟲子便不動了，然後慢慢消融。

方茜自己也覺得好多了，僅僅半個小時，她就不癢了。

她眼裡現出奇異的神采，再看夏芍時，眼神複雜，又是敬如神人，又是畏懼。

「連著喝三副，這幾天多喝水排毒。」夏芍道。方茜算運氣好的了，有的蠱是下在食物裡，中蠱之後，就算是解了，也終生不能再吃這種食物，否則就會復發。而一些難解的蠱，像金蠶蠱、貓鬼蠱這一類謀財害命的，就帶些神祕學範疇了，幸虧方茜中的不是這些。

夏芍是勢必要找到這個人的，那人讓夏芍很在意，顯然對方是認識她的。這人給她的室友下蠱，如果只是因為兩人有口角之爭，那倒沒什麼，如果是衝著她來的，那就要注意了。

夏芍不介意身邊有高手，但不喜歡一個敵友不分的存在。

泰國降頭術、湘西蠱術，並稱為東南亞兩大邪術，且降頭術的起源便是蠱毒。在如今外敵尚未肅清的情況下，夏芍必須知道這名女生是敵是友。

方茜點著頭，這一會兒的功夫，不僅身上不癢了，連手臂上的水泡都乾癟下去。這樣神速的藥效讓江曉蓓都瞪大了眼，不可置信，更不知為什麼夏芍懂這些。

夏芍拿出紙來，在上面寫下一串銀行帳號，遞給方茜，「這是幫妳解蠱毒的價碼，讓妳的父母匯去這個帳戶。別推脫，否則下回腸穿肚爛也沒人會幫妳。」

方茜接過紙條，往上一看，眼珠子差點瞪出來。

一百萬？

江曉蓓也捂住嘴，剛才抓藥才花了一百塊錢不到，只是開了個方子就要一百萬？

這根本是訛詐吧？

苗妍在後頭看見那紙上的數字，善意地笑了笑。這錢真不多的，小芍為人看風水，百萬的價碼算得上最低的了。跟她幫自己封陰陽眼相比，這錢算得上很少了。

小芍在宿舍的時候，方茜炫耀不起來，她不在的時候，方茜常炫耀家中有多富有，父母有多疼愛她。她家是經商的，且家就在京城。這價碼對方家來說，應該不至於拿不出來。

還是苗妍了解夏芍，她開這個價碼，自然是看出方茜的家境優渥，而且為了向江曉蓓問明那女生的情況，她已經把人情費折算進去了，並沒有收太多，不然為人解蠱毒，豈止收這點？

「我是風水師，幫妳解蠱當然要收報酬，或者，妳認為我們之間的關係好到我可以免費幫妳治療？」夏芍挑眉，毫不掩飾自己風水師的身分，「妳中蠱的事，妳可以對妳的父母實話實說，其他人須閉口不提，否則惹禍上身。」

夏芍也不管方茜瞪大的眼，轉而問江曉蓓道：「今天下午跟妳們發生衝突的女生是誰？」

江曉蓓還在震驚夏芍剛才的話，聽見她問，下意識便道：「她、她是生命科學院系的，三班的班花衣妮。」

夏芍一聽，二話不說，出了寢室。

生命科學院的宿舍樓離經濟系有些距離，但到了樓下的時候，宿舍大門還沒關。夏芍一出現，宿舍樓裡便沸騰了。

夏芍開學就在學校裡出了名，儘管不可避免地有嫉妒者，但更多的人面對夏芍，或敬佩示好，或逢迎巴結，都是表現出善意的。畢竟，夏芍掌著華夏集團偌大的家業，京城大學的學生畢業之後，也是要找工作的。

憑著受歡迎的便利，夏芍很容易便查到了衣妮所在的寢室。沒有人知道夏芍來找衣妮幹麼，大部分人都認為，這時候能跟夏芍搭上關係，決計是交了好運。

衣妮見到夏芍來訪，並沒有表現得多熱絡，也不驚訝，只是笑了笑，似乎還有點讚賞，「來得很快，不愧是玄門唐大師的嫡傳弟子。走吧，去外頭說。」

夏芍也不驚訝，她就知道這人認識她。在奇門江湖，玄門聲名赫赫，而她在香港鬧出那麼大的動靜，有名氣不奇怪。

衣妮在周遭各種羨慕嫉妒的目光下，跟著夏芍來到了宿舍樓下，兩人轉進一條林蔭道，見四周沒人就停了下來。

「在奇門，破人招法可是取禍之道。我教訓得罪我的人，妳來插手，這有違江湖的規矩。堂堂玄門宗字輩弟子，不會連這個道理都不懂吧？」衣妮一停下來便質問夏芍。

夏芍冷笑，「少給我扣罪名，妳往我室友身上下招法，我就住在那寢室，不想被波及就得解。說吧，妳有什麼目的？」

衣妮噗哧一笑，眼裡的凌厲少了三分，被三分嘲諷取代，「我就不信堂堂玄門宗字輩的高手，沒有保自身的招法。說到底，妳就是好心。」

「我倒覺得好心的人是妳，好好的，非要送生意給我做。送到面前的錢，我沒不收的道理。」夏芍目光淡然，也是嘲諷一笑，「還是說說妳的目的吧，我不想跟妳耗太久。」

衣妮聽了這話反倒是一愣，接著嘲諷褪去，笑容變得饒富趣味，「我就知道妳是個有趣的人，從在漁村島上的時候就發現了。」

這回輪到夏芍愣了。

漁村小島？

「妳參加過風水師的考核？」

「我就知道妳不記得我了。」衣妮並不意外，也沒有被無視的憤怒，只是輕輕巧巧道：「沒關係，只要妳現在知道京城大學裡有我就可以了。」

夏芍聽了，一時不知這話是什麼意思。

「妳既然能解我的蠱，想必對蠱毒有些了解。修煉蠱王，終生都要放蠱，一旦停止放蠱，自身會受到反噬。我在這裡讀書，有一些不長眼的人，我正好拿來修煉，希望妳不要多管閒事。」

夏芍挑眉，如果這就是這女生的真意，那她們之間倒不存在敵對關係，但……

不過是口角之爭，便對人放蠱，業報之大，這女生也該清楚。可修煉蠱毒確實需要定期放蠱，不放便會遭到反噬，這也是事實。所以，蠱術才會跟降頭術一樣，被稱為邪術。

眼前的女孩子，看起來像是尋常的女大學生，甚至有些可愛，怎麼也想不到，她竟是修煉蠱毒的人。這要麼是家傳，要麼是有血海深仇或者更深的執念，要不，誰會練邪術？

但夏芍不感興趣。

「我知道妳有四個朋友，兩男兩女。我可以避開他們，但妳要保證不干預我放蠱的事，咱們就算是井水不犯河水，怎麼樣？」

衣妮的提議，夏芍答應了。

下蠱害人，必惹業障，但業障再大，也是下蠱之人的事。夏芍自不贊成這種因一點小事就下蠱害人的作為，但若不下蠱，養蠱之人就會被反噬，這也是事實。

自己的命和別人的命，絕大多數人會選擇前者。

「世上不是只有妳的命才重要，若無深仇大恨，莫害人性命。」夏芍知道這話有點指手畫腳的意思，但她還是需要提醒。明知有人下蠱卻視而不見，這已經觸及夏芍做人的底限，但眼下玄門外敵未除，確實也不適合再樹敵手。

修煉蠱毒，必然是有所傳承的。樹敵一人容易對付，樹敵一族就麻煩些。

夏芍見衣妮今天給方茜下的蠱不足以致命，且養蠱者解蠱更容易些，便決定提醒衣妮一聲，若是不觸及底限，尚可井水不犯河水。

這話並非商量，而是警告。夏芍說完也不管衣妮是否答應，便轉身離開了。

回到宿舍，方茜的精神看起來好多了，但今晚的經歷對於剛上大學的女生來說，絕對是終生難忘的一筆。她見夏芍回來，目光又變得複雜，夏芍卻沒理她，而是洗漱睡覺。明天是軍訓檢閱，她還得早起去公園，陪那位老人家打太極。

至於衣妮的事，且放一邊，且看再說。

京城大學對面有一個小公園，大清早的，天剛濛濛亮，便有不少老人來這裡散步鍛鍊身體。

九月底，京城的天氣還很熱，公園裡晨練的老人不少，年輕人卻是很少見。今早公園裡卻是有幾名年輕人，男的女的都有，圍著公園慢跑，年紀看起來像上班族。別看多了這麼幾個人，公園裡霎時一番新氣象。常來晨練的老人們聚在一起散步，都有點奇怪，附近的年輕人今天怎麼突然勤快了？

正鬧不懂，便見一名穿著白色運動服的少女出現在公園。她紮著馬尾，眉目如畫，臉頰粉白像珠粉堆的，瞧著叫人移不開眼。

老人們議論著，看著夏芍，只見她步伐悠閒，慢悠悠往廣場對面的一處花壇走去。花壇旁邊，有一位頭髮花白的老人正穿著身白色衣衫打著太極拳。

見夏芍遠遠走過來，老人閉上眼，看起來打得很投入，卻在夏芍走近時板起臉，「晚了。」

夏芍看一眼廣場上的鐘樓，離五點鐘還差兩分鐘。

老人聽夏芍不辯駁，才睜開眼看她。發現她目光落在鐘樓上，頓時眼一瞪，「來得比我這個老頭子還晚，還不叫晚了？現在的年輕人真懶！」

夏芍笑笑，「那是您老來早了，而且您老這晨練的時間也不科學。晨練的時間不是越早越好，最好的時間是太陽出來之後，那時候空氣才好。按照京城地區的真太陽時，九月日出時間在六點半左右，您老整整來早了一個多小時。」

老人一聽，眼瞪得更大，「妳個小丫頭知道這時間不好，昨天也不提醒我？」

夏芍聞言，笑得眼睛彎彎的，「您說要找我們校領導，把我給嚇著了，一時就忘了唄！」

老人被噎住，以他看人的眼光，這丫頭可真不像是會被嚇著的人。明擺著，她是坑他呢！

老人哼了哼，一時不知拿什麼話說了。夏芍問：「您老起這麼早，沒吃早餐吧？」

老人不答，不說吃了也不說沒吃。他平時確實不起這麼早，晨起晚睡的時間都是營養師定的，今早是因為昨天隨口說了個五點，便早起過來了。早餐廚房要做，他擺擺手拒絕了。就算不吃早餐，也不差這一天，能出什麼事？就是身邊那些個人太緊張了而已，一路上煩個不停。只是沒想到，這丫頭還有這細心。

「那邊有家早餐店開門了，我去吃過幾次，聽說是老京城風味，我陪您老去吃一點？」夏芍一指公園不遠處，一家裝修古香古色的店鋪正開著門，門前人多，生意瞧著不錯。

「哼，我看是妳這丫頭嘴饞了吧？」老人嘴上不饒人，脖子卻伸著望向那家店鋪。

夏芍忍著笑，「我嘴饞了，您老能打一頓秋風，也是美事。」

果不其然，夏芍收穫了老人瞪過來的眼神，但只是瞪了一眼，老人就背著手當先一步往前走，邊走還邊訓話，「讓妳早點起來陪著我老人家打太極，妳倒好，吃頓早餐時間就混過去了。」

老人咕噥著，也不知是自知理虧還是怎地，聲音倒顯得沒那麼理直氣壯了。

後頭傳來少女毫不給面子的輕笑聲，老人梗著脖子不回頭，眼角餘光往後瞟。身後傳來輕快的腳步聲，夏芍跟了上來，見老人背著手走路，便糾正道：「老人家晨練的時候不宜背著手，最好是挺胸抬頭，自然擺臂，有利身體協調。」

「妳這個丫頭，小小年紀，怎麼比老人家還囉嗦？」老人嘴上不領情，手卻放了下來。

兩人走遠後，公園裡晨跑的幾名上班族也停了下來。有兩人從公園裡出去，沿著路邊跑步先進了前頭的早餐店，後面則有兩人遠距離跟上。

夏芍介紹的老京城風味的早餐店就在京城大學斜對面，裡面頗為乾淨敞亮。

這時間吃早餐的都是附近的居民，學生們還沒起來。店裡的人吆喝著，穿梭在各桌吃早餐的食客間。夏芍點了小籠包、茶葉蛋、油條、小米粥、豆漿，又叫了幾碟小菜，擺了滿滿一桌。

老人看了果然又訓話，「年輕人就是不懂得節儉，這一桌哪吃得完？浪費可恥，學校沒教？」

「吃不完您老打包回去，不就不浪費了？」夏芍也不喜歡浪費，她點這一桌，分量都是心裡有數的。不管哪一樣都不多，只是菜色多，看著豐富了些。

夏芍對這老爺子的身分有懷疑，若真是她猜的那位，那必然是許久不曾在民間的鋪子裡吃過早餐了，老爺子的食譜必然是有配備的，這些老北京的風味兒未必能讓他一桌吃齊全，夏芍也就是讓老人回味個往日的感覺而已，況且……

這一桌就是吃不完，估計也不用打包。公園裡那些上班族除了店裡的兩桌，外面還有人，分一分也就吃完了。

正因此，夏芍對面前老人的身分更加篤定了些。

觀老人的面相，子女宮左處有損，必有一子先亡故，但三陽平滿，人中深，主兒孫子媳，福祿清貴。加上老人本身的面相，夏芍心中有數，此人該是徐老爺子。

自徐天胤求婚之後，夏芍想過徐家的各種反應，就是沒想到會是以這種方式見到老爺子。更沒想到，外界傳言威名赫赫的老人，竟是這種性子。師兄話那麼少，跟這麼位愛訓話的老人在一起，真不知這祖孫倆怎麼相處。

夏芍垂眸笑著，順手幫老人剝了顆茶葉蛋放到碗碟。老人看見夏芍手指上戴著的戒指，目光微頓，低頭喝了一口粥，沒說什麼。

夏芍看著老人的飯量，沒讓他吃太多，但顯然老人很喜歡這家店，吃兩口就抬起頭來看看排隊的人，盯著桌上的一碟碟小菜，吃得很慢，眼裡時不時有懷念的情感流露。

這頓早餐吃的時間很長，吃完已是六點多鐘，夏芍陪著老人坐了半個小時，把剩下的早餐打包，兩人便又溜達著回了公園。

原想著回去後再散散步，打打太極，沒想到回到公園後，便見廣場上聚了一堆人。

夏芍和老爺子都有些好奇，走了過去。

原來不知什麼時候來了擺攤的，擺的還不是小玩意兒，而是些古董。

這裡又不是潘家園，跑到公園裡來練攤的物件，基本上都不真，而攤位上擺著的，有古錢幣，有疑似哥窯汝窯的瓷器，還有些名人字畫。

圍過去的都是些老人，雖然明知有假，還是背著手在地上挑挑揀揀地品評。

對古董的熱情，京城敢稱第一，無人敢稱第二。一群老大爺圍過去，立刻就發現了有趣的事，談論了起來。

「喲，攤主，您這兒還有大齊通寶呢，可別是打眼貨啊！」

雖然古董這一行忌諱在一堆人面前評論物件的真假，但這裡不是古董市場，是廣場上的單攤，而且來這裡擺攤的，物件基本上都不會是真的，因此這話倒不是砸場，而帶點調侃。

攤主是名年輕男子，瘦高個兒，顴骨高，下巴尖，長得瘦猴兒似的，一看就是個奸狡的人。沒想到，他說話倒是實誠，頓時就笑了，「怎麼著，老爺子，您看這大齊通寶能是真的？這玩意兒要是真的，我一準兒送拍賣行了，那是起拍就百萬的價碼，我還能扔地上給您老摸？摸得起，您可賠不起。」

「喲，還是個實誠人？」見那攤主竟然說實話，圍著的一群老人都很意外。一般這種情況，不都該是極力地編一通故事，把人哄得暈乎乎的，動了回家拿錢買的心思嗎？

「小夥子，你倒是個爺們兒。只不過，你這攤上的物件都不真，你還叫咱們看什麼？」

「呵呵，小夥子有意思，在這兒擺攤不圖錢？」

「圖錢我也不在這兒擺啊，哄您這一群老人家，我還不如去潘家園哄哄那些有錢的冤大頭。您幾位都是老人家了，坑了你們，回家我老娘非得打死我不成。不幹不幹，太損陰德！」年輕攤主撇撇嘴，擺擺手。

周圍的老人們看這年輕人也不像是個奉公守法的，真奉公守法，也不會明知是假的，還說去潘家園忽悠人了，但瞧著這人還是個孝順的，知道不坑老人。

老人們見此，對這年輕攤主都有些好印象。

這時，一位老人背著手笑了，「小夥子，說實話就對了。你呀，今天就是矇我們幾名老人也矇不著。嘿嘿，咱們今兒這兒有專家。」

此話一出，不僅年輕的攤主呆了，夏芍也跟著愣了愣。

說話的老人把手往旁邊的一名六十來歲的富態老人身上一指，「瞧見這位沒？故宮博物院的專家于老，上過尋寶節目的。別看今年退休了，眼力可還在。」

周圍的老人刷地看向那位于老，有幾名老人仔細看了看，果然把人認了出來。

「喲，于老，真是于老啊？」

「于老，居然能在這兒見到您老，您老怎麼在這兒遛彎？以往沒見到您啊！」

那名姓于的老專家背著手笑道：「這不是退休了嗎？在兒子家裡住兩天，看看孫子，今早就被老馬給拽來了。」

「是嗎？那太好了。我家裡有個收藏了好些年的瓷器，您老有空給鑑定鑑定？」

「我家有套孤本，有些年頭了，有空您老給掌掌眼？」

「我家也有副字畫不知真假。」

「我家有……」

一群老人圍上來，目光灼灼。

年輕攤主蹲在地上聽著，笑了笑，「得，遇上行家了。那行，我就乾脆說實話吧！」攤主隨便伸出手掃了掃自己的貨，往一堆古錢幣的一角圈了圈，「實話跟你老說吧，就那些光緒通寶是真品，不過，有貴的有便宜的。那兩枚楷書小平背『村』字才一百大洋，楷書小平背『桂』字二百大洋。那邊那枚楷書小平背『蘇』字可是枚精品，市價一千八百大洋。您幾位要是有看上的，價碼我這兒可以給您勻勻，其他的字畫瓷器，您老們就別打眼了，大路貨。」

幾位老人聽了都譁然，一兩百還可以，一千多的就覺得有些貴了。眾人一齊去看于老，于老蹲下身子挨個拿起來瞧了瞧，點點頭，確實是真的。

一群老人跟著蹲下來，古董愛好者，哪怕是只值幾百塊的真品，在他們眼裡也是真品，能近距離觀摩學習，可是難得的機會。況且，都是普通老百姓，哪有那麼多機會接觸真品？一聽說是真的，便都眼神熱切地蹲了下來。

年輕攤主見老人們大多盯著那一千八的銅錢瞧來瞧去，不少人都覺得貴，便笑道：「這還貴啊？您幾位老人家掌掌眼嘿，最貴的在這兒呢！這枚光緒通寶楷書小平背寶源局雕母兒，市價五千五百大洋。」

好幾名老人瞪大眼，「五千多？」

當今這年頭，就算是京城，五千塊錢也相當於普通工人兩個月的薪資了。

于老再次點頭，一群老人便目光灼灼又去觀摩那個小小的銅幣。

這時，一名老人咦了一聲，道：「這是什麼錢？形狀看起來像把鑰匙似的。」

他這麼一說，一群人便都看了過去，只見老人手中拿著個看起來像銅錢的錢幣，方孔，圓形，下面連著形狀看起來確實像把鑰匙。

銅錢上鏽跡斑斑，上頭的字很少有人看得懂，只看得出是陰刻，然後不知以什麼材料填滿，打磨得字面與前面齊平。這樣的錢幣很少見，一時誰也說不出是哪朝哪代的錢幣，但可以肯定的是，這枚錢幣不在年輕攤主所圈的範圍內。

也就是說，不是真品。

儘管不是真的，也有人好奇是什麼幣，於是，老人們都看向于老。

于老還沒說話，年輕攤主便解釋了起來。

「您幾位見識少了不是？這是金錯刀。王莽知道不？這就是王莽篡漢後鑄的銅錢，字是陰刻的，如果是真品，把字填平的可是黃金咧。不過，這肯定不是真的，要是真的，這玩意兒可比大齊通寶還值錢。王莽篡漢的時間太短了，錢也流通得少，傳世的至今沒幾件。目前是市無定價的。嘿嘿，這就是我隨便收上來的，用模子做的，您幾位看看就得了。」

市無定價？

幾位老人相互看了一眼。

那得是什麼概念？就是說，如果是真的，那就值大價錢了。

沒有人不做著撿漏的夢，沒有人不希望面前價值連城的古董是大海遺珠，被自己給撿著了，但人家明擺著說是假的了，不少老人也就只得嘆了口氣，有些遺憾。

在一排遺憾的目光裡，唯獨有一道目光似變了變。

于老的眼神微變，誰也沒看見，獨獨讓他身旁和他熟識的那位姓馬的老人看見了。

馬老心裡咯噔一聲，看向于老。于老轉過頭來，給他使了個眼神，馬老頓時變了臉色，看起來呼吸有點急促。

那枚金錯刀必然是真品，只不過攤主看漏了眼，錯當模子熔出來做舊的西貝貨了。市無定價的物件，往古董店裡一送，那得值多少錢？更別提往拍賣行送了。即便是不送古董店也不送拍賣行，只把消息放出去，那上門花大價錢求購的大收藏家和富商，不得擠破了門檻？

這可是天降橫財啊！

馬老先低著頭平息了過快的呼吸，這才抬起頭來笑了笑，「小哥兒這麼一說，還真是長學問了。這西漢時期的刀幣，咱還真沒見過。既然小哥說這是模子裡翻鑄的，想必不貴吧？」

攤主一愣，「怎麼著？您老想入手？」

馬老有些不好意思，「我就愛好這個。家裡早年收藏了本古錢幣大全的書，都快翻爛了，今兒也沒看出這是金錯刀來。可見這眼力，沒個實物在眼前，還是練不出來的。翻鑄的也不要緊，你開個價碼，我權當買回去練眼力了。」

周圍的老人一聽，全都看向馬老，有不少羨慕的目光。

這周圍社區住著的，誰不知道馬老家境算是殷實的？他女兒是京城大學的助教，兒子是做生意的，家裡算不上大富，也是家有餘慶。也就他明知是假還買回去練眼力，換成在場的任何人，買個百八十的物件回去，都會被兒女說的。

「您老還真想入手？嘿嘿，有意思！」攤主樂了，彷彿沒遇見過明知是假還想入手的主兒，但這攤主看起來卻是個精明人，先把馬老爺子打量了一眼，然後笑了，「那咱倆拉把手吧？」

周圍的老人都是一愣。

「把手？這物件是假的，還用把手？」馬老也樂了。

把手議價是古董的行規，買賣雙方靠著袖子遮掩來以手勢論價，這主要是為了不讓周圍的人看見買下的價碼。這麼做，一來是為了保護買家，不讓一些人因為買家有錢而盯梢；二來是為了保護賣家，不讓一些從旁看了覺得物件不值那麼多錢的人插嘴，從而使買家後悔。

但這行規大多用於真品的交易，且是大額交易，而這金錯刀攤主都說是假的，那必然是不值什麼錢，何必把手論價？

見攤主堅持，馬老也沒多想便同意了。他巴不得把這枚金錯刀早點撿漏到手，反正攤主自己都認為是假的，他還能要高價不成？

眼下是夏天，來散步的老人們穿著長衫的運動裝，但攤主卻是穿著短袖，可他身上帶著布。一塊藏青的布罩下來，誰也看不清兩人在底下是怎樣的討價還價，可青天白日的，卻能看見馬老的臉色變了。

震驚地收回手，馬老不可思議地看向攤主，「小哥，你這不是訛我嗎？」

周圍的老人們看看馬老，再看看攤主，心裡著急——到底是論了個什麼價？

「老爺子，您這話我可不愛聽。」攤主不樂意了，撇嘴道：「您也是老藏友了，咱古董這一行有沒有訛人這一說，您老還不清楚？這都是你情我願的事，我明擺著告訴您老這是西貝貨，您老就想入手枚西貝貨，那咱們就論論價碼。我出我想要的價，您老覺得能接受，咱就成交。覺得接受不了，咱就不做這買賣。這都是明買明賣的事，怎麼就訛您老了？」

馬老被這一番話說得無話反駁，但一想到這攤主開口的價碼，還是忍不住拔高了嗓音，義正辭嚴道：「好好，就當我用錯詞，可是，小夥子，你要這價碼可不厚道。你讓大家評評理，你明知這是西貝貨，還要我五萬塊，這不是獅子大開口嗎？」

「什麼？五萬？」周圍老人全都有點懵，無一例外地懷疑自己耳朵出了毛病。

「五萬？這種模子翻鑄做舊的物件，五十塊錢都嫌貴吧？」有人不屑。

「小夥子，你是看著馬老想入手，就趁機敲一筆吧？剛才看你這年輕人還挺實誠的，怎麼轉臉就坑起老人來了呢？你這可不厚道啊！」有人想明白了攤主要高價的原因，開口指責。

「老爺子，您這話不帶這麼說的。古董這行當，贗品遍地，舊仿的也有值得收藏的，關鍵就看買家看不看得上眼。就算是真品，遇不上想收藏的藏家，那它就是冷門，除了那咱不懂的歷史研究價值，賣不出大洋去，在咱眼裡就一文不值。但如果遇上想收藏的藏家，即便是贗品，它也身價倍增。古董就是這麼個行當，您幾位都是退了休的老爺子了，這點行內事還不懂？」

攤主嘖了一聲，看了眼馬老，「這位老爺子想入手，我憑什麼不賣高價？我也是上有老下有小的人，憑著有錢賺為什麼不賺？他老人家能接受得了，我就賣。接受不了，咱收攤兒走人，去潘家園擺攤。您幾位又不買，價碼高低關您幾位什麼事？」

「你你你，這這這……」那幫馬老說話的老人被氣得直跺腳。

馬老在一旁急得不行，他也知道按照行規，這價碼是不好往外嚷嚷的，可所有人都認為這枚金錯刀是贗品，任何人聽見這五萬塊的價碼都會認為是攤主訛人，他只是想嚷嚷出來，讓周圍老人們給攤主點壓力而已。沒想到這攤主是個混不吝的主兒，要麼他拿錢，那麼人家收攤走人。實話說，五萬塊錢買下這枚目前市無定價的寶貝也是不貴的，與其價值相比，這絕對是大賺。就算這枚金錯刀是于老鑑別出來的，大不了他出錢買下來，賺了錢兩人分。只不過，這價碼跟他之前想撿漏的那價碼比起來，心理價位相差太大。

眼見著那攤主真的準備收攤要走，馬老立刻陪著笑臉去攔，「小夥子，你看你這急脾氣，我不就是說這價碼貴了嗎？古董這一行，三年不開張，開張吃三年，這我知道，可你也不能攥著枚贗品吃我三年吧？咱都各退一步，你再讓一讓，勻給我，你看怎麼樣？」

馬老邊說邊把那塊藏青的布拿過來，遮掩之下，把手給了個價碼。

攤主皺眉搖頭，「老爺子，您這壓得也太大了，不行不行。」

「年輕人，要知道你這是贗品。你看你這裡光緒通寶的真品，也賣不上我給的價碼不是？這價碼不夠你吃三年，全家老小吃個一年是沒問題的。你拿去潘家園賣，什麼時候能尋到合適的買主，那還不一定呢。」馬老收回手，心裡急得不行，臉上卻裝出高深淡定的笑容，「你好好考慮考慮吧，覺得這價碼成，我立刻回家拿錢給你。」

馬老端出一副過了這村沒這店的姿態來，攤主皺著眉頭，這回不說話了。

周圍的老人們一看形勢變化，都有點著急。這回又談了個什麼價碼？

可這一回，馬老不再嚷嚷了，誰也不知道這回兩人談的是個什麼價。

在場圍觀的人群裡，只有一人露出了別有深意的笑容。

夏芍陪著徐老爺子過來看熱鬧，從開始她就一言不發，直到剛才開著天眼，看見了那塊藏青布底下的狀況，她才露出意味深長的笑容。

馬老以中指在攤主的手背上敲了三下，意指三萬。

正是這價碼，讓夏芍露出了高深莫測的笑意。

三萬塊買一件贗品？

那枚金錯刀是假的。

那攤主說的對，就是用模子翻鑄做舊的贗品，三百塊錢都不值，莫說三萬。

雖然夏芍沒有把那枚刀幣拿在手上細細鑑定過，但在天眼之下，莫說是年代久遠的古物，就連法器都能看出來。王莽時期鑄造的刀幣在西漢末年，距今如此久遠的年代，若是真品，那枚金錯刀上該有多重的天地元氣？

可惜，一絲一毫也沒有。

夏芍在笑的時候，徐老爺子的目光落到她臉上，眼神不由深了深。

這丫頭是做古董起家的，莫非看出了什麼？

那年輕攤主仍在思考，看起來很糾結，然後，他看了馬老一眼。

正是這一眼，讓夏芍挑眉，眼中有異色閃過，然後嘴角緩慢地翹了起來。

如果她是那攤主，明知是贗品，別說五萬，就是三萬也是白賺的，哪來的糾結考慮的道理？這樣的好事不是天天有，天降橫財，任誰都會一口應了，所以她才覺得這攤主有趣，而且，他剛才抬頭看那一眼就更有趣了。

看起來他看的是馬老，但從夏芍的角度，倒覺得他那一眼，眼神虛浮，落在了馬老的旁邊……于老的身上。

這位于老，是今天這件事裡的關鍵人物。如果不是他認定了那枚金錯刀是真品，馬老絕不會興起要買到手的心思，而這位于老是故宮博物院的專家。周圍的老人們都把他認了出來，顯然這身分不是作假的，可正是這位資歷老、眼力深厚的專家，錯看了一枚古錢幣。

是真的看走了眼？或者……這壓根兒就是個局？

夏芍不聲不響地往旁邊挪了挪，先看向了攤主，見這人臉型尖瘦不說，鼻樑還略有些歪。古人云：「七尺之軀不如一尺之面，一尺之面不如三寸之鼻。」鼻乃財星，鼻歪者多主心術不正，性情多投機取巧，而這年輕攤主正是此面相。

夏芍不動聲色，看向于老。先前沒細看，此時看去才發現，于老的財務方面最近出現了很大的問題。于老鼻孔大且露鼻孔，這在面相學上是偏財，但此類偏財不易聚，進多出多，花費很大。每每聚財，總有人幫他花出去，比如他的朋友或者家人。再者，他左眉有逆眉，額上長了個小紅瘡，臉上其他地方則沒有，這都是投資運差且失敗的兆示。

夏芍再看馬老，見他下巴圓闊。下巴在面相學裡稱為地閣，主晚年之運。馬老的晚運佳，家境殷實，只是他睫毛在晨光裡看起來有些雜亂，有倒長的現象，這在相學裡叫識人不清，有看錯人被騙漏財的預兆。

將三人的面相看過，夏芍又將在場的老人面相都逐一看過。雖然有的人看出家中有些事情，但都與今天的事沒什麼關聯。果然，有關聯的只有于老、馬老和那名攤主。

今天這事，果然是做局，而且這戲演得很真。

夏芍曾聽陳滿貫說過古董業裡的各種局，不想今天竟有幸能現場見識了一齣。

這攤主到廣場來擺攤，老人們心裡對物件的真假都有些打鼓，他自己便主動承認大多是贗品，先一步博得了老人們的信任和好感。

于老是古董鑑定方面的專家，有這麼個人在身邊，馬老勢必會炫耀，而正是因為有這麼個名人專家在身邊，老人們下意識地信任他，對物件的真假也就全然相信他了。

接下來，攤主指出幾枚光緒通寶的真品，從百來塊錢的到數千塊的，成功引起老人們的好奇，而這時候，那枚金錯刀必會被看到。因為刀幣的樣子跟圓形方孔的光緒通寶差別太大，那麼多銅錢裡就這一枚「怪胎」，除非誰眼神不好使，否則怎可能注意不到？

攤主此時還是誠實的態度，表明這是模具裡澆鑄的贗品，他卻沒忘記提一句金錯刀的價值。

之後，便又是于老登場。今天是馬老跟他一起來的，身邊有位專家，馬老對于老的一舉一動自然在意，於是便發現了他眼神的那一變。

其後的一切，順理成章。馬老想要撿漏，儘管他知道這是于老看出來的，但他還是急吼吼地想自己出錢買下來，哪怕事後兩人再談這錢怎麼分。只不過攤主這時候從老實人變成了精明人，掌握住了馬老想收藏的心理，趁機狠敲他一筆罷了。

馬老以為攤主不知情，以為自己和于老悄無聲息地做了個局，能三萬塊入手一枚天價刀幣。豈不知，這是于老和攤主早就做好的局，今天就為騙他數萬塊錢而來。

這是局中局。

夏芍猜想，于老和攤主定是事先商量好了敲馬老五萬塊錢，沒想到馬老會把價碼殺到三萬。因為是兩人做的局，攤主不好獨自做決定，這才看起來很糾結，以致於剛才看了于老一眼。

也正是這一眼，讓夏芍靈光一閃，在看過三人的面相之後，才想清楚這個局。

這時，于老悄悄往馬老身後站了站，靠著馬老的遮掩，看了攤主一眼。這一眼看得快，目光轉得也快，周圍所有人的視線都在臉色糾結的攤主身上，誰也沒有注意于老這一眼。

夏芍微微一笑，她的微笑也沒人注意到，除了徐老爺子。

徐老爺子見她看看那名攤主，看看于老，再看看馬老，最後又看看于老，笑得像小狐狸似的。

對於古董，徐老爺子也喜歡，但他對瓷器和名家字畫尚能說道一二，在古錢幣這上頭，可是一竅不通的，這小丫頭發現什麼了？

莫不是，此事是個局？

徐老爺子背著手，學著夏芍，看看攤主，看看于老，再看看馬老，最後又看了于老一眼。看不出什麼，那就看戲。

這時，攤主已經接收到于老的目光，看上去總算是糾結夠了，皺著眉頭，故意忍痛道：「好吧，看您老喜歡，就勻給您了。」

周圍的老人們驚訝。這就成交了？到底是花了多少錢？

馬老哪顧得上跟周圍的人說這些？他大喜，又怕攤主看出什麼來，努力維持表情，「小夥子，我這也是忍痛啊！一枚贗品，我今天可是當了回冤大頭！」

攤主一聽，又不大樂意，「老爺子，這是你情我願的買賣，說冤大頭多難聽？閒話少說，我這兒可只收現金。」

攤主催著交錢，自然是趕緊收錢走人。而馬老一聽攤主催促，內心也樂，他巴不得趕緊入手。到了手的物件，就算攤主發現賣漏了，也只得按照行規認了。

攤主當即蹲下收攤，打算跟著馬老去銀行取錢，一手交錢一手交貨。

正當攤主收攤的時候，那枚金錯刀被人拿到了手中。

攤主一愣，只見夏芍把金錯刀托在了掌心上。

于老愣住，馬老看見自己的寶貝落入他人之手，頓時大急，可沒等他說話，夏芍便先開了口，悠然道：「假的。」

這話在有些人聽來莫名其妙，例如周圍不明真相的老人，而在有些人聽來卻是如一道炸雷，例如攤主、于老和馬老。

馬老最先笑了，笑容有些不太自然，「小姑娘，這本來就是贗品。我們都在這裡說了半天了，妳不會現在才聽出來吧？好了好了，贗品我也收藏了，妳別耽誤我們交易了。」

馬老急吼吼地伸手就去拿，生怕夏芍多拿一會兒會碰壞了似的。

夏芍把手一收，「我說，這真的，是假的。」

她這回說得更慢，卻驚呆了更多人。

于老和攤主的臉色當先一變。
馬老有些懵，瞪著夏芍，半天不知道該說什麼。
什麼叫這真的是假的？
這小姑娘的意思是說，這枚金錯刀原本就是假的？
等等，她怎麼知道他心裡認定這刀是真的？她又憑什麼說是假的？
「這位老人家，王莽時期所鑄造的刀幣因以黃金錯鏤其文，因此稱為金錯刀。刀幣上的字是陰刻的，凹陷之處以黃金填滿，並且加以打磨，使字面和錢面平齊。無論是刀工、造型都很講究。」夏芍攤開掌心，將手裡的這枚金錯刀給馬老和周圍聚過來的老人們看。
「古時候的錢幣鑄造很講究，錢幣錢文有獨特的書寫風格。王莽一朝雖然時間短，但在錢幣的鑄造上卻很重視。金錯刀的錢文以懸針篆為主，即是說，刀幣上的字筆劃纖細，宛若懸掛的針，流暢且氣勢生動。現代因為使用紙幣，像這種在金屬錢幣上書寫的筆法，很少有人能模仿得來。您老看看這枚金錯刀上的字，粗且平，儘管儘量往精細了寫，但不流暢，字形並非一氣呵成，而是有些抖。」
「嘶！」周圍的老人腦袋都快湊成一圈了，目光灼灼。
「小姑娘說的對，在這種錢上寫字跟寫書法估摸著不大一樣。寫書法隨便找張宣紙，找本名家字帖就能練，這玩意兒上哪兒練去？練得不多，這就是破綻啊！」
「這字看起來還真是不流暢……」
馬老在一旁聽著，臉色連番變換。他這時候哪有心思管夏芍怎麼懂得這麼多，一心就希望這枚金錯刀是真的，於是說道：「西漢時期的東西，年代這麼久遠了，都生鏽了，會不會是鏽跡的關係，才看著不流暢？」

夏芍聽了一笑，「請看這刀身上的字，一刀平五千。『平』是價值的意思，也就是說，這一枚刀幣價值五千文銅錢，可事實上，即便是加上這刀幣上的黃金，這麼一枚刀幣也絕對不值五千文錢。不僅不值，而且是遠遠不值。王莽篡漢以後，發行這種錢幣，實際上是掠奪民間財富的一種途徑。因此，當初在鑄造的時候，除了『一刀』兩字上面以黃金填之以外，其他的材料用得很少，都是以青銅澆鑄的。我要說的正是這青銅的鏽跡，年代久遠的青銅長埋泥土中，鏽跡會蓋以土色，絕不會如此新綠，這綠鏽實在是硬傷，太新了。」

馬老臉色一白，剛才還覺得找到了合適的理由反駁，此刻卻是盯著那上面新綠的鏽跡發懵。

「另外，金錯刀的造型獨具韻味，絲毫不拘泥於春秋戰國時代刀幣的形制。古拙穩重，並且很有秀美氣息，但是您老仔細感受這枚刀幣，古樸穩重有餘，秀美不足。也就是說，無神韻。」夏芍把掌心中的贗品拋了拋，拋得馬老心肝兒直顫，還調侃地道：「若是讓我評價，我只會說，這鑰匙坯子造得不錯。」

鑰匙坯子……

一群人無語，但看著夏芍的目光卻是震驚。

這女孩子年紀也就十七八歲吧，怎麼有這眼力？且不說眼力了，就這古董方面的知識，他們這些老人家都自愧不如。

正當周圍的老人們震驚的時候，卻有人笑了。

于老笑了，審視著夏芍的目光有些深，話也別有深意，「這小姑娘有意思，看物件都能看出神韻來了。古董這一行，神韻一說是最難看的。沒個二十年的眼力，誰也不敢談看神韻。我這年紀，看這物件都不敢說準，小姑娘倒是把神韻說得篤定，就是不知小姑娘今年多大年歲了？」

這話聽著是好奇，細一聽，于老這是在說夏芍只怕連二十歲都沒有，哪來的二十年的眼力？她分明就是信口開河，瞎鑑定。

這話一出口，馬老剛還發白的臉色瞬間回春，有了血色。

周圍的老人們卻聽不懂了。

怎麼？這枚金錯刀不是本來就是贗品嗎？怎麼這小姑娘鑑定出來了，于老反倒要拆她的臺？莫不是，這刀幣可能是真品？

夏芍看向于老，笑容略微嘲諷，「您老說的是。古錢幣本來就是冷門，沒個二十年的眼力誰都不敢入手高端貨，所以……」夏芍看向馬老，勸道：「老人家，有錢想收藏古董，最好先入手大開門的東西，這種物件容易打眼，我勸您還是慎重。沒聽于老說嗎？他看這物件都不敢說準。」

馬老聞言一愣，看向于老。于老臉色瞬間一沉，有些難看。本是拿年紀閱歷來拆夏芍的臺，讓馬老重新相信這物件是真，哪想得到，反倒被她將計就計，反將一軍？

于老審視著夏芍，不知道為什麼，他總覺得眼前這少女看起來有些面熟，但是看她穿著運動裝紮著馬尾，他印象中還真不認識這麼個人。

精心設的局被這半路殺出的少女給攪和了，于老本就是又急又惱，正心煩意亂，見馬老詢問不解的目光望來，于老頓時沒好氣，「別看我。這是你要入手回去練眼力的物件，看真看假了，我都不討好。」

于老這麼一說，馬老沒主意了，但剛才于老分明是看真的，他篤定這金錯刀是真的，現在又說不敢說準。這是因為這少女篤定說這是假的，還是說，于老見他動搖了，所以生氣了？

畢竟于老是古董鑑定方面的專家，專家最不喜歡別人質疑他的權威。他剛才動搖了，也就是懷疑了他的學識水準，他不會是因為這個而生氣了吧？

得罪一名古董鑑定方面的專家，對於喜好收藏的人來說，絕對不是件好事。

馬老見于老惱了，便又看向夏芍，不自然地笑問：「小姑娘，或許是妳看錯了吧？」

夏芍聞言挑眉，並不惱，只是淡然一笑，「老人家，我還是那句話，這物件是您要入手的，真了，您賺；假了，您賠，跟我一點關係也沒有，我只是把該說的都說了，盼您老慎重，畢竟誰家裡三萬塊錢也不是天上掉下來的，到時您老別後悔就成。」

莫說是現在這年頭了，就是放在十年後，三萬塊錢對於普通百姓家庭來說，也不是說拿就拿出來，一點也不心疼的。

今天這事，如果是正常的古董店的買賣，夏芍絕對不插嘴，但她既然看出這是做了個局給這位老人鑽，她不吭聲實在有違做人的原則。

當然，夏芍可以明擺著說這事是個局，可她沒有確實證據，說出來說不定還得被人反咬一口，說她汙衊。反正她的目的只是不想讓馬老花這冤枉錢，只要提醒他了就好。

不過這決定還得馬老自己做。

一提到三萬塊錢，馬老果然猶豫了，而周圍的老人在聽到成交的價碼之後都震驚了。

「三萬塊錢買個贗品？老馬，你家兒女再能賺錢，也不能這麼糟蹋啊！」

「是啊，老馬，我怎麼瞧著你有點奇怪？你到底是希望這物件是真，還是假？」

「這事于老都說不確定了，小姑娘也說了好幾處不看真的證據了，老馬你非得花這三萬塊錢幹什麼？錢多了燒的？」

馬老自然不是錢多了燒的，他只是想撿漏而已，但眼下有可能撿漏不成，反倒打了眼，白丟三萬塊，這不能不讓他猶豫了。

「要不……于老，咱拿著這枚刀幣去古董店鑑定一下怎麼樣？」馬老小聲拽著于老問。

于老一聽，臉都黑了，「去古董店？人家要知道是真的，還能三萬塊給你撿個漏？」

于老被氣得音調忍不住拔高，這一拔高，周圍的老人們都愣了。

什麼意思？

難不成，于老一開始是看真的？老馬肯花三萬塊買贗品，其實不是想買贗品，而是想撿漏？

這下子，眾人都明白過來。就說嘛，世上哪有那麼傻的人，花這麼多錢買贗品？

原來是這麼回事！

于老臉上青一陣兒紅一陣兒，眼看著話都說出來了，今天這局算是白做了。不僅局白做了，臉也丟盡了，於是氣惱地哼了一聲，瞪了馬老一眼，拂袖而去。

臨走前，于老看了夏芍一眼，臉色難看，明顯是跟她結了仇。

那攤主也沒想到原本事情好好的，會一下子發展成這樣，頓時嚷嚷了起來，「怎麼著？怎麼著？這物件到底要不要了？您老給個話！」

馬老見把于老得罪了，頓時垂頭喪氣，擺手道：「不要了，不要了，唉……」

沒想到，攤主一聽，不幹了，「不要了？剛才說好了的，您老說不要就不要了？這是欺負我是個擺攤的？不行，今兒這事，您得給個說法！」

第三章 贗品疑雲

攤主氣惱，也是人之常情。馬老剛才急著買，現在又不要了，不知真相的他有些理虧，當即就拿出一百塊錢，塞給攤主，陪笑道：「小哥兒，耽誤你時間了。別嫌棄，拿去買早餐吃吧。」

這錢不塞還好，一塞攤主更惱，「怎麼著？打發要飯呢？您老不是要買件贗品回去練眼力嗎？您倒是買啊！」邊惱還邊把這錢收了。

馬老被說得臉上發燙，直搖頭擺手，「行了，年輕人，你也別挖苦我了。我是以為這是真品，想撿漏來著。不過你也是想賺這三萬塊錢，咱倆誰也好不到哪兒去，也就誰也別說誰了。」

馬老不好意思地看周圍熟悉的老人們，也看了夏芍一眼，眼神複雜。直到現在，他也不敢確定這枚金錯刀到底是不是假的。如果是，他自然得感謝夏芍，讓他避免了損失。如果是于老的眼力對了，那他今天就等於錯失了一次中大獎的機會了。

事已至此，再留在這裡也是丟人，馬老搖頭嘆氣地走了。步伐很快，跟開溜沒什麼兩樣。那攤主還有東西沒收拾，又不能去追，見馬老溜了，便把氣撒到了夏芍身上。

「我說小姑娘，這事兒跟妳有關係嗎？眼力不錯啊，這麼好的眼力卻不懂古董行當的規矩，妳這是攪局知道嗎？怎麼著，這三萬塊妳打算給我？」攤主盯著夏芍還拿在手裡的那枚金錯刀。

旁邊的老人們聽不下去了，紛紛聲援夏芍。

「我說小夥子，是你自己說這是贗品的，小姑娘只不過給咱們說了說為什麼是贗品，不算攪局吧？咱們還覺得長學問了呢！」

「剛才你不還挺硬氣的嗎？說老馬不買就去潘家園擺攤，現在老馬不買了，你倒是去啊！」

「老馬自己說想買贗品回去練眼力的，小姑娘只是跟他說說，哪知道他是想撿漏？不知者不罪嘛。再說，你這麼枚贗品賣三萬塊錢，你敢說你沒獅子大開口存了敲一筆的心思？」

老人們紛紛站出來說話，夏芍慢悠悠蹲下身子，把金錯刀放了回去，而這時候，攤主對老人們的聲援指責顯然更加惱怒，哪還有一開始擺攤時候的實誠，當即便罵了起來。

「一群老不死的，小爺愛訛誰訛誰，關你們屁事！媽的，出門沒看黃曆，晦氣！」

「你你你……」

「你怎麼罵人呢？」

「罵你們怎麼著？小爺我他媽還會打人呢！」攤主昂著頭，說話間當真伸手推最近的老人。

老人登時懵了，以為會被打，沒想到那手在離自己胸口半寸的時候忽然停住。截住攤主的那隻手從下方而來，老人們震驚低頭，見地上蹲著的女孩子抬起手來，一把抓住了攤主的手腕。她從下方伸手上來，攤主也是一驚，下一刻便慘叫一聲，疼得臉色發白。只見夏芍蹲在地上，起身之時一腳踩上攤主的腳面，矮著身子竄到他身後，連帶著把他那隻推搡老人的手扳去身後。與此同時，膝蓋往他腿彎一壓，另一隻手按著他的後脖頸，壓到地上。

那攤主的腦門被生生壓在面前的一攤銅錢上頭，以磕頭的姿勢，正對著一群老人。手臂像要被擰斷了似的，疼得冷汗都滾了下來，想罵人卻發現後脖頸被捏住。那厲害的小姑娘不知道會什麼邪門的功夫，他竟覺得喉嚨發不出聲音。

夏芍臉色森寒，在一眾老人驚訝的目光中，緩緩俯下身，在攤主耳邊道：「別以為沒人看得出來這是個局。」

攤主赫然一驚，眼神變了變。這時，後面傳來呼喝聲。

「幹什麼？聚眾鬧事啊？」

夏芍回頭見兩名警察走了過來，周圍的老人們看見了，想上前解釋，但是發現事情太複雜，也不知道從哪裡說起。

夏芍鬆開手，那名攤主起來，一看見是警察，竟倒在地上裝死耍賴道：「哎喲，兩位看見了沒？這小姑娘當眾毆打我，你們、你們可得給我做主啊！」

卻不想，那兩名警察看也不看夏芍，其中一人上前將那攤主提了起來，「誰讓你在廣場擺攤的？有人說你毆打老人，跟我們去局裡一趟！」

攤主一呆，還沒反應過來，另一名警察便幫他收拾了攤子，兩人一起把人給扭送走了。走到公園廣場對面一條道上的拐角時，還對兩名來公園鍛鍊身體的上班族點了點頭，很是客氣的樣子。老人們這才知道，原來報警的是這兩個人。

夏芍往那邊看了一眼，正對上那攤主回過頭來，惡狠狠地瞪了她一眼。

夏芍並不在意，她走去一旁，拿出手機，給福瑞祥在京城的負責人打了個電話。

福瑞祥在京城的古董店不在潘家園，而是開在古董城。潘家園是舊貨市場，珠寶玉石、文物書畫、文房四寶、瓷器及木器家具等大多採取擺攤的形式，像一個博物館，也像一個大雜燴，五花八門，物件大多便宜。這裡是擺攤的人最常去的地方，卻不是古董店的聚集地。

古董店一般都在京城的古董城，京城古董城是受國家文物監管的市場，也是亞洲最大的古董藝術品交易中心。有六百餘家文物公司和古董商入駐經營，其中包括各國的經銷商。

在華夏集團吞併了盛興集團之後，全國各地古董市場的古董店便掛上了福瑞祥的招牌，京城的古董店便是其中之一。只不過，福瑞祥在京城的負責人跟其他古董市場的負責人不一樣，是一名女子，叫做祝雁蘭。

祝雁蘭約莫五十出頭，在古董一行裡很有名氣。她祖父是清朝進士，祖母是大戶人家出身，祝家在京城是有名的書香門第。祝雁蘭的父親是國內書畫大家，也曾是故宮博物院書畫鑑定方面的專家，老人家在古董鑑定行業很有權威，只是如今八十多歲高齡，早已不出山。祝雁蘭受祖父和父親薰陶，在鑑定方面也有長才，在古董店業也有諸多人脈，幹了二十年，經驗豐富。

夏芍在華夏集團的高管會議上見過祝雁蘭，對她涵養深厚的談吐印象深刻。祝雁蘭自是知道夏芍來了京城大學讀書，只不過夏芍開學這段時間又是報到又是軍訓的，實在是很忙，兩人還沒見過面。因此，當祝雁蘭接到夏芍打來的電話時，很是驚訝。

「祝總，故宮博物院有位專家姓于，剛退休不久，妳知道嗎？」夏芍問道。

祝雁蘭答道：「您說的是于老吧？您怎麼認識于老？于老是古錢幣和古書畫方面的專家，今年剛退休，還常在行業裡走動，上個月他還去我家裡拜訪我父親。」

「日後福瑞祥裡的古董，一律不請于老做鑑定，他帶來的物件也不收。至於原因，我過兩天見了面再跟妳說。」夏芍身在廣場，這件古董贗品設局的事說來話長，也不適合細說。

祝雁蘭雖然驚訝，但是沒有多問，「那行，等三天後跟董事長見了面再說。」

三天後是國慶日第二天，正是華夏拍賣公司、艾達地產和華夏娛樂傳媒公司三家公司在京城落戶的日子。夏芍說過，華夏集團要全面起航，這便是標誌性的第一站。

另外，華苑私人會館也找好了地方，直接盤下了一家經營不善的俱樂部，也是剛裝修完畢，與三家公司一起參加落戶儀式。

只不過，這回的落戶儀式不是新聞發布會，而是慈善拍賣會。

這一場慈善拍賣會，商界、娛樂界以及社會各界名流都有參加，時間定在國慶日的第二天。

夏芍掛了電話之後才發現廣場上的老人們還沒散，都在一起聊著天，時不時往這邊看來，似還在討論著她剛才的身手和深厚的古董鑑定知識從哪裡來的。而夏芍身旁三步遠，徐老爺子最淡定，已經打起了太極，一副很投入沒聽見她剛才打電話的內容的樣子。

夏芍笑笑，等徐老爺子打完了一套拳，才說道：「老爺子，跟您老請個假，國慶這幾日我忙，待過了國慶，再陪您老來打太極鍛鍊身體。」

徐老爺子看了夏芍一眼，夏芍以為他又要訓話，卻沒想到，他只是咕噥一聲，擺了擺手，「行了行了，年輕人就是事多，去吧。」說完之後，又看了眼夏芍，終究是忍不住好奇，「剛才的事是個局吧？妳怎麼看出來的？」

夏芍似真似假地眨眨眼，笑道：「我會看相。」

短短四個字，把徐老爺子噎住，也不知他信了沒有，只管罵道：「小神棍！」

夏芍只笑不語，徐老爺子五點前就來到了廣場，此時已經七點，他身體再康健，畢竟年紀大了。說了幾句話，便有些乏了，對夏芍擺擺手，放她回學校了。

夏芍臨走前把打包的早餐交給徐老爺子，也不提送他回去。她知道公園周圍那些上班族都是警衛員和保鏢一類的人，既然老爺子沒打算在她面前現出身分，她就陪老人家且玩一段時間。

徐老爺子望著夏芍離開的方向，旁邊的幾個人裡，為首的男人三十歲上下，此刻已沒有上班族的樣子，而是站姿端正，怎麼看都像是名軍人。

他笑著問道：「老首長，您考察的結果出來嗎？」

徐老爺子反問：「你們覺得呢？」

「我們？我們哪敢說啊！」男人撓撓頭，「這是您的嫡孫媳婦，我們瞧著怎麼樣關係不大。」

「呵呵！」徐老爺子一笑，目光又轉向夏芍離開的方向，點了點頭，「是個好孩子，心正。」

聽了這話，旁邊的幾人互望一眼。

別看只有這麼兩個字的評價，這評價分量可是不輕的。

老爺子一生風裡來雨裡去，看人的眼光從不會錯，而他對子孫後代的要求，在當今的紅頂子家庭裡只怕是最嚴格的。徐家的家訓，便是一個「正」字。正心、正身、正德，是老爺子對子女兒孫的要求。

然而，徐家子孫身在政壇，爾虞我詐，老爺子至今對自己的子女兒孫都還沒有過一句「正」字的評價，能得老爺子這樣一句評價，這少女前途無量啊！

「那您老這是承認孫媳婦了？」男人忍不住問了一句，「後天可是國慶日，您打算請夏小姐去家裡做客嗎？要是夏小姐看見您老，說不定很驚訝。」

徐老爺子高深莫測地笑了笑，「你以為她沒看出是我來？你錯了，呵呵！」

男人和身旁的人都跟著一愣，他們剛才在遠處，看得都不是很真切，還真沒看出老爺子有什麼地方暴露了。

「那丫頭聰明著。」徐老爺子一笑，「要是僅憑面相她就能看出剛才的事是攤主和文物專家設的局，你們猜她會看不出我是誰嗎？」

面相？男人一愣，這才想起，夏芍不僅僅是企業家，她還是唐老的弟子，在香港和國內上層圈子名聲赫赫的風水大師。

若論出身，論商人的身分，這位夏小姐嫁入徐家成為嫡長媳似乎不大合適，而風水大師的身分，就更不合適了。政界對這些事情很敏感，老首長會不會考慮到這一層，才沒有明確表態？

正這樣想著，卻見徐老爺子負手而笑，「這小丫頭挺有趣的。既然她不戳破，我也不道破，看誰沉得住氣。」

夏芍回到學校之後，軍訓檢閱很順利，經濟系一班拿到了院系第一名。這個第一名，可不是因為京城軍區第三十八軍團的司令徐天胤今天親自列席，而是因為夏芍的班級這半個月是真正經歷了嚴格的操練。

凡是每天在休息的時候，看見經濟系一班還在頂著烈日訓練的人，都對此比拚結果沒有什麼異議。事實上，京城大學的新生們，與其說對拿第一名感興趣，還不如說是對夏芍和徐天胤之間的事感興趣。

在檢閱結束後，徐天胤從臺上下來，在眾目睽睽之下接走了夏芍。兩人去了哪裡，除了夏芍的朋友，誰也不知道，而京城大學自這天起就放了國慶假期。國慶之後，才正式開課。學生們猜測的猜測，八卦的八卦，但假期還是要過的。

而夏芍和徐天胤在慈善拍賣會之前，也要一起度過假期，兩人去了徐天胤在京城的住處。徐天胤在京城有自己的住所，是在高級別墅區的中式、歐式混合設計的庭院式莊園別墅。社區是嚴格的現代化管理，在寸土寸金的京城，雖然社區裡的綠化沒有東市桃源區那些曲橋荷池精緻，但別墅內部卻是獨立的天地。

別墅有獨立的院子，西式牆體，院子裡綠化極乾淨，地上灑掃得草葉都不見。後面的游泳池也蓄著乾淨的水，一走過去便能聞見消毒水的味道。

別墅裡面鋪著深色的木地板，裝修風格中西合併。地毯、沙發、書櫃，乃至屋裡的一個小擺件都不見灰塵。一進來，給人的感覺便是乾淨、亮堂，和……沒有人氣。

徐天胤剛打開門，便把一串鑰匙交給夏芍，「有人會定期來打掃，這鑰匙剛要回來。」

夏芍看著掌心裡的鑰匙，笑著打趣道：「幹麼？我來了，就換我打掃了？」

徐天胤看著夏芍含笑的眉眼，確定她不是生氣，便伸手把她擁住，頭抵著她頸窩，呼吸熱得她發癢，「不用妳，我打掃。」

夏芍癢得直躲，聽了這話，更是笑道：「你？你一年回來住幾次？等你打掃，這屋子的灰塵都能把人埋了。」

「以前在國外，不常回來。回來一次就被爺爺叫回去，很少在這邊住，現在有妳在。」徐天胤也不知是想讓夏芍多了解些徐家的事還是怎樣，他現在的話可比以前多。

夏芍聽見那句「現在有妳在」便笑了，明知徐天胤的意思，卻還是逗他，「還學會金屋藏嬌了？想得美！」

「不是。」男人反駁，握住她戴著求婚戒指的那隻手，力道有些緊，「妳是未婚妻。」

夏芍笑笑，她跟徐老爺子見面的事，只怕師兄還不知道。不過她也不打算提，這件事她自己會解決。她推了徐天胤一下，笑道：「行了，肉麻！快中午了，想吃什麼，我下廚。」

徐天胤盯著她。

夏芍立即警覺地跳開，氣也不是笑也不是，「大白天的，你想點正事行嗎？」

徐天胤還是盯著她。

夏芍不理，淡定地把別墅裡的房間都轉了轉，客廳、臥室、書房、廚房、衛浴間、健身房，各處看過之後，越看越覺得這屋子哪裡都好，就是一點居家的感覺也沒有。她當即決定，出門買點東西回來裝飾，順道買菜回來。

經過徐天胤身旁的時候，夏芍笑著逗了他一句：「走吧，我的未婚夫！」

這稱呼夏芍也是頭一次喚，自然是臉皮發燙，但還是忍著笑逗徐天胤。她承認她有惡搞的心思，想看看這男人聽了之後有什麼反應。

夏芍相信了徐天胤的各種反應，包括他聽了之後很可能狼性大發。於是她在說這話時已經做好了警戒，手握上門的把手，一旦男人有撲來的預兆，她立刻奔出門外去。

但是想來想去，沒想到徐天胤皺起了眉頭。

唔……未婚夫？

聽著彆扭，有兩個字是多餘的。

夏芍不知道這男人哪根筋不對，她覺得有些危險，便開門先一步去了院子。

徐天胤隨後跟出來，到了車上，一關車門便看向夏芍。

「未婚夫不好聽，多餘。」他握著方向盤，不開車，「改口。」

夏芍瞪眼，這才知道他剛才是糾結這個。

夏芍來了興致，「怎麼多餘了？怎麼改？」

這話把徐天胤問住，他想了想，這種稱呼在他的人生裡也是陌生。他想了一會兒，然後黑漆漆的眸看向夏芍，吐出一個字：「夫。」

夏芍被雷得風中凌亂，「現在哪有人這麼叫的？師兄聽誰現在這麼叫過？再說了，剛才是誰叫我未婚妻的？」

「錯了，以後不叫了。」徐天胤這時也反應過來夫或妻這稱呼不太合用，便握住夏芍的手，果斷而堅定地改口道：「老婆。」

夏芍笑著沒應，雖然她很堅定今生會與身邊的男人一起度過，但總想逗他，不想應那麼快。且徐家如今對兩人的事尚無說法，等有說法了再提這事也不遲。

徐天胤開車時看了眼夏芍手上戴著的戒指，忽然覺得求婚是求了，似乎作用不是那麼大。

夏芍一路上瞥著男人微蹙的眉峰，忍著笑。她無意間逗了他一句，結果好像又給這男人找到新目標了。不過眼下有個最近的目標，就是把他的住處給裝點一下，讓屋子看起來有家的味道。

三歲以前，他或許過著正常的生活，但之後他的生活裡除了師父師母，沒有太多家庭的溫暖，尤其是十五歲過後，十幾年在國外出任務的生活，偶爾回來一趟也只是見見徐老爺子，家庭二字，離他遙遠而陌生。

夏芍把徐天胤拉到京城的家裝市場，專門挑選一些可愛的小玩意兒。出來之前，夏芍看過別墅裡的擺設和裝飾了，很明顯這是套現裝房，一切都是裝修好的，直接入住就可以。屋子裡漂亮歸漂亮，但一點主人的私人物品都沒有，看起來哪怕是現在不住了，轉手賣出去，新入住的人大抵都不會發現這房子有人住過。

從風水上來說，屋裡沒有人氣並不好。住在裡面的人沒有歸屬感，容易性情寡漠，因此，夏芍專門挑些跟徐天胤性情互補的溫暖小玩意兒。從漂亮的檯燈到趣味的餐盤、雅致的茶具，再到桌曆、門鈴上的小掛件，甚至連院子裡她都打算種芍藥。最後買到房間裡的花瓶和相框時，她才發現，她與徐天胤相識四年，竟然還沒有一起照過相。

於是夏芍又直奔附近的百貨公司，挑選了一款立可拍相機，她想親自記錄兩人的點點滴滴。

在挑選相機的時候，夏芍還被認了出來。她剛來京城，曝光率其實不大，那天京城大學開學典禮上的視頻雖然在網上傳得沸沸揚揚，但夏芍今天的穿著和那天的正裝打扮差別很大，加上視頻和本人的差距，並不容易被認出來。夏芍和徐天胤兩人在家裝市場逛來逛去，兩人的外形雖然引起了不少人的注意，但也大多是驚豔，倒還沒有能認出來的。

選相機的時候，讓夏芍暴露了的是她手上戴著的戒指。

這年頭立可拍相機還是很貴，夏芍指向那款相機時，服務生就已經留意她了，在不經意間看見她的那枚花戒指時，頓時瞪大眼，驚呼出聲。

這枚戒指在網路上有好事者曾截圖放大，細指款式有多別致，鑲嵌的鑽石有多少克拉，中間那顆金珠有多珍貴，此枚戒指要花費多少。

這枚戒指不知羨煞了多少人，而且這戒指一出來，便有不少仿冒品。

這百貨公司櫃檯的服務生有名同事覺得漂亮，買了一個，前些日子還被同事們取笑一番。

瞥見夏芍手上的戒指時，服務生只是一笑，心道，又來了，但抬頭瞧見夏芍，當下愣住。

這少女眉眼精緻如畫，而她身邊的男人，目光只停留在她身上，不說話卻讓人無法忽視。

這樣一對外形俊俏的男女出現在櫃檯前，女服務生自是好生看了又看。不太敢看徐天胤，便去打量夏芍，越看越覺得眼熟，以致於夏芍讓她拿看中的那款相機時，她一時忘了動作。直到夏芍再次出聲提醒，她才反應過來。

「夏小姐？」女服務生試探地詢問，然後她看見夏芍沒點頭也沒搖頭，只是善意地一笑。

服務生瞪大眼睛。真的是本人？

「現在可以把那款相機拿給我看了嗎？」夏芍第三次詢問。

「可以，可以。」服務生趕緊點頭，快速把相機拿出來遞給夏芍。在她看相機的時候，服務生不停地瞄她手上的戒指，這才是真品。

服務生激動得頻頻回頭，對著同事打眼色，奈何沒被看懂，急得她恨不得跺腳。

「可以試試嗎？」夏芍問道。

服務生回神，看夏芍手裡的相機，這種相機是不能試的，但面前這客戶顯然不會只試不買，即便是問過經理，也必然是可以試的。

「可以。」服務生又道，趕忙幫夏芍調好了設定，把相機交給了她。

夏芍拿著相機轉向徐天胤，見他低頭看著她，面對鏡頭還是一副呆萌的表情，便瞪他一眼，學他的簡潔，道：「笑。」

服務生看著徐天胤冷峻的臉，恨不得扯起嘴角替他笑，但等到真正見男人短促地一笑時，她卻驚豔得呆住了。

夏芍把吐出的相片拿起來看了看清晰度，滿意地笑彎了眉眼，「好，就它了。」

不是沒看見服務生剛才給同事們使的眼色，夏芍自是不想被圍觀，她試著好，便果斷打包，準備付錢走人。

直到兩人款款而去，服務生才一步竄到同事身旁，一巴掌拍在她的肩膀上，恨道：「剛才讓妳往這邊看，妳發什麼呆啊？」

女同事不解，「怎麼了？」

「剛才那是夏小姐和徐少將，是本人啊！」服務生指指已經兩人的背影。

女同事先是一愣，接著瞪大眼，探著頭直看，見人走了出去，便回身問道：「不可能吧？妳怎麼把人認出來的？怎麼會這麼巧？妳看錯了吧？」

服務生頓時給同事一個鄙視的白眼，懶得解釋，直接把剛才付款時刷卡的單子亮出來。上面的簽名龍飛鳳舞，筆勢凌厲，短短的三個字：徐天胤。

買相機時的事，對夏芍和徐天胤來說只是小插曲。兩人從百貨公司出來的時候，已是中午了，卻還有很多東西沒買，於是果斷去附近飯店吃飯，下午接著逛。

下午徐天胤開車去了花鳥市場，買了七株芍藥，打算回去種在院子裡。之後，兩人又尋了專賣店，買了架天文望遠鏡，夏芍打算放在陽臺。在驅車回去的路上，突發奇想，夏芍又買了套庭院燒烤的器具。師兄朋友少，聚在一起玩鬧的事少有。秦瀚霖這小子如今還在青市紀委，尚未調回京城，不然有他在，許會熱鬧些。但即便如此，夏芍也還是先買來備著，想著改日把她的朋友們叫上，一起聚聚，給屋子添添人氣。

兩人順道買了晚上要做的菜，回到別墅時，已是傍晚了。

見天色未黑，夏芍便先把買來的花種在院子裡。

十月正是種芍藥的時節，夕陽照在牆頭，將院子染得金紅。徐天胤蹲在的臥室窗外鏟土栽花，育土澆水。夏芍站在旁邊，什麼也不被允許做，她唯一的工作就是指揮他栽在哪裡。

七株芍藥排成了北斗七星，這古時象徵七夕的愛情之花，盛開在別墅的窗下。

夏芍拿來相機，兩人在花前窗下伴著夕陽霞彩合影。徐天胤眸光柔和，指尖還有點泥漬。夏芍笑得眼眸微彎，粉瓷般的面頰連夕陽的霞彩都逼退三分。

晚飯說好了夏芍做，結果還是徐天胤下的廚。逛了一天，他讓她去休息。

夏芍由著徐天胤，兩人在一起的日子很長，這頓飯誰做都無所謂。可她沒去休息，而是玩起了相機，時不時在徐天胤切菜炒菜的時候出現照一張。等飯菜上桌時，徐天胤都愣了。

餐廳的一面牆上已經被夏芍貼滿了各種照片，洗菜的他、切菜的他、炒菜的他、穿圍裙的他，而兩人合照的那張照片已經被放進相框，擺在了臥室。

這幢別墅自買下開始，第一次這麼溫暖，溫暖得讓徐天胤有些失神。他看見夏芍把紅酒打開，倒了一點出來，坐在他對面，在飯菜的騰騰熱氣裡笑著。

美好的一晚，從一頓美好的晚餐開始。

徐天胤下廚做了一桌，他卻沒有吃多少，而是也擺弄起了相機。吃飯的她、夾菜給他的她、啜飲紅酒的她……照片一張張貼到牆上，與他的照片貼在一起，這面牆才覺得完整。

徐天胤看著照片牆的目光讓夏芍覺得心疼，她其實想過不住宿舍，搬出來住，但是兩人如今還沒結婚，尤其是在徐家尚未對外承認她的時候，兩人住在一起不太合適。

不過，每晚宿舍都有查寢和熄燈時間，對她來說很不方便，她決定國慶回校之後就向學校申請外宿。至於是買棟公寓還是直接住在華苑會館，等慈善拍賣會結束後再說。

吃完飯，夏芍有心讓徐天胤多體會些家庭的溫暖，於是拉著他去客廳看電視，一直到了十點多，她有些睏了，徐天胤才起身去浴室放洗澡水。

徐天胤從浴室出來的時候，夏芍已經躺在沙發上睡著了，但她睡得不是很熟，徐天胤一抱她起來，她便醒了。她這一回態度堅決，不允許徐天胤抱她去浴室。她怕出不來，她今晚還有去陽臺看星空的計畫。

徐天胤被浴室門阻隔在外，被勒令不允許撬門，不允許蹲守。

結果是，沒有撬門，沒有蹲守，夏芍洗完澡出來的時候，男人在客廳坐著看報紙。

夏芍眼裡一瞬間閃過狐疑的光芒，師兄今晚怎麼這麼聽話？

徐天胤抬起頭來，看見夏芍眼裡的疑惑，眸底有淡淡的笑意閃過。隨即，他的視線落在她粉色的絲質睡衣上，眼神漸漸變得深邃。不待他站起來，夏芍敏銳地察覺，然後轉身去了陽臺。

陽臺布置得很溫馨，地上鋪了圓毯，赤腳踩上去軟軟的微癢。站在陽臺裡，可以看見後院的游泳池，遠眺可以看見遠處的霓虹大廈和夜景。

天文望遠鏡被架在角落，夏芍走過去調試，望向夜空月色星辰。

徐天胤一走過來，她便感覺到了。轉身望去，不由愣了愣。

她為了看星空，把房間裡的燈關了。此時，只有月色照進窗臺，灑了一地銀白。徐天胤站在那銀白的盡頭，腰際只圍了一條浴巾。

徐天胤剛從浴室出來，身上還帶著未擦的水珠。水珠被月色照亮，一點也不柔和，反而在那飽含著力與厲的緊致線條裡，越發將男人的氣息襯得原始野性。

徐天胤的髮尖上還帶著水珠，黑夜般的眼眸在夜晚中令人心懼。

夏芍臉頰微紅，看得再多次，還是面紅耳赤。不自覺轉身，對著面前的望遠鏡，耳朵卻豎直了，聽見男人步伐沉穩地走了過來。

他一來到她身邊，便習慣性地擁住她的腰，將她圈進懷裡，低頭深嗅她剛出浴的香氣。他很喜歡她的味道，這男人就像狼一樣，一切憑著最原始的本能行事。

夏芍被徐天胤燙人的鼻息弄得發癢，紅了半片脖頸，月色下彷彿染上嫵媚風情。她笑著往他懷裡靠了靠，笑稱一聲癢，偏著頭把望遠鏡推給他，「看看？我剛才看了，很美。」

「嗯，美。」徐天胤在她頸窩裡咕噥，視線落在她寬鬆的睡衣領口，領口內裡柔美的雪線被月色染得珠潤如玉。

夏芍見徐天胤連頭也沒抬，哪知他在看什麼，只以為他存心敷衍，便手肘往後一撞，嗔道：「你看了沒有，就說美？讓你看星星。」

「嗯，星星。」徐天胤還是含糊，眸裡的風景隨著那一撞，只覺那道柔美的雪線都化作柔波輕顫。那輕顫的美景裡最美處忽現兩朵粉梅，看起來是像是星星，果真美。

「讓你看看。」夏芍歪扭開身子，回頭瞪徐天胤，把望遠鏡遞給他。

這回徐天胤沒有敷衍，他很認真地看向她，點頭道：「好。」

隨後他把她的手從望遠鏡上拿開，另一隻手去掀她的睡衣。

夏芍這才感覺到不對，「幹麼？」

「看看。」徐天胤答。

夏芍瞬間呆滯，忽然覺得他們兩人說的好像不是同一件事。也正是這呆滯的一瞬，絲質睡衣已被拉到頭頂。徐天胤的目光落在那比睡衣粉嫩的顏色更加粉嫩的前方，侵略掠奪的氣息壓抑得令人心驚，看起來真的在忍耐著先欣賞一番。

夏芍臉刷地紅透，抓著睡衣想遮，但她剛有這苗頭，徐天胤的手掌便果斷往她腰身後一扶，她的身子被大幅度壓向他，在她承受不住腳尖踮起的一瞬，徐天胤霸道地低頭。

夏芍啊一聲，身子忍不住一顫，腿都跟著發軟。

徐天胤精實的身體壓過來，兩人倒在圓毯上。只聽刷一聲，陽臺的窗簾被拉上，月色越過兩人灑在遠處，皮影戲般映出美妙的畫面。

月美畫美，交織出讓人心顫的角度與力度。

濕濡的聲響和嬌喘交雜，這樣令人面紅耳赤的聲響裡，還能聽見兩人的對話。

「叫。」

「師兄……」

「不對。」

「……師兄。」

「不對。」

「嗯……未婚夫。」

「不對。」

……

夜晚漫長，陽臺的聲響歇住時已夜深。徐天胤抱著蔫了一樣的夏芍從陽臺走去浴室，幫她洗去一身香汗，接著抱著她回了臥室。

臥室裡纏綿沒有繼續，徐天胤抱著夏芍躺到床上，手臂攬緊，任她沉睡。逛了一天的街，又折騰了許久，夏芍確實是經不起第二回合，閉上眼便很快睡去。

第二天是國慶日，夏芍清早醒來的時候，徐天胤已經穿好衣服，仍是一身黑，卻讓睜開眼看見他的她笑了笑。

「師兄要走了？」昨晚被徐天胤逼迫著改稱呼的記憶浮現，夏芍臉頰微紅，將這記憶壓下，用被子半遮著滿身紅印的身子，微微坐起。

國慶日是舉國歡慶的節日，徐家是開國元勳的家庭，國慶日這個節日對徐家來說，有著非同一般的意義。這天，徐家的成員應該要齊聚，徐天胤如今身在京城，理應回去陪著老爺子過節。

這是理所當然的事，夏芍昨天也沒問，但她知道今天徐天胤一定會回徐家，所以便跟柳仙仙等人約好，今天一起去逛逛京城。

沒想到徐天胤搖頭，「不回去。」

夏芍挑眉，「不回去？」

「嗯，爺爺知道。」徐天胤走過來，坐到床邊看著夏芍。

夏芍總覺得他的目光有些不同往常。她對徐家的了解很少，只知徐天胤有一位叔叔和一位姑姑，卻不知他跟家人的關係如何。國慶日這樣的節日不回徐家，若不是為了陪她，那就是跟家人的關係不是太好？

夏芍對此不是很驚訝，畢竟徐天胤從小就跟著師父在香港生活，徐家對他來說，可能除了爺爺，也沒有培養太多的感情。

「師兄，今天是國慶日，你現在不是在香港，也不是在國外執行任務，更不是在青省軍區。你現在在京城，應該回去陪陪老爺子。」不管徐家人怎樣，至少夏芍見過徐老爺子，對這位老人有著很不錯的印象。不管怎麼說，過節回去陪老人，這都是無可厚非。

「我從來不在這個日子回去。」徐天胤伸過手來，抱著夏芍，枕著她肩頭，聲音有些悶。

夏芍聽出不對勁，輕聲問：「為什麼？」

「我帶妳去一個地方。」徐天胤只道。

「去哪裡？」

「陵園。」

京城的烈士陵園在國慶日這樣的節日，很少有人會來，這天卻迎來了一對俊俏的男女。

兩人都是一身黑，男人身旁的少女一身黑色連衣裙，神情肅穆，手裡捧著束白色的菊花，在上臺階的時候，轉頭看向身旁的男人，既心疼又有些擔憂。

兩人牽著手，兩旁的風吹得草木窸窣作響。

夏芍跟著徐天胤上了臺階，轉過一條鋪著碎花大理石板的山路，面前又見一條短臺階。臺階只有三階，抬眼便能看見兩旁開過了的迎春花，以及前方的漢白石大墓。大墓呈長方形，看起來像是安放著的棺槨。棺槨高踞，安放在八級小臺階之上，三面圍以漢白石雕成的圍欄，僅墓碑便有一人多高，墓碑之後的棺槨須抬頭仰望。仰望之時，看得見藍天。

這處在烈士陵園裡相對僻靜獨立、規格頗大的陵墓，正是徐家長子和長媳安息之處。

夏芍感覺徐天胤握著她的手出了汗，在上午炎熱的天氣裡，他的手冷得令人憂心。夏芍擔憂地看他，不自覺渡起了元氣。徐天胤轉頭看向她，眼眸在陽光裡如照不透的深海般幽暗，但看向她時卻浮現點點微光。他的唇緊抿著，緊緊牽著她的手，上了臺階。

臺階之上，高大的墓碑上鑲嵌著一對夫妻的照片。男人年紀看起來與此時的徐天胤差不許多，甚至連眉宇都有些相似，可他臉上掛著微笑，帶些那個年代特有的含蓄和文化氣息。

徐天胤不特別像他的父親，他與母親更像些。他的母親是位極美麗的女子，黑白的照片定格在二十五六歲的年華，是女子最美的年歲。

女子的笑容溫柔得像暖風一般，眼睛看著人時，讓人心都柔軟了。

陵園平時有人打掃，地面很乾淨，可兩人的照片還是蒙上了些灰塵。徐天胤走上前，伸手在父母的照片上擦拭。他沒有用紙巾，只是用手指一點一點地輕輕擦拭，像是在輕撫父母的臉頰。

夏芍深呼吸一口山風，壓下鼻頭的酸楚。徐天胤退回來，仍牽著她的手，她手上的戒指被枝頭縫隙裡落下的斑駁陽光割得細碎。

徐天胤轉頭看她，鄭重地道：「這是爸和媽。」

夏芍頷首，看著墓碑上夫妻的笑容，輕聲道：「伯父，伯母。」

「爸、媽。」徐天胤糾正她。

夏芍微愣，隨即點頭，「爸，媽。」

徐天胤失神地看著她，隨即他轉過身，將她擁在懷裡。他的呼吸向來沉，此刻卻小心翼翼，讓被他抱著的人也有些出神。

夏芍任由徐天胤抱著，聽著他在山風裡幾乎聽不見的呼吸，感受著他胸膛沉沉的心跳。

原本打算安撫他，卻聽見了他的聲音。

「今天不是他們的忌日。」徐天胤的聲音沙啞，「今天是我的生日。」

夏芍微微張嘴，說不出話來。

她從不知師兄的生日，不是沒問過，而是當初問的時候，他只道自己不過生日。

那時夏芍尚不知徐天胤童年的經歷，卻已能感覺出他身世的不平凡。既然他不願意說，她便再沒有問，只等他想告訴她的那一天，只是沒想到這一天會在此時。

徐天胤抱著她的手臂微微發抖，他平日很少表露感情，這一刻卻有著自責與悔恨，「我說要去遊樂園，那時候國內沒有，他們便帶我去國外度假。第二天晚上，就出事了。」

第二天晚上？

那就是生日的第二天？

夏芍心中震驚，一時難以用言語形容。

沒有不期待生日的孩子，然而，這個出國的決定，讓他失去了父母，失去了童年。

所以，他不過生日。

這些年他只在這天來看望父母，在他眼裡，父母的忌日與這一天無異。

「是我害死了他們。」徐天胤的聲音很沙啞，聽起來像是野獸的低吼。

「不是你的錯，要怪就怪凶手狠心。」夏芍心裡揪痛，拍著徐天胤的背，元氣順著經脈渡去，安撫他的情緒，不想讓他再出現冒冷汗的狀況，她問：「知道凶手是誰，什麼目的嗎？」

「國外的恐怖組織，我的第一次任務，殺了他們的首腦。」徐天胤聲音很冷，冷到冰點。

徐天胤的父親去世時已任要職，恐怖組織的刺殺帶了諸多目的，這件事雖然沒有在國內公開，但那段時間卻引起了兩國關係的緊張。最後出於國情考量，徐天胤的父親被追封烈士，父母被允許合葬在烈士陵園。因為這件事，徐家得到了很大的補償，也就是所謂的政治利益。但這樣的處置，卻令失去父母的他在十幾年的時間裡因為凶手逍遙法外，而埋下一顆黑暗的種子。

十二年後，他為國出任務。冤家路窄，第一次任務竟是刺殺恐怖組織的首腦。那一戰，使他一戰成名，因為他完成了不可能的任務。他不僅刺殺了恐怖組織的首腦，還將這組織一網打盡。

一個人端掉了一個組織，沒有人知道他是怎麼做到的，只知道被他殺死的人死狀奇慘，面容扭曲，死前受了很大的恐懼和痛苦。

從此之後，許多被認為不可能完成的任務，他都會去做。戰功赫赫卻不為人知，他像生活在黑暗中的影子，戰功只記載在檔案裡。

這樣的日子一過就是十年，直到他憑著戰功授銜少將，直到徐老爺子也看不下去，不想讓他再在國外過著漂泊危險的日子，從中示意出力，讓他從背後走到人前，成為共和國建國之後最年輕的省軍區司令。

正是從那時候，他們在酒吧裡偶遇，隨後竟發現是同門。

相遇到相愛，他們走過四年，今天站在了他父母的墓碑前。

夏芍抱著徐天胤，她從沒有像這一刻這樣感謝一個人。她感謝徐老爺子，如果不是老人從中出力，哪怕是授了銜，以這男人的性情，他只怕還是會選擇過著黑暗的日子，直到前路終結。

幸好，他們相遇了。

幸好，他肯將事情說給她聽。她相信說出來，他心裡會好受很多。也堅信，從此之後，他的幸福是她這一生的追求。

「師兄，我們給二老獻束花吧。」夏芍輕聲道。

徐天胤沉默了一會兒才點頭。兩人的手握在一起，將花束放在墓碑前，一起退後鞠了躬。

「爸、媽，你們聽見我這麼叫，可不許笑我。」夏芍自己先笑了，「你們不用擔心，雖然在你們之後，我晚了很多年，但是在這之後，由我照顧師兄。你們泉下有知，請保佑他平安開心，我會和他多來看你們的。」

雖然想說些更煽情的話，但是夏芍覺得說多了矯情。

然而，正是這些再簡單不過的話，令徐天胤轉頭看她。青天之上，烈陽照著他的眼眸，極致的黑暗裡是極致的亮光，看得人晃眼。

徐天胤再次抱緊了她，這次比剛才還久。

兩人直到中午才從陵園離開，走的時候徐天胤一路牽著她的手，彷彿怕一鬆手她就不見了。

車子停在山下，她故意不走，笑道：「我累了，你背我。」

徐天胤看向她的裙子，見是長裙，才點了點頭，蹲下身子。夏芍笑著上前摟住他的脖子，下山的路上，便多一對在路邊漫步的年輕男女。少女趴在男人背上，手裡拿著根花枝，笑著搖他的癢。男人根本不怕癢，但見她玩得興起，便轉頭看她，眼神柔和，唇邊有著淡淡的笑意。

與此同時，徐家有一場家宴。

這場家宴設在一道紅牆之內，亭臺水榭，環境優美的樓閣裡。這一道紅牆，阻隔了外面遊客的喧囂和節日熱烈的氣氛。在如今的共和國，這片地是只有少數國家領導人可以居住的地方，徐家正是其中之一。

樓閣面向寬闊的湖面，兩旁是垂柳。中午天氣炎熱，秋蟬鳴動，湖風徐徐吹著，一場家宴，卻吃得靜悄悄的。

坐在主位上的老人，穿著樸素的白色唐衫，慢慢吃著飯菜。

這威嚴的老人，正是徐老爺子徐康國。

徐老爺子左邊的座位空著，其下才是他的二兒子徐彥紹，兒媳華芳。徐彥紹身材略有些發福，但面色紅潤，氣質端正，眉宇間也有身居高位的氣質。年僅五十的他，如今已是共和國的中央委員，省部級正職，而他的妻子華芳，是最高檢察院檔案處的處長。

兩人在長房空虛的徐家，極是風光。即便如此，徐老爺子對家庭成員的地位要求極高，至今保留著長房一家的席位，像今天這樣的宴席，儘管長房早已不在多年，老爺子左側仍留著空位。

二房之後才是徐家三房。說是三房，其實是嫁出去的女兒一家。徐老爺子的小女兒徐彥英，聽起來有些像男子的名字，這也正是老爺子對女兒不輸男兒的高要求。

徐彥英在京城任職，她的丈夫劉正鴻在地方上任省委副書記，每年的今天，這家人都會回來陪老爺子過節。

僅徐家這二房和三房，在共和國的家庭裡來說，都是絕對的政治世家。家庭成員分屬國家級、省部級、廳級，級別之高，無人能出其右。更何況，徐家還有第三代。

第三代坐在徐老爺子右側，但第一把椅子仍是空的，其下第二把椅子裡坐著一名年輕男子，二十七八歲的模樣，若是夏芍此刻在這裡定會驚訝。這男子的五官跟徐天胤有五分相像，但氣質明顯斯文，眉宇間並無冷意，而是與生俱來的尊貴，笑起來頗為英俊儒雅。

這人正是徐家二房的獨生子徐天哲。徐天哲是徐天胤的堂弟，小他兩歲，今年二十七，在地方上任市長。二十七歲的年輕市長，堪稱共和國之最，前途無量。

政界與軍界的級別雖然無法比較，但是徐天哲與如今已是少將軍銜任軍團司令員，手握兵權的徐天胤比起來，還是差了那麼一截。

徐天哲下首的座位裡，也是徐家最末的位置，坐著一個女孩子。雙十年華，一看就還在讀大學，名叫劉嵐。她眉眼長得像她母親徐彥英，但顧盼間神采飛揚，很有些傲氣。

徐家雖然講究餐桌禮儀，但也不至於吃飯時不讓說話，只是今天這日子，多年來總是沉悶的。

明天是徐家長房夫妻的忌日，老爺子在這一天總是心情不好，而且徐家人都知道，徐天胤會在這一天去祭拜他的父母，因此這一家團聚的日子一定是少個人。

徐家人對此也習慣了，每年的這一天，一家人都默默吃飯，誰也不說話。

今年卻有人開了口，這個人是劉嵐。

「表哥不是在京城軍區任職嗎？我還以為今年他會回來呢！」徐家三代人丁不旺，都是獨生子女，劉嵐雖是外姓，也是徐老爺子的外孫女。身為家裡唯一的女孩，自然受寵，所以在今天這日子裡，她的父母不敢開口，她卻敢出聲。

一桌的人都愣了，劉正鴻和徐彥英夫妻同時看向女兒，眼神暗含警告。警告完女兒，兩人便去瞄老爺子。徐老爺子果然抬起頭來，看了外孫女一眼，目光雖威嚴，卻嘆了口氣，「隨他吧。這是個心結，解不開，他是不會回來的。」

見老爺子沒生氣，徐彥英和丈夫都鬆了一口氣。既然開了話頭，徐彥英也跟著嘆氣，「天胤這孩子可憐啊！大哥大嫂不在了二十多年，這孩子還是走不出來，也不知道他什麼時候能解開這心結，天胤小時候可可愛了……」

徐彥英四十六歲，眼角有著淡淡的魚尾紋，身材略顯富態，說話間眉眼淨是溫柔和愁緒。大哥遇害的時候，她才二十歲出頭，比女兒如今的年紀大一些。小時候父親教育兒女嚴厲，即便她是家裡的女兒，也沒有受到多大的特殊對待。父親教育她，跟教育兩個哥哥花了同樣的心思。家裡母親和大哥最疼她，兄妹兩人感情很好，只是不曾想，母親去世得早，大哥竟也去得早。

那可憐的孩子，去國外前還好好的，回來就像變了個人。從此去香港療養，一去就是十二年。回來後便走上了軍界，只是在外執行任務，長年在危險裡泡著，一去又是十年。

徐家的嫡長孫竟跟徐家關係最淡，若不是家庭聚會時總給他留著席位，家裡就像沒這個人。

徐彥英一來是因為大哥當初疼愛她，二來是心疼徐天胤，對自己這侄子，她向來關注，但在徐家三代裡，很顯然自己的女兒和二哥的兒子天哲關係好些。他們兄妹兩個跟天胤見面的時候很少，話也說的少。

因此，對於今天女兒主動提起徐天胤，徐彥英有些奇怪。

隨即便看見女兒古怪地笑了笑，道：「媽，我看表哥也沒妳說得那麼可憐，他現在過得滋潤著。不是聽說他交女朋友了嗎？求婚的視頻我可是看了，那浪漫得，我猜天哲表哥都做不出來！京城大學的開學典禮上求婚，我看天胤表哥可一點也不冷淡！」

這話一出口，一桌子人都靜了靜。

這件事，徐家人自然都是知道的，但是至今為止沒人表態，也沒人在老爺子面前提起過。二房和三房都想知道老爺子是個什麼態度，只是沒想到會在今天被提了出來。

徐彥紹和華芳夫妻，劉正鴻和徐彥英夫妻，以及徐天哲、劉嵐，此刻都看向了徐老爺子。徐老爺子皺了皺眉頭，其他人尷尬地笑笑，劉正鴻更暗地裡瞪了女兒一眼，怪她多嘴，一邊斥道：「今天是什麼日子？沒規矩！」

劉嵐被父親斥責，有些不服氣。他們明明就想知道外公的想法，她給他們當了槍使，卻反過來怪她，但劉嵐沒敢反駁。今天對徐家來說絕不是過節，餐桌上容不得鬧騰，這點她很清楚。外公雖然疼她，但對家教很重視，這點連她也不敢恃寵而驕。若是在這種日子跟父親在餐桌上頂嘴，外公是會不快的。

從小到大，外公都是威嚴的。劉嵐承認，她其實每次纏著外公或者哄老人開心，都是小心翼翼的。剛才她在餐桌上開口，那是從小到大的經驗告訴她，說了也不要緊。因為她開口提的是天胤表哥，外公向來最疼他，對他總是特別寬容。

原因嘛，當然是舅舅和舅母去世得早，表哥又身體不好，從小就養在香港的私人療養院裡，十來年沒回徐家，外公特別心疼他罷了。

在徐家三代裡，表哥跟他們不一樣，他在徐家的規矩之外，可以破很多的例。

劉嵐端起碗筷，面對父親的訓斥，縮了縮脖子便低頭吃飯。其餘人也都笑笑，全當沒開過這話題，也各自吃飯。

這時，徐老爺子卻放下了碗筷，開口道：「你們想說什麼就說吧。」

徐家人剛端起碗筷來，聽老爺子竟然開了口，不由吃驚，坐直了身子。

往年這天，老爺子向來是一言不發，吃完飯就走的，今天怎麼有心思聊天了？

徐家人相互看了看，誰也不敢先出聲。

華芳雙手交疊，放在腿上，腳尖在餐桌下偷偷碰了碰丈夫。徐彥紹笑呵呵的，把腳挪開，面上神色如常。大哥過世之後，徐家二代自是以他為首，從輩分上來講，老爺子問話，也確實該他先發言。即便是妻子不提醒他，他想不想說，都必須先開口，可惜妻子做了這麼多年的處長，性子一點也沒沉下來，還是急脾氣。

「爸，我們能想說什麼？」徐彥紹笑笑，看了席上的徐家三代一眼，語氣感慨，「要不是嵐嵐說起這事，我都還沒注意到。咱們徐家這幾個孩子，一轉眼都長大了，日子過得可真快。」

劉正鴻瞥了徐彥紹一眼，內心暗罵：老油條！

徐彥紹這人向來是這樣的，官場那套圓滑世故用得爐火純青。在徐家，但凡老爺子問話，按輩分，他向來第一個開口，卻從來不發表觀點，只會避重就輕。

得不得罪老爺子，那都是別人的事，他只旁聽，待看準了老爺子的喜好，才會發表意見，或者是安撫。總之，他是不得罪老爺子的。

這也正是劉正鴻不喜徐彥紹的地方，但卻從來不說什麼。他是徐家的女婿，不是兒子。就如同在今天這樣的場合，平時在家裡性情再溫柔的妻子，發言也總是排在第二位。

這個發言順序不是老爺子規定的。徐家雖然規矩嚴，還不至於如此。老爺子看待子女其實很公平也很樸實——誰為國家做的貢獻多，誰就能得到更多的尊重。

因此，這麼多年來，劉正鴻在徐家二代裡的座次，並不居於末席，而是一直在妻子前面。若是家庭會議，他甚至僅次徐彥紹之後，排在二嫂和妻子前面。

這是老爺子給他的尊重，也是劉正鴻敬重眼前這位老人的地方。

然而，說實話，老人這種想法，如今已經很少有了。建國半個多世紀，長年的爾虞我詐，即便是地位極重的徐家二代，也難免染上些官僚作風。

劉正鴻承認，他自己也有。如果沒有，在官場上是吃不開的，所以這麼多年來，老爺子問話，他從來不搶先回話。有什麼觀點，都是讓徐家子女先挑頭，畢竟那才是真正的徐家人。

因此，這個回話的順序，其實是徐家二代之間的共識。沒有明說，卻誰都預設了順序。

果然，接著開口的便是徐彥英，她知道丈夫向來不太對徐家的家事指手畫腳，而二嫂又是個精明人。二哥發了話，她從來不緊跟著開口，生怕顯得他們一家太壓人。

徐彥英心如明鏡，為了不冷場，也只好接話。而且，今天這事談的是天胤的婚事，她這個姑姑是要說一說的，「爸，這兩個孩子確實到了談婚論嫁的年紀了。天哲的婚事，二哥和二嫂也許有打算，我不操這個心。就是天胤的婚事，大哥大嫂去得早，也沒法替他打算。我原想著，他那性子，也不知什麼時候開竅，倒沒想到他自己找著心儀的女孩子了。那女孩子的背景，我了解了一下，家世還是挺清白的，人也優秀，就是不知道爸怎麼看這事。」

這話一出口，徐老爺子還沒發話，華芳就皺了皺眉頭。

這什麼意思？老三的意思是同意？

「小妹，那女孩子的背景我也知道，這家門……呵呵！」華芳扶了扶黑色的鏡框，笑容別有意味。她沒直接說夏芍家門低，雖然她就是這麼個意思，但她做徐家媳婦二十幾個年頭，自知老爺子常說工農一家，不喜徐家子弟眼界高，所以有些話她心裡那麼想，嘴上卻得斟酌著說。

一家人都明白華芳的意思，於是都看向徐老爺子，這事主要得看老爺子的意思。別說是徐天胤的婚事，就是徐天哲的婚事，在徐家還是得請示老爺子的。

徐老爺子看了眼兒女們，目光威嚴，讓人看不透心思，「然後呢？」

然後？徐家人互相之間看一眼，老爺子這是什麼意思？

不表態？還想聽聽他們的意見？

見此，徐彥英道：「那女孩子家門是低了點，可是看著挺優秀的，最重要的是，天胤喜歡。」

「優秀的女孩子到處都是，最主要的是，得配得上咱們天胤。」華芳斟酌著用詞，話裡的意思是在說夏芍配不上徐天胤，可話外也就是在說夏芍出身配不上徐家。

「天胤看得上，不就是配得上？」徐彥英懂華芳的意思，「二嫂，我倒是看那女孩子好。普通家庭的孩子能白手起家，四年就把資產發展成國內十強，本事可不小。我聽說華夏集團是古董、拍賣、地產和網路行業都涉及。說起古董這一行，我很佩服這女孩子，現在的年輕人，有幾個有古董鑑定的眼力？那都是國家文化的見證。能做這一行的人，底蘊都是深厚的。地產行業就更不用說了，國家正鼓勵發展地產業，經濟的增長有多少是被地產業帶動的？還有網路行業，日後不正是網路時代？華夏集團可是國內網路企業的開拓者。要我說，這孩子有能力有遠見。咱不談出身，只談本事，年輕一代裡，還能有誰家的女孩子比她強？」

劉嵐撇撇嘴，怎麼說得好像天下的女孩子都比不上她？京城名媛何其多，哪個不比她強？

徐彥英轉頭，正看見女兒撇嘴，便是嘆著一笑，「我們家嵐嵐就不如人。年紀比人家大兩歲，成就卻完全談不上。出身倒是好，可跟人一比就嬌氣了。」

徐彥英看著女兒，目光還是慈愛的，卻讓劉嵐眉頭一皺。

「媽！」劉嵐小聲抗議，沒敢對母親大聲，聽起來像是撒嬌，但她眼裡卻絕對是抗議。

徐彥英笑笑，「妳看，這不就是嬌氣？」

徐彥英知道女兒是嬌氣的，她從小出身好，老爺子對兒孫要求再嚴格，她也沒吃過苦。再怎麼教育，身邊都是推崇的目光，她也難免養成些驕傲的性子。比出身，確實沒人比得過她，外公是開國元勳，父親是省委副書記，母親也從政。可比能力，要讓她去艱苦創業？徐彥英知道，那是不可能的。

劉嵐被母親堵得一句話也說不出來，眼裡有怒氣，卻不敢在今天這場合發火，於是轉頭看向徐天哲，輕拉他的衣角，小聲道：「表哥，我媽念我了。」

徐天哲臉上一點也看不出對徐天胤婚事的看法，就像是這是長輩們之間的事，他不發表任何意見。見表妹苦著臉求助，他便一笑，不幫著她說話，反而點頭，「是挺嬌氣的。」

劉嵐瞪眼，一臉的委屈，看得徐家人都笑了，他們兄妹兩個從小感情就好。

徐彥英嘆了口氣，越看女兒越像沒長大的孩子，但此時在談徐天胤的婚事，便也不理她了，繼續說道：「國家的未來還是年輕人的，經濟的發展很大程度上是企業的發展。不提那些老一代的企業家，年輕一代裡，可沒有比華夏集團更有成就的。咱們徐家娶個年輕一代裡最有成就的企業家過門，不算辱沒門庭吧？天胤那孩子，性情是冷了些，可他重情。我想他看上的人，想必也是個好孩子。只要是孝順、有教養的孩子，我倒是覺得不妨見一見。」

華芳聽著徐彥英的表態，再次皺眉。她知道徐彥英性情溫柔，但是在關鍵問題上一點也不是個軟柿子，畢竟她是徐家人。

徐彥英跟她大哥感情很好，所以她特別疼愛徐天胤，華芳一點也不奇怪，但這門婚事，她是堅決持反對意見的。任徐彥英說得再好聽，也改變不了一個事實。

「小妹，妳說的這些我都懂，我哪是看不起對方出身的人？」華芳笑笑，雖然她就是看不起，但話不能這麼直截了當地說。要反對那人進門，不提她的出身，還有一件事就能讓徐家集體反對，「我覺得不太合適是因為我聽說了一件事。」

徐彥英看向她，「二嫂聽說什麼了？」

華芳笑了笑，好像這事真的很好笑，說之前還掃了一眼席間，「我打聽這女孩子出身的時候，還聽說了一件事。聽說她在香港和青省挺有名氣的，是什麼……風水大師？」

果然，在徐彥紹和劉正鴻都愣住，徐彥英蹙眉的時候，劉嵐沒忍住噗哧笑了出來，但她立刻就在父親嚴厲的目光下捂住嘴，去看徐天哲。

徐天哲還是一臉謙恭的笑，不表態，任長輩談論，晚輩的姿態做得很足。

夏芍有風水大師這一重身分，徐家人怎麼可能沒聽說過。早在徐天胤求婚當天，事情一曝光，夏芍的資料就在徐家了。

「這身分嫁進徐家，是不是太敏感了？」華芳笑問，眼裡卻沒多大的笑意。

這也是她反對的最大原因。

她知道以老爺子對徐天胤的寵愛，他的婚事是輪不到別人置喙的，但是她必須堅決反對，就算不為了徐家的臉面，也得為了兒子的前程。

風水大師這種聽起來像江湖神棍的人，怎麼能嫁入徐家？這個身分有多敏感？這種身分很容易被政敵拿來作文章。一頂封建迷信的大帽子扣下來，徐家這臉面還要不要了？

徐家是政治家庭，子孫都從政，就出了徐天胤這麼個不合群的，獨獨往軍界裡闖。軍區裡的將軍，講究的是軍事素養，跟政壇為官可不一樣。官場上，這些敏感的事都不能沾。天胤也真是的，從小不在徐家，跟這個家裡沒有多少感情也就算了，婚姻大事也這樣胡來，難道就不會為兄弟姊妹著想？

就算老爺子再疼寵徐天胤，也要有個限度，這事有必要提醒老爺子，畢竟徐家三代裡，不是只有一個徐天胤，而且徐家是政治家庭，徐天胤在軍區，這政治家門最後還不是得徐天哲來傳承延續？所以，考慮天哲的政治前程是必須的。

徐彥英也一時不知說什麼了，一家人又看向了老爺子。

徐老爺子正端起茶杯來喝茶，看起來還是沒有表態的意思。

華芳急了，她實在不懂老爺子到底怎麼想，今天難得說起這事來，勢必要摸摸老爺子的想法，於是便笑道：「爸，我們知道您疼天胤，我們也疼他。我們倒也不是那麼介意門庭高低，就是覺得天胤的性子，適合找個性情溫柔些的女孩子。哪怕他不喜歡京城的名媛，軍門出身的女孩子也合適。這樣一來，經歷也差不多，兩個孩子在一起有共同語言，怎麼也比做生意的強吧？」

徐彥英皺了皺眉，「二嫂，聽妳這意思，妳是想為天胤作媒？他喜不喜歡先不說，就說妳看上了合適的，誰跟他說去？妳嗎？」

華芳一窒，她一心想著自己的兒子，倒是忘了徐天胤可跟一般晚輩不一樣。說實話，跟他坐在一起，她這個當嬸嬸的都怕。讓她去說？她可不敢！

所以這事得老爺子做主，老爺子看不上那女孩子，就什麼事都解決了。

「天胤從小就苦，我原以為他這輩子不知能不能結婚，現在不挺好的？他自己看上了……」

「小妹，我說的是那女孩子的身分……」

「身分問題，可以想辦法。這事說大可大，說小可小，端看二嫂怎麼看了。其實，也沒妳想得那麼嚴重。」

「怎麼不嚴重？眼下秦姜兩系鬥得厲害，徐家向來被認為跟秦系走得近，這時候還好些。誰能保證這事不會被當成把柄，哪個拿捏著咬上一口？」

「那也好辦。那就等派系之爭定下來，再對外承認那女孩子不就可以了？這樣的話，就沒人敢咬徐家了吧？誰敢咬一口試試？」

華芳又是一窒，被駁得說不出話。

席間只兩個女人你一言我一語，男人們低著頭，各自沉思，就是不發表意見，彷彿晚輩的婚事本就該女人去操心。

「二嫂，能不能不讓天胤走這條聯姻的路？我就想著他能娶個他喜歡的女孩子，安安穩穩過日子，大哥大嫂泉下有知也能閉上眼。」徐彥英很少見地沉下臉來。

華芳趕緊去看老爺子，內心有些惱徐彥英在這時候打感情牌。要知道，老爺子現在還沒表態，她的話很有可能讓老爺子心軟。

著急之下，華芳道：「小妹，妳怎麼就知道天胤看不上別的女孩子？再說，身在大家庭，哪有不做出點犧牲的？」

「砰！」

話音剛落，徐彥英還沒皺起眉來，便聽見重重一聲響。

徐彥紹、徐彥英兩家人都是一愣，接著才反應過來。

徐老爺子把手中的茶杯重重放在桌子上，看向二兒媳，目光凌厲，拍著桌子道：「他三歲父母死的時候，在處理凶手的問題上，他就已經為徐家做出犧牲了！」

華芳臉色煞白，趕緊低頭，暗道自己剛才一急，竟說錯了話。

徐彥紹皺眉看向妻子，徐天哲自始至終掛著的微笑也斂去，就連看戲看得津津有味的劉嵐也噤聲低頭，不敢抬眼了。

「你們哪個人能把自己的子女送去療養十年，再送去國外執行十年的任務？」徐老爺子掃向自己的兒女，措辭嚴厲，「論為國家做出的犧牲和立下的功勞，你們哪個都不如！」

一干人低著頭，誰也不敢抬眼，連向來圓滑世故的徐彥紹，也不敢在這時候勸老爺子息怒。

「知不知道為什麼家裡的座次這麼安排？要不要我把天胤在國外執行任務的檔案調出來給你們看？要不要你們研究研究這些任務對國家有多少好處？」徐老爺子動了真怒，站起身來把右手旁的空椅子拿過來，往左手旁第一位重重一放，聲如洪鐘，「他肩膀上的軍銜是拿命換的，你們還想他怎麼犧牲？為國捐軀才算完嗎？老二，你來說說，和平是拿什麼換來的？」

徐家人大驚，老爺子拿的是徐天胤的椅子，只不過把椅子從三代子弟的首位提到了左手邊二代長輩們坐著的地方，且位居老爺子之下，比身為叔叔的徐彥紹地位都高。

這意味著什麼不言而喻。

華芳首先慘白了臉，但這時候誰也不敢說話。

徐彥紹被點名，更是坐直了身子，像是在課堂上答題的學生，「和平是鮮血和犧牲換來的。」

這情景或許看起來令人發笑，但徐彥紹笑不出來。他們三兄妹，除了大哥，誰都沒經歷過戰爭年代，但是出生的時候正值建國。那時候生活條件很差，即便是在這紅牆裡住著，過節的時候飯菜也只是四菜一湯。每天吃飯前，父親便給他們講戰爭年代的故事，告訴他們和平是用鮮血和犧牲換來的，槍桿子底下才出政權。

「槍桿子底下才出政權！和平年代也有人要付出犧牲！你們這一代享受著先輩打下來的江山，還不知足？在首都享受著安穩的日子，耍著筆桿，一張嘴就是要別人去犧牲，這還是我徐家人嗎？」徐老爺子怒斥。

華芳臉色由發白變成漲紅，「爸，我錯了。」

徐老爺子看向兒媳，怒氣絲毫不減，「嫌別人身分低？我老頭子就是農民出身，妳嫁的就是農民的兒子！妳是不是連我也嫌棄？連彥紹也嫌棄？」

華芳臉紅得都快滴出血來了。

「回去問問妳的老父老母，退回三代去，妳華家是不是種地出身的，我看妳高貴得都不知道自己姓什麼了！」

華芳頭再低，席間靜悄悄的，連喘氣的聲音都沒有。

徐老爺子拄著手杖，往地上一敲，看向自己的兒孫，「風水師很好笑嗎？《周易》都讀過嗎？讀得懂嗎？國內大學都開風水的選修課了，國外都開始重視這門學問了，你們這些人還在嘲笑傳承自己國家文化的人？丟人！還想像以前那樣，等到別人都把咱們自家的文化研究透了，反過來嘲笑咱們嗎？」

徐老爺子先看向兒媳，再瞪向劉嵐。劉嵐聽見老人喚她的時候，險些從椅子上跳起來。

「你們大學開沒開風水的選修課？去給我報了，好好去了解了解國家的文化，別下回一說妳就笑！笑什麼笑？都大學生了，還這麼無知！」

劉嵐張著嘴，驚訝大過委屈。她想說學校似乎是有這門選修課，可現在都開學了，這學期的課早就報完了……

但她還沒開口，徐老爺子便轉身，丟下一桌兒孫走了。

直到老爺子的身影不見，餐桌上還是靜悄悄的。

兩家人都被訓斥得頭腦發懵，一時反應不過來。

也不知過了多久，徐彥英先轉頭，跟丈夫互看一眼。夫妻倆還好些，畢竟老爺子發火並不是衝著他們來的。

徐彥紹也抬起頭來，他沒看妻子，而是看向老爺子走遠的方向，微微蹙眉，若有所思——老爺子今天這火發得，是真，還是別有用意？

他從頭到尾多沒說話，把老爺子的神情看得清楚。老爺子之前並沒太大的反應，這火是突然間發出來的，句句訓斥裡都帶著駁斥，聽起來老爺子是不計較門庭之別和那女孩子的風水師身分的。那女孩子的事，他們都知道了，老爺子要想知道也很容易。

莫非老爺子是早就知道那女孩子的身分背景，今天故意讓兒女們說說意見，其實就是想看看誰同意誰不同意，然後訓斥震懾一下反對的人？

如果真是這樣，那就是說，老爺子心裡同意那女孩子進徐家的門？

徐家人猜測的猜測，沉默的沉默，而徐老爺子卻拄著手杖，慢慢回到了書房。

紅牆之內的住處，本就是很有歷史文化的古建築，但書房裡的布置卻不乏現代設施。徐老爺子坐去書桌後，書桌上擺著一臺電腦。

徐老爺子打開視頻，看著那求婚的場面，畫面定格在某一瞬間。

那一瞬間，徐天胤抬著頭，望著夏芍，眸光柔和，笑得開懷。

徐老爺子望著，目光慈祥，然後打開抽屜，拿出一張黑白的照片，把照片轉過來，面對螢幕，像是要讓照片裡的夫妻看一看兒子的笑容。

隨即，他站起身來，負手望向窗外，目光越過高聳的紅牆，落向烈士陵園的方向。

而這個時候，夏芍和徐天胤已經從烈士陵園離開，兩人回別墅的路上買了菜，這天中午是夏芍下廚的。她下廚，徐天胤總是吃得多些。才短短兩天，這房子裡就多了許多溫暖的味道。

午飯過後，兩人在沙發上坐著看電視，夏芍道：「明天有慈善拍賣會。」

她有些擔憂，今天才知道明天是徐天胤父母的忌日，但拍賣會的日期是半年前就定下的，請帖早就發出去了。

「我陪妳去。」徐天胤握住夏芍的手，拇指撫上她戴著的戒指，「他們會高興我陪妳的。」

夏芍一愣，知道他口中的他們，指的是他的父母。

她發現徐天胤此刻提起父母，手雖然還是有些涼，但是沒出冷汗，神情也比之前溫暖許多。

「好。」夏芍笑著點頭。她不問明天徐天胤陪著自己出席慈善拍賣，徐家人會是什麼反應，她只管眼前的男人能走出童年的陰影，只管他高興。至於徐家，想必老爺子也能理解。其他的人還沒見到，她不為還沒見到的人費神。

十月二日，國慶日剛過，卻仍舊是個隆重的日子。

這天華夏集團旗下的華夏拍賣公司、艾達地產公司、華夏娛樂傳媒公司、華苑私人會館，舉行在京城的落戶典禮，並連同福瑞祥古董店，廣邀社會各界名流參加慈善拍賣會。

半年前華夏集團廣發請帖的時候，出席的名流是衝著華夏集團近幾年在商場的名氣和夏芍風水大師的身分來的。半年後來的人又多了一個目的，為了確認一個消息。

半個多月前，一段京城大學開學典禮上的求婚視頻炸翻了網路，引起上流社會一片譁然。據說求婚的年輕少將是開國元勳徐康國老首長的嫡孫。

消息傳出來的時候，全國各地前來捧場出席慈善拍賣會的名流都很吃驚，唯獨青省的企業老總一個個都很淡定。這事是很新的消息嗎？早在徐將軍在青省任省軍區司令時，咱們就知道這事了，只不過咱們沒往外傳就是了。

然而，這時候傳出來，影響力還是很大的。聽說青省的老總們早就知道這事，其他人不免諸多打聽，但當初在警局裡的事，因為涉及後來青省政局之變，不傻的人都不會往外說。大部分就只是把華夏拍賣公司在青省落戶那晚，徐天胤曾出席送花的事一說，引得震驚無數。

都知道徐家三代子弟裡只有兩人，但常出現在眾人視線裡的是徐天哲，這位共和國最年輕的市長，為人謙和，前途不可限量，而徐天胤卻很多人只聞其名，不見其人。就連京城的少爺千金的圈子，見過他的人也很少，只是在他去青省軍區任職時才傳出一些消息，說他以前在外執行任務，很少回國。如今因功授銜，三年在地方上歷練後調回京城軍區，掌管京城第三十八軍團，手握兵權。

據說這位徐少將性情冷極，在青省軍區時就從不出現在政商界圈子的交際場合，唯一一次出席是在華夏集團旗下拍賣公司的落成典禮上。

今天又是華夏集團旗下公司落成典禮，他會來嗎？

儘管有很多人猜測，徐家還沒有對這次求婚表態，就代表著徐家未必承認夏芍這個嫡孫媳婦，這裡畢竟是京城，徐天胤要來，怎麼也得顧及徐家的態度。

沒想到，他真的來了。

上午九點，華夏集團京城分部的大廈前，身為董事長的夏芍盛裝出席剪綵典禮，在她出現的時候，挽著一名男人的手臂。

兩人從大廈裡踏著紅毯走到門口，夏芍穿著淺翠色旗袍，袍上綻開著雪白的芍藥，淡然走來，瞬間像是盛夏已過，靜待涼秋的寧靜淡薄。一根微黃的狐玉簪挽起的髮襯著如玉的臉頰，陽光裡令看見的人不由屏息。她手腕上戴著只通透水綠的鐲子，那手挽著軍綠衣裝的手臂。

手臂的主人身形高俊，穿著筆挺的軍裝，金色肩章晃得人眼暈，而更令人不敢逼視的是男人的面容，俊極，卻也冷極，唇抿得像薄刀，氣息冷得像孤狼。

恍惚間，這現代的大廈似換成了那軍閥割據的年代，踏著紅毯，走出一對舉行婚禮的新人。

在場的人都感覺到了，兩人從大廈裡出來，短短的距離，徐天胤已經在宣誓所有權。

不然今天私人的這場面，是不適合穿軍裝出席的，但徐天胤明顯是在昭告天下他的身分，不容許任何人猜疑，明明白白地告訴今天出席的名流和媒體記者，他就是徐天胤，徐家的嫡長孫，那個向夏芍求婚的男人。

夏芍不著痕跡地笑看身旁的男人一眼，他的那點心思，她怎能不明白？拜他所賜，整個剪綵過程，她都沉浸在各種湧動的目光裡，估計剪綵完，今天她會被比以往更盛的熱情寒暄包圍。

慈善拍賣會是在下午舉行，上午剪綵之後會請賓客們往展覽廳裡參觀。今天展出的都是下午要拍賣的藏品，而展出的藏品，不僅僅有福瑞祥古董店的，還有古董商會其他同行的。

中午華夏集團做東，宴請出席慈善拍賣的賓客。下午是慈善拍賣會，晚上是慶功舞會。今天一天，行程很滿，註定是忙得腳不沾地的一天。

剪綵剛一結束，不出夏芍所料，眾人熱情地圍上來道賀，恭維聲不絕於耳，但夏芍還沒跟賓客們都打過招呼，後面便過來一名員工，附在夏芍耳邊說了句話。

夏芍一愣，隨即跟賓客們告罪，讓員工先領著客人們去展覽廳參觀古董藏品，而她則和徐天胤乘電梯去了會客室。

會客室裡，一名穿著白色唐衫的俊逸男人正負手望著窗外，目光落在大廈底下，明顯是剛才在此處觀摩了剪綵儀式。

夏芍推門進來的時候，他回過身來，微微上挑的眼眸含笑看著夏芍，接著目光一轉，落在了徐天胤身上。

此人正是龔沐雲。

看見他時，夏芍笑了。

「你也太不厚道了，朋友公司的落成典禮，你就在會客室裡這麼居高臨下看一眼就算了？我公司的後門，你倒是進得順溜。」夏芍笑著走進來，笑容像面對久不見面的老友。

彼時龔沐雲的目光還落在徐天胤身上，聽見夏芍的話，笑著將目光又移回她身上。

他的視線若有若無地從夏芍挽著徐天胤手臂的手上掠過，神情如常，只是笑意更深些，「我以為只有單獨祝賀才算是朋友。」

龔沐雲還是老樣子，說話與夏芍像極，從容不迫，只是一句「單獨祝賀」，語調聽著千迴百轉，任你不特意去品其中真意，也能聽出剪不斷的意味來。

龔沐雲說話的風格，夏芍早就習慣了，但不代表徐天胤習慣。

兩個男人對視，火光四射。

夏芍假裝沒看見他們之間的火花，也假裝沒聽懂那句「單獨祝賀」的意思，只是笑容如常地挽著徐天胤去沙發上坐下。

龔沐雲微愣，走了過來，在夏芍和徐天胤的對面坐下。

員工敲門進來，送了茶來。既是招待朋友，夏芍自是親自泡茶。龔沐雲看著她在裊裊茶香裡微微氤氳了的容顏，想起那晚兩人相約晚宴，大冷的天她躲懶不肯出去迎他，卻在茶室裡親自沏一壺上好的碧螺春。那天那景，今日尚在心頭。

他不自覺地便笑得懷念。

對面有道目光越發的冷而危險。

龔沐雲望了眼徐天胤，似乎想起還沒跟他打招呼，便笑著伸出手，「徐將軍，許久不見。」

徐天胤看著龔沐雲，冷冷地伸手。

兩人的手一握上，便是一陣先白再紅，然後轉紫。

喀一聲，茶壺放在桌上，並不重，但就是能讓人聽出冷意來。

「喝茶。」夏芍微笑，透出警告的意味。

兩個男人在茶壺往桌上一放的時候就鬆開手，各自端起茶杯。

龔沐雲輕聞茶香，神態享受，「上回沏的茶，我可是至今記著，今天總算又喝上了。」

徐天胤端著茶杯，也不怕燙，不看夏芍，就是看著龔沐雲。

夏芍笑道：「是啊，上回和你喝茶，引來了刺客，希望今天請你喝茶，安然無恙。」

龔沐雲放下茶杯，帶了些歉意，「上回在香港，皇圖的事有我一份，只是沒想到妳也在。讓妳身陷險境，我很過意不去。」

龔沐雲說話向來是帶著笑的，但這話卻是少見的認真，氣氛一下子就變了。

徐天胤轉頭看向夏芍，或者說，不是看，是盯住。

夏芍心裡咯噔一聲。

慘了……

上回皇圖的事沒跟徐天胤說，那晚在後巷，雖然關鍵時刻她動用了龍鱗，但事後打電話給徐天胤的時候，她撒了個謊，隱瞞過去，怕他擔心。那晚在皇圖可謂槍林彈雨，幾番險象環生。若是被這男人知道了，指不定做出什麼事來，所以她只能瞞著。

沒想到龔沐雲竟然說起了這事。

夏芍臉色發苦，看一眼龔沐雲，「這歉不是在電話裡道過了嗎？」

當晚事情一出，第二天早晨，龔沐雲就打電話給夏芍。這件事是他和美國黑手黨傑諾賽家族的二公子傑諾安排的，卻沒想到夏芍恰巧也在皇圖。原本那晚是要殺緬甸的大毒梟乃侖，但因為夏芍插手，計畫失敗。

龔沐雲當晚就得到了消息，聰明如他，怎能不一聽屬下彙報，就猜測出是有夏芍在場？

他次日清早就打電話致歉，夏芍接到龔沐雲的電話，反倒有些不好意思。若不是她插手，安親會的計畫不會失敗。怎麼說兩人都是朋友，龔沐雲事先又不知道她在皇圖，他並沒什麼過錯，反而是她，那晚一來是因為展若南和曲冉都在皇圖，不得不出手，二來是臨時決定賣乃侖個人情，以後說不定有用得著他的地方。結果到最後，卻給安親會添亂了。

她仍記得那天清早龔沐雲雲淡風輕地笑道：「黑道總是這些事，沒了這次還有下次，哪怕我退休，哪怕我不在。世事還是這些世事，哪有人珍貴？沒事就好。下回我若在妳在的地方有安排，會記得問問妳在哪裡。」

夏芍聽了，自覺暖心，但對龔沐雲還是有著歉意。

不管怎麼說，這件事時隔半年，龔沐雲也早在當時就和她通過電話了，今天怎麼又拿出來說？

夏芍鬱悶，這男人自從認識他起就是這樣。肚子裡彎彎繞繞，說話從來是話裡有話。從今天見到他開始便是如此，每一句話，聽著是說給她聽的，實際上卻是說給師兄聽的。

這人就不能不坑人嗎？

但這件事夏芍卻是錯怪龔沐雲了。

「我以為對待朋友，即便是道歉也要當面才算是有誠意。」龔沐雲挑眉，夏芍縮脖子的動作讓他微愣，接著很快明白，頓時眸中生出趣味的笑意來。

龔沐雲端起茶杯，輕啜一口，抬眸笑看夏芍。

那笑容怎麼看怎麼像是在說：我說過要單獨道賀的。

夏芍苦不堪言，反正她是慘了，今晚想想怎麼對身旁的男人解釋皇圖的事吧。

前景堪憂的夏芍，待客的興致沒那麼高了，才喝了一壺茶，便不打算讓龔沐雲太逍遙。樓下展覽廳裡還有很多賓客，她不能離開太久。

龔沐雲也是來出席慈善拍賣會的，他自然也要去下面看看藏品。

起身的時候，夏芍道：「今天戚宸也會來。」

龔沐雲聞言微笑，絲毫不驚訝，連眉頭都沒動，「放心，我們不會在妳這裡打起來的。」

夏芍看了龔沐雲一眼，想起戚宸那句兩人有殺父之仇的話，終究是沒多問。聽說戚宸也殺了不少龔沐雲看重的人，兩人之間的仇細翻起來，怕是誰也不知誰欠誰多些了。

今天不僅戚宸會來，夏芍在香港的朋友們也會來捧場。只不過，他們中午才到。在安排座位方面，夏芍已經把龔沐雲和戚宸分開來坐了。

他們不會在自己這裡鬧事，這點夏芍是知道的。只是戚宸要來，夏芍覺得還是需要跟龔沐雲說一聲。眼見著龔沐雲沒什麼反應，夏芍這才帶路，往樓下展覽廳而去。

展覽廳像一間博物館，藏品都在展覽櫃裡。有看藏品的，有紮堆寒暄的，有在展覽廳裡遛達四處尋摸想搭訕的人的。夏芍、徐天胤和龔沐雲一出現在門口，眾人便都安靜下來。

今天這場慈善拍賣會，聽說有幾位很有分量的人會到場，現在看來，其中一位竟是龔沐雲。

怪不得夏芍剛才告罪離開，原來是去見安親國際集團的當家人了。

這名年輕的少女，能量不小啊！徐家在政，徐少將在軍，她自己則在黑白兩道都有人脈。

諸多念頭在眾人腦中一閃而過，氣氛立時鼎沸起來。剛才沒來得及跟夏芍打招呼寒暄的，現在也不晚，夏芍三人走進來，便被眾人圍在中間，又是一陣握手笑談。

這時只聽有人哈哈大笑，「夏董，大半年沒見妳了，這一見在京城，咱們都快擠不上了！」

這人在外圍，但是人高馬大，這麼一喊，整個展覽廳的人都聽見了。

夏芍見到那人，笑道：「熊總，你這身量和嗓門，擠不上也不礙事。」

「哈哈，我不喊一嗓子，妳可看不著我老熊！」熊懷興大笑，身旁跟著胡廣進，再旁邊還有一個人，卻是苗妍的父親苗成洪。

苗成洪大多數人都認識，他是國內最大的玉石商，財大氣粗。

周圍的人見到苗成洪後都換上笑臉，並且讓出一條路來。熊懷興向來大大咧咧，其他人跟夏芍寒暄時，都小心翼翼地與徐天胤和龔沐雲打招呼，他卻不管，過來便豪爽地笑道：「徐司令、龔先生，又見面了！」

徐天胤和熊懷興見面的次數多些，龔沐雲只在夏芍的成人禮上見過這些青省的企業家，但他未必記得。熊懷興看著大大咧咧，卻不是沒腦子的人，他心知肚明，上來就跟兩人打招呼是因為兩人的身分在那裡，但打過招呼後便沒再多言，而是把跟夏芍寒暄的機會讓給胡廣進和苗成洪。

胡廣進的服裝公司在國內服裝界還是很有名氣的，只不過在今天來的貴賓裡，他算不上分量太重的，但他是好友胡嘉怡的父親，夏芍沒等他開口，便先打了招呼，「胡總，有段日子沒見，嘉怡在國外怎麼樣？」

胡廣進有些受寵若驚，要知道，現在的夏芍跟當初去他家裡為他女兒慶生時，身價大有不同。那時候她還沒吞併盛興集團，華夏集團的資產跟他差不多，他尚能端得起前輩的姿態來，而在夏芍離開青省前往香港時，她就已經在他之上了，更別提她去了香港後又有大動作，如今華夏集團資產已在他仰望的高度。更重要的是，傳出徐天胤求婚的事，整個青省現在都快翻天了。

當初就知道徐天胤和夏芍的關係，但那時所有人都在觀望，沒想到徐天胤真的求婚了。夏芍要真能嫁入徐家，那就是開國元勳的長孫媳。雖說徐家還沒正式承認，但僅僅是這樣，今天面對夏芍，胡廣進就感覺到身分差距的壓力，見夏芍主動跟他打招呼，自然是受寵若驚。

「嘉怡啊，她……還好還好！這孩子跟夏董是不能比的，我都快讓她愁死了，好好的大學不念，要留學吧，也不找個好學校！唉，那種學校……」胡廣進邊說邊搖頭。

夏芍微微垂眸，胡嘉怡去了英國之後，她們之間還有聯繫，只不過她從來不提學校的事，果然胡廣進也不知道她具體的學習情況。

苗成洪在一旁笑看著夏芍，相較於胡廣進的受寵若驚，他的目光除了感慨外，自然還有感激。感慨夏芍的成長，感激她對苗妍陰陽眼事情上的幫助。他聽女兒說了，兩人在京城大學又是同班同寢，這簡直就是緣分了。說起來，夏芍也確實是苗家的貴人了。

苗成洪跟夏芍打過招呼，周圍的人都是精明人，一看就知道這幾人跟夏芍早就熟識，因此對熊懷興和胡廣進的態度連帶著熱情許多，有些人當即便熱絡地跟兩人握手寒暄起來。

周圍都寒暄過一圈，熊懷興這才看了看展覽廳裡琳瑯滿目的古董展品，嘖嘖道：「我說夏董，今兒華夏集團旗下的公司在京城落戶，妳的手筆不小啊！這些古董要都拍出去，價值連城啊！妳這可是做慈善，不是填自己腰包，也真捨得！」

這些拍品拍賣出去之後，確實是做慈善用的，而今天展覽廳裡的古董價值少說數億，拿這麼多錢去做慈善，自然是大手筆，看著都令人心疼。

夏芍只是一笑，「華夏集團發展四年，也是到了回饋社會的時候。況且，今天的拍品不全是福瑞祥選送來的，還有在京城的各位同行。大家都想要做慈善，正巧遇上華夏集團旗下的公司落戶京城，我便腆為主辦單位了。」

周圍的人一聽，忙笑稱夏芍太謙虛了。今天是有其他古董店送來的拍賣品，但不是誰家的家業都能跟華夏集團比的。福瑞祥古董店的拍品還是占了大頭，其他古董店送的東西也就是幾件，畢竟不是誰家都不在乎這些白撒出去的錢。

「下午便是拍賣會，這裡的拍品都標註了年代和起拍價，諸位可以四處看看。」夏芍這麼一說，大家都是懂眼色的人，不好總圍著夏芍，便笑呵呵地都散開去轉轉。

夏芍挽著徐天胤的手臂，帶著龔沐雲、熊懷興、胡廣進和苗成洪也在展覽廳裡閒逛起來。

夏芍知道龔沐雲喜愛收藏書畫，便帶著他在書畫大家的展示櫃前走動。龔沐雲對書畫方面的眼光令夏芍眼睛一亮，正巧她也是久未沾書畫鑑定，一時來了興致，便跟他聊了起來。

熊懷興等人聽得頭大，後頭圍過來一些人興致勃勃地聽，越聽越是心驚，對夏芍這些古董方面的深厚知識感到驚訝。徐天胤則陪著夏芍，全程散發著冷氣。他惜字如金，在這種場合更是閉口不言，但手緊緊牽著夏芍。

龔沐雲笑看夏芍一眼，目光若有若無地從兩人牽著的手上掠過，旁若無人地調侃道：「妳倒是賣力，今天打算從我身上忽悠多少錢？」

夏芍看他一眼，「你的錢進了我的腰包，才能算忽悠。忽悠進別人的腰包，我還這麼賣力，你得考慮給我點辛苦費。」

如今在國內，華夏慈善基金很有名氣，但畢竟是一家，夏芍未免惹人猜疑這次慈善拍賣是為了給自家斂財，便沒有讓華夏慈善基金會插手，而是委託給了另一家基金會。拍賣會結束之後，所有善款用來建設育幼院和希望工程，帳目公開透明。

龔沐雲笑著搖頭，只給她兩個字的評價：「財迷。」

「咦？」正當這時候，一直插不上話的熊懷興咦了一聲。

夏芍轉頭，見熊懷興望著前頭那排展示櫃，道：「那邊什麼古董，怎麼圍了這麼多人？」

「過去看看。」夏芍道。

展覽廳裡的拍品都是分開放的，福瑞祥的在單獨的一面，對面那些展示櫃夏芍一看便知是其他古董店的展位，聚集了那麼多人，她也來了興致，這便帶頭走了過去。

還沒走到跟前，便聽見有人在議論。

「這是真品嗎？西漢的物件啊！哪家古董店這麼大手筆，這樣的物件拿出來拍賣做慈善？」

「沒看見展示櫃這兒寫著嗎？是西品齋的！」

「呵呵，我對古董這一行不太熟，西品齋是老字號嗎？」

「西品齋可不是老字號嗎？而且後臺還硬著。哥們兒一聽就不是京城人，不知道內情吧？西品齋背後是王少罩著的。」

「王少？」那人臉色一變，似是想到了一個人。

身旁的人神祕一笑，「王少的話，許不在乎這錢，呵呵！」

「可剛才錢總不是說了，這要是拍出去，是天價嗎？」

「可不是嗎？市無定價的物件，拍回去收藏著，搞不好還能增值。」

夏芍輕輕挑眉，而圍在展示櫃前的人見夏芍、徐天胤和龔沐雲過來，紛紛讓開一條路來。

夏芍的目光落在前方兩米處的展示櫃停住。

一枚青銅刀幣靜靜地陳列在其中，燈光打下來，銅鏽新綠。刀幣旁放著展示牌，上面寫著「金錯刀，新莽年製」。

夏芍的目光一下子變得古怪，隨後她轉身就走。

周圍的人都聽說夏芍古董鑑定方面的眼力驚人，還想趁此機會讓她給說說，沒想到她看一眼就走，這是怎麼回事？

沒等眾人回神，夏芍已出了展覽廳，叫來工作人員，「祝總在哪裡？讓她去辦公室見我。」

龔沐雲和熊懷興等人跟了出來，眼見這情況，熊懷興和胡廣進互看一眼，兩人剛才也聽說了那枚刀幣值錢，是不是因為市無定價，太貴重了，夏董有什麼安排？

龔沐雲的目光卻落在夏芍微冷的眉眼間，頗有深意地一笑。

夏芍轉身笑道：「我有些事要先去處理一下，你們先四處看看吧。不用多久就到中午了，咱們午宴上見。」

她告罪之後便進了電梯，往辦公室去了。當然，徐天胤是陪著夏芍的。

一進電梯，一上午都釋放著冷氣的徐將軍問道：「有問題？」

夏芍微微一笑，眼神卻是冷的，「師兄猜怎麼著？我三天前還見過這枚刀幣，那是假的。」

徐天胤眉峰一皺，「假的？怎麼進來拍賣會的？」

「我也想知道。」夏芍冷笑一聲。

這時，電梯門開了，兩人便去了董事長辦公室。

第四章

犀利破局

祝雁蘭已經候在夏芍的董事長辦公室了。

祝雁蘭今年五十歲，身材略微富態，穿著米色套裝，態度溫和。她今天一直在忙，忙下午拍賣會的事。若不是員工來傳話，她現在和夏芍還見不著。

「董事長，您找我？」祝雁蘭雖說年長夏芍許多，但在公司裡，夏芍是董事長，祝雁蘭對她態度敬重，絲毫不覺沒有面子。跟夏芍打過招呼，她又笑著對徐天胤點了頭，「徐司令。」

徐天胤頷首，夏芍也只是點頭一笑，便坐去了董事長的座位上。

祝雁蘭看得一愣，她跟夏芍見面的次數不多，但印象深刻。眼前這名女孩子，成就且不提，就品性來講，她是很有涵養的。公司裡雖然注重上下級關係，但夏芍對年長者向來敬重，私下裡喊過她祝姨，即便是談公事，她也會先讓她坐下來談。

但今天沒說，祝雁蘭便看出事情有些不對勁來，於是收斂了笑容，試探著問：「董事長，您找我是有什麼事嗎？是不是工作哪裡沒做好？」

夏芍一見祝雁蘭的反應，心道這真是個通透的女子。這樣的人，應該不會做自毀前程的事。

「沒錯，我剛才在展覽廳裡陪著賓客們看藏品，然後我看見了贗品。」夏芍微笑。

祝雁蘭懵了懵，接著一臉震驚，「贗品？這、這怎麼可能？」

「妳的意思是我的眼光出了問題？」夏芍慢悠悠地道。

「這倒不是。」祝雁蘭見識過夏芍的鑑定眼力，當初剛收購盛興集團，夏芍召集所有原盛興集團的高階主管，在眾人面前來了場精彩的現場鑑定。也正是那場鑑定，讓祝雁蘭對夏芍有些折服。她這個年紀佩服一個小姑娘，說出來有些好笑，但確實是這樣的。

古董鑑定方面的專家，沒人敢說自己是全才。書畫、瓷器、善本、古錢幣等都懂，基本上是有偏重的，而夏芍可謂是全才，她什麼都能鑑定。

祝雁蘭見識過，所以不懷疑，但是她卻也不信今天的拍賣會能混進贗品。

「董事長，我知道今天的慈善拍賣會是公司落戶京城的典禮，出不得差錯，所以我在送拍的藏品上是小心又小心了的。咱們福瑞祥的拍品自不必說，其他古董店的拍品除了送鑑定證書以外，我另讓咱們拍賣公司的鑑定人員也看過了，最後一關還邀請了京城的幾位老專家，全都是德高望重的，連同咱們福瑞祥的拍品都一一過目了，我想不通怎麼會有贗品。是咱們的，還是其他古董店的？哪一件？」

「妳說的那幾位老專家裡，有上回我跟妳說的那位姓于的嗎？」夏芍不答反問。

祝雁蘭一愣，「有。于老是書畫和一些冷門藏品方面的鑑定專家，您知道的，慈善拍賣所得都是要捐出去的，一些古董店送的藏品難免冷門。要請專家，于老是少不得的。」

請專家鑑定那是三四個月前的事了，那時夏芍還沒打電話指示福瑞祥不收于老鑑定的物件。

夏芍微微垂眸，差錯絕不是出在三四個月前，而是這三四天，因為那枚金錯刀就是三天前在廣場上見到的。她之所以這麼肯定，是因為刀身上的銅鏽有指甲剮蹭的痕跡。那是那天她拿著給身旁的老人們現場鑑定的時候，用指甲刮了刮留下的。

刀幣有模子，出來的物件可以是一樣的，但沒道理連指甲刮痕都一樣。

「這三天，于老還有送拍品來嗎？」

「沒有。」祝雁蘭笑笑，「您都跟我說了不收于老的拍品了，我怎麼還會要？再說，拍品上個月就定下來了，三天前送來的物件，哪還會收呢？」

「哦，那就奇怪了。那誰來告訴我，我三天前在京城大學對面公園廣場上看見的地攤貨，為什麼今天出現在了我們華夏集團的慈善拍賣展覽廳？」夏芍別有深意地看著祝雁蘭，順手拿起桌上的遙控器，按開牆上的螢幕，畫面正是展覽廳裡的拍品。

她按了幾個鍵，畫面調到其中一個展示臺，正是她剛才走過去時人群散開後的畫面。畫面定格住，夏芍看著祝雁蘭。

祝雁蘭懵了。

她本是聽了夏芍那句「地攤貨」就懵了，腦子一時反應不過來，但當她看見螢幕裡的畫面時，整個人更加錯愕。她不是一眼就看出這枚金錯刀是贗品，而是看見這枚金錯刀讓她錯愕。

「這、這……」祝雁蘭失態地指著螢幕，好半天才說出後半句來，「這刀幣是哪兒來的？」

夏芍挑眉。

「這次慈善拍賣的拍品裡面沒有這個刀幣啊！」祝雁蘭險些覺得自己的眼神出了問題。

夏芍露出古怪的笑容。

「董事長，我不會記錯的。為了不讓這次拍賣會出差錯，實物、鑑定證書、拍賣清單，我前前後後看了幾遍。就在今天早上，拍品入展示櫃前，我還去庫房看了一遍，我是親眼看著員工們把東西搬去展覽廳的。」祝雁蘭急道，額頭都見了汗。

這不是小事，馬上就到中午了，下午就是拍賣會。賓客們都看見這件拍品了，結果是件莫名其妙冒出來的贗品，要怎麼處置？難不成告訴賓客們，拍品是贗品？

拍賣行和古董店最怕這種贗品醜聞。買古董的人，信任的就是古董店和拍賣行的鑑定。出了這種事，一旦客戶對公司鑑定能力產生了懷疑，以後誰還上門？

這是信譽問題。一旦曝光，影響很不好。

祝雁蘭急得團團轉，夏芍卻笑了。

「那妳是在說，遇到鬼遮眼了嗎？我當風水師這麼多年，還沒遇過這麼有趣的事。」

祝雁蘭急了，「董事長，請您相信我，金錯刀這樣的拍品不是小事，如果是真品，拿來參加慈善拍賣，我不會不跟您彙報！」

夏芍看著祝雁蘭，這話她倒是信。

「今早我確實是看著員工把拍品放進展覽廳的，後來劉經理……」祝雁蘭忽然張大嘴。

夏芍笑了，這回是冷笑。

「把劉經理叫來。」

劉舟是華夏拍賣京城分公司的總經理，他來得很快，祕書用內線電話通知他，五分鐘內他便上來了，而他一進來，便愣了愣。

辦公桌後，夏芍抬眸望來的時候，不知為何，那淡然的目光，竟令人心頭突地一顫。

而夏芍身旁，身穿軍裝的冷峻男人筆直立著，他不看人，低頭看桌上的電腦螢幕。腰也不彎，手指在鍵盤上敲打著，不知道在幹什麼。

祝雁蘭看他的目光帶著猜疑，劉舟又是一驚。

「劉總，我想聽你解釋一下這件事。」夏芍手指朝牆上的螢幕指去。

劉舟轉頭，這才發現螢幕是開著的，而當他看見螢幕上定格住的金錯刀的畫面時，目光明顯一閃，接著不解地看向夏芍，「董事長，這……有什麼問題嗎？」

夏芍挑眉，不待她說話，祝雁蘭便訝異地開了口。

「劉總，你沒看出有什麼問題嗎？這枚新莽年製的刀幣，不在我們今天拍賣的拍品名單裡。」祝雁蘭也不說這枚刀幣是贗品，即便是物件放在眼前，也未必能一眼斷定真假，何況在螢幕上看？她覺得最不可思議的是，劉舟竟問這有什麼問題？

劉舟訝異，「祝姊，妳跟我開玩笑吧？這種玩笑可不好開，這枚刀幣明明就在拍品名單裡，妳不是也看過很多遍了嗎？」

祝雁蘭大驚，她這把年紀自認什麼事都經歷過了，但今天還真是把她給繞懵了，「劉總，我什麼時候看過？我今早看見的名單裡還沒有。我身上就帶著清單，你可以看看。」

祝雁蘭這一上午忙得腳不沾地，去庫房看拍品的時候，身上還帶著單子，看完就收在身上。只是剛才被突來的事鬧得發懵，倒是忘了身上還有張單子。

她趕忙找出來打開，自己先確認了一遍，然後鬆了一口氣，遞給了夏芍。

夏芍瞥了一眼，看向劉舟。

劉舟很鎮定地接過來一眼掃過，「咦？怎麼會這樣？這、這是哪個工作人員的失誤吧？」

夏芍看著劉舟，緩緩笑了，「劉總近來財運如何？」

劉舟一愣，不知道夏芍為什麼突然問轉了話題，問起他的財運，他心裡慌亂。華夏拍賣京城分公司今天剛開業，他是新上任的總經理，跟夏芍還沒見過，但是聽過這位董事長的傳奇事蹟。

聽說這少女是風水大師，看相問卜極其精準。

怎麼，她看出什麼來了？

「你最近發了筆不小的財吧？」夏芍道。

劉舟抬頭，遮掩心中的驚駭，看起來有些莫名其妙，不懂夏芍在說什麼。

夏芍一笑，笑意有些冷，「想問我怎麼看出來的？想必你知道我的身分。現在我不懂看出你三天內發了一筆偏財，還看出你即將有牢獄之災。」

「董事長……」

夏芍一擺手，阻了劉舟的話，接著看向電腦螢幕。徐天胤站在她身旁，敲下最後一個鍵。夏芍的目光盯著螢幕，看了足足有一分鐘，然後冷笑一聲，把電腦螢幕一轉，對劉舟道：「劉總，給我解釋解釋這一分鐘裡發生的事如何？」

這一分鐘裡發生的事可謂戲劇，劉舟支走了祝雁蘭，自己進了庫房，趁著忙碌的員工不注意的時候，把那枚金錯刀放在西品齋的拍品裡面，並放上了相應的展示牌。隨後他轉身走出去，站在庫房外頭，看著員工往展覽廳裡搬展示櫃和藏品，一副親力親為的模樣。

從劉舟進入庫房到出來，只用了一分鐘。

這一分鐘的監控錄影被剪除了，剪除後的監控錄影看起來銜接得很自然，只有劉舟在庫房外頭看著員工們工作的錄影，而且僅僅一分鐘的錄影，從時間上來看，若不仔細看還真發現不了。

可這沒逃過徐天胤的眼力，他從祝雁蘭說在庫房門口遇到劉經理時，便開始用夏芍的電腦查看監控錄影，並在劉舟還沒進來辦公室的時候便道：「被剪除過。」

夏芍目光森冷，徐天胤又道：「可以恢復。」

劉舟原以為他會剪除監控錄影已經是很厲害了，哪知道這玩意兒還能恢復？此刻他盯著電腦螢幕，臉色變了又變，從白到紅再到發青。旁邊的祝雁蘭看了，震驚道：「劉總，你怎麼能做這種事？這是陷公司於不義，損害的是公司的名譽你的職業道德哪兒去了？」

「他的職業道德被錢給收買了。」夏芍淡然道：「只不過，不知道他的職業道德賣了多少錢，值不值換業界二十年的前程和幾年的牢獄生涯。」

無論是哪一行業，最忌諱的就是吃裡扒外，而古董這一行，一旦出現這種事情，無異於毀去他在業界的前程。如果華夏集團起訴劉舟，他確實是要坐牢的。

劉舟發青的臉色一下子又降到慘白。他原本以為夏芍發現不了，也做了最壞的打算。畢竟多出一件拍品來，在下午拍賣會的時候，祝雁蘭是一定會發現的，所以他打定主意咬死不認，跟她各執一詞。沒有證據，夏芍也不好做出處置。

沒想到刪去的那一分鐘監控錄影還能還原，這下子罪證確鑿。

「董事長，我……」

夏芍抬手阻止了他的話，「我不想聽你解釋。事情你已經做下，那枚贗品就在我華夏集團的展覽廳裡擺著，我不想聽你說你是一念之差或者有難言之隱。那是你的事，不該讓我為你買單。所以，別演苦情戲，懂嗎？」

夏芍說話還是慢悠悠的，但劉舟卻心悸之時，連她的眼都不敢看，額上更是滲出了細汗。直到此刻面對面，他才體會到外界對這名少女的評價為何如此之高。

他在這壓迫感裡只能點頭，「懂，懂！」

「我現在想聽你說的是，誰賄賂你的，給了你多少錢。」夏芍看著劉舟，目光冷淡。

那枚贗品是借西品堂的名義送拍的，夏芍不相信賄賂劉舟的只有于老。于老目前家中財務緊張，他沒錢賄賂劉舟，這件事最有可能是西品堂有參與。

如果真是這樣，夏芍就要想想對方的目的了。是單純的行業黑幕，想通過慈善拍賣會撈一筆呢？還是針對華夏集團？畢竟同行是冤家。

「是西品堂的謝總找我的，他給了我……一百萬。」對方表示事成後，還會給他更多好處。

「這種市無定價的藏品上慈善拍賣，你就沒有懷疑過它的真假？」

「謝總說，有專家鑑定，沒事的。」劉舟低著頭。

夏芍冷笑一聲，「他說沒事就沒事？看來，華夏集團是花錢聘了西品堂的員工。」

劉舟頭再低，夏芍盯著他不放，「西品堂的謝總難道不知道，到了下午拍賣會的時候，多出來的拍品還是會被發現？」

這才是夏芍想知道的。對方難道不怕跟華夏集團交惡？當然，如果對方坑的就是華夏集團，那自然不會有這顧慮，但夏芍想不通，如今全京城都知道她有可能嫁進徐家，即便同行是冤家，也不該這時候明目張膽地坑她才是。

「謝總的意思是，那些出席慈善拍賣的老總沒幾個是真正的收藏家，有專家鑑定他們就信，贗品也看不出來，而且……」

「而且就算華夏集團發現，拍品也已經展出，收回不可能，坦白也不可能，只能硬著頭皮拍了，對嗎？」夏芍幫劉舟把話補完。

收回會令見過拍品的賓客猜疑，坦白會令華夏集團的古董鑑定能力受到質疑。西品堂這是想讓華夏集團啞巴吃黃連，不想幫忙他們把這贗品拍出去，也得幫忙？

劉舟低著頭擦汗。

「西品堂是京城老字號，應該知道顧客心理。收藏了件古董，少有不尋著朋友四處賞玩的。金錯刀這物件稀罕，一旦拍出去，整個收藏界都會震動。民間有眼力的高人多的是，若是發現有假，華夏集團的名聲且不說，這物件可是西品堂送拍的，謝總就不怕惹信譽官司？」夏芍淡淡地問。她覺得劉舟還有很多話沒說。

果然，劉舟聽了這話雖然沒抬頭，但是眉頭皺了皺，似乎露出了古怪的神色。

夏芍把手中拿著的螢幕遙控器往桌上一放，砰一聲，令劉舟肩膀一抖，趕緊開口，但表情還是古怪，甚至抬眼瞟了眼徐天胤，「董事長，您初來京城可能不知道，西品堂背後的東家是王少。吃了王少的虧，就只能忍著，更何況……慈善拍賣是華夏集團主辦，西品堂還送的拍品，一旦曝光，兩家榮辱在一根繩子上。您不是跟徐司令……咳！徐家和王家，哪有人敢惹？」

夏芍蹙眉，王少？

她這才想起來，似乎在下面是聽見了這麼句話，大抵是西品堂有背景，背後的人是王少。

夏芍腦中似有什麼念頭閃過。

莫非是京城四少的那個王？

京城四少，徐秦王姜，共和國權力的中心、京城軍政兩界四大家族的公子哥兒。

徐，自然是徐家。不過，徐少指的可不是徐天胤。他不常在上流圈子裡活動，這位徐少指的是徐天胤的堂弟徐天哲。

秦，是共和國紀委副書記秦老爺子的秦家，秦少便是秦瀚霖。王，是軍界世家，也是四大世家裡唯一一家身在軍界的。姜家則是四家裡在軍政兩界都有人的，實力雄厚，目前跟秦系爭得最狠。

京城四少，從四大家族鼎盛的權力地位來講，這四人自然可稱「四少」，但也並不是每個都那麼實至名歸。

徐天哲和秦瀚霖，一人是共和國最年輕的市長，一人是共和國最年輕的市紀委書記，堪稱前途無量。姜家的大少姜正祈目前也在地方上任職，也是市長，不過他年紀已有三十二歲，比徐天哲和秦瀚霖年長，成就和外界評價也就比兩人低些。但若是不做比較，三十二歲的年輕市長，姜正祈也是前途無量。

京城四少裡，最有名無實的便是王卓。王卓是個紈綺子弟，不在政也不在軍，他的身價完全靠著他的父母。王家王老爺子曾是共和國的軍委副主席，如今已經過世。王卓的父親是軍委的委員，母親是軍區文工團的，但他母親的娘家經商，有些家底，見王卓一事無成，便拿錢給他開了公司，但他的公司應該不在古董這一行才對。

畢竟夏芍是買賣古董起家的，同行的事，她有些了解，沒聽說西品齋的幕後是王卓。

祝雁蘭似是看出夏芍的心思，便說道：「西品齋剛換了幕後老闆，才三個月。這段時間正忙著拍賣會的事，我忘了跟您說了。」

夏芍頷首，她不在意這點，而是在意……

「師兄，王家跟哪派走的近？」夏芍轉頭問：「我記得好像是姜系？」

徐天胤低頭看夏芍，話很簡潔，「姜。」但他的目光盯著夏芍，似乎跟她一樣想到了。

這件事西品齋或許不怕曝光，假如曝光，在外人眼裡，會是華夏集團和西品齋勾結，而夏芍剛跟徐天胤鬧出求婚的事，西品齋的幕後老闆又是王卓，指不定這件事就被看成了徐王兩家有走得近的意思。這樣的話，秦系有可能被很多觀望的人孤立，姜系勝出的可能性便大了。

夏芍蹙眉，她實在不願意這樣想。一枚小小的刀幣，竟牽扯進京城的派系爭鬥？

可即便是她想多了，這件事僅僅從錢財的利益角度上來講，西品齋也是不虧的。別看這是慈善拍賣會，拍品的起拍價還是要付給眾家送拍藏品的古董店，畢竟古董收回來都是要本錢的，而且大部分錢都不少。說白了，慈善拍賣會確實是不盈利，但本錢還是要給人保住的。

不盈利是針對真品來說。若是贗品，按照真品的起拍價，可不是要賺錢？況且，西品齋弄了這麼個市無定價的物件來，起拍價可不是要高？他們這不是要賺錢，是要狠賺。

這件事曝光與不曝光，對西品齋或者說對王卓來說，都有好處。

夏芍怒極反笑，好算計！這橫豎不虧本的算盤，打到她頭上來了！

這事若真是王卓的主意，他也不算沒腦子，只是，算盤打錯了人。

「董事長，現在怎麼處理？馬上就到中午了，宴會過後拍賣會便開始了。」祝雁蘭問道。

夏芍看向劉舟，劉舟以為夏芍想給他將功補過的機會，便趕緊說道：「董事長，其實哪一行都有內幕，很多拍賣公司搞慈善拍賣，底價都是抬得很高。說是不盈利，其實還是盈利的，只不過比正常的拍賣賺的少就是了。咱們公司卻按照最低價來，這已經跟行內很多規則有些矛盾。這樣下去，同行會有很多說法的。我的意思是，就像謝總說的，那些企業老總有幾個懂古董的？冤大頭就是了。金錯刀很冷門，不一定有能看出來是贗品。就算對方知道被坑了，給他點好處就是。他退一步，能攀上王家，虧了錢攀上貴人，想必也不算吃虧吧？這等於花錢買個關係就是了，而且咱們藉此還能跟西品齋搞好關係，以後在京城行走順暢，有什麼不好的？」

夏芍邊聽邊點頭，聽完笑了，「你真是人才。」

何謂無奸不商，今天是領教了。

劉舟一愣，覺得這話聽著是誇獎，又不像是。

「你當初競聘總經理的時候，也是這麼通過的？」夏芍笑問。

劉舟不語。這當然不可能，競聘的時候，這些話是不好說的。

「你這麼優秀的人才，華夏集團留不住，請你另謀高就吧。」夏芍的聲音慢悠悠傳來。

劉舟霍然抬頭，「董事長？」

他其實對被解雇的結局不意外，畢竟他收了對方一百萬，但他以為他說了剛才那些話，董事長應該能聽明白其中千絲萬縷的利益關係，說不定能對他刮目相看，給他將功補過的機會。

看著劉舟錯愕的臉，夏芍微笑，「哦，我忘了，你即便是想另謀高就，在這一行也沒有前程了。你的前程在牢獄裡，請你等著接律師函。」

劉舟錯愕的臉頓時變得大驚，「董事長，我……」

「你自以為聰明，可惜事事陷華夏集團於無德無義。」夏芍看著劉舟，「慈善既為慈善，便不以盈利為目的。打著慈善的旗號盈利，沽名釣譽，騙取民眾的信任，豈非無德？樓下展覽廳那些賓客，個個是為祝賀華夏集團諸公司落成典禮而來，明知拍品有假，卻坑他們的錢，豈非無義？你這麼個無德無義的人，我留你何用？」

劉舟聽得臉上被甩了一巴掌似的，火辣辣的。

夏芍的話沒說完，字字戳向劉舟。

「我聘你為總經理，你拿著華夏集團的高薪，收著西品齋的賄賂，是否無德？身為華夏集團的員工，吃裡扒外，聯合外人算計自己公司，是否無義？無德無義，還有臉讓我留你？」

「我辦慈善，就是不盈利，同行也不會有微詞，你忘了我的身分！」

「我不需要跟西品齋搞好關係，也能在京城行走順暢，你還是忘了我的身分！」

「我的賓客不需要花著錢吃著虧窩著火當著冤大頭去攀附王家，你把他們看得太卑微！」

「我的員工不需要拿著我薪水收著別人的賄賂來為我著想，你把你的老闆看得太賤！」

夏芍笑了，笑得發冷。自從華夏集團成立至今，她沒發過這麼大的火，「聽著，誰要是用脅迫的算計方法來逼我和他同流合汙，我會先讓他身敗名裂。」

夏芍的聲音變溫和，「從你開始，下半輩子，請吃牢飯。」

劉舟臉色發白。

夏芍按下桌上的內線電話，「保全！」

劉舟發懵，他怎麼忘了，沒多考慮夏董還有一重超然的身分，沒太考慮她和徐家的關係。他只是看見那一百萬，覺得她一定會給王家面子，然後頭腦一熱……

他又看看夏董身旁的男人，他的目光一跟他對上，便被看成了死人。

劉舟一直覺得，即便是徐家，為了諸多考量，也不會選擇跟王家交惡，但是看看眼前這兩人，真的會是這樣嗎？

劉舟突然覺得他錯了，錯得很離譜。

保全很快就進來了，拉走劉舟的時候，他還懵著，一句話也說不出來。他只知道，這輩子的前程就這麼毀了。

辦公室裡靜悄悄的，祝雁蘭覺得她活了半輩子，也少有像今天這樣大氣不敢出的時候。

然而，夏芍的情緒比她想像中收斂得快，或者說，劉舟一走出她的視線範圍，她就平復情緒，一刻都沒多耽擱地朝她招了招手。

祝雁蘭走近，夏芍對著她一番吩咐。祝雁蘭聽得臉色頻變，幾度想問這樣真的沒問題嗎？但是看看眼前少女處變不驚的沉穩姿態，她選擇了沉默。

直到祝雁蘭離開，辦公室裡又安靜下來，夏芍臉色才又沉了下來。

想到今天的事，想到西品齋，想到王卓，想到劉舟，忽而氣不打一處來，她握緊了拳頭，重重往桌上一砸。

「砰！」

並沒有預期的暢快感，甚至連聲響都是沉悶的。聲音、手感，都不像是砸桌子。

夏芍目光往桌上一落，然後什麼氣都沒了。

她的拳頭之下是一隻男人的大手，阻在了她的拳和桌面之間，這是怕她傷著？

夏芍看向徐天胤，徐天胤握著她的手，把她往懷裡一帶，輕輕撫摸她的背。他雖然安撫她只會這一招，但現在做得好多了，並不顯得生硬。

夏芍頭枕上徐天胤的胸膛，笑問：「手疼不疼？」

「不疼。」徐天胤仍給她撫著背，「妳不喜歡王卓？」

夏芍覺得這話問得有趣，「他坑我，我當然不喜歡。你想幹麼？」

「殺了。」徐天胤的氣息有一瞬的冷厲，說完又好了許多，繼續給夏芍撫背。

夏芍抬頭看著徐天胤，她知道他不是說謊。在他眼裡，沒什麼京城四少，沒什麼軍政世家。他想殺，有的是手段，不留痕跡。

「不用。我說過，不讓師兄為我再背惡業，你忘了？」夏芍目光極柔。自從在青市一中的學生會事件之後，她便驚著了。她不想讓他為她背負太多，畢竟她還想讓這男人好好地和她過一輩子。王卓這樣的人，要治他，也是她自己動手。

「沒忘。」徐天胤答：「但妳不喜歡他。」

夏芍噗哧一笑，「我不喜歡他，你便殺了他。那我要是喜歡他，你打算怎樣？」

徐天胤一愣，似乎真的認真在想夏芍說喜歡王卓。夏芍見他的眼眸都逼出血絲來，一瞬間氣息不是冰冷，而是她沒見過的暴虐。

夏芍哭笑不得，一拳捶在徐天胤胸口，「呆子，讓你想你還真的想！」

徐天胤卻抱住她，似乎被剛才的想法嚇到了，此刻抱著她，像怕把她丟了。

夏芍目光一柔，把戴著戒指的手往徐天胤腰間搗了搗，「也不看看這是什麼。」

徐天胤伸手握住，低頭看了那戒指一眼，覺得前幾天發現這戒指作用不大。

唔，也許，還是有點用的？

被徐天胤這一安撫和鬧騰，夏芍的心情好了許多。華夏集團如今已是家大業大，公司裡這種人許以後還能遇到，但這種公司的蛀蟲，只要被她發現，必不留後路。

「好了，我們下去吧，還有好多事呢！」夏芍道。

徐天胤點頭，牽了她的手，兩人出了辦公室，一路乘電梯又往展覽廳去．但剛走出電梯，夏芍便敏銳地感覺到展覽廳裡的氣氛不對。

她和徐天胤快步走過去，遠遠便見人群都跑去了展覽廳外頭，展覽廳裡只有兩個男人相互拿著槍指著對方。

夏芶忍不住扶額。

這兩人每次見面都玩這一套嗎？

那兩個拿槍互指的男人，自然是龔沐雲和戚宸。

一群賓客在展覽廳外頭避著，大氣不敢出一聲。

有個少女吶喊助威：「操！宸哥，開槍啊，幹翻他！」

眾多目光齊刷刷射向人群最裡面那個留著刺頭的女孩子，抽氣聲似乎代表了一個意思：這是誰家千金，說話這麼粗鄙？

抽氣聲剛落，又傳來一名女孩子的聲音，聲音細弱蚊蠅：「那、那個……這裡是小芶的公司，鬧事……不太好吧？」

目光齊刷刷又射入人群，但這回愣是沒找著那說話的女孩子在哪裡。

那名刺頭女生刷地回頭，精準地往後一瞪，罵道：「什麼不太好？妳知道三合會在安親會手上死了多少兄弟？別吃裡扒外！否則我不認妳這個嫂子！」

人群的目光跟著刺頭女生看向她身後，那裡現出一名微圓潤的女孩子，她縮在刺頭女生後面，臉色漲紅，頭低得看不清眉眼，只是拚命搖頭，「我、我本來就不是……」

「什麼不是？我哥追妳，妳敢不是？」

那女孩子的臉刷地一下紅到耳根，連脖子都紅了。

兩人身前站著一名高俊的男人，男人是與兩人一起的，卻沒看兩名女孩子，而是望向展覽廳內，目光緊緊盯著，一刻也不鬆懈。

這個男人正是三合國際集團亞洲區的總裁展若皓。

早就聽說今天華夏集團旗下的公司落成典禮會有重量級人物前來道賀，沒想到連三合會的人也來了。安親會、三合會占據國內黑道山河的兩大世界級黑幫，這華夏集團的董事長，年紀輕輕，好大的臉面啊！

只是這兩大黑道的當家人勢同水火，一見面就動起了槍，這可怎生是好？

「這裡是京城，你們兩個真的想火拚嗎？」這時，一個淡淡的聲音響起，眾人齊刷刷回頭，見夏芍和徐天胤站在人群後。

人群散開，夏芍信步走進來，目光往龔沐雲和戚宸身上一落，道：「我知道你們不缺錢，但我還是要說，這裡面都是古董拍品，你們倆要打破了，按歷史最高成交價碼賠給我。」

眾人抽氣，夏董這語氣，聽著不客氣啊！

龔沐雲和戚宸同時看向夏芍，一個鳳眸含笑，被人拿槍指著眉心，還有功夫調笑，「唉，妳這性子就只認錢。」

而另一個則目光猶如雷霆，被人拿槍指著也有功夫瞪人，「誰准妳訂婚的？」

兩人一人一句，同時轉頭，同時看向夏芍，同時無視了她身旁的徐天胤……

夏芍則無視了兩人的話，抬頭望向展覽廳裡面，目光落在那枚金錯刀的展示櫃，心想這兩個男人要真能開槍，不如朝那邊打，打碎就沒事了。

可惜他倆對峙得有點晚，她事情已經安排下去了。

「行了，每次見面都來這套，你們兩個才學會玩這種小孩子的把戲？」夏芍淡淡地道。

「妳說誰是小孩子？」果然，這話引來戚宸的咆哮。

「只有小孩子才會有這種反應。」夏芶看著戚宸。

戚宸一張咆哮臉頓時黑成鍋底。

夏芍笑笑，就差攤手了，似乎就愛氣戚宸，「明知不能開槍，還拿槍指著對方的頭，不是小孩子嗎？把局面鬧這麼僵，引來圍觀又找不著臺階下，不是小孩子嗎？」

問一句，戚宸的臉就黑一層。話音未落，龔沐雲便先把槍收了。

他微微上挑的鳳眸看著夏芍，有著別樣風情，似乎在以此證明他不是小孩子。

戚宸看向龔沐雲，手裡的槍還指著他的眉心。

扣動扳機，多年的恩怨就了結了。

戚宸瞇眼，眸底閃過殺機。

龔沐雲微笑，彷彿渾然不覺，目光只在夏芍身上。

夏芍的指尖微微掐著，掐得都快入了肉。她的視線落在戚宸扣著扳機的手指上，看見他輕輕收緊，感覺到那森然的殺氣。

從玄門與安親會和三合會交好的角度，夏芍今天不能讓龔沐雲和戚宸任何一人有事，否則她無法交代。從她自身的角度，她也不能讓兩人開槍。這裡是京城，黑道由來已久，但也不適合在這裡動刀動槍。

今天若戚宸開槍，她少不得要對他暗地裡動點奇門的招兒。

戚宸忽然間放下手臂，收槍走人。

「今天妳公司開業，我是給妳面子！」戚宸聲音低沉，收了槍反倒殺氣更盛。

外頭的賓客嚇得呼啦散開，讓出路來，誰都不敢正眼瞧戚宸。戚宸走到門口，又大步折回來，像是展覽廳裡沒有龔沐雲，問：「我給妳面子，妳給我什麼？」

「給你一份免費的午餐。」夏芍淡看戚宸一眼，知他心中鬱悶難消，內心一嘆。殺父仇人近在眼前，卻不是報仇的時機，她懂戚宸的心情。聽聞戚宸也殺了不少龔沐雲的親友，此刻對龔沐雲來說，興許內心也與外表的微笑不符。

這兩家的恩怨，積怨已深，實難插手。

看他們互殺，不能。看他們罷手，心中也覺對不住各自死去的親友。

今天本就出了贗品的事，夏芍心中不甚爽利，見兩人如此，她心中更覺壓了一塊陰霾，更是有些後悔，早知今日，當初不同意他們都來就好了。

徐天胤求婚之後，夏芍的電話都快被打爆了，戚宸的，李卿宇的，展若南的，曲冉的，還有遠在英國的胡嘉怡的。龔沐雲倒是沒來電話，但是早半年就說好了今天會出席慈善拍賣。

這麼一來，這些人除了胡嘉怡之外，今天才聚到了一塊兒。

夏芍嘆氣一聲，好在她在安排坐席的時候，把龔沐雲和戚宸分開了。

「讓各位受驚了，實在抱歉，反正也到外頭了，那就一起去用餐吧。」夏芍對賓客們道。

展覽廳外的人可沒看出剛才有多險，只是在夏芍出聲的時候才驚疑回神。剛才展覽廳裡的事眾人可都看見了，原以為夏芍是仗著徐天胤，才對龔沐雲和戚宸說話不客氣，到頭來是眾人想錯了。這怎麼看怎麼都覺得夏芍跟龔沐雲和戚宸的關係本就不錯？

不少人眸中有異光閃過，這可是黑道上的人脈，而且安親會和三合會的恩怨由來已久，上層圈子的人多多少少都知道，因此有求黑道人脈的人，求了安親會不敢求三合會，求了三合會不敢求安親會，生怕惹了其中一家不快。

夏芍怎麼能兩家的人脈都有？

當真是風水大師，吃得開啊！

今天來道賀的賓客裡不乏同行，西品齋的謝總就在其中，他的目光微閃，但見那枚金錯刀還好好地擺在展示櫃裡，這才放了心。

剛才夏芍突然離去，且就是從刀幣的展示臺前離開的，眾說紛紜，不知出了什麼事。謝長海也心裡犯嘀咕，他倒是不信夏芍能一眼看出拍品是贗品，他只擔心她看出這是多出來的拍品。

眼下看起來，她似乎並沒有太大的反應，也沒讓人把展示櫃撤走。

果然，她還是給王少面子的……

這樣想來，謝長海放了心。

這時，夏芍已和朋友聊上了。

從香港離開一個多月，雖說時間不長，但是畢竟今日相見已在京城，總覺得這一個多月發生了不少事情，因此見到朋友，夏芍還是歡喜的。

不過，展若南的目光和夏芍對上，劈頭就罵：「妳有沒有搞錯？幹麼讓宸哥收手？妳到底是不是三合會的朋友？」

夏芍淡笑，「妳有沒有搞錯？來我公司的開業典禮，加油助威要人砸場子，妳是不是朋友？」

展若南一噎，曲冉在後頭探出頭來，咬著唇笑了笑，「小芍，恭喜妳。」

曲冉的臉頰還有些紅，她不太敢看徐天胤，便看夏芍的手，「恭喜妳公司開業，恭喜訂婚。」

夏芍一笑，雖想說也不是訂婚，但想想還是作罷。

展若南在一旁瞪曲冉一眼，「恭喜什麼？她都沒跟我們說，還是不是朋友？」

她明顯是想把剛才的場子找回來，夏芍懶得理會，只上下打量了曲冉一眼。一個月不見，這妞兒又苗條了些，觀其面相，不由笑道：「臉頰現紅暈，眼肚中間現桃花紋，這可不太多見。妳這桃花，有點重。」

曲冉一愣，下意識看前面的展若皓一眼，臉刷地紅了，小聲道：「妳別胡說，哪有……」

「哪沒有？我哥沒追妳？」展若南劈頭就是一句。她似乎對曲冉躲避展若皓追求的事有意見，這段時間和她哥聯合起來向曲冉施壓，把曲冉逼到躲都來不及。如果不是今天夏芍公司開業，曲冉是不會跟他們一起來的。

展若皓回過頭來，正看見曲冉低著頭，往夏芍身邊挪。這是這女人的習慣性動作，她膽子小，很喜歡躲在別人身後。

展若皓向來嚴肅的臉上現出一抹獵人看見兔子的微笑，上前便把曲冉提來，轉頭對夏芍道：「夏小姐，午宴開始吧。晚上要參加妳的舞會，我的舞伴拍賣會後還需要去選套衣服。」

曲冉掙脫不開，縮著脖子，後知後覺反應過來展若皓是讓她當舞伴，頓時驚訝。她求救地看向夏芍，奈何夏芍只是一笑，「好，那就開宴吧。」說完，她便笑著招呼賓客。

這時，人群之後有個爽利的女子笑聲傳來：「什麼開宴？也不等我來了再開吃。」

夏芍抬眸瞧去，只見來的人不少，有李伯元、李卿宇、羅月娥和陳達。

說話的自然是羅月娥。

夏芍看見羅月娥便驚喜不已，「羅姊？妳怎麼來了？」隨即又看向李伯元，也非常意外，

「伯父，您老怎麼也來了？」

「我說妹子，妳可不厚道，公司開業這麼大的事也不請我？我今天要不來，人家還以為我羅月娥是忘恩負義的人。」羅月娥穿著身深色禮服，款款而來，一點也不像是剛出月子的女人。

李伯元拄著手杖，由李卿宇扶著，笑道：「我退休了，現在是一身重擔卸了下來，在家裡閒得發慌。妳公司開業，我可不得來祝賀祝賀？妳可是我們李家的大恩人啊！反正卿宇要來，我就索性當出來散散心了。」

夏芍聽著，看向羅月娥。她知道今天李卿宇會來，但是沒想到李伯元也會到場，而且，今天陳達和羅月娥夫妻也來了，實在是驚喜。

「妳如今膝下一雙兒女，我哪敢勞駕妳？」夏芍笑著，「兩個孩子呢？」

「在家裡，有奶媽照料著，不然我哪得脫身？妳公司開業，我是說什麼也要來的。要不是那倆孩子還小，我就把他們也抱來了，怎麼也得見見妳。我可等著妳給他們取名字，還想著認妳做乾媽呢！」羅月娥熱絡地牽著夏芍的手，在她耳旁小聲道：「我奶水可不夠這兩個小魔頭吃，請了奶媽幫著一起照料。放心，一天兩天的不礙事。」

夏芍笑著點頭，羅月娥卻低頭瞧了眼夏芍手上的戒指，「網路上傳得沸沸揚揚的，今天見著真品了。是挺精緻的，徐司令可真花了心思。」

羅月娥說話間看向徐天胤，眸中露出異色，暗道這男人可真夠冷的，但打量著也是人中龍鳳，跟夏芍倒是般配，不由笑道：「徐司令可得加把勁，我還想著讓我這妹子給兩個孩子做乾媽。不過，你們還沒結婚，所以這事得往後放放。可別讓我等太久，我可急著喝喜酒呢！」

羅月娥在香港便是圈子裡的社交名媛，跟誰寒暄都是自來熟。徐天胤自然知道羅月娥，只是沒見過。夏芍笑著為徐天胤介紹，「這就是羅姊。」

徐天胤頷首道：「羅姊。」

這一聲把羅月娥給驚著了。羅家在香港的地位雖然高，但是跟徐家不在一個層次。能得徐天胤這樣稱呼一聲，她著實受寵若驚。

而這時更驚的其實是今天到場的眾賓客。

這一會兒的功夫，已有人將羅月娥給認了出來，交頭接耳間，羅月娥和陳達的身分便傳開了，而李伯元和李卿宇就更是無人不識了。

而且，言語之間，夏芍似對羅家和李家都有恩？

這……眾人的目光落在夏芍身上，看她和羅李兩家人談笑，看她身旁的徐天胤，看她身後的龔沐雲和戚宸，紛紛抽氣。

開國元勳的徐家、國內兩大世界級黑道、在英國和香港政界深有影響力的羅氏、華人世界頂級財閥李氏……

夏芍淡然微笑，恍若不覺，眸中卻有感激的神色，心下更是溫暖。

華夏集團選擇從京城全面起航，這一站是首站，也是最重要的一站。政權的核心，錯綜複雜的利益團體。在京城站穩了腳跟，華夏集團接下來在全國擴張就水到渠成。

但眼下徐家還沒正式承認她，難保京城不會有些勢力不把她放在眼裡。

今天這些朋友們到場，言語間露出的口風，與其說是與她寒暄，不如說是說給其他人聽的。

李伯元是這樣，羅月娥是這樣，包括有著深仇大恨卻選擇罷手的龔沐雲和戚宸也是這樣。

他們今天在眾人面前的每一句話，都含著透露與她關係密切的用意。他們這是在給她撐腰，告訴京城的一些勢力：她惹不得。

不過，夏芍自覺不是那種令朋友擔心的人，今天下午的拍賣會，許能讓他們的心放一放。

夏芍笑著引眾賓客去宴會廳，轉身的時候，她才看向李卿宇。他扶著李伯元，依舊尊貴裡帶著沉靜。他的目光也落在她手上，卻是唯一一個沒有無視那枚戒指的人。

他道：「恭喜。」

短短兩個字，叫人聽了溫暖。

夏芍一笑，「謝謝。我記得你說過，你要的幸福很簡單，所以，等待，有一天它一定會來。」

李卿宇垂眸微笑，旁邊過來一名老總跟他打招呼，他又恢復那副深沉的臉，邊往宴會廳走邊與人交談。對於夏芍的話，他始終沒有回答。

午宴氣氛熱烈，之後便是短短的休息，眾人便移步拍賣大廳。

慈善拍賣會跟平常的拍賣會沒什麼不同，除了拍賣所得用於慈善以外，其他流程是一樣的。同樣是拍賣師上臺，介紹拍品，宣布起拍價，最終等到一輪競拍後落槌定音。

今天卻多了項程序，介紹鑑定藏品的專家。

拍賣大廳為目前國際最為先進的多功能大廳，代表拍賣會權威的高臺。高臺後是莊嚴肅穆的幕牆，兩側各安置一塊高清晰大螢幕，左側用來顯示出價資訊，右側用來顯示藏品照片和資訊。

今天出席慈善拍賣會的貴賓都是國內甚至國際上的權貴，拍賣會是都出席過的，但午宴過後，一起走進這大廳時，還是驚異了一番。

華夏集團的拍賣大廳很有國際拍賣大廳的水準啊！

今天是慈善拍賣會，按照國內的一些習慣，拍賣大廳的幕牆上通常會用紅色，上書「慈善拍賣」，再寫上主辦單位，順道感謝今天到場的重量級嘉賓，但華夏集團的拍賣大廳不是這種布置。

高臺後的幕牆是純黑色調，乾淨簡潔，華夏集團的商業標誌以及企業名字印在其上，一眼望去，沉肅而威嚴。再觀天花板上頂燈，亦不是金碧輝煌的，而是淡金色彩，不耀眼卻尊貴。

這絕不像是一家僅僅在商場四年的年輕集團，看起來簡直就像是存在於世百年的企業。低調沉斂，不張揚，卻令人肅然起敬。

如果說華夏集團拍賣大廳裡的氛圍肅穆，那麼裡面有處布置便讓人覺得奇怪。高臺中央兩側，和拍賣師一起面對貴賓座位的還有兩排桌椅。

這兩排桌椅裡的人還沒到場，桌上已經放了牌子，仔細一看，赫然是專家席。

那些牌子上列著故宮博物院、文物鑑定中心的字樣和專家姓名。這些專家的姓名，仔細瞧瞧，都是耳熟能詳的老專家。

難不成今天這場拍賣會，京城頂級的老專家們都要來？

拍賣會上請專家列席並不常見，這是什麼情況？

西品齋的總經理謝長海也很詫異，他們這些送拍藏品的古董店並不參與競拍，但是華夏集團招待眾人坐在了最裡面的旁聽席。一看這架勢，謝長海下意識地在專家席上一掃，果然見到其中有「退休故宮博物院專家于德榮」的字樣。

謝長海心中不知為何咯噔一聲。

今天出席拍賣會的權貴們可能不知道，但他們這些古董店的人卻是門兒清。專家席上那些老專家一個不差，正是為這次慈善拍賣會的拍品進行鑑定的老專家。

華夏集團今年在京城落戶，這場慈善拍賣會下足了本錢，這些老專家是只有在京城才能見到的頂級陣容，而且有一些人沒有人脈和臉面是請不到的。在京城的古董行業，只有祝雁蘭能請到這樣的陣容，因為她的父親是已退休的故宮博物院的院長，國內書畫方面的大家。老人家八十多歲的高齡，雖然早已不出山，但當今國內很多老專家都曾是他的學生。

當初一看這個陣容，業界很多古董人士都驚著了。在此之前，很多人看不起那些買古董回去只為充門面的老總，因此對於華夏集團的這次慈善拍賣會，不少人都是打著小算盤的。在得知華夏集團的拍賣會只付給同行的拍品最低起拍價之後，很多人便想把多年處理不掉的高仿贗品，或者不太值錢的舊仿物件給送進來。這樣按照真品的低價拍賣，不僅處理了物件，還能賺點回去，但當看見祝雁蘭請來的專家組，所有人震驚之餘只得哀嘆，默默把贗品都收了回去。

因為祝雁蘭的老父祝青山是出了名的鐵面，從來不吃賄賂那一套，他的學生是絕不會打老師的臉的。儘管專家組裡也有于德榮那樣的人，奈何這是專家組，除非能蒙上所有專家的眼，否則有一人看出來作假，這物件就進不了拍賣會。

對於這次拍賣會，京城各家古董行的負責人都能挺直了腰板。不管之前他們是怎麼打算的，反正現在送進來的是實打實的真品。

所以眾人就不解了，不是已經鑑定過了嗎？今天還把專家組請來幹什麼？而且，之前沒聽說會請專家組啊？這是什麼時候決定的事？

在一眾同行和賓客不解的目光中，夏芍走上了拍賣臺。

「各位來賓，歡迎出席華夏集團的慈善拍賣會。我知道現在諸位一定很疑惑，今天拍賣會上為何會有專家席。的確，以往的拍賣會上是不設專家席位的，但是今天華夏集團請來諸位老專家列席，是想向諸位貴賓傳達一件事。」

底下的賓客聽了這話有人疑惑，有人交頭接耳。夏芍立在高臺後微笑不語，直到談論止歇，直到拍賣大廳裡安靜下來，直到眾人的目光又回到她身上。

「慈善之說，古已有之。慈者愛，出於心，恩被於業。華夏集團成立四年，雖然年輕，但也懂得感恩，懂得回饋。今天藉華夏集團落戶京城之際，我們有心回饋社會，卻得感謝出席捧場的各位來賓。沒有你們的慷慨，便沒有今天的慈善拍賣，這場回饋社會之舉便不成功。華夏集團感激四年來曾給過我們善意的人們，也感激今天各位來賓的善心。善是世上最珍貴的美好，不應空付，更不應被欺騙。所以，今天華夏集團請來了京城德高望重的老專家們，他們正是為這次慈善拍賣會進行鑑定的專家組。與鑑定藏品的老專家們見見面，聽聽鑑定的依據，是我們今天為諸位安排的餘興節目，也以此表示華夏集團對諸位來賓出席的重視。」

除去這番話裡的場面詞，在場的人豈能聽不懂其中的意思？

華夏集團這是在向他們保證，今天拍賣的藏品定是真品。

嘿！這可真是有趣！

以往古董藝術品方面的拍賣，向來是只能見到拍品和鑑定證書，上面劃拉著專家龍飛鳳舞的簽名。是真是假，你不知道。想收藏？那就得選擇相信那一紙證書。至於專家，你是見不著的。

今天倒是有趣，華夏集團竟然把京城的老專家給請了來。

雖然人家說這是餘興節目，但對賓客們來說，這自然是利益相關的節目。餘興？不，這是再好不過的事，甚至可以說有些驚喜。

專家就在你面前，明明白白地告訴你：「這物件就是我鑑定的，它為什麼是真的。」還有比這更好的事？顯然沒有。

在弄明白華夏集團這麼安排的意圖之後，賓客們笑了，「夏董，妳實在太客氣了！」

「夏董，就憑這點，今兒我老熊就得捧場！」

一群人稱讚附和，坐在旁席上的京城古董店的人卻目光震驚且複雜地看向夏芍。這少女年紀不大，收攬人心的手段倒是不錯。唯有西品齋的謝長海臉色微變，他先是覺得不妙，但想了想，又慢慢放下了心。

西品齋沒被通知撤去那枚贗品的刀幣，顯然夏芍雖然知道多了一件拍品，卻沒公布撤除——她沒有辦法撤除，那樣會影響華夏集團的聲譽。

也就是說，她還是要硬著頭皮拍賣，不管她知不知道那是贗品。今天請這麼多專家來，在謝長海看來，夏芍無非是想作秀，先獲取這些賓客的好感，以後要是出了事，她才好說話。

謝長海笑了笑，鬆了一口氣。他才不管夏芍怎麼打算，反正今天她入了套，這枚贗品她拍也得拍，不拍也得拍。不管她做什麼，都是徒勞的掙扎罷了。

拍賣大廳裡的稱讚之聲漸漸止歇，夏芍這才笑道：「那麼便有請諸位專家和大家見個面。」

賓客們都情緒高漲，捧場地鼓掌起來。

華夏集團的員工請著專家組走了進來，一組十人全是老頭子，四十多歲在這裡面都算是年輕。一群人背著手進來，其中便有于德榮。

于德榮之所以敢來，自然有他的原因。

華夏集團根本就沒發現那枚金錯刀是贗品，上午祝雁蘭打電話給他的時候，只說是西品齋擅自添加了一件新莽年製的金錯刀，是他鑑定的，於是想請他到拍賣會現場和其他專家一起現場講解藏品，出場費十萬。

高額的出場費打動了于德榮，但他也不是傻子，華夏集團想辦專家現場講解藏品節目，為什麼之前不通知，下午就是拍賣會了，才臨時加節目，明顯有問題。

祝雁蘭嘆了一口氣，「于老，您老也知道，西品齋如今背後是王少。我們華夏集團剛剛在京城落戶，西品齋就給來了這麼一齣，這不是仗著王家在京城的地位欺負人嗎？我們這次雖然是吃了暗虧，可我們董事長也不是好欺負的，臨時加了這麼個節目，哄哄到場的賓客，拉拉人脈就是了。專家組都打理妥當了，那幾位都來，您也來吧。那枚刀幣，不是您給鑑定的嗎？」

祝雁蘭語氣裡帶些對他的怨怪，言下之意有懷疑他和西品齋聯手坑華夏集團的意思。

于德榮聽了趕忙撇清，「我說小祝，我向來只負責鑑定，這枚刀幣是我早就鑑定出來的，我怎麼知道他們會送進華夏集團的拍賣會？這是他們的決定，我又管不了，而且事先也不知情。妳要是這麼看我，那你們的專家活動，我可不參加了。」

于德榮擺出一副清高傲骨來，祝雁蘭果然放軟了語氣，連忙認錯，求了他來。

于德榮放下電話就笑了，果然如謝長海所料，華夏集團不敢不吃這虧，王少的面子是一定會賣的，而且華夏集團的董事長為了拉人脈討好賓客，還特意加了個專家作秀的節目，白給他送來十萬塊錢。

去！不去是傻子！

他也不怕那些專家會看出刀幣有假，他在這一行混得太久，深知一些事。拍品都送上拍賣會了，誰敢說是假的，誰就要承擔華夏集團和西品齋的名譽損失。

誰敢承擔？專家也是人。

所以，今天的拍品，真也得是真，假的也得是真。

于德榮哼了哼，放心來了華夏集團的拍賣大廳，一進來便尋了謝長海坐著的地方，兩人遠遠對視，相視一笑。而進入拍賣大廳的專家們在掌聲中笑著跟夏芍握手打招呼，然後便尋寫著自己名字的專家席坐下。

于德榮走在後頭，是最後一個跟夏芍握手的，「夏董年輕有為啊！」

于德榮看見夏芍伸出的手，便像看見有人拿著十萬塊錢在遞給他，他怎能不樂？樂呵之下，不由出聲讚揚，但于德榮抬眼間卻是一愣。

對夏董感到眼熟，一時又想不起來在哪裡見過。

不怪他想不起來，那天在廣場上，夏芍是穿著運動服，紮著馬尾，戴著鴨舌帽。跟今天一身旗袍盛裝打扮，還是有些差距的。看見夏芍向他頷首，這才驚覺兩人握手的時間有點長，趕緊鬆手，往自己的專家席上坐下。

而他的思路這一被打斷，就再沒組織起來，因為接下來拍賣會開始了。

夏芍走到貴賓席的旁席上坐下，陪著徐天胤、展若南和曲冉，而中間的席位是龔沐雲、戚宸、展若皓、李伯元、李卿宇、羅月娥、陳達等人，都在前排。只不過，龔沐雲和戚宸一個在南，一個在北。

夏芍對幾人笑了笑，然後便笑看拍賣會了。

今天福瑞祥和京城的同行們一共拿出了百件拍品，其中不乏冷門，但也有書畫作品和瓷器這樣的熱門。書畫、瓷器、玉器、銅器、擺件、雕件，應有盡有。儘管有冷門的，且熱門的年代也不會太久遠，但好歹是古董。百件拍品要是都拍出去，價值也要上億了。

平時的拍賣會上，不可能所有準備的拍品都成交，總有沒人看上而流拍的，但是今天夏芍請了專家前來，展示了她的誠意，而賓客們見此，誰也不好意思不捧場，因此凡是拿出來的藏品，大多給面子拍了下來，少有流拍的。

拍賣師身旁，兩塊大螢幕上放著藏品資訊，每到一個拍品，拍賣師便會先介紹藏品資訊，然後介紹為這件藏品出具鑑定證書的專家，之後便由專家接過麥克風，講解此物件為什麼鑑定為真，其收藏前景如何，然後再由賓客出價競拍。

有京城的頂級專家現場講解，賓客們自然放心，出價也很慷慨。今天到場的人足有兩三百，一百件藏品拍出去還真不是難事。就算不感興趣的，也存著給華夏集團面子，拉個人脈的念頭。於是不到下午五點，百件藏品清空。

龔沐雲拍得兩件書畫。李卿宇似乎特別喜歡玉器，每當看見玉器，尤其是白玉，目光都有些出神，但他沒忘幫祖父拍幾件最愛的瓷器。戚宸除了書畫，把其他門類拍了個遍，價碼加起來不多不少，高出龔沐雲二百五十萬。夏芍又扶額了，覺得他一定是故意的。

展若皓拍了件清早期的紫檀胭脂盒，雕著桃花，異常精美，一看就是女孩子喜歡的物件。羅月娥拍了一對民國年間的玉佩，歡喜地稱回去給孩子戴著。展若南一件也沒看上，古董她沒興趣，她對一切容易碎容易壞的東西都沒興趣，覺得那跟人一樣，太懦弱太嬌氣，她不喜歡。

曲冉拍美食節目的錢都用來經營餐廳和貼補家用，她倒是想做點慈善，但是看在場的老總們動不動十萬百萬千萬的，她沒那個錢跟他們爭。倒是她來京城的時候，也知道夏芍是開慈善拍賣，所以便跟母親商量著包了個紅包，打算晚上舞會的時候給夏芍。

所以，拍賣會對曲冉來說，完全就是看熱鬧。只是看到展若皓拍下那胭脂盒的時候，曲冉表情有點怪異，偷偷瞄一眼，又瞄一眼，不知道為什麼，覺得展若南她大哥手裡拿著胭脂盒微笑的樣子……很娘。

朋友們的心思，夏芍此刻並沒有太多注意，她的注意力在接下來的重頭戲上。

第一百零一件拍品，那件多出來的贗品。

當拍賣師身後的螢幕上現出金錯刀的照片時，拍賣大廳裡便靜了下來。

除了後來的戚宸、李卿宇、羅月娥等人，其他人都是知道這枚珍貴的刀幣的。只是剛才一輪輪的熱拍，大家都忘了這事。此刻見到這枚刀幣，聽拍賣師說這是今天最後一件，便都知道壓軸的來了。

市無定價的一枚珍貴的刀幣，到底起拍價會是多少，這是眾人最有興趣知道的。

拍賣師根據慣例，先介紹拍品，「如大家所見，今天慈善拍賣會的最後一件拍品，由西品齋送拍的新莽年製的金錯刀，一刀平五千。眾所周知，王莽在位時間很短，因此金錯刀傳世極少。此藏品目前市無定價，收藏前景很大。」

李伯元等人在前頭聽著，目光有一瞬間的怪異。

這樣的珍品拿來慈善拍賣？

而專家席的其他九名專家則齊刷刷轉頭，看向身後的大螢幕，在聽到金錯刀的一瞬都是震驚，但震驚過後，有疑惑的，有沉思的，有蹙著眉細看的，氣氛詭異。

拍賣師接著道：「為這件藏品出具鑑定書的是前故宮博物院的專家于德榮于老。于老從事書畫、古錢幣鑑定二十餘年，經驗豐富，下面有請于老為我們講解古錢幣的收藏。」

專家們又把頭轉回來，看向于德榮。

于德榮這人，他們都是知道的，向來浮誇好擺闊。他若是發現了新莽年製的刀幣會閉口不言，等到今天？況且，這刀幣看起來……似乎也不那麼敢說準。

于德榮卻面容含笑，看也不看其他專家，接過麥克風便笑道：「呵呵，這種王莽為『托古改制』所鑄之刀錢，錢體由刀環、刀身組成，青銅澆鑄。刀環如方孔圓錢，穿孔上下鑴『一刀』二字陰文，並用黃金填之，光燦華美。這枚刀幣古樸穩重，錢文採用懸針篆，輪廓因為年久，被鏽跡所遮，但細看仍能看出細挺來，無疑是一枚真品。目前市場上極其少見，西品齋這次把它拿出來進行慈善拍賣，實在是很有愛心，而收藏這樣一枚真品，升值空間無疑是巨大的。」

是嗎？專家席上的老頭子們一個個看著螢幕。

書畫專家摸了摸下巴，這懸針篆看起來細挺嗎？有點歪歪扭扭啊……

銅器專家扶了扶眼鏡，這遮了錢文的銅鏽看起來有點新啊……

是嗎？同樣的疑問也出現在在場的賓客心中。

眾人還是覺得這麼珍貴的物件，送拍慈善拍賣會很可疑，倒不是有人懷疑真假，專家這麼說，那自然是真的。眾人懷疑的是西品齋的用意，這物件這麼珍貴，起拍價不得天價？

這跟元青花不一樣，瓷器是大眾，買回來擺在家裡也好看。一枚古錢幣，天價就不太值當，觀賞性小，所以，如果起拍價天價的話，流拍的可能很大。

所以，說來說去，西品齋把這枚刀幣送進來，炒作的可能性大些。

各人心中都有個問號，而拍賣師已宣布了起拍價：「起拍價，一千萬。」

賓客們一愣。一千萬，聽著也不算天價，但如果僅是一枚小小的銅錢，確實堪稱天價了。

一時間有人猶豫，有人猜測，竟冷了場，連坐在前排的那些重量級的人物都沒開口。

龔沐雲微笑：這枚錢幣有問題，不拍。

戚宸冷哼：不是福瑞祥送拍的，不要！

展若皓挑眉：銅幣這東西女人應該不喜歡，看起來太髒了。

李伯元笑呵呵：他只喜歡瓷器。

李卿宇轉頭，掃了眼沉寂的大廳，再看一眼夏芍。見冷了場，他是唯一想伸手喊價的。

但在他伸手之前，有人把手舉了起來。

滿場皆靜，連拍賣師都詫異地望了過去。

夏芍微笑著舉手。

拍賣師張了張嘴，好半天才反應過來，不知道為什麼董事長要參與競拍，但還是吶吶地道：「一千一百萬！」

拍賣大廳裡靜默一秒，連坐在旁聽席上的諸家古董店代表和謝長海都詫異地看向夏芍。

她為什麼要出價？

「不。」眾人還沒想明白，便見夏芍緩緩搖頭，「我出……一塊。」

長久的靜默，接著便是長長的吸氣聲。

謝長海在夏芍伸手的時候便直起腰，抬了半個屁股，此刻還是抬著半個屁股，只是僵在那裡。

所有人都有點懵，懷疑耳朵出了問題。

夏芍從座位上站了起來。拍賣會還沒結束，她便上了拍賣臺。拍賣師站在那裡，腿腳差點忘了怎麼邁。夏芍看他一眼，他才趕緊下了臺去。

夏芍站去臺後，在專家們齊刷刷轉著頭和臺下詫異的目光中，淡定微笑，「我出一塊錢，這是友情價。事實上，我是一塊錢也不想出的，因為這枚刀幣……是贗品。」

話如驚雷，比剛才一塊錢的出價更是驚了全場。

賓客們震驚地看向夏芍，京城古董店的同行先看夏芍，再看西品齋的謝長海。謝長海臉色煞白，震驚得抬了那半邊屁股，渾然不覺地站了起來。

同樣從座位上站起來的還有專家席上的于德榮。

于德榮震驚地看著夏芍，看著看著，腦中嗡地一聲。

是她？竟然是她！她、她是那天……

哎喲，糟了！

于德榮只覺血壓一瞬間升高，眼前發黑。他感覺到不妙，頓時便想開口。說什麼，他還沒想好，他只是本能地想阻止夏芍開口。

夏芍沒給他這個機會，她笑道：「大家一定想知道，為什麼這枚刀幣是贗品，又為什麼會出現在今天的慈善拍賣會上。在此之前，我想給大家講一個真實的故事，一個古董的局中局。」

古董局中局，一個專家和古董販子聯合起來演的一齣騙朋友入局的好戲。當然，這齣戲裡沒有徐老爺子，卻有晨起去京城大學對面公園跑步的夏芍，有騙取老人信任一步步帶人入局的小販，有看似恰巧遇見，實則和小販同夥的專家。

這名專家就是于德榮。

比說書還精彩的故事，如果除去故事裡那名此刻就站在拍賣大廳裡的專家，這大抵這會是個令人聽得入迷的故事，但此刻沒有人入迷，有的只是震驚。

震驚的目光射到于德榮身上，他只感覺如被刀戳。

被刀戳著的感覺自然不好受，于德榮也不能承認，他臉色由白到紅，由紅到青，此刻已發黑，在夏芍話音落下時怒喝：「妳血口噴人！」

拍賣大廳靜了靜。

「夏董，汙衊可是犯法的！」于德榮沉下臉來，他畢竟是老專家，也知今天如果不撇清，便是晚節不保，搞不好還得坐牢，於是怒氣沖沖道：「妳說我和人設局，我在古董行業大半輩子，還沒被人這麼汙衊過！妳今天要是不拿出證據來，讓我晚節不保，這事沒完！」

老實說，眾人還有好多事沒弄明白，就是夏芍為什麼明知是贗品，還放進拍賣會裡來？而且，她怎麼確定今天的這枚就是那天的那枚？

一肚子的疑問，奈何那個爆料的人卻不急著為大家解答。

夏芍笑笑，「晚節？原來于老還在乎晚節。」

于德榮怒不可遏，「當然！妳這是侮辱！」

「那好，我給您老一個保住晚節的機會。」夏芍手指向身後的螢幕，「先不說那天公園的事，先說今天的。我再問您老一遍，這枚刀幣是真是假？」

賓客們、專家組全都愣住，于德榮也是一愣。

他剛才言之鑿鑿，在場的人都聽見了，此刻要是改，肯定惹人懷疑，只好咬死了道：「當然是真品！我鑑定古錢幣二十年，當著這麼多人的面，還能信口開河？」

「是嗎？您剛才說，這枚刀幣古樸穩重，錢文採用懸針篆，輪廓因為年久，被鏽跡所遮，但細看仍能看出細挺來，無疑是一枚真品，是吧？可我倒認為，懸針篆筆劃纖細流順，且氣勢生動，這枚刀幣明顯粗平笨拙，而鏽跡更是一大硬傷。這鏽跡明顯是新鏽，太綠了。土裡埋著的物件，銅鏽哪有這新綠之色？再者，您當真覺得這刀幣古樸穩重？它明顯穩重有餘，秀氣不足。」

這番話別人聽著陌生，于德榮卻是耳熟。幾乎一模一樣的話，他在那天公園廣場上聽過。但他冷笑，還是那句話，「夏董，古董這一行，神韻一說是最難看的。沒個二十年的眼力，誰也不敢談看神韻。」

兩人各執一詞，外行人哪裡聽得出來誰說的對。

「是嗎？這麼說，您老是確定這是真品了，是吧？」夏芍耐心出奇的好。

于德榮惱怒著不耐煩，「妳難道要我說第三遍嗎？」

「好吧，既然你我各執一詞，那就讓別人來看真假吧。我想他說的話，你會服氣的。」

夏芍別有深意地一笑，笑得讓于德榮悚然一驚。隨後，他看見她的手往門口一指，對臺下道：「請允許我隆重向諸位介紹今天的特別嘉賓，前故宮博物館院長，著名書畫家祝老。」

拍賣大廳裡一靜。

祝老？這兩個字在眾人頭腦裡掠過的時候，祝雁蘭扶著一位頭髮花白的老人走了進來。老人拄著手杖，脊背挺直，面容嚴肅，一看便是不苟言笑，脾氣有些怪的人。老人明顯很注重養生，八十多歲的高齡，臉上有些老人斑，目光仍然如炬，看人尚有威嚴。

大廳譁然。

祝青山可是國內書畫名家泰斗，德高望重的老院長。他的書畫在拍賣市場上一畫難求，一幅年輕時期的山水畫都能拍上千萬的高價，老年精髓的書畫作品更是高達數千萬，但老人的脾氣很怪，這些值錢的書畫名作，他一幅也不賣。聽說老人曾用三年的時間畫就一幅黃河大作，有國外拍賣公司出價上億，最後硬是被他給罵出去了。這幅大作最後在國慶的時候捐給了國家博物館收藏，是一分錢都沒收。

這麼位脾氣古怪卻德高望重的老人，聽說他不僅是書畫界泰斗，還是鑑定行業的泰斗。祝家以前是書香門第，祝老除了對書畫有特別深的造詣，對各門類的古董都有涉獵。他在鑑定行業是難得的全才。聽說他退休之後便封山，不再替人鑑定古董。別說請他出山了，那些想請他的權貴連他的家門都不給進。

他今天怎麼會出現在華夏集團的慈善拍賣上？

眾人的震驚即便是看見了祝雁蘭，也沒有絲毫減少。祝雁蘭在古董行業很多年了，她之前是盛興集團在京城古董店的經理，但那時候祝老就已經封山，也沒見老人賣給女兒面子，給王道林收回來的古董出具鑑定。

怎麼今天就給了華夏集團這面子？

眾人紛紛看向夏芍，震驚著震驚著，也就不得不平常心看待了。

好吧，她連安親會和三合會的兩位當家都能同時請到場，有本事請得動祝青山老人出山，或許……也不是那麼難以置信。

祝青山來了，看來這枚刀幣的真假可以水落石出了。

祝雁蘭扶著老父，看向于德榮。于德榮早在祝青山進來的一刻就懵了，此刻完全還在震驚中，而祝青山則是目光落向他身上的時候，臉色鐵青。

「哼！」老人手裡的手杖往地上重重一落，竟將手杖脫手砸了出去。

這一砸還挺有準頭，正中于德榮的腦門。

「哎喲！」

「哐噹！」

一陣亂響，專家席上的人紛紛起身，于德榮倒地，腰硌在倒下的椅子上，半天沒爬起來。

沒人扶他，那些散開的專家轉了出來，恭敬地迎上祝青山。這些人裡面，十有八九都是祝青山的學生，見老師今天破天荒出現在這裡，豈能不相迎？

祝青山卻沒有好臉色，用手指著拍賣大廳螢幕上金錯刀的照片，「就這麼個東西，沒人看出來是贗品嗎？一個個在古董行業二三十年的專家，還不如一個二十歲不到的小丫頭！」

眾專家低頭，臉上發燙，有些羞愧。其實不是沒人看出有問題，而是沒人像祝青山這樣硬骨頭，不考慮個人後果地說真話。

拍賣大廳裡卻嘩一聲，祝老這話的意思再明顯不過了，這刀幣真是假的？

「吳何，你說！這又粗又平的錢文是懸針篆嗎？懶婆娘的針線活都比這強！我看你是不想鑑定書畫了！」祝青山劈頭就罵，聲音蒼老，氣勢卻一點也不像八十高齡的老人。

吳老被罵得臉皮一抽，「不是，不是！」

「趙平安，你說，這銅鏽是該這個顏色嗎？誰家土裡出來的銅鏽這麼綠？你家水缸裡剛撈上來的嗎？」

趙老汗顏，低頭聽訓，「不該，不該！」

「不是！不該！」祝青山伸手就打人，往腦袋上拍，拍得啪啪響，一點也不留情面，「不是，不該，剛才怎麼不說話？誰堵了你們的嘴？」

吳老趙老被抽得顏面無存，卻一句也不敢反駁。剛才還端著學者和高人氣度的專家們，此刻大氣不敢出一聲。賓客們瞠目結舌望著這一幕，連夏芍都傻眼。

這老爺子……真彪悍！

而賓客們瞠目結舌的對象卻是夏芍。

祝老的話怎麼聽著這麼耳熟？這不正是剛才夏董說那枚刀幣是贗品的話嗎？

此刻，真相竟還沒有這件事令人驚異。要知道，夏芍才二十歲不到，商界早有傳聞她古董鑑定眼力驚人，但今天面對身為專家的于德榮，確實有人懷疑過她許是看錯了，但事實證明，她的眼力堪比泰斗祝青山，而錯的另有其人。

或者說，不是錯，是明知故犯？

眾人望向椅子歪倒成一片的專家席，于德榮在地上正扶著腰爬起來，但他剛起來，擦著腳尖便砸過來一樣東西。

一聲青銅脆響，拍賣大廳裡寂靜。

祝青山由女兒扶著上了拍賣臺上，從桌子上撈起那枚贗品刀幣，二話不說砸去于德榮腳下，驚得他險些跳起來，踉蹌一下，差得又摔倒。

「一千萬？一百塊都不值！」

大廳裡全是吸氣聲，起拍價一千萬的物件，實際上是一百塊都不值的贗品。

于德榮在這樣的氣氛裡扶著扭傷的腰，搖搖晃晃站穩身子。他頭上起了一層冷汗，自己都分辨不清是疼的，還是被此時此刻的目光戳的。他只覺得頭腦發懵，眼神發直地盯著地上那枚砸到腳尖前頭的贗品。

他是不敢抬頭的，祝青山是出了名的百折不彎的鋼板，有著憤青習性。平生最恨贗品，恨沽名釣譽，恨攀附權貴。很多人如他一樣恨，但都在現實裡彎了腰。唯獨他，一生不折腰，偏偏成了那獨樹一幟。許多權貴彎著腰，陪著笑臉，捧著錢去他家門口請，他罵人關門，拒之門外。

祝青山的臭脾氣人盡皆知，偏偏他是故宮博物院終身名譽院長，退了休封了山，仍是整個業界的泰山北斗。京城有一半的專家是他的學生，另一半腆著臉陪著笑，生怕得罪他。誰要是成了他平生最恨的人，他能罵得你在業界沒臉再待下去，家門都不敢出。

有人是真敬佩他，有人巴不得他早點死，但是祝青山被人背地裡咒了多少年，還是活得好好的。前兩年身體不太好，但就是沒死成。

現在于德榮覺得，要死的人是他了。

于德榮面對的不是以後敢不敢出家門、在業界能不能有臉待下去的問題，他面對的是今天還有沒有臉從拍賣大廳裡走出去的問題。

于德榮想想扶著祝青山走進來的祝雁蘭，想想夏芍剛才的話，縱使他現在蠢笨，如今也知道自己入了套，他被坑了。

夏芍明知他不會也不能改口，還兩問他刀幣是否真品。她並不是給他改口的機會，而是讓他清清楚楚說給在場的賓客們聽。祝雁蘭定是和她早就算計好的，先是打電話坑他來，再把祝青山帶來看鑑定。

什麼是專家現場鑑定的餘興節目？壓根兒就是為了坑他而設的套！

現在他十萬塊的出場費別想拿，丟了人丟了名，有可能還要丟掉自由。

華夏集團錢不會給他，搞不好還會告他。這女孩子一定早知祝青山在外頭，才耐心那麼好地把那天公園裡鑑定刀幣的話又說了一遍，如今滿場的人都知道她鑑定古董水準得到了祝青山的認可。錢沒花，坑了他，得了名，好事全讓這女孩子占盡了。

于德榮憤慨，卻不敢抬頭，只盯著臺上祝青山的腳尖憤慨，恨不得戳出一個洞。

祝青山見于德榮不抬頭，一副認錯的模樣，卻怒氣不減，大罵道：「昏了你的頭！二十年，你看不出神韻來嗎？連個二十歲不到的小姑娘都能看出來！」

不知是誰把祝青山的手杖撿起來，祝青山抄起手杖來便打，「我叫你真品！叫你專家！」于德榮拿手臂去擋，卻結結實實挨了一棍子，登時手腕就青了。他扶著扭傷的腰踉蹌著往後退，撞到兩把椅子，大廳裡又是一陣劈里啪啦。待站住腳，于德榮臉色難看，也惱了，「祝老，就算我一時打了眼，您老也不用這樣吧？專家也是人，是人就難免有判斷失誤打眼的時候，誰敢說自己從來沒打眼過？您老敢這麼說嗎？您老在這行業一輩子，就沒打過眼？」

周圍抽氣，果然是狗急了咬人。這于德榮現在是不管不顧了，連祝青山都質疑上了。

祝青山的學生已面露怒色，祝青山本人卻瞪著眼，理直氣壯怒喝：「打過！」

一名專家踉蹌一下。

祝青山拿手杖一敲地面，「我打過眼，我敢承認，我敢賠償！你敢承認，敢賠償嗎？」

祝青山不僅敢賠償，他還敢登報道歉。這在他人生裡，根本就不是什麼稀奇事。他曾經三次登報，向收藏者道歉，並自己花錢把贗品買回來，親手砸毀。這三次，最嚴重的一次，祝家為此負債，很是過了一段苦日子。這是位對他人對自己都很剛硬的老人，一生不折，哪怕對自己。

想起祝青山以往的事，許多人忍不住肅然起敬。

于德榮一噎，臉色漲紅，看向地上的贗品，豁出去了，「好，我打了眼，我也可以承認，但是這枚刀幣還沒拍出去，並沒有對誰造成損失，賠償想必不用，我可以道歉！」

大廳裡一陣噓聲。職業操守的差距，高下立現。

于德榮被這陣噓聲噓得老臉紅得快要滴血，但他也沒辦法，難不成讓他按底價賠一千萬嗎？他要有那個錢，便不至於設古董局。

「我可不認為沒有對誰造成損失。」一道慢悠悠的聲音傳來，夏芍淺笑道：「一枚贗品出現在華夏集團的拍賣會上，于老，華夏集團的聲譽、西品齋的聲譽，難道沒有受損？」

西品齋？于德榮一愣，拍賣大廳裡的人這才注意到，在場的還有西品齋的總經理。這枚贗品，正是他們送拍的。

目光齊聚到謝長海身上。不認識他的人這會兒也很容易認出他來，他就站在旁聽席上，現場唯一一個從座位上站起來的人。

謝長海早被這一連串的變故打擊得不知作何反應，從夏芍爆出贗品到祝青山到來，一件接著一件的事都讓他理解不了。夏芍竟敢曝光？就算她不給王少面子，她連華夏集團的聲譽也不要了？

「謝總在找到我的時候，曾向我極力推薦。他稱于老從業二十餘年，是古錢幣的專家，您老見到的物件總不會有錯，幸而我看著眼熟。」夏芍又道。

謝長海愣住。

正驚訝，夏芍又歉疚地道：「我也沒想到本以為那天早上隨著那名古董販子，贗品都被公安部門帶走了，卻沒想到它竟能有本事出現在西品齋。我年紀尚輕，在專家雲集的京城，我說這枚刀幣是贗品，謝總未必會信。我若不收，這枚不足百元的贗品，或許在日後還會以真品的面貌出現在別處，坑害收藏者。因此，我決定收下，讓今天來驗證它的真假。只不過，為了不打草驚蛇，讓鑑定作偽者得到風聲，我把謝總也隱瞞在內。今天讓謝總受驚了，我很抱歉。如若西品齋的聲譽因此受到影響，我願意道歉，並賠償損失。」

謝長海還是愣著，都不會說話了。

賓客們「哦」了一聲，原來是這樣。就說嘛，夏董明知有贗品，怎還會允許進入拍賣會，卻原來是這種心思。

一片恍然大悟裡，龔沐雲垂眸含笑，眸底流光照人。

戚宸挑眉，大咧咧坐著，用下巴看夏芍。這女人謊都不會說，有破綻！

拍賣會上的拍品都是早就徵集鑑定好的，她雖然沒說在公園看見古董局的時間，但確定是她到京城大學報到後無疑。那時候都九月了，拍品徵集都結束了，按程序不可能再往裡送拍品，謝長德怎麼會那時候拿著刀幣找她？

夏芍又是一嘆，「都是我臨時起意惹的事。原本百件拍品就已圓滿，我非在那百件之外想求個超出圓滿，求個百裡挑一的吉利。拍賣會將近，本想在福瑞祥裡挑一件加上，又恐人非議，稱操作上有內幕，便只好對同行求。那時徵集已來不及，幸好西品齋是京城老字號，祝總便約了謝總談此事。謝總拿了刀幣興沖沖來找我，稱向來瓷器書畫是收藏大項，慈善拍賣會上未必有喜愛古錢幣收藏的，若是沒有，只當是個宣傳。若是有，總歸是冷門，千萬起拍價已是天價，橫豎都不虧。只是沒想到，這枚刀幣我一眼便看著眼熟罷了。」

賓客們聽著又是點頭，剛才還有幾人腦筋轉得快，有些疑惑的，此刻也釋然了。

夏芍的話裡，並沒有避諱西品齋送拍這件刀幣的用意，這反倒令人相信。畢竟如果西品齋認為這是真品，如此珍品送來慈善拍賣會，必然有他的目的。而之前在不知刀幣是贗品的時候，就已經有人猜測有炒作的意圖了。如今夏芍這麼一說，很多人便露出「果不其然」的神色。

至於西品齋想利用慈善拍賣會炒作，沒人覺得不理解。在場的大多是商界老總，商場上這些求利益的手段只要不是欺詐，便在情理之中。換成任何一個人，也會這麼做。只是不巧，這枚刀幣是贗品。而明知是贗品還收進拍賣會，冒著損傷公司名譽的險來揭穿鑑定作偽的專家，很多人都用佩服的眼光看向夏芍。

戚宸掃了眼一些人敬佩的目光，嘴角少見地一抽。這女人真會撒謊！

此刻，倘若夏芍知道戚宸內心的嘀咕，定會賞他一個白眼。這人到底是希望她會撒謊，還是希望她不會？雖然夏芍說了謊，但面對滿場敬佩的目光，她說來也受得。

說謊是出於保護華夏集團聲譽的目的，但絕不讓贗品坑人也是她的底限。僅憑這點，她確實受得住這目光，但謝長海和于德榮受不住了。

謝長海瞠目結舌，剛才的這些事他怎麼不知道？這瞎話編得真順溜啊！

謝長海也聽出來了，夏芍這番話裡，西品齋也是受害者，她似乎並不想得罪西品齋。不管她知不知道西品齋坑了她，她這話裡多有示好的意思。

雖然她今天的舉動壞了王少的打算，西品齋沒賺著這一千萬，但是她有示好的意思，想必他回去就好跟王少交代了，畢竟華夏集團示好，王家和徐家……

于德榮卻又急又怒，這什麼意思？現在罪人就成他一個人了嗎？

于德榮看向謝長海，謝長海給了他一個警告的眼神，明顯是讓他掂量掂量，擔下這罪責。于德榮本是急怒，他被人當專家供著二十餘年，從未遇過今天的場面，感覺一下子什麼都要沒了。他看謝長海那一眼，本是想看看他是不是想撇清這事，如果他想撇清，他今天就拚死拉個墊背。

然而，看見謝長海警告的眼神時，他頭腦霍然清醒。

西品齋的幕後老闆是王少，他鬥不過，拉個墊背的有什麼用？西品齋不過是聲譽受損，憑著王家在京城的地位，這絕對不算什麼打擊。到時候西品齋還是西品齋，他這個拉著西品齋墊背的只會死得更慘，說不定還會牽連全家。

如果一人擔下今天的事就不一樣了，怎麼說也可以賣王少一個人情，說不定能得一筆賠償金，把他那個不成器的兒子欠下的高利貸給還了。

于德榮眼神裡的急怒漸漸澆滅，夏芍看在眼裡，笑得頗有深意。

于德榮轉身，一副決然赴死的姿態，正要張嘴，夏芍笑了，「于老，不僅華夏集團和西品齋的聲譽險些因你受損，那天在公園裡，若我不在，便有位老人會因你被騙。」

于德榮張著嘴噎住。他本來就是想承認這事的，不想被人搶了先。

很多時候，先開口和後開口，便是主動承認和被聲討的區別。

夏芍走出拍賣臺，「我知道于老定不想認，要問我證據在哪裡。」

「……」不，他是想認的。

夏芍走出來，祝雁蘭扶著祝青山往旁邊一站，給她讓出路來，「我沒有證據，但不知于老可曾聽說過我的另一個身分？」

「……」什麼身分？于德榮一時沒反應過來。

「我自小跟隨師父學習玄學易理，風水相面本就是我的本職。」夏芍走下臺，「知道我是怎麼看出來是您老設局的嗎？您老偏財多，不易聚，進多出多，花費很大。每每聚財，總有人幫您花費出去，是也不是？」

大廳裡一靜，目光齊齊望向于德榮。

于德榮臉色驟變，沒回答，卻說明了一切。

賓客們又望向夏芍，她如今的身分早不是祕密。在香港的時候就曝出她是華人界玄學泰斗唐宗伯老人的嫡傳弟子了。在場不是每個人都找夏芍看過風水，卜過吉凶，但看她今天現場解說，都不免提起興趣。

夏芍往前走一步，「您左眉有逆眉，額上自那天見時就長了個小紅瘡，至今未褪。您最近曾做過投資，因判斷不準而失利，是也不是？」

于德榮臉色發白。他想快速撈錢，聽朋友說股市上漲，便去買股票，卻被套了進去。

「淚堂低陷乾枯，子女不成器，常有爭執。您老手上的財，多被兒子花了出去，是也不是？」夏芍往前走再一步。

于德榮再退，神色已有些慌。

「兒子欠了高額債務，您老替他還債，錢不夠便去投資，投資失敗，便與人設局騙人，是也不是？」夏芍又往前一步。

于德榮張著嘴，背抵著牆面，已無退路。

夏芍繼續往前走，「子女宮又稱陰德宮，一個人的福德皆在此處，最是有靈氣。救人助人，積陰德，故能福子孫，佑後輩智慧而福澤綿長。兒孫不孝，父母有責。身為人父，身為業界專家，想想您老的偏財都是哪裡來的。偏財易來卻難聚，聚一次，花一次。花一次，便有下一次。收受賄賂，鑑定作偽，你坑人不是一兩回了，是也不是？」

于德榮只覺頭腦一震，滿腦子都是「是也不是」。他忽然抱頭，大喊：「不是不是！」

「不是？你的意思是，那些被人坑了的人，是他們活該嗎？」夏芍停下腳步，再次喝道。

于德榮忽然跳起來，撞倒一張桌子，奔出去，邊奔邊喊：「不是我！是他！是他！」

于德榮眼底血絲如網，狀似瘋癲，受了很大的刺激一樣奔上旁聽席，一把揪住謝長海，對著下面喊：「是他！是他！是他的主意，是他想坑華夏集團！」

拍賣大廳裡本因于德榮的瘋舉鬧得驚了不少人，賓客們紛紛從離他近的地方散開，但他這話一出口，整個大廳都安靜下來。

夏芍一愣，臉上的訝異恰到好處。所有人的目光都被于德榮和謝長海吸引了去，誰也沒看見她垂著身側的手微微握著，指尖奇怪地掐著。

「你胡說什麼？于老，你瘋了吧？」謝長海大驚，抓著于德榮的手便想他鬆開，但于德榮此刻精神頻臨崩潰的模樣，竟手勁兒奇大，任他怎麼扳就是扳不開。

于德榮生拉硬拽把謝長海拖出來，對著夏芍大喊：「是他，是他要害妳！西品齋想把贗品當真品拍賣，好賺一千萬，再在事後把贗品的事捅出去，讓外界以為是華夏集團和西品齋聯手安排了這件事，讓外界以為徐家和王家是綁在一起的！這是我那天在外面聽見的，他答應給我兩百萬，是他讓我這麼幹的，這件事都是王少的意思！」

夏芍愣在當場，大廳裡是此起彼伏的抽氣聲。

「這些企業老闆都是冤大頭，買回去充門面，很少有人管是真是假！我給西品齋出過的證書不少，現在還有很多沒發現是贗品的！我做這些事，都是、都是和他們合夥的，不是我一個人的錯！」于德榮竟把這些都說了出來。

謝長海驚怒不已，「于老，血口噴人是要負法律責任的！」

在場的老總們卻都皺眉頭，不少人臉上現出怒色。這是什麼意思？冤大頭？是說他們？他們中是有些人沒太多文化底蘊，買古董回去就是充門面的，但誰的錢也不是天上掉下來的，難道活該被坑嗎？

「謝總，你們這樣不厚道啊！」不知是誰說了一句，當即有附和聲不斷。

「人家夏董剛才還對你們西品齋道歉，覺得影響了你們的聲譽，你們就這樣坑人家？」

「謝總，我可是在西品齋買過瓷器，回頭我得看看。要是贗品，你打算給我個什麼說法？」

「得！惹不起還躲不起嗎？以後西品齋的東西老子不碰了還不行？」

「夏董，看妳還是個誠信人，以後你們福瑞祥可別搞這一套。要不搞這套，咱們再買古董充門面，就找你們福瑞祥了。」

有人跟著道：「反正咱們是冤大頭，冤大頭把錢砸誰家不是砸，何必花了錢，還讓人罵？」

「哼！可不是嗎？這年頭想找個舒坦點的花錢地方都不行，世道真是變了。」

謝長海還被于德榮揪著，此刻卻忘了掙扎，有些懵地轉頭看向夏芍。

夏芍目光冰冷，「謝總，這件事，我希望你們西品齋給我一個交代，但是現在，我希望你們先去警局給交代。」

夏芍面色冷寒，看向大廳裡服務的員工，員工會意，轉身就出去報警。

謝長海卻沒心思管去警局的事，他震驚的目光沒從夏芍身上移開過，事情有點不對。

于德榮發瘋完全是被她逼到精神崩潰的，如果她真是看面相就能看出來于德榮設局的事，那他的面相是不是也能被看出來？

她如果之前不知道西品齋和于德榮合夥坑她，那今天這一切就是巧合。

可如果她知道……那這少女的心機就太可怕了。

專家鑑定的餘興節目、祝青山的出現、贗品的爆料、對德榮的逼問，一步一步全是套！

如果是這樣，那麼剛才她對西品齋表現出來的示好也是作戲。她是示好了，可她接著就把于德榮逼得崩潰了，事是借于德榮的口捅出來的，跟她一點關係都沒有。西品齋想怪她？沒有理由！滿場賓客卻都站在了華夏集團身後。

想想今天拍賣會從開始到結束，華夏集團一點損失也沒有，反倒撈了不少人氣。

謝長海驚駭，他簡直不敢想這是一齣戲。不然的話，這少女就太可怕了。

若是夏芍此刻知道謝長海的推測，大抵會讚一句這人還有點腦子。這種時候還能把事情串聯起來，堪當京城老字號的總經理。只不過，兩人明顯不是一路人。

警察很快就來了，見到來人的時候，謝長海眼神就變了。

他在京城久了，對三教九流各路人馬都是心裡有數的，今天來的這位周隊長，是秦系的人。

果然，這件事就是個套，不然這也太巧合了！

謝長海被帶走的時候，還回頭看向夏芍。夏芍在他出門的時候，給了他一個淡淡的笑容，然後她看見謝長海瞪大了眼。

她不介意承認，或者說，她就沒想過隱瞞。西品齋算計她，就要承擔被算計的後果。她是要告訴謝長海：傳個話給王卓，今天的事是反擊。以後再有算計，儘管招呼，敢來就要承擔後果。

而于德榮被帶走的時候，卻像是鬥敗了的公雞。剛剛還一副崩潰的瘋狂模樣，走的時候已像是脫了力，低垂著腦袋，任警察戴上手銬。

一場鬧劇終結，員工們過來收拾被撞倒的桌椅，請祝青山和一眾專家入了席。

夏芍走上拍賣臺，在安靜的氣氛中開了口：「很抱歉，今天讓諸位看了一齣鬧劇。我在決定收下這枚贗品的時候，就知道會有這場鬧劇。儘管抱歉，但我還是這樣做了，因為我想告訴在場的諸位一件事，華夏集團堅決抵制贗品。誠信，不僅是經商的理念，也該是做人的底限。諸位於我來說，都是前輩，誠信之道想必體會得比我深切。我想說，我雖為後輩，卻願意傳承前輩們誠信的意志。華夏集團一日不倒，誠信不倒。」

臺下聽著的人，年少時期意氣風發的美好多磨滅在了半生風雨裡，各種宣言聽得太多，他們也曾是其中之一，但現在趨於沉澱，再多的言辭也難激起心中的激情，但今天不知為何，心底竟湧現出熱血。

一日不倒，誠信不倒！

這是怎樣的豪言壯語？哪怕是他們年輕時，也不敢發下這樣的豪語。

「我不敢保證華夏集團在今後的日子裡不出一件贗品，但是我敢保證，一旦發現，必會雙倍賠償。毀我信念者，必毀人生。」夏芍沉著臉宣告。

坐在專家席上的一眾老專家不由脊背發涼，不知道為什麼，他們總有種這話是在說給他們聽的感覺。畢竟除了一不小心打了眼，業界現在確實有亂象。很多人花錢請專家就能做鑑定證書，他們這些頂級的老專家價錢高，請的人少，也有人還有矜持，不願做這種事，但正因他們有名氣，一旦動了歪心思，市場上會多很多贗品。

夏芍這是在警告他們，誰敢往華夏集團裡送贗品，于德榮就是前車之鑑。

「謹以今日之事，給想陷華夏集團於不義的人……鑑！」拍賣會在夏芍的一聲沉喝中結束。

今天的事也給許多不了解眼前這名少女的人一個了解她的機會。

她是國內最年輕的女性企業家，鑑定古董的眼力堪比專家，連祝青山都當眾認可。

她是華人界玄學泰斗唐老的嫡傳弟子，著名的風水大師，地位超然，人脈驚人。

她是徐家未來的長孫媳，雖然徐家還沒承認，但只要徐家沒出來否認，她便是。

可想而知，今後京城的專家在她面前端不起架子，京城的上流社會會因為她風水師的身分對她趨之若鶩，那將是怎樣令人驚駭的關係網？如若徐家再承認了她，那還有誰敢動她？

拍賣會是結束了，可是這漫長的一天卻還沒有終結。

晚上還有慶功舞會。

舞會八點鐘開場，經過一下午的拍賣，又經歷了一場鬧劇，大多數人都有些乏了。來的時候，眾人都是訂了飯店房間的，於是各自先告辭回飯店，稍事休息，晚上再來。

人都告辭了，拍賣大廳一下子空了下來，座位上只剩下朋友們。

夏芍從臺上下來，這才鬆了一口氣，也一下子覺得乏了，今天簡直就像是打了一場硬仗。

羅月娥最先開口笑道：「不愧是我妹子，就是有能耐。原本我和李老一起來的時候，路上我們還在說，京城這地方官多權大，勢力紛雜，不給妳撐撐腰，妳剛來，怕是有不長眼的要妳吃虧。沒想到不長眼的還真有，虧妳沒吃著，到頭來，我們卻是白擔心了。」

李伯元感慨道：「白擔心了好，白擔心了好啊！」

夏芍笑笑，隨便挑了個空位坐下，「這一天為了不讓你們擔心，我可是打了場硬仗，現在覺得骨頭都快要散了。」

戚宸往椅背一靠，哼了哼，「我看那兩個人倒是骨頭該被鬆一鬆了。聽說北方是誰的地盤來著？好像對妳也有下黑道令吧？這樣的人，換成我，直接給宰了，就是不知道某些人敢不敢。」

京城屬於北方，有安親會的勢力，但京城畢竟是京城，黑道總要低調些。龔沐雲被戚宸擠兌了一句，不緊不慢地笑，從身上拿出件東西來，遞給夏芍，「拿著，以後在京城遇到想解決的事，到這地方找這人。」

夏芍目光往龔沐雲手心上一落，見是一張名片，名片上印著一枚紅色的私章。夏芍還沒細看私章上是什麼，半空橫過一隻手把她攬住，往懷裡帶。

「不需要。」徐天胤聲音冷淡，在夏芍抬頭的時候，也往她手上塞來一件東西。

夏芍低頭一看，笑了。

原來是一杯溫水。

水溫剛剛好，不燙也不冷，放在手心裡，暖著的卻是心口。

夏芍喝了半杯。她是渴了，從去了臺上一番折騰，連口水都沒喝。

她的笑容落在龔沐雲眼裡，手少見地僵住，隨即看了徐天胤一眼，慢慢收回手。

戚宸也看向徐天胤，目光最終落到夏芍喝水的模樣上，蹙著眉，別開臉。

李卿宇則是沉靜一笑，然後垂下眸。

羅月娥打量徐天胤一眼，點點頭。好男人！瞧著冷，倒是會照顧人。

直到夏芍把水喝完，展若皓才從座位上站了起來，「夏小姐，告辭一下，我得帶著我的舞伴去挑挑衣服。」

夏芍哪有不答應的道理？她轉頭笑看曲冉。曲冉這時成了眾人的焦點，頓時從臉頰紅到耳根，下意識搖頭拒絕。

展若皓盯著臉頰紅透的圓潤少女拚命搖的腦袋，挑眉道：「京城的烤鴨是一絕。」

曲冉一愣，搖著的頭停住。

「老京城十三絕。我訂了一家飯店，口味正宗，在香港吃不到。」展若皓挑著眉，一張嚴肅的臉，眼底有著笑意。

曲冉咬唇，她對京城不熟，這是第一次來。京城有名的小吃她倒背如流，就是沒吃過本地正宗的口味。現在讓她去找正宗的老店，她早在來的時候就查了地址，但是如果讓她找，估計要找一段時間。晚上八點就是舞會，沒有太多時間……

曲冉心裡嘀嘀咕咕地考慮，衣領處卻探來一隻大手。

她啊一聲抬頭，對上展若皓的笑容。

然後，被拎走了……

夏芍噗哧一笑，看見展若南還在，不禁問道：「妳怎麼不跟著一起？」

「懶得去當電燈泡！」展若南托腮，無聊道：「我等著晚上的舞會。喂，舞會上有沒有安排點勁爆的、好玩的？」

展若南所謂的勁爆，大抵上是很難達到她的標準的。夏芍笑而不語，勁爆的倒是沒有，就是普通的舞會。只不過，今晚她邀請了朋友們來，有元澤、柳仙仙、苗妍和周銘旭。

其他人還好說，柳仙仙那性子，不知道跟展若南撞上會怎樣。

反正，今晚一定不會無聊。

第五章　不速之客

晚上的舞會出席的人變多了。除了下午參加慈善拍賣會的企業界人士，還有演藝圈的明星，以及京城上層圈子裡的名媛公子。總之，來祝賀華夏集團旗下諸公司落戶京城的人著實不少。

下午拍賣會上的事，這才兩三個小時，便傳去了一些消息靈通的人耳朵裡。西品齋的總經理謝長海被警察局的人帶走，罪名是古董造假。來的人是秦系人馬，沒那麼容易放人出來。

京城總是各類消息流通得快，這樣的消息很快就傳開了。這讓夏芍挽著徐天胤的手臂早早到場時，便感受到了詭異氣氛的湧動。

畢竟今晚的舞會有不少京城名人出席，派系紛雜，下午的事很容易被和派系之爭聯繫起來，已經站了隊的和還在觀望的，難免心裡有所思量。

夏芍今晚又換了衣服，素色的旗袍，珍珠佩飾，髮絲微綰，在這樣的場合裡顯得略素淡，卻更襯出容顏勝珠。眉眼燈影裡融了層暖意，望不清卻驚豔如畫。

她挽著徐天胤的手臂走進來，一人氣質暖柔，一人氣息孤冷，強烈的反差，卻有互補感。很多人沒想到夏芍來這麼早，當即笑著圍過來，比上午還熱情。

後頭龔沐雲、戚宸、李伯元、李卿宇、羅月娥和陳達跟著走進來，除了陳達和羅月娥夫妻外，其他人都沒帶舞伴。舞會大廳裡，頓時成了一場暗地裡女人們的較量，眼刀與速度的比拚，明明走得快速，卻能走得婀娜多姿。

但還沒走過來，便有些人臉色變了變。

人堆裡大搖大擺走出一名刺頭女生，她穿著一身黑色的單肩短裙，頂著刺頭，看起來就像是帶刺的薔薇，扎一下全是血。

展若南的目光確實很扎人，她踩著高跟鞋走得歪歪扭扭，短裙和高跟鞋這兩樣被逼著穿在身上的厭惡東西，讓她臉色黑得想要殺人。

女明星們見到展若南這副要殺人的表情，紛紛退讓，於是，龔沐雲、戚宸和李卿宇暫時免於受到騷擾。展若南卻回頭狠狠一瞪。她該死的獨裁大哥，正和一名穿著粉色洋裝的少女走進來。

少女低著頭，臉頰通紅，不敢看人，因她正穿著身抹胸的禮服，款式有著少女般的可愛，身材雖然還有些圓潤，但是毫不遮掩，反倒顯得大方得體。她長髮沒綰，低著頭，眼觀鼻鼻觀心，唇邊有一顆小食痣，瞧著可愛。

身旁穿著筆挺西裝的高俊男人看她一眼，眼中饒富興味。

來人正是展若皓和曲冉。

展若皓看看羞怯的曲冉，再看看彆扭的妹妹，蹙眉，「妳們兩個都見不得人嗎？」

「操！見不得人也是因為你！」展若南咬牙切齒，她不愛娘娘腔的柔弱打扮，從小到大不穿裙子，今天她大哥卻命令她，不穿禮服就在飯店待著，不許出席舞會。

她可以不同意，再偷偷溜出來的，可是，他媽的，大哥居然找幾個人守在房間外看著她！幾十層樓高的飯店，她想爬窗戶都不行！

展若南的憤恨讓展若皓微微瞇眼，「今晚再讓我聽見一句髒話，我就把妳丟回飯店。」

展若南氣得指著大哥，半晌憋出一個字來：「靠！」

正在這時，同樣一聲「靠」從門口傳來，帶著笑意，更帶著嫵媚的風情。

「靠！這是誰啊？虧老娘還盛裝打扮，要力壓群雌，看來這場舞會完全沒有競爭力嘛！」

「誰？」展若南大怒轉頭。

門口走進來兩男兩女，正是元澤、柳仙仙、苗妍、周鳴旭。

元澤身穿黑色燕尾服，看起來既溫煦又紳士。

周銘旭走在後面，夏芍是頭一回見他穿正式的西裝，他自己似乎也很不習慣，憨憨地在後頭撓頭，看見夏芍時，不好意思地笑了笑。

苗妍走在周鳴旭旁邊，穿著身白色禮服。她如今陰陽眼被封了一年，元氣比以往好了許多，身子不再那麼虛，人也胖了些，但看起來還是有些清瘦，因此她躲在後頭，不同敢見人。

周銘旭轉頭看一眼，安慰道：「沒事，看我，我也是第一次穿這麼正式，不是只有妳一個人不習慣，嘿嘿！」

周銘旭撓著頭，安慰的話說得有點局促。他也是第一次安慰女孩子，不拿手，但話說得實誠，大抵是要不習慣，咱倆一起不習慣，有個人陪的意思。苗妍善解人意，倒是聽懂了，點頭對周銘旭笑笑。他是夏芍的好朋友，雖然以前不認識，可開學這一個月，也算是混熟了。

周銘旭不帥氣，但身材壯實，笑起來憨厚，為人也實誠。他看女孩子，並沒有太多男生常有的習性，並不將苗妍和柳仙仙放在一起比較。正是這點，讓苗妍的自卑感好了許多。因此，開學一個月，算起來竟是苗妍和周銘旭相處得最好。

兩人走在後面，氣氛融洽，而此時前頭的氣氛卻是火爆。

柳仙仙穿著火紅的禮服，腰肢扭得風情萬種。

展若南怒目瞪視，對柳仙仙的第一印象很差。

她討厭懦弱的女人，也不喜歡性感妖嬈的，那種女人一看就像是會往宸哥和大哥身上爬的狐狸精，而狐狸精都該打死。

展若南擼起袖子，這才發現今兒穿的是他媽的裙子，沒袖子可擼。火大之下，她仰起下巴，爆粗口：「妳他媽的是誰啊！」

展若皓皺了皺眉頭，但這回沒說話。

龔沐雲等人在夏芍身旁，聞言都轉過身來。柳仙仙當初在夏芍的成人禮上見過龔沐雲，知道他對夏芍有些心思，因此只從他身上掠過一眼，然後無視。可當她的目光從戚宸和李卿宇身上掠過的時候，當下憤慨了，「靠！好白菜都讓豬拱了，好男人都讓妳占了啊！妳有徐司令了，好男人就不能給老娘留一個？」

龔沐雲微笑，戚宸皺眉，李卿宇卻是一愣。

展若南被無視，頓時火冒三丈，「我問妳他媽的是誰！」

柳仙仙這才看向展若南，撫撫大波浪的卷髮，微笑道：「我不跟沒有競爭力的女人說話。」

「操！」展若南大步上前，但因為穿不習慣高跟鞋，這一邁步，腳踝扭了一下，當下趔趄。展若皓及時抓住她，這才讓她穩住。

夏芍無奈微笑，「這四位是我的朋友，元澤、周銘旭、苗妍，另外這丫頭是柳仙仙。」

夏芍並未介紹朋友們的來頭，她真正相交的朋友，從不計較這些，倒是介紹另一邊的人時，卻笑道：「這位是李老，香港嘉輝國際集團的董事長。這位是陳署長，這位是羅姊。」輪到剩下幾人的時候，夏芍只道：「龔沐雲、戚宸、李卿宇。那位是展先生，旁邊是我的朋友，曲冉。這是展若南，展先生的妹妹。」

兩邊的人其實都曾聽夏芍提起過，只不過今晚是頭一次會面。

「妳就是那個舞蹈妹？」

「妳就是那個男人婆？」

展若南和柳仙仙異口同聲，隨即不約而同瞪向夏芍。

「妳就是這麼跟她說我的？」

「妳就是這麼跟她說老娘的？」

又是異口同聲，夏芍扶額。

「這是妳們各自的認知，別往我身上扯。還有，今晚賓客多，妳們都給我消停點。」本來舞會大廳門口全是重量級的人物，就吸引了賓客們的目光，此時兩人的吵嚷已經更令人注意嗎，夏芍不得不警告。說完，她便招呼周圍朋友一起進去，不再理兩人。

柳仙仙涼涼地道：「老娘倒是想不消停，那也得來個戰鬥力高點的，男人婆在我這裡明顯是不夠格的。我還是進去看看吧，看有沒有看得上眼的帥哥或可以別苗頭的情敵。唉，女人不戰鬥容易衰老，我願把的青春獻給戰爭！」

眾人無語，倒是早就被她荼毒慣了的元澤和苗妍都只是笑笑，連周銘旭都快要習慣了，而第一次看到柳仙仙的曲冉卻是傻眼。

展若南愣了半天，才反應過來人家根本不把她放在眼裡，不禁又去擼袖子，回頭對自家大哥咆哮：「操！展若皓，你妹妹被人鄙視了！我要回去換衣服，回來扇得那女人找不著北！」

「這裡不是妳鬧事的地方。」展若皓只有這一句，就提著展若南跟隨戚宸的腳步進了大廳。

柳仙仙已扭著水蛇腰穿梭在人群裡，尋找目標去了。

夏芍上臺致完詞，然後舞會便開始了。

今晚有不少賓客是衝著徐天胤來的，他是徐家三代之首，卻從不出現在社交圈，只有極少數的政府高層見得到他，因此，在許多人眼中，這位放著政壇不走而獨闖軍界的徐家大少是極為神祕的。但再神祕，也抹殺不了他是徐家嫡長孫，是共和國最年輕的少將的事實。

難得他會出現在這種場合，想攀附的，想摸清派系之爭風向的，都紛紛笑著過來寒暄。

今天下午謝長海被警局的人帶走，有人已經開始猜測這樣不給王卓面子，是不是代表著徐家有點什麼意思，可無論怎麼旁敲側擊，徐天胤都很冷淡，旁人一點消息也得不到。

有人油滑地裝作不知道，繼續套近乎，「徐將軍和夏董真是男才女貌，天造地設的一對！呵呵，好日子近時，可一定請我們喝杯喜酒啊！」

這話當然是在試探徐家的意思，如果徐家同意，想必徐天胤不會回避這個問題。

徐天胤還真沒回避，他點頭道：「等她到了結婚的年齡。」

周圍的氣氛頓時一變。他這話裡的意思，是徐家的意思，還是他本人的意思？

不少人相互交換了個眼神，覺得這應該是徐家的意思，不然這麼大的事，他自己能做主嗎？

可夏芍在商，還有個風水師的身分，徐家真的會同意嗎？

可是徐老爺子不同意，徐天胤也不敢對外說這種話，那就是說，徐老爺子有同意的意思？

眾人對夏芍越發熱情，夏芍與這些人寒暄了幾圈後，便和徐天胤轉身往休憩區去，她的朋友們都在那裡，這時有一名中年男子走了過來，手裡端著香檳，臉上帶著討好的笑容，目光不時往四處瞥，似是想避著人，「徐將軍，您好，在這兒見到您真是榮幸，想必您不認識我，我是財務局的副局長鄭安。」

徐天胤淡然點頭。

夏芍微愣。

這個叫做鄭安的人，面相……很不好。

準頭發青，山根起霧，燈光下辨不清，且此人人中青黑，印堂黑氣直沖天中，這在面相學上不僅是有牢獄之災的面相，而且是有枷鎖至死之相。亦即，這人有牢獄之災，且會身死獄中。

夏芍也是見過風浪的人，不至於大驚小怪，之所以讓她蹙眉，是因為這人的人中泛著青黑，那絲青黑之氣，給人的感覺有些邪氣。這邪氣很飄，若有若無，像被邪氣所侵，又不全像。

這種古怪的面相，她還是第一次見到。

鄭安見徐天胤反應冷淡，也不尷尬，目光灼灼地看向夏芍，「夏董年輕有為啊，五家公司同時落戶京城，華夏集團必定能為國家的經濟多做些貢獻，真是令人欽佩。」

夏芍面色如常，卻好奇開了天眼。一觀之下，目光微變。

原來是這樣！

這邪氣應該是鄭安從別人身上沾染過來的。而那個人現在比他情況更嚴重。面上邪氣濃黑，很像被人施了法，現在財務狀況受到了非常大的影響。

夏芍之所以如此斷定，是因為那人與鄭安在天眼的預見裡見過一面，兩人都是一臉愁苦。

「鄭局長，這是華苑會館的名片，有事我們可以單獨相談。越快越好，你的事不能拖太久。還有，來的時候把你那位財務有很大問題的親人也帶來，問題出在他身上。」夏芍沉著臉道。

鄭安驚住，下意識接過名片，「夏董，怎、怎麼……」

他什麼都沒說，她是怎麼看出他想問運勢方面的事？而且她怎麼知道他親人有財務危機？鄭安很震驚，他聽說過夏芍是風水師，但自己以前沒遇到過這類問題，便將信將疑。可是圈子裡傳得神乎其神，若不是他確實深陷困境，想著死馬當活馬醫，他不會找上夏芍。

只是他沒想到，她一眼就看出了他的問題，還知道他弟弟有財務問題。

鄭安驚異之餘，眼神敬畏，對於這種解釋不了卻親身經歷的事，他只好相信這世上確實有高人存在。他趕緊把名片收好，快速瞥了眼四周。

「放心，會館的私密性很高，會員身分對外保密。」夏芍淡然道。

鄭安聞言，有些尷尬，但明顯鬆了一口氣，隨即鄭重道：「這幾天國慶期間正好有時間，不知夏董什麼時候方便？」

「後天吧，明天我事。」夏芍道。

明天她確實有事，她跟周銘旭約好了一起去拜訪多年不見的周教授。

鄭安聽了這話，連連道謝，見有人朝這邊走過來，便告辭離開。

對於鄭安遮遮掩掩的態度，夏芍心中了然。

京城與香港和青省不同，香港人看重風水，與風水師常有往來，青省則是天高皇帝遠，也不是很避諱，可京城官員的派系之爭激烈，找人看風水這種迷信的事，是要避著人的，否則很可能被人扣一頂迷信的帽子。

夏芍早料到京城的狀況不同，所以華苑會館相當重視個人的隱私，會員的資料均對外保密，而且打電話去會館就可以預約。

不過，這個鄭安自己的作風也問題。夏芍見鄭安眼突額青，有受賄的面相。這樣的人，按她的原則，是不願意相幫的，讓她在意的是，他親人疑似被人施法。

京城這地方，果然是藏龍臥虎啊！

夏芍和徐天胤回到休憩區，展若南一臉不快地坐在沙發上，跟柳仙仙吵架的氣還沒消。

陳達和羅月娥夫妻與人寒暄去了，李伯元和李卿宇也被人圍著，戚宸卻是大咧咧地在休憩區坐著。龔沐雲離李卿宇不遠，兩人都沒有舞伴，有幾名女明星暗地裡眼刀鬥得厲害。

夏芍見元澤、周銘旭和苗妍都在休憩區，坐下來便對元澤笑道：「你怎麼不去逛逛？」

「我家老爺子有令，不許我跟京城的一些人走得太近。」元澤笑道。

夏芍笑笑，沒有多言。

「你們真閒啊！」柳仙仙款款走過來，幾名公子哥兒望著她的背影流口水。

展若南一見柳仙仙回來，黑了臉，「操！關妳什麼事？總比妳這個狐狸精勾引男人強！」

「勾引得上男人也是本事，就怕有人想做狐狸精，還沒那個本錢。」柳仙仙挺胸，刻意瞄了一眼展若南的飛機場。

展若南跳了起來，起來的時候把高跟鞋脫掉，赤腳站在地上，氣勢洶洶，指著柳仙仙道：「有本事打一架，贏了我再說話！」

柳仙仙哼笑一聲，「男人婆果然只會打架。這裡是舞會，不是武會，要比該比跳舞。」她懶得再理展若南，轉頭看向徐天胤，笑得不懷好意，「我說徐司令，你都求婚了，這麼個場合，不邀你的女人跳支舞？」

跳舞？這當然是不可能的。

徐天胤跳舞的模樣，夏芍想像不出來。在青市一中的時候，柳仙仙就唯恐天下不亂，後來在雲海舞廳裡見到徐天胤冷厲的一面，便不太敢惹他。或許是久不見了，這丫頭又來捋虎鬚了。

「誰說舞會一定要跳舞？妳什麼時候見過我在舞會上跳舞？」夏芍喝著溫水淡淡地擋回去。

坐在一旁的戚宸挑眉看著她。

「在青市我懶得說妳，但這裡是京城，不能給咱們青省丟面子。這舞會可是妳舉辦的，妳不領舞嗎？」柳仙仙翻了個白眼，又去攛掇徐天胤，「徐司令，婚都敢求，舞不敢跳？邀你的女人跳支舞，全京城都知道她是你的了。」

夏芍轉頭，覺得這話對徐天胤來說應該有攛掇力。

徐天胤沒動，只是去牽夏芍那隻戴著戒指的手，「全京城已經都知道了。」

柳仙仙噎住。

夏芍笑了笑，看來，她的師兄也不是那麼容易被慫恿的。

「但是有的人……」

「她不喜歡。」

柳仙仙的話沒說完便被徐天胤打斷，她望進一雙冷漠的眼眼裡，悚然一驚。

還以為這男人跟夏芍在一起久了會有所改變，沒想到還是一個樣！

柳仙仙不再說話了。

展若南見她吃癟，哼道：「這就服軟了？還以為妳有多大能耐！」

柳仙仙一眼瞥過去，「要不，妳試試？」

「我跟他沒仇，跟妳有仇。」展若南不受挑唆，「有種跟我出去打一架，輸的人剃光頭！」

柳仙仙好笑地看看展若南的刺頭，她聽夏芍說過在香港的趣事，裡面自然有和展若南相識的經過。當時她便覺得將來要是遇上展若南，一定跟她合不來。

「老娘這一頭秀髮哪天要是剪了，那一定是愛情令人絕望的時候。」柳仙仙又開始說酸話，順便擠兌展若南，「只有男人婆才喜歡打架。」

「靠！剛才是誰說女人不戰鬥會衰老的？」展若南瞪眼。

「我說的戰鬥比的不是拳頭，而是身材。」柳仙仙炫耀地挺了挺豐胸細腰。

展若南的臉又黑了。

在夏芍看來，展若南是吵不過柳仙仙的。

打架展若南行沒問題，動口吵架，她差得可遠了。

夏芍對兩人的鬥嘴充耳不聞，對徐天胤一笑。原以為他是不會跳舞才拒絕的，鬧了半天，是因她那句「妳什麼時候見過我在舞會上跳舞」的話，便認為她不喜歡跳舞。

夏芍確實對跳舞沒有太大的愛好，不過，她對於徐天胤會不會跳舞很感興趣。

這時，一名侍者走了過來，恭敬地道：「董事長，門口來了兩個人，讓我們進來通傳。」

夏芍皺眉，「沒有邀請函？」

「對方說是……徐家人。」侍者遲疑地看了徐天胤一眼。

徐天胤有一瞬的愣然，夏芍轉頭看他，他道：「妳決定。」

「那當然是快請了。」夏芍對侍者點點頭，侍者便出去了。

一通電話打去下頭，保全放行，一男一女走進華夏集團的大廳。

男人身穿白色西裝，眉眼與徐天胤有五分相似，氣質謙和，面上帶笑，身旁是一名二十出頭的少女，一身黑色長禮服，頭髮高綰，眉眼間卻滿是不滿之色。

「哥，我們來了，她連迎都不來迎，你說她是不懂禮數，還是故意讓我們自己上去？」劉嵐停下腳步，氣悶地道。

徐天哲笑道：「妳這話要是讓爺爺聽到，又得挨批。她是我們未來的大嫂，按禮數，本來就該我們主動去見她。」

劉嵐嗤笑，「我們跟她是第一次見面，過來迎接我們，表示一下重視有這麼難嗎？要照哥你這麼說，那她還真是個會擺架子的人。還沒進徐家門就這樣，進了門會怎麼樣？」

「進了門也不會怎麼樣。」徐天哲一嘆，「嵐嵐，妳這是先入為主了。人還沒見，現在說這些為時尚早。」

「哥，我真佩服你，沉得住氣。」劉嵐皺了皺眉頭，此刻的她，跟在家宴上那嬌氣的表現有些不同，而是目光有些深，「外公明顯喜歡天胤表哥多一些，昨天你不是沒看見，外公有把徐家第一把交椅給天胤表哥的意思，那你呢？」

「大哥是長孫，這是理所當然的事。況且，他坐徐家第一把交椅，並不辱沒徐家。」

「可爺爺明顯疼愛他啊，我覺得你一點也不比天胤表哥差！」劉嵐去挽徐天哲的手臂。

「大哥在軍，我在政，沒有衝突。」徐天哲嘆口氣，抬手摸摸劉嵐的頭，說話的語氣像是在哄小孩子，「在這裡別談論家裡的事。」

「但他找這麼個女朋友，就對你有影響啊！她是學風水的，不管私下裡怎麼樣，當官的人表面上還是忌諱這個的！」劉嵐忍不住又說了一句。

「好了，今晚是爺爺讓我們來的。爺爺的意思，可不是讓我們來鬧事的。妳今晚忍著點妳那嘴快的性子，別多說話。」徐天哲拍拍劉嵐，「走吧，我們上去了。」

兩人乘了電梯往上層走去，卻不知舞會大廳裡發生了一件事。

夏芍本是要去接人的，畢竟是第一次正式與徐家人見面，就算對方是徐天胤的堂弟和表妹，也來者是客，而且，未來都是一家人，夏芍怎會怠慢？

她剛站起來，眼前便遞來一隻手。

戚宸一身黑色西裝，難得穿得正式，還打了領帶，手一伸，傲然道：「走，去跳舞。」

戚宸看見侍者跟夏芍說了句什麼，但他坐在沙發另一側，離得遠，沒有聽見。見侍者走了，便站了起來，把手伸給夏芍，眼睛卻看著徐天胤，咧嘴笑得挑釁。

夏芍蹙眉，她知道以戚宸的性子，今天不會不找麻煩。他跟徐天胤有過節，尤其龔沐雲也在，他忍了午宴，忍了拍賣會，現在才發作已經很不錯了，卻沒想到會是在這個時候。

徐天胤緊握夏芍的手，與戚宸對視，冷然道：「她不喜歡。」

「我看是你不會吧？」戚宸哼笑，看著夏芍，「舞會的場合，邀舞是常事，如果他不允許妳和其他男人共舞，那說明他不信妳。不信妳的男人，嫁他做什麼？」

「她不喜歡。」徐天胤重複這句話，語氣冰冷。他站起身，把夏芍擋在身後，對上戚宸。舞會大廳裡有不少人偷偷注意著這邊的情況，一看徐天胤和戚宸槓上，便都望了過來。戚宸是黑道的人，儘管三合國際集團是合法的公司，但依舊敏感。

夏芍回視戚宸，「戚當家這話真有趣，你會喜歡你的女人跟其他男人共舞嗎？」她的臉色沉了下來，「反正，我是不喜歡我的男人跟其他女人共舞的。」

徐天胤有些呆愣，漆黑的眼眸裡湧動著辨不清的情緒。

戚宸則是沒想到夏芍會說這樣的話，當下黑著臉。他原本是心中不快，想為難一下徐天胤，卻沒想到夏芍會挺身維護他，眉宇間不禁現出戾氣，但隨即被他壓下，他冷笑道：「我是不是喜歡我的女人跟其他男人共舞，要我的女人才知道。妳是嗎？是的話就讓妳知道。」

「我不是。」夏芍回答得很乾脆，「你的感情我不會干涉，我的感情你可以做到不干涉嗎？」

戚宸被她的話鎮住，半晌，回過神來，怒極反笑，「妳這個不識好歹的女人！好，我不干涉！徐家的門不是那麼好進的，到時候妳碰了釘子，可別喊疼！」

戚宸說完，轉身大步往洗手間的方向走去。

夏芍嘆了一口氣，龔沐雲、戚宸、李卿宇，這三個男人的心思，她不是沒看出來，但他們都是聰明人，也有各自的驕傲，夏芍自知他們對自己的感情應該沒到非她不可的地步，所以有些事擺在眼前，他們看得見，她不必多說。說多了矯情，更是她自戀。

正如同她與龔沐雲朋友相交，龔沐雲心如明鏡，必然心中有數，而李卿宇是個實際的男人，他選擇承擔責任，也不會走不出來。三人之中，她最不擔心的就是李卿宇，可最擔心的是戚宸。這個裡外都霸道的男人，越不在他手中的，他許是越想征服。今天這情況，她是不得不說清楚，雖然傷了他的自尊，但她還是希望他能明白，然後去等待專屬於他的緣分。

見戚宸離開，夏芍這才和徐天胤一起往外走。

兩人剛走幾步，一些不明真相的人又圍了上來。正當夏芍被圍住的時候，從洗手間洗了把臉出來的戚宸，氣悶地直奔電梯，想下樓去透透氣，按了幾下，見電梯還沒上來，心中更加煩躁，忍不住一腳踹上旁邊的垃圾桶。

垃圾桶飛了出去，「砰」一聲撞上電梯門，裡面的紙屑、菸頭掉了出來。電梯門正好開了，有些垃圾掉進電梯，裡面站著徐天哲和劉嵐。

劉嵐既驚且怒，還沒張口質問，看見電梯外霸氣凜然的男人，不由把話生生嚥了回去。

三個人互望，戚宸沉沉挑眉，「徐家人？」

這張臉儘管只有五分像，化成灰他都認識。

不待徐天哲回答，戚宸冷笑一聲，大步進了電梯，自始至終，姿態狂傲睥睨。

徐天哲看了戚宸一眼，便裝作不認識地帶著劉嵐出了電梯。

電梯門關上，劉嵐轉頭問：「這人是誰？」

「三合會的當家戚宸。」徐天哲蹙眉道。

劉嵐瞬間清醒，「黑道的？」

徐天哲不語，劉嵐卻是怒道：「她居然還請黑道的人來？嫌給徐家抹黑不夠嗎？哥！這個女人絕對不能進徐家的門！」

「三合會有合法的公司，官面上的來往也有。」徐天哲道。

劉嵐還想說什麼，徐天哲便道：「走吧，妳別多說話，看著就好。」

徐天哲和劉嵐走進舞會大廳時，正碰上夏芍和徐天胤走過來，雙方遇上，皆是一愣。

夏芍的目光在徐天哲那與徐天胤有五分相像的眉眼掠過，然後看向劉嵐那顯然不悅的神情。

看來是出來晚了，徐家的表小姐不愉快了。

夏芍笑了笑。從一開始她就沒對徐家的情況太過樂觀，接受她，有接受她的對待方式；不接受她，也有其他方式應對。

「徐市長，劉小姐。」夏芍客氣地伸手。

「夏董，久仰大名。」徐天哲伸手跟夏芍輕輕一握，「或許再過不久，我就要叫妳嫂子了。」

夏芍挑眉，打量徐天哲幾眼。從面相上看，徐天胤這個堂弟倒是個天生做官的人。斯文有禮，儘管這有禮中帶著疏離，但最起碼禮數是讓人挑不出錯來。

夏芍比徐天哲小八歲，在徐家還沒有承認她的時候，他能說出這麼句話來，這男人倒是放得下面子和身段，果然是個天生適合官場的人。

反觀劉嵐，極力忍耐，卻還是能看出她眼裡有排斥和不喜之意。她沒和夏芍握手，只是看見徐天胤，叫了聲：「表哥。」

夏芍聽得出來，這聲表哥叫得疏離，沒有太多的感情。

這是自然的，徐天胤三歲便以療養的名義在香港，十多年沒回徐家，後來又長年在國外執行任務，對徐家三代的這對兄妹來說，他可能像是陌生人。

「大哥。」徐天哲微笑著也跟徐天胤打招呼。

徐天胤點頭，冷淡的氣息散了許多。

夏芍轉頭看他，卻見他看到劉嵐疏離連笑意都沒有的臉時，垂下了眼眸。

夏芍感覺到徐天胤握著她的手緊了緊，緊得她心尖發疼，於是，她對劉嵐的態度冷了不少。

「既然二位來了，那就進來一敘吧。」夏芍也不解釋為何出來迎晚了，連客套話都省了。

舞會大廳裡不少人竊竊私語。

沒想到徐家竟然來人了，但看見劉嵐臉色不太好看，有些人暗暗猜想，看來徐家是分成了兩派意見，一派贊成，一派反對。

只是，眾人尚不能確定，贊成的是哪些人，反對的是哪些人。

別看徐天哲面帶笑容，他也是徐家嫡孫，政界新秀，豈會心無城府？他今晚會來，必是徐家有人授意，這個授意的人是誰，才是眾人想知道的。

未必是他的父母，也可能是徐老爺子。

如果是徐老爺子，那就是說，徐老爺子同意，兒孫裡有人反對？

眾人立刻盤算起來，各方人馬都清楚，徐家如果在這件事上有分歧，那麼對於爭取徐家人的支持，會是個很好的突破口。

有人反應很快，立刻上前問候。

「徐市長，幸會幸會！大半年不見，什麼時候回來的？」

「表小姐，有些日子沒見了，您還是那麼美麗動人啊！」

表小姐是京城上流圈子對劉嵐的稱呼，只此一家，別無分號。秦家、王家、姜家三代的千金都沒有此等殊榮，唯有劉嵐，足見徐家的分量。

劉嵐臉上總算有了幾分笑，與眾人寒暄問好。

對京城上層圈子來說，徐天哲和劉嵐比徐天胤和新進入京城圈子的夏芍來說，顯然更為熟悉。

於是，話題慢慢就就變成了這樣……

「表小姐今晚可是姍姍來遲啊！早點來，夏董還能不管飯嗎？」

「夏董的飯當然好吃，不過想來表小姐是被徐老爺子留在家裡了吧？是在徐老爺子那兒吃完飯才來的吧？」

「這日子自然是在老爺子那兒了，徐市長和表小姐一定都在，不然這麼晚了，外頭天都黑了，徐市長哪放心讓表小姐一個人出來？肯定是託徐市長護送過來的，是吧？呵呵！」

……

打聽徐天哲和劉嵐為什麼來晚的、打聽兩人前來是不是徐老爺子的意思的、打聽劉嵐過來是不是她母親授意的，聽著是寒暄，多為旁敲側擊。

不少人知道徐天哲城府深，便衝著劉嵐來。

劉嵐是聽得出來這些話中話的，畢竟她從小在這個圈子裡混，豈能連這點話外音都聽不出來？

然而，她假裝聽不懂。今晚讓他們過來正是外公的意思，可說出來太給那個女人長臉了。

周圍人見劉嵐口風不露，徐天哲更是問不出什麼來，不由眼神亂飛。

夏芍看向徐天哲，別有深意地一笑。徐天胤這個堂弟確實有城府，剛才雖戲稱她是未來嫂子，也似乎承認她，可若當真承認，為何不把這話留待這時候說？

面對別人的旁敲側擊，他反倒滴水不漏了。

呵……

夏芍笑容微嘲，看起來徐天胤在軍，他在政，兩人並無太多利益衝突，理該兄友弟恭，但她的身分只怕讓徐天哲覺得對他不利。或者，還有別的原因。只是，這些原因，她尚未見過徐家所有人，因此暫不好猜測。

夏芍看向徐天胤，她對徐家人沒有什麼感情，除了敬佩徐老爺子之外，對她來說，徐家就是和他有血緣關係的一群人。她是否敬他們愛他們，端看他是否敬是否愛。

徐天胤始終牽著她的手，周圍的揣測和試探越多，他牽得越緊。他的目光從徐天哲和劉嵐臉上掠過，唇緊緊抿了起來。

那兩人的微笑，那兩人的滴水不漏，對他來說是一種傷害。

這讓夏芍胸口疼痛。他離開得太久，回來的時候他們都已長大，他們的世界裡沒有他。徐天胤重情，夏芍知道，他從小失去父母，沒有人比他更渴望親情，可他生在徐家，即便是有徐老爺子那樣可敬的老人，他的兒孫也難免因長期浸淫政壇而利慾熏心，重利寡情。

所以，他說，除了爺爺，其他人都不重要。

這不是無情，而是被無情傷害之後的無聲悲憤。

夏芍對著徐天胤笑笑，用笑容安撫他。

徐天胤低頭望來，道：「沒事，有妳。」

這時，忽然有人問：「今天是二號吧？」

眾人不解地看向說話的人，那人呵呵一笑，看向徐天哲和劉嵐的黑白配，看似歉疚地道：「難怪徐市長和表小姐穿得這麼素淡。」

周圍的因這句話而氣氛變了。

經有心人提醒，有些人這才想了起來。

今天是徐老爺子的長子長媳，也就是徐天胤父母的忌日。

一般人不知道，在政壇打滾的人卻是很清楚。當年，徐老爺子的長子長媳在國外遇害，險些引起兩國爭端。聽說凶手不僅僅是恐怖組織，似乎與當時兩國有點牽連。恐怖組織可以剷除，但兩國卻不能因此開戰，所以在處理凶手的問題上，只有補償徐家。

補償自然是落在徐家二房和三房身上，雖然以徐家在政壇的地位，徐彥紹和徐彥英兩家都前途無量，但他們還是需要政績。那時徐彥紹和徐彥英都年輕，級別破格提了不少，導致現在才五十歲，徐彥紹就是共和國的中央委員，而徐彥英已是京城黨委的宣傳部長，再加上徐彥紹在檢察院工作的妻子華芳，和徐彥英的丈夫劉正鴻，徐家可謂位高權重。

像徐家這樣位高權重的家庭，從政就是從政，兒孫基本不涉及軍界，而軍界的家庭，兒孫基本上不從政。這不僅是在哪方面有人脈好晉升的問題，而是從國家的角度，不能讓一家獨大，軍政一手把持。

可是，徐家是特例。

徐天胤如今已是共和國最年輕的少將，手握兵權。

如果不是當年他父母的死，或許徐家也不會出這麼一個在軍界的兒孫。

當年的一件事，對共和國軍政兩界的影響長達二十多年，京城權力圈子裡的人對此自然記得清楚。徐天胤父母的忌日，在圈子裡不是祕密。

只不過，今天華夏集團旗下諸公司落戶京城，又是慈善拍賣，又是慶功舞會，他們都被這事吸引了注意力，倒忘了這麼一件事。

此刻被隱晦地提起，眾人紛紛看向徐天胤和夏芍，目光複雜且怪異。

徐天胤整天陪著夏芍，明明是他父母的忌日，為什麼不去陵園祭拜？還有，夏芍已經答應徐天胤的求婚，未來公婆的忌日豈會不知道？選在今天這個日子又是剪綵又是拍賣又是舞會的，是不是有點不敬先人？

徐老爺子向來重視禮孝之道，這樣的孫媳婦，徐老爺子真會同意過門？

眾人自然不知道，今天這日子是半年前就定下的，那時夏芍還不知道徐天胤父母的忌日。眾人也不知道，今天夏芍早上剪綵本可以穿紅，卻以綠代紅。今晚也該隆重，卻穿得素淡。

這些眾人不知道，徐天哲和劉嵐也不知道，但他們知道，徐天胤向來不在今天祭拜父母，而是在前一天，他生日那天，可這時候兩人沒有多解釋，劉嵐甚至垂眸，目光閃了閃。

這是一個好機會。

雖然外公有同意這女人進徐家門的意思，但現在還沒正式承認，外面沒人知道，這女人也不知道。如果趁著這時候，她說句模稜兩可的話，讓外界猜測外公可能不滿，也讓這女人以為外公不喜歡她，那她會不會知難而退？

反正，她說的是模稜兩可的話，猜錯了也是別人的事，想來外公也沒辦法追究她。

這樣想著，劉嵐臉上雖沒表現出來，夏芍卻是冷冷地看著她。

夏芍感受到了，早在那人隱晦提起徐天胤父母的忌日時，徐天胤的身子便微微僵住。她為此憤怒，這些人毫不忌諱地提起別人親人的忌日，只為驗證他們的猜測。為了利益，不惜往別人的傷口上撒鹽，實在無恥至極。

而那兩個有血緣關係的親人，明知徐天胤的習慣，卻出面澄清……

夏芍握住徐天胤的手，安撫他。

接著，她毫不避諱地，在只有徐天哲能看得清楚的角度，用指尖快速虛畫著什麼，然後他看見她指尖對準那名提起徐天胤父母忌日的官員彈出。

徐天哲覺得莫名其妙，覺得古怪，她看著夏芍，只見她饒富深意地一笑，悠然開口道：「這件事我也是最近才聽說，那時候公司慶賀的日子已經定下，請帖也已經發出去，不能更改，所以，我們昨天已經去過陵園了。而且，今天的事，我們已經告訴過徐老爺子，他是知道的。」

劉嵐猛然抬頭，眼神中有著不可思議、憤怒、懷疑。這女人什麼時候跟外公說的？她明明沒見過外公，竟敢當眾說謊！

隨即，劉嵐又驚疑，這女人應該沒有這麼大的膽子，難不成……她和外公真的見過面？

徐天哲繼剛才的怔愣後，恢復了謙和的微笑，只是望向夏芍的目光略深。

周圍的人震動卻是不少。

夏董見過徐老爺子了？今天徐將軍陪著她，是徐老爺子的意思？

當著徐天哲和劉嵐的面，沒人會認為夏芍敢說謊。也就是，徐老爺子私下裡承認了夏董？

有人懷疑，有人為剛才的試探躲閃，有人則是換上恭維的笑容。

夏芍連看都沒看這些人，而是看向劉嵐，意味深長地道：「劉小姐，去休憩區坐會兒聊聊吧。我想，我們有很多人生理想值得聊。」

劉嵐聽著這話，本能感到不舒服，下意識要拒絕，但她沒開口，甚至連一個嫌惡的眼神都沒來得及射出去，忽地恐慌起來。

她……她怎麼發不出聲音了？

她的身體不受控制了！

夏芍挽著徐天胤的手臂走在前面，劉嵐很「配合」地邁起腳步跟在後面。

徐天哲見劉嵐跟著過去，也想跟上，周圍的人卻在這時又圍上，詢問起徐老爺子的意思。

展若皓和曲冉剛回休憩區，發現戚宸不見了。展若皓拿起電話撥出去，夏芍過來的時候，正見他把電話掛上，鬆了口氣。

「妳在這裡坐一會兒。」展若皓對曲冉道，然後看了眼夏芍，便出了舞會大廳。

戚宸沒走遠，就在樓下。

曲冉的目光跟著展若皓出去，隨即又收回來。

展若南和柳仙仙還在旁邊鬥嘴，聲音都快啞了。

夏芍沒管她們，她拉著徐天胤坐下來，看向神色驚恐的劉嵐，微微一笑。

三人一坐下，元澤便起身，看了眼周銘旭和苗妍。兩人會意，擔憂地看看夏芍，最終選擇不打擾，走向了舞會大廳。

曲冉看看對峙中的展若南和柳仙仙，再看看元澤、周銘旭和苗妍，最後跟著三人去了。

不遠處，龔沐雲、李卿宇、羅月娥等人雖然有點擔心，卻體貼地沒有過來。

劉嵐看著夏芍的笑容，萬分不舒服，卻發現身體又能按自己的意思動了。

剛才發生了什麼事？劉嵐驚恐且疑惑，但沒有半分頭緒。

侍者捧著托盤過來。

「想必茶比香檳更適合千金小姐，劉小姐，請用。」夏芍端了一杯茶給劉嵐。

劉嵐盯著面前夏芍遞來的茶，動都不想動，但不知怎地，想了想，又端了起來。她啜了一口，放下茶杯，輕笑，帶些微嘲，「華夏集團連個茶師也請不起？這茶泡得，真不講究。」

夏芍逕自端起茶杯，聞香品茶，分三口飲盡。

劉嵐暗嘲，這麼難喝的茶也能喝得進去，真是土包子！

夏芍放下茶杯，笑道：「這茶出身是好的。碧螺峰上，春季採製，挑芽尖兒最嫩的那一葉。出身上品，品級上品，就是不知怎地，壞了滋味。可見，出身上品的東西，也未必滋味好。好與不好，還得看茶師後天的手藝。不然，白費了這出身。」

劉嵐皺眉。她聽出夏芍話裡有話。不過，什麼叫出身上品，壞了滋味？

這絕對是指桑罵槐！

「不過，滋味再不好，我也覺得，問茶品茗之道養的是心性。縱然這茶不是茶師沏的，也是侍者費了番功夫的。」夏芍涼涼說著。

這話的意思很明顯，再笨的人，也能聽出對方在說她的禮貌有問題。

劉嵐冷笑，「妳不用含沙射影，指桑罵槐，我聽得懂！」

「聽得懂是好事，說明劉小姐是聰明人。」夏芍慢悠悠地道。

劉嵐總算回過味來，發現為什麼她聽夏芍說話總是不舒服了。這「劉小姐」怎麼聽怎麼讓人彆扭。從小到大，京城的人都不這樣叫她的。隨即她又怒上心頭，這女人想嫁進徐家，不討好她就算了，竟然還敢指桑罵槐，還正面承認？

「用不著妳誇我，我倒覺得妳不怎麼聰明。」劉嵐冷哼一聲，「咱們就打開天窗說亮話，不用拐彎抹角。妳是什麼身分，妳自己心裡清楚。配不配得上徐家，妳也……」

妳也清楚。

劉嵐是打算這樣說，但她沒說完。

徐天胤冷冷地看著她，那冰冷沁骨的眼神，讓她咬到舌頭，疼得她眼眶含淚。

「妳是什麼身分，妳也清楚。」

徐天胤的聲音冷，語調冷，眼神更冷。

劉嵐懵住：這話是什麼意思？

「徐家的事，輪不到外人過問。」徐天胤又道：「妳不配。」

這話猶如一記耳光，搧得她臉上火辣辣的。

劉嵐不可思議地望著徐天胤。

她不姓徐，可她是徐老爺子的外孫女。她是孫輩唯一的女孩，外公因此疼她，雖然嚴厲，但只要她乖一點，他總是很慈祥。父母更不必說，表哥也疼她，待如親妹。

這樣的話，從來沒有人跟她說過，她無法接受。

這樣就好像在說，她這個血緣很近的人，沒有權利指責夏芍這個沒有血緣的外人。

劉嵐站了起來，又羞又怒，連對徐天胤的恐懼也逼退了些，「表哥，你這話是什麼意思？

我怎麼說也是你的表妹，比她跟你親近吧？」

舞池裡的人分成幾團，看似相談甚歡，實則都密切注意著這邊的情況。

夏芍垂眸微笑，暗暗掐了十二掌心訣，直指劉嵐。

劉嵐忽然火從心頭起，連對徐天胤的恐懼都沒了，不管不顧，大聲罵道：「這女人有什麼好？她出身普通，又是做生意的，她怎麼配得上徐家人？」

在場的不少企業家聞言，蹙了蹙眉。

夏芍按住徐天胤的手，穩住他。

劉嵐繼續道：「她一個學風水的，叫什麼風水師，你不覺得可笑嗎？這樣的人進徐家門，是想害徐家被扣上迷信的帽子嗎？」

青省來的企業家門眉頭皺得更深。

徐家這位表小姐實在是太天真了，難道不知道有種人是惹不得的嗎？也就是徐家，換成別人，巴不得把夏芍這麼個高人請回家呢！

劉嵐又道：「還有，她認識黑道的人，你不覺得這是給徐家招禍嗎？」

不少人看向龔沐雲，龔沐雲挑眉一笑。

跟柳仙仙吵架的展若南，轉頭看了過來。

「表哥，她不過是年輕貌美，可是年輕貌美的女孩子多的是，你別被這個狐狸精迷了眼！你就算不為別人想，也要為外公為我媽想想吧？他們可都是疼你的人！」

柳仙仙也看過來，狐狸精得罪她了？

徐天胤卻在聽見那句狐狸精的時候，冷冷一瞪，右手彈出一道暗勁，直擊劉嵐。若劉嵐被這一記暗勁撞個正著，小命也得去掉半條。

夏芍趕忙補救，彈出另一道暗勁。兩道暗勁在空中撞上，夏芍接著從下方一拂，勁力全轉向了頭頂。天花板上的水晶吊燈，喀一聲粉碎。

休憩區霎時暗了下來，只剩舞池那邊柔和的燈光鋪照而來。

眾人感到莫名其妙，好端端的，吊燈怎麼破了？

劉嵐雙腿發軟，徐天胤剛才那一眼，像是要殺人似的。

這就是她不喜歡天胤表哥的地方。她跟他不熟，大舅舅和舅母去世的時候，她還沒出生，而從她出生到記事，她只知道自己有個表哥在香港療養，壓根兒沒見過。每次回外公那裡，都是二舅一家和自己家，在她的認知裡，家裡就好像沒有大舅一家。

後來，他去了國外，做什麼是機密，總之，他不常回來，過年也不一定見得到。也就這三四年，過年時會在外公家見到他，但他不愛說話，看人也都是淡淡的，不如天哲表哥親和。她本就對天胤表哥沒什麼感情，後來覺得他和徐家根本就是格格不入，越發覺得，他不在徐家的時候，徐家氣氛更好些。

她承認的表哥只有徐天哲，卻沒想到天胤表哥的性子這麼可怕，剛才他竟想殺了她。

他怎麼敢？當著這麼多人的面，他就不怕後果？

徐天哲很意外，他已經囑咐過劉嵐，讓她克制些。劉嵐是驕傲嘴快，但不代表她不懂得看場合說話。按理說，今晚這麼多人在，她不至於一股腦兒把心裡的話都說出來。

這事若是傳到爺爺耳裡……

徐天哲急著想過來，卻被忽然靠過來的陳達、羅月娥夫妻、李伯元、李卿宇、龔沐雲等人圍住。這幾人都是不能輕忽的人物，徐天哲不好怠慢，只好停下腳步。

幾名侍者趕過來收拾碎玻璃，展若南忽然將高跟鞋踢到一旁，抱胸看著癱坐在沙發上的劉嵐，大喝：「胸大的女人，無腦！」

劉嵐霍然轉頭看著展若南，又羞又怒。

展若南的視線隨即轉向柳仙仙的胸部。

劉嵐愣住，不是罵她？

柳仙仙柳眉倒豎，跟著罵：「屁股小的女人，長瘡！」

展若南看一眼柳仙仙的翹臀，再看向明顯比柳仙仙小的劉嵐的臀部，咧嘴點頭道：「長瘡！」

柳仙仙眸底都是流動的笑意，「哎呀，難得妳承認了！」

展若南擺出酷酷的臉，「我承認妳小家子氣，不配跟我站在一起。」

柳仙仙摸摸臉，「可我年輕貌美！」

展若南被噁心到，罵道：「狐狸精！」

柳仙仙擺著纖腰，誇張地笑，「妳可別被我迷住了！」

展若南彎腰作嘔吐狀。

劉嵐聽著，聽一句，臉色黑一分，又聽一句，臉色白一分。聽完之後，臉上像開著染坊，各種顏色變換不定。

周遭的人錯愕，元澤肩膀聳動，周銘旭噗哧笑出來，連苗妍都嘴角忍不住彎起來。曲冉卻是看看這個，看看那個。

這一會兒，展若南和柳仙仙的罵戰升級了。

「被妳迷住？妳一個跳舞的，不覺得可笑嗎？」

「妳大哥是黑道的人，妳難道就不怕招禍嗎？」

展若南挺了挺身子，「不怕，我不年輕貌美。」

柳仙仙淚眼婆娑，「可我年輕貌美，怎麼辦？我怕……」

展若南雞皮疙瘩起了一身，回頭去找高跟鞋，「打死妳，妳就不用怕了。」

鞋子飛出，柳仙仙扭個腰就躲過。

於是，一隻高跟鞋在半空中劃了一道弧線，接著有人痛呼。

劉嵐捂著額頭，痛得眼淚幾乎奪眶而出。

她剛從沙發上站起來，還沒等她發作，柳仙仙便柳眉倒豎，瞪著展若南，「妳敢砸老娘？不給妳一點顏色瞧瞧，妳還真以為自己比老娘高貴！」

柳仙仙從桌上抄起一杯香檳，對著展若南潑了過去。

展若南快速蹲下，香檳當場潑在劉嵐臉上，劉嵐呆愣在原地。

徐天哲看見劉嵐被鞋砸到時便想過來，偏偏圍住他的那些人集體失明失聰，圍著他笑談，再看見劉嵐當眾被潑酒水，向來鎮定的他都驚愣了。

徐家的子弟，何曾受過這樣的對待？

鬧了這麼久，夏芍終於說話了。她看向柳仙仙和展若南，淡淡地道：「妳們兩個太胡鬧了！吵了一晚上不夠，竟然還動手，也不看看這是什麼場合。現在連累別人，妳們要怎麼解釋？」

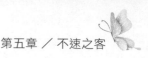

柳仙仙和展若南，一個無辜，一個理直氣壯。

展若南是理直氣壯的那一個，「妳也說是連累了，我們又不是故意的。」

柳仙仙是無辜的那一個，指著展若南道：「都是她的錯，她先挑起的戰爭。不應戰的是懦夫，老娘天生就是戰士。劉小姐是戰士的話，也可以來一局。」

展若南刷地轉頭去瞪柳仙仙。

夏芍不悅地道：「回頭我再收拾妳們。」說罷，她看向劉嵐，歉疚一笑，「劉小姐，對不起，是我的朋友太鬧騰了。今天這事，我代她們向妳道歉，我陪妳去洗手間清理一下吧。」

劉嵐懵了又懵，她見過名媛圈子裡的明爭暗鬥，就是沒見過今天這麼粗爆的，她們、她們……她找不出詞來形容，只覺一股怒氣在胸口發洩不出來，逼得她快要歇斯底里。

聽見夏芍的話，劉嵐本能想要尖叫，卻驚駭地發現，她又發不出聲音了，她的身體又不受控制了，甚至乖乖地跟在夏芍身後去洗手間……

展若南和柳仙仙對視一眼，然後哈哈大笑，忽然發現對方也不是那麼討厭了。

眾人紛紛望向徐天胤，劉嵐受辱，他也不阻止，難道不怕徐家長輩反對夏董進門？

洗手間裡，劉嵐一來到盥洗臺前，身體便能行動自如了。

她的神情還是驚恐的，今晚對劉嵐來說，所有的事都很邪門，還沒有一件順心的事。

這簡直就是她二十一年的人生裡最倒楣的一天。

劉嵐抬頭看著盥洗臺前的鏡子，鏡子裡，夏芍在她身後靜靜站著，淡然含笑。

劉嵐眼中凶光一閃，猛地回身，揚手就打。

夏芍依然微笑不動，劉嵐的手忽地不能動了，但這次邪門的程度似乎跟前兩次不一樣。這次她的手腕冰冷麻木，筋脈處有著針扎般的疼痛。

夏芍道：「我就站在這裡，妳能打得下來的話，儘管試試。」

劉嵐睜大眼，「妳、妳……是妳？」

夏芍笑而不語，劉嵐眼神慢慢變得驚懼，「妳、妳是什麼怪物？」

這話讓夏芍笑了，笑得嘲諷，「我還以為，自以為高貴的人，見識能有多好，原來不過如此。天外有天，人外有人。這麼簡單的道理都不懂，妳真讓我『刮目相看』。」

這話是諷刺，劉嵐聽得懂。她手臂冷麻刺痛，臉上漲紅如血，心裡恐懼驚疑，百般滋味，別提有多難受。更別提她額角紅腫，臉上衣服上全是黏膩的香檳酒液，她此刻何止萬般難受？簡直就是萬般狼狽。

夏芍把劉嵐的反應看在眼裡，從容地笑著。

劉嵐被她笑得毛骨悚然，「妳想怎麼樣？」

「我想要妳乖一點。從今天開始，做妳的表小姐，只做妳的表小姐。」

夏芍話裡的意思，劉嵐聽懂了。

她臉上火辣辣的，今晚徐天胤和夏芍都在提醒她，她是外姓，這讓她有著從未有過的危機感。

外公向來疼天胤表哥，這女人又會邪門歪道的手段，如果她嫁進徐家，徐家會怎樣？

「我們家的人要是知道妳有這種手段，一定不會讓妳進徐家的門！」劉嵐道。

「那就請妳閉上嘴。」夏芍眸中的涼薄讓劉嵐意識到，她不是在開玩笑。

「妳威脅我？」

「不，我這是好心勸告。」

「妳嫁進徐家，對徐家沒有好處，妳不是喜歡天胤表哥嗎？那妳應該不想看著他因為妳而受人非議吧？除非，妳只是喜歡他的身分。如果是這樣的話，妳想要什麼？我、我想辦法……」對夏芍的恐懼，讓劉嵐十分排斥她嫁入徐家。

夏芍笑了，然後毫無預兆地出手。

劉嵐感覺身子能動了，但隨後瞳孔倏地放大，頭砰一聲，一陣眩暈，接著天旋地轉，臉下冰涼，手臂生疼。一切只在一瞬間，快得她不知道發生了什麼事。

接著，她的頭髮被人向後一拽，頭皮疼痛。

過了半晌，眩暈才止住，劉嵐看見自己的處境——她被夏芍反剪著手壓在盥洗臺上，而她被迫抬起頭，夏芍從鏡子裡看著她，眼神森寒。

「好處？徐家對於妳，或者說，對於你們，就只有這個嗎？」夏芍的聲音裡透著壓抑不住的怒氣，「權力、金錢、身分、地位、家族、利益，妳告訴我，除了這些，你們還看得見什麼？看得見那個三歲就為了家族犧牲的人嗎？」

夏芍怒喝：「說妳看得見，不然，妳這雙眼沒有留著的必要！」

劉嵐的恐懼無以言表，她怎麼也沒想到夏芍竟然會功夫，還有著她理解不了的詭異手段。

她會殺了她！她真的會殺了她！

劉嵐終於崩潰，緊緊閉著雙眼，哇一聲大哭起來。

「別口口聲聲說徐家怎樣，妳不姓徐！」夏芍繼續道。

劉嵐大叫：「放開我！放開我！妳也不姓徐！」

「我不姓徐，但我離了徐家，我還是我。華夏集團是我的，人脈是我的，妳呢？離了徐家，剝了這層皮，妳還能是誰？」夏芍冷笑。

劉嵐被鎮住，「我、我是為了、為了天哲表哥！從小只有天哲表哥最疼我……」

夏芍大怒，抓著劉嵐的頭撞向盥洗臺，「混帳！妳為了徐天哲，就讓別人去犧牲？為了他，為什麼不是妳犧牲？劉嵐，一個從小最疼妳的哥哥，為了他，妳只能做到讓別人去犧牲嗎？」

劉嵐懵了。

夏芍嘲諷地又道：「為了最疼愛妳的人，那個妳覺得沒有感情的人，就應該為你們付出嗎？他已經付出了他的父母、他的童年、他人生裡所有的光明，他還要再付出他的婚姻、他的幸福嗎？妳覺得這理所當然嗎？那你們呢？你們付出過什麼？你們不是小孩子，成熟一點，行嗎？」

如果可以，夏芍也不想對徐家人出手，但她知道破而後立，也才有重生的機會。

如果可以，夏芍希望徐天胤能獲得更多親情。

「今天的事，妳想要回去告狀儘管去。我做的事，我不怕承認，也不需要別人為我承擔。要撒嬌要哭訴，妳儘管去，我看著，看妳做妳的大小姐，一輩子扶不起來，一輩子長不大。」

夏芍冷地道：「當然，如果妳有一輩子的話。」

劉嵐呆愣，夏芍放開她。

「沒有人能一生順遂，包括妳的父母、妳的表哥。如果有一天他們有難，只會讓別人犧牲付出的妳，像是今天這樣，只能哭。」夏芍嘲弄一笑，「我等著看這一天。」

「哦，對了。」夏芍像是想起什麼似的，看著丟了魂一樣的劉嵐，「告狀可以，但是不許說今天妳天胤表哥對妳動手的事，否則的話……」

夏芍微微一笑，「就像這面鏡子。」

夏芍抬起手臂往伸，五指張開，震出一道暗勁。

盥洗臺前的鏡子轟然一聲，從中間呈放射狀向四面八方碎裂……

劉嵐瞪大眼，破碎的鏡子裡，卻在這時出現了一個人。

徐天哲沉著臉，站在洗手間門口。

這處洗手間是男左女右，中間共用盥洗臺，徐天哲出現在這裡，夏芍並不意外。他臉色異常陰沉，大步上前，把劉嵐護住，「夏小姐，妳不覺得妳過分了嗎？」

夏芍冷笑，雖然她不喜歡他們，但卻覺得這樣的親情若能分給徐天胤一點就好了……

「徐市長，我過不過分，她自己知道，你並不是當事人。」

徐天哲有些生氣，這還不叫過分？

「比起你們享受著別人的犧牲換來的榮華富貴，如今還在算計著讓別人犧牲，我這點不入流的手段，真的不算過分。」夏芍從容地笑著。

「徐市長，你這個妹妹不算聰明，但我想你應該是聰明人，記得留意今天提及你堂哥父母忌日的男人。」夏芍說著，伸出手指隨意比畫兩下，然後做了個彈出去的手勢。

這正是先前她特意讓徐天哲看見的動作。

徐天哲目光微閃，她想要告訴他什麼？

「慢走，不送。」夏芍說完，轉身進了女廁，再出來的時候，徐天哲和劉嵐果然已經離去。

兩人是從側門離開舞會大廳，劉嵐這模樣不適合再出現在人前。今晚徐天哲和劉嵐在舞會上都失了顏面，且不說明天京城裡會有怎樣的猜測和議論，單說劉嵐剛才在大廳裡說的那些話，一旦傳進徐老爺子耳朵裡，後果會怎樣更是難料。

轉過走廊，電梯門前，有個男人站在那裡。

「大哥。」徐天哲強笑著打招呼。

徐天胤冷冷地道：「今晚的事，回去就說是我做的，不准提起她。」

劉嵐害怕徐天胤，往徐天哲後面躲，聽見這話卻是一愣。夏芍剛才也說了同樣意思的話，不過正好和他反過來。

徐天胤沒有說一旦他們說了後果會怎樣，但他此時的冷臉說明了一切。

徐天哲帶著劉嵐走進電梯，這時才道：「我們什麼也不說，大哥自己回來說吧。」

徐天胤沒回答，電梯門關上之後，他返回舞會大廳。

舞會很快就散了，今晚發生的事夠眾人震驚、琢磨好一陣子了。所有人都想知道，今晚徐家的表小姐在舞會上受了如此欺辱，徐家對夏芍的態度會有何改變。

夏芍沒這些人愛瞎猜，她還有一件重要的事要做，那就是去拜訪周教授。

周秉嚴在京城大學教授國學半生，退休後仍擔任客座教授。閒暇時在家研究《周易》，忙碌時發表發表文章、受邀演講，晚年生活相當充實。

大學開設風水課程，正是周秉嚴領頭，與不少研究易經的學者聯名提議，近年得到批覆。周教授的學生裡，最特別的當屬夏芍。她年紀最小，與他的師生情誼也不起於大學，而是多年前青省東市的小山村。

一別多年，夏芍很期待與周教授相見。

拜訪周教授的只有夏芍和周銘旭，元澤等人沒見過周教授，暫時不適合帶他們登門。香港的朋友們已經回去，龔沐雲留在京城別館，稱有事要辦，住段時間再走。至於徐天胤，則回了徐家。

周教授住的社區離京城大學不遠，房子略老舊，樓道頗窄，樓下停放著自行車和幾輛轎車。夏芍和周銘旭上了二樓，兩人都提著大包小包的禮品，周銘旭還似模似樣地穿了西裝，走到門口停住，像是有點緊張。

「這裡就是了，不過，我們今天過來沒提前打電話跟叔公說一聲，會不會太唐突啊？」周銘旭緊張地看向夏芍。

夏芍笑了笑，「你以為我們不打電話，周教授就不知道我們來京城大學了？他老人家只是不知我們哪天過來而已。當作是驚喜，按電鈴吧。」

周銘旭深吸一口氣，整了整衣服，這才抬手按電鈴。

門打開，出來的開門的男人，夏芍和周銘旭都不認識。對方約莫四十多歲，頭微禿，戴著一副黑框眼鏡，看起來有些古板。

「你們是？」中年男人打量兩人。

「請問這裡是周教授家嗎？」周銘旭以為找錯了門。

對方又看了兩人幾眼，目光落在夏芍提著的禮物上，頓時蹙眉，「這裡是周老教授家，但是他不收禮，今天也很忙，你們請回吧！」說完，那人很不客氣地要關門。

「等等！等等！」周銘旭趕緊扒著門框，那人果然鬆手，詫異地看著他。

「我們不是來送禮的，是來看我叔公的。」周銘旭急道。

「叔公？」那男人愣住。

「周教授是我叔公，她是周教授的學生，我們都是京城大學今年的新生。」

中年男人好生打量起周銘旭，見他腳下放著的禮物像是青省的特產香梨，這才信了，但這人實在一板一眼，問道：「你們叫什麼名字，我進去問問周教授。」

「周銘旭。她叫夏芍。」周銘旭苦笑地看了眼夏芍。

中年男人愣住，盯著夏芍，越看越驚疑，「妳就是周老常提起的那個學生？懂風水的？」

周銘旭覺得這人眼神都在發光，甚至拉著夏芍就往裡走，邊走邊叫：「周老，快來快來！」

周銘旭連忙跟著進去。

一名年逾七旬，穿著身白衫，略顯富態的老人走了出來。

夏芍露出笑意，「教授。」

周秉嚴一眼就認出了夏芍，這幾年雖然在京城，但關於華夏集團的報導不斷，他壓根兒就不存在看見她認不出來的情況，但乍見她出現在自己家裡，還是愣住了，「小芍子？」

「嗯。」夏芍笑道：「教授，我沒食言，我來京城看您了。」

周銘旭從夏芍身後探出頭，激動地道：「叔公！」

周秉嚴又是一愣，「胖墩？哎呀，你這小子，幾年不見，長這麼高了！你爸打電話給我道喜，說是你考上京城大學了，我還在想你怎麼也沒來看我呢！」

周銘旭不好意思地道：「這不是剛開學太忙了嗎？又是報到，又是軍訓，昨天小芍的公司落戶京城，還忙著，我們就商量今天來看您。」

夏芍笑罵：「你這人不會說謊倒罷了，說話怎麼不知道拐彎兒？這麼說就是我們的不對，一會兒還得向教授賠罪。你若是說咱們特意給他驚喜，不就可以順便問問教授中午管不管飯了？」

周秉嚴哈哈大笑，「妳這丫頭跟小時候一樣，來看我還算計著蹭飯，小算盤打得真精！」

客廳裡的人聽到有訪客，紛紛走出來，把走廊堵得滿滿的。周秉嚴忙讓夏芍和周銘旭進去，兩人來到客廳，不由打量起來，見果然是中式古典的裝潢。旁邊有兩個博古架，上面擺滿古董。中間有茶桌茶凳，茶凳圍了一圈，旁邊還放了數把仿明清風的硬木椅子，足足圍了兩圈，能坐十來個人，而茶桌上放著的卻不是茶水，是攤開的書籍資料。

一眼望去，頗像研討會。

夏芍和周銘旭頓時覺得今天來得不是時候。

這時候，周教授已向一群朋友介紹起夏芍和周銘旭。一聽是夏芍，眾人的目光刷地看來，興奮激動之情全寫在臉上。

「原來這就是周教授常提起的學生，哎呀，本人和電話上還是有些差別，一時沒認出來！」

「周老一天到晚就收集著妳的報導，逮著空就跟我們嘮嗑，說這丫頭小時候怎麼怎麼著，聽得我們耳朵都長繭了！」

「今天總算見著本人了，妳來得正是時候啊！」

夏芍挑眉，正是時候？

剛才那個開門的中年男人有些不好意思地道：「周老，這小夥子真是您的侄孫啊？剛剛差點讓我關門夾到手了。」

周銘旭忙擺手說不要緊。

周秉嚴聞言笑道：「可不是嗎？這小子小時候胖得像個小肉墩似的，所以大家都叫他胖墩。現在他長高了，看著倒是瘦了不少，不過還是挺壯實的。大家叫他胖墩就行，他爸打電話跟我說，他報了京城大學的考古系。」

這屋子裡都是學術專家，一聽說周銘旭選的是考古系，眾人不約而同投來「原來是自己人」的友好目光。

有人當即打趣地看那中年男人，「老宋，這真是大水衝了龍王廟啊！原來這小夥子是你們那邊的人才，剛才你要是把人家的手指夾斷了，哭的可是你！」

宋學文苦笑地拍拍周銘旭的肩膀，「小夥子，對不起啊！」

「有什麼好對不起的？小夥子，你趕緊拜師吧，這位可是社科院考古研究所的專家，你撞大運了！」有人攛掇。

周銘旭驚訝地撓撓頭。

起鬨的人見周銘旭一臉憨態，頓時樂了，「我說老宋，就說你面相學研究得不到家，這小夥子一看就不是會來送禮那一套的人。」

這人說著還似模似樣地看起了周銘旭的面相，「你看，這小子面不露骨，下巴圓厚，眉不散，眼不斜，是個很正派的娃子啊！一看性情就不張揚，又穩重，家庭觀念還很強呢！」

這麼一說，大家都去看周銘旭的面相，仔細打量，像是要打量出個花來。周銘旭長這麼大，還頭一次受到這樣大的關注，而且還都是有名的學者，頓時壓力很大。

宋學文苦笑，「我開門出去，看見他們兩個提了滿手的禮物，就下意識以為是送禮來的，哪會知道是自己人？」

「所以說，你的本事還不到家，沒養成看人第一眼看面相的習慣。」

「玄學的很多事，研究好了，幫助很大。就比方說看面相吧，現在什麼表裡不一的人沒有？一看面相，心裡有數！要能到這個分上，可以省不少心。」

一群人你一言我一語，夏芍感興趣地聽著。

周秉嚴笑道：「我們這些人成立了玄學研究會，只是興趣而已，平時放假週末有空就聚在一起切磋討論，研究易經，沒想到妳這丫頭今天會來，真是太巧合了。」

周秉嚴當初在東市十里村的時候，去過唐宗伯的後山宅子，知道夏芍在學習玄學易理，但他那時並不知唐宗伯的身分，也是去年過年才聽說唐宗伯是香港人，是玄學界的泰斗。他當時激動得恨不得夏芍就在眼前，他可是親眼見過那位老人的，這事他興奮得說了大半年，今天夏芍突然來拜訪他，還遇上了玄學研究會的聚會，怎能就此放過？

「來來來，既然妳來了，就好好跟我們說道說道。」周秉嚴拿了把椅子給夏芍，招呼夏芍和周銘旭坐下，並對眾人道：「這丫頭可是香港老風水堂唐老的嫡傳弟子呢！」

眾人趕緊重新圍著茶桌坐下，盯著夏芍，目光灼灼。

「小丫頭，根據我們的研究，玄學門派眾多，大多講究傳承，不過現在傳承丟得差不多了，很多派是自成一系，有各家之言，並不是很全面。可不可以談談你們門派的歷史，好讓我們做個整理備案，方便進行研究。」

「小丫頭，聽周老說，妳會看面相看風水，除了這些，還會什麼？」

「對對對，我剛剛幫這小子看的面相準不準？」

夏芍本是來拜訪周教授的，結果卻變成了一場玄學討論會。

就在同一時間，徐家正經歷一場來自徐老爺子的暴風雨。

書房裡，徐康國站在桌前主位，徐家二代三代成員分坐兩旁。

身穿軍裝的徐天胤坐在徐老爺子左側，與叔叔、姑姑等長輩坐在同一排，但他坐的是排首，其下才是叔叔、徐彥紹、姑父劉正鴻、姑姑徐彥英、嬸嬸華芳。

徐老爺子的右側，本是徐家三代的座位，現在卻只有兩個人，而且他們還是站著的。

穿著白色西裝的徐天哲，表情嚴肅。穿著素色裙子的劉嵐站在他下首，低著頭，眼含淚。

「這是怎麼回事，你們兩個給我說清楚！你們知道現在外頭把徐家傳成什麼樣了嗎？」徐康國的手杖重重往地上一敲，瞪向劉嵐，「嵐嵐，妳說，我讓你們幹什麼去的？」

劉嵐聲若蚊蠅，「去看表哥。」

「昨天是你們大哥父母的忌日，他去陵園祭拜長輩，你們回來應不應該去見見他？你們享受著軍人用生命和鮮血保衛著的和平，享受著富貴的生活，難道不該關心給你們這一切的人嗎？」

徐家三代是聽著這樣的話長大的，小時候聽不懂，長大了聽著煩。

徐康國看在眼裡，所以才一遍遍地叨念，希望他們能聽進去，但是建國以來，徐家二代除了老大經歷過戰爭年代，老二和老三都生活在和平年代。雖然剛建國的時候日子清苦，但他們見到的是徐家的權力地位。國家最窮最苦的年代，他們也沒餓過肚子，因而養成了不少的劣習，更別說是在他們呵護下成長的第三代兒子。

徐康國深深感到無奈，再這樣下去，就不用指望徐家第四代了。

「那些大的話不說，只說咱們徐家，你們身為弟弟妹妹，難道不應該關心一下你們大哥？」徐康國的怒氣不減，「可是妳呢？嵐嵐，妳來告訴我，昨天妳在舞會上說了些什麼？徐家沒有長輩了嗎？妳表哥的婚事，輪得到妳管嗎？」

劉嵐臉色煞白，噙著眼淚不敢落下。

「徐家的長輩沒教好妳嗎？公眾場合這些話該不該說，妳不知道嗎？」

劉嵐的父母劉正鴻和徐彥英低頭，臉色也發白。

徐彥英的視線落在女兒的額頭上，看她額角紅腫，說不心疼是假的，但想到她昨晚犯的錯，她只能忍下來，實在是沒臉安慰她。

華芳看著徐彥英的臉色，再看劉嵐。老實說，劉嵐確實給徐家惹了事，可她再不好，對方也不能打人。那個女人到底是小家子出身，粗魯又沒教養。

華芳看了看老爺子的臉色，低下頭不敢吭聲。

徐康國忽然又喝道：「天哲！」

華芳一驚，聽見老爺子點了自己兒子的名字，趕緊抬頭看了過去。

「你妹妹昨晚說這些話的時候，你在哪兒？不知道制止嗎？她犯渾，你也跟著犯渾嗎？」

徐天哲當然想制止，卻沒有機會。絆住他腳步的，都是有頭有臉的人物，而且跟夏芍很熟。他知道那些人是故意的，但是不明白他們的用意，難道只是為了讓他被老爺子訓斥？

夏芍想嫁進徐家，應該要討好徐家，為什麼放任她的朋友阻攔他？

想到這裡，他的眼底掠過自嘲的笑意。

若是夏芍真的想討好徐家，就不會發生她在洗手間恐嚇嵐嵐的事了。

徐天哲不自覺想起夏芍說的話，他已經派人暗中監視昨晚她說的那個人，現在才半天不到，暫時還沒收到什麼消息。

不過，爺爺這麼快就知道昨晚發生的事，想必應該也很清楚他為什麼不能及時阻止嵐嵐，這麼說來，爺爺並不是想聽他解釋。

於是，徐天哲低頭鞠躬，道：「對不起，爺爺。」

「對不起有什麼用？昨天晚上的那點情況都處理不好，你要我怎麼相信你能夠把市長的工作做好？」徐康國看著孫子。

華芳聽不下去了，她著急得不得了，老爺子這是什麼意思？怎麼好端端的，就懷疑到兒子的能力上去了？這是不是有什麼暗示？

她越想越不安，當即想開口。徐彥紹發現了，狠狠一眼瞪過去。

華芳看懂了丈夫的意思——閉嘴！前天的教訓還不夠嗎？

華芳的臉色紅一陣白一陣。

徐彥紹暗想，昨晚的事確實是兒子沒處理好，老爺子訓斥兩句也沒什麼。徐家三代子女裡，只有他兒子一人從政，老爺子再生氣又能怎麼樣？

徐康國訓斥完了徐天哲和劉嵐，這才看向徐天胤。

這是徐家三代裡最讓他操心，卻是最讓他驕傲的孫子。

孫子長年在外，每個夜晚都令他擔心得難以安眠。他常獨自坐在書房，看著兒子留下的照片，如今他總算是把孫子盼回來了，而且孫子還有了心儀的女子。

好事，這是好事啊！

徐康國嘆氣，又有些欣慰，「我還是那句話，天胤在外為國執行任務，他的功勞你們任何一個人都比不上。我今天讓他坐在首位，你們誰有意見？」

誰有意見？有意見誰敢說？

所有人都低著頭，眼觀鼻鼻觀心，唯有徐彥英看著徐天胤，目光微微柔和。

徐彥紹笑道：「爸，我們尊重您的意見，全聽您安排。」

「不是讓你們聽我安排，我是在問你們有什麼意見。一家人有話敞開了說，有意見就光明正大地說。不說就是沒意見，以後誰也不許心存埋怨。」徐康國看向二兒子。他這個兒子，連在家裡都來官場那一套，他知道他說的話，不代表他心裡的想法。

徐彥紹笑了笑，他能說什麼？能說有意見？讓父親覺得他跟一個晚輩爭？家裡的座次其實不重要，在外面誰知道？再說，軍政體系不一樣，侄子在軍，他們一家人在政，互不干擾。

「爸，我沒意見。」徐彥紹道。若他說有意見，還得聽父親訓話，何苦來哉？

徐彥英微微一笑，「我沒意見。天胤回來就好，外面太危險了，還是回家好。」

徐天胤臉上的冰霜總算有所消融，他點頭道：「謝謝姑姑。」

徐彥英笑笑，「不用說謝，都是一家人。」

徐彥紹和徐彥英都表了態，華芳卻是蹙眉。

她有意見！

在他們這樣的家庭，座次怎麼不重要？徐天胤不在乎，她兒子在乎。她兒子從政，比從軍的徐天胤需要講究，也更能為徐家爭取更多的利益。

然而，這話華芳不敢說。

徐家兩兄妹都表態說沒意見了，她這個外姓人能說什麼？何況，老爺子明顯是向著徐天胤的，說了少不得挨罵，萬一鬧得老爺子對她兒子有意見了怎麼辦？

想來想去，華芳只得違心道：「爸，我也沒意見。」

「我也沒意見。」華芳話音一落，劉正鴻便緊接著道。

他是真的沒意見。說句不好聽的話，他只是徐家的女婿，有什麼好反對的？在徐家，他敬佩的人只有老爺子，老爺子高興，他想怎麼安排就怎麼安排。

徐康國看了幾人一眼，知道不能全信，但是既然他們都表態了，以後就別想再更改。

徐康國點點頭，「好，那今天起，天胤就坐首位了。」

自始至終，他沒問過徐家第三代的意見，他們是小輩，只需聽從就好。

徐康國又看向徐天胤，問：「天胤，你有什麼話要對你的叔叔姑姑們說嗎？」

他這麼問，是想讓孫子多參與到家中的事務來。

徐家人都抬眼看向徐天胤，在等著他說「沒有」，卻沒等來這句話。徐天胤看了他們一眼，目光冷得令人覺得不自在，然後他起身，拿開椅子，退了幾步。

眾人都不知道他這是什麼意思，徐天胤也沒有解釋，而是逕自脫掉上衣。

他脫了外套，脫了裡面軍綠色的襯衫，上身赤裸站在大家面前。

徐家人紛紛感到錯愕，不是因為徐天胤的身材精實，而是他身上交錯的大小傷痕。

徐天胤修煉玄門內家功法，對身體本就有修養修復的功效，所以他身上的疤痕不明顯，小處的已看不見，但是曾經留下的重傷，卻是無法全然抹去。

徐家沒有任何人看過徐天胤身上的傷，徐老爺子也一樣。

徐天胤伸手指向腰間一道長達十多公分的刀傷，冷冷地道：「五年前，柬埔寨，叛軍組織。」說完，他又指向胸肋間的一個三角形傷痕，「七年前，密西西比，彈片傷。」

接著，他指著腰側的傷疤，道：「十年前，亞馬遜，槍傷。」

最後，在眾人的目光中，指向胸口。那裡是槍傷，是最致命的，離心臟只有兩公分，「十三年前，美國，恐怖組織，槍傷。」

徐康國聽得紅了眼眶。

十三年前……那是孫子第一次出任務，為他父母報仇時所受的傷，而自己竟然不知道……當時孫子孤身涉險，受了重傷，險些喪命，被服務於南非一家軍事公司的伊迪所救。

徐天胤身上的傷，不止這幾處，只是有的屬於軍事機密，不得外洩。

「都看見了嗎？」不知過了多久，徐康國沉痛地道。

沒有人說話，在場的人都錯愕得一時難以回神，或者說是羞慚得說不出話。

徐天胤又開了口：「我三歲失去父母，今年我即將三十歲，不想再失去她。誰讓我失去她，先過這一關。」

他的手抬起來，指向自己心臟旁邊的那處彈痕。

意思是，誰讓他失去夏芍，他便要誰吃子彈。

原以為徐天胤有此舉動，是要告訴大家他有資格坐首位，卻沒想到他是為了說這句話。

沒有人出聲，眾人都不知道該作何反應。

徐老爺子突然看向劉嵐，看她額頭上的紅腫，問：「疼嗎？」

劉嵐下意識點頭。

「疼就對了，不疼不長教訓！問問妳表哥他疼不疼，問問妳爸媽有沒有讓妳疼過！」

劉嵐和徐彥英、劉正鴻都羞愧地臉紅。

「告訴你們，以後都別喊疼！自己的孩子不教好，讓別人出手幫著教，就是這樣的下場！」徐康國看向自己的女兒女婿，「這次丟的不是嵐嵐的臉，是你們當父母的臉，你們太失敗了！」

「那丫頭不錯，有當家主母的風範。」徐康國突然轉了口風，轉頭看向徐天胤，語氣柔和了下來，「趁著國慶假期有空，讓那丫頭來家裡吃頓飯。」

在場的人全都愣住。

徐天胤看著老爺子，半晌才點點頭，撿起衣服走人。

徐家這一場家庭會議結束的時候，周教授家的討論會氣氛正熱烈。

在場的人都拿著筆記本，邊聽邊記。

夏芍說的不是傳承祕術，而是一些淺顯易懂的理論，「……方才李教授說，面相學的好處是看人面相，便能辨人善惡，這話雖有道理，但是難度很高。」

李教授就是剛才攛掇周銘旭拜考古專家宋學文為師的人，他很有興趣地問：「怎麼說？」

「面相與八字有關，一個人的命怎麼樣，推演八字能得到最多的訊息，而面相則能與八字相互印證。你們都知道面相有六府三才三庭，分得再細些，就是十二宮、五星六曜、四八學堂，可觀人命宮、財帛、兄弟、田宅、妻妾、疾厄、官祿、福德等等，藉此推測人生起伏。八字好的人，面相必然好，八字有劫數有起伏的人，面相上也會反映出來，可是要利用面相來分辨善惡，卻是有一定的難度。」

夏芍繼續道：「有人凶狠好鬥、性狹易躁、沉湎酒色，這種人八字重，命裡又有羊刃、劫煞、亡神、飛刃這一類的凶神，致使某種性格極強烈，反映在了面相上。可也有人八字好，官祿富貴年壽都有，卻是城府極深，心機很重，單看面相六府十二宮，根本看不出來。」

「這麼說的話，面相學也不是對所有人都管用？」李教授一邊消化夏芍的話一邊問。

「不，管用。」夏芍笑笑，「但是有難度，這個難度是指對初學相學的人有難度。」

眾人看著夏芍，聽她又道：「古人說，相由心生。這裡的『相』不僅僅指面相，還有骨相、體相、言談舉止等。相學大師辨人善惡，除了上述途徑，還要觀人五行神、五行色，論形、論神、論聲和論氣。人的性情是很複雜的，不會只反映在一個面向上，所以僅從某一方面論斷，難免有失偏頗。真正的大師為人看相，都會從整體觀之，不會只觀一面。不過，形神之論，難度不亞於給古董看神韻，這是需要名師指導，需要大量經驗的，所以我才說有難度。一知半解為人看相，有時容易看走眼。」

大家專心聆聽著，直到等夏芍說完，又過了好一會兒，眾人才有反應。

周秉嚴嘆道：「玄學易理之深奧，僅面相學就這麼複雜，遑論八字、占論、星象、奇門。唉，咱們這些人這些年才開始研究，什麼時候能研究出其更多的科學性？就連易經，研究了這麼多年也是讀通得甚少。咱們國家的文化，很多時候都是被咱們自己給丟了。」

其他人都嘆氣不語。

周秉嚴又轉頭問夏芍：「小芍子，玄門有傳承，對易經應該通透多了吧？我們這個玄學研究會乾脆請妳當顧問，以後週末有時間就來聚聚。」

周教授盛情邀請，夏芍自然不好拒絕，而且他們研究的是玄學的科學性，對年輕人重新認識自己國家的文化有很大的意義，她便點了頭。

眾人大喜，已經可以預料到研究成果突飛猛進的那一天。

不了解不知道，剛才一問真是嚇了一跳。這個女孩子年紀輕輕的，竟已是玄門的嫡傳弟子，而且聽夏芍說，如今存世最古老的門派不是玄門，而是戰國時期就開派的鬼谷一派，但鬼谷派的傳人極少，現在最年輕的傳人只一人，且不輕易出山。

這人是誰，怎麼稱呼，有多大本事，夏芍沒說，她只道這是鬼谷派的私事，她無權多談。能告知的只是世上有此門派，此門派尚有傳人。

夏芍還道，茅山派也有傳人，但人數比玄門少。玄門因為在香港，所以更好地保留了傳承，弟子人數也多些，因此人脈廣，在華爾街和東南亞比較活躍。

大家還從夏芍口中得知，除了上述正統的傳承門派，像苗疆蠱術、泰國降頭術、歐洲巫術，也是存在於世的，且各有傳人。

大夥兒興致勃勃，想問得再深入些，夏芍卻不肯多談了，畢竟每個門派都有其隱祕性。

周秉嚴看了眼牆上的鐘，「喲，中午了！」

平時聚會的時候，玄學研究會的成員都是一起去外面的餐館吃飯，今天夏芍和周銘旭來訪，更是喜事一件，更是要去找個好一點的餐廳慶祝。

周秉嚴說要請客，夏芍也不跟他客氣，一群人出了門，在社區附近尋了家餐廳，包了個乾淨舒適的包廂用餐。

等著上菜的時候，李教授嘆了口氣，「要是潘老在就好了，今天會更熱鬧。」

其他人聞言眼神黯淡，「潘老現在哪顧得上這些，他家裡的事就夠他操心了。」

周秉嚴嘆道：「潘老是我們研究會裡年紀最長的，可惜……家裡出了事，顧不上這邊了。」

李教授看了夏芍一眼，忽然眼睛一亮，問道：「小夏，潘老以前過得不錯，只是這兩三年才出了事，妳說這會不會是命中有劫難，跟八字有關係？」

眾人微愣。

宋學文趕緊去翻錢包，拿出了一張兩人合影的照片遞給夏芍，急切道：「小夏，妳看看這個。妳之前說八字透露的訊息會反映在面相上，那妳看看潘老是不是有劫數？如果有，是不是能有化解的辦法？」

夏芍順手接過，是張只有上半身的合照，照片拍得還算清晰。

夏芍看了半晌，問：「這照片是什麼時候拍的？」

宋學文道：「有些年頭了，大約是在我們玄學研究會成立的時候拍的。算算時間，差不多是周老回京之後，有四五年了。」

「相面最好是能看到本人，如果不能，照片也最好是近期的。很多事都有因果，近期的照片最能反映出了什麼事。只看四五年前的照片，我無法推斷他出了什麼事，不過只看這張照片的話，潘老的面相其實不錯。他早年不太順遂，到了中年，行運到鼻子和兩顴，本該轉運，眉眼卻不夠力度，撐不住這運勢，所以四十歲之前他應該不太如意。過了四十歲，順緣才開始增加，老年更是享譽國內，而且他地闊方圓，即便此時家中有事，也不會影響他在學術界的地位。」

夏芍說得很慢，最後目光落到照片上潘老的下巴處，「他下巴有顆圓痣，這痣的位置不好，享受不到子女的福分。並非是子女不孝，只是許有夭折或是禍事。只看這張照片來推論，我只能說，事情不是出在潘老身上，而是出在他的子女身上。」

宋學文瞪直了眼，李教授一拍桌子，「真神了！出事的，就是潘老的兒子！」

宋學文點頭解釋：「潘老有個女兒，但年紀輕輕就去世了，現在他膝下只有一個兒子。他這個兒子有點本事，在美國開了家貿易公司，營運不錯，但是三年前就開始虧損，一直到今年，公司破產，欠了不少債務，現在潘老一家都在愁錢的事。」

「小夏，妳說潘老享受不到子女的福分，那就是說，這事沒辦法解決了嗎？」李教授問。

還沒等夏芍回答，又有人問：「誰有潘老兒子的照片，拿出來給小夏看看。」

周秉嚴一拍掌，「我家有！當初研究會開辦，小潘給了咱們不少贊助，我有和他合照，照片就掛在書房！」

周秉嚴起身，也不管那照片也是幾年前照的，立刻就想回去拿。這群人都是急性子，等不到吃完飯再說。夏芍心知他們都是擔心潘老，想利風水手段幫他解決難題。

夏芍和周銘旭哪會讓周教授跑腿，最後周教授告訴周銘旭放照片的地方，讓他回去拿。

等菜都上來的時候，周銘旭也回來了。

照片還在相框裡，也是半身照，但這張照片比潘老的那張照片大且更清晰。

夏芍看著照片，皺起了眉頭，問：「這人今年四十一歲嗎？」

眾人愣住，看向宋學文。宋學文跟潘老交情最好，這事也許他知道。

宋學文驚訝地道：「妳、妳怎麼知道？」

席間一片抽氣聲。

「這真神了！」

「小夏怎麼看出來的？」

夏芍眉頭沒鬆開過，「此人山根低，雙目微陷，鼻樑歪斜，四十一歲時，必有凶險。」

山根位於兩眼中央，是鼻樑的起點。山根乃是面相裡十三通關運之一，上承眉眼運，下開顴鼻運，為中年運勢之起點。山根宜高不宜低，面相裡有一種鼻，名為「貫頂鼻」，即印堂和鼻樑呈一條直線，極有力道。這種面相的人通常有非凡之顯貴，而這種鼻並不多見，絕大多數人即使不特別隆起，開闊平滿亦可，但此張照片裡的人山根低陷，結合他的其他面相特徵，四十一歲是流年，必遇凶險。

這所謂的凶險是指什麼，夏芍沒說，但席間的人也不傻。剛才夏芍還說，潘老的面相不像是能享子孫之福的，這不就是說……有性命危險？

「小芍子，妳看……這有沒有化解的辦法？」周秉嚴急問。

夏芍垂眸，化解的辦法不是沒有，可是這種大劫，她是不願動的。當初為李卿宇化劫，那是看在師父和李老的交情上，至於這位潘老，她從來沒見過，實不願意幫他改命。

「小芍子，潘老就這麼一個兒子了，要是沒了，他和老伴就得孤獨終老。潘老都七十歲了，白髮人送黑髮人，實在可憐，妳要是有辦法就幫幫忙吧。」周秉嚴一說，其他人跟著附和。

夏芍沒想到今天來拜訪周教授，竟會遇上這麼件棘手的事，她有些為難道：「教授，有的劫能化，有的劫不能化。不能化的，應了它，以後才會順遂。此人雖有凶險，但不一定就是性命之憂。我看的是四五年前的照片，這人現在什麼樣，要實際見了面才知道。這樣吧，我可以去看看，可要提前說明白，如果是危及性命的凶險，我沒有能力化解，畢竟我是人不是神，逆天改命不是鬧著玩的。當然，如果沒有這麼嚴重，我倒可以試試。」

如果不是潘老和周教授有交情，夏芍無論如何也不會出手干預。李卿宇那樣的死劫，碰過一次也就夠了，再出手她也不知自己會不會積累因果業障。世上有凶險的人太多，不是人人她都救得來。她更在意身邊的人，陪著父母，陪著師兄，才是她這輩子的願望。

周秉嚴大為欣慰，「好好好，只要妳肯去看看就好，如果實在不行……唉！」

宋學文趕緊拿出手機打給潘教授，本想說下午到他家裡去，但剛打完招呼，他臉色就變了。

「潘老的兒子昨晚心臟病突發，送去醫院了！」

眾人草草吃了頓飯，便一個不落地來到了京城大學附屬醫院。

一來到病房外的走廊，遠遠地便見兩位頭髮花白、臉色憔悴的老人家站在病房外，其中的老婦人正低聲地哭泣。

周秉嚴和宋學文走在前面，後面跟著的一群人都面有不忍之色。

夏芍的心情很複雜，看來這劫數恐怕不好化解。

她來是來了，但她有條件，那便是她來的目的和她的身分，莫透露給潘老知道。既然不保證能救，那就莫給人希望。老人家年紀大了，這樣折騰只怕受不了。

一群人來到潘老跟前，安慰潘老。夏芍則是透過病房的玻璃窗，看著裡面躺在床上的男人。

那個男人插著管子，面容憔悴，印堂發黑。

夏芍暗道，果然！

她見過印堂發黑的人，但是病房裡的那個男人，印堂的黑並非大限將至的黑氣，而是青黑，眼下、人中，皆籠著一層散不去的青黑邪氣。

這股籠罩在男人身上的邪氣之強，在病房外就能感覺得到了。

這個男人遇到的絕對不是簡單的凶劫，而是中邪了。

走廊上多出了這麼多人，引起了別人的注意，主治醫師帶著護士過來，本想讓眾人離開，但一看是周教授和一堆專家學者，醫生的態度便好了許多。面對眾人詢問病情，醫生只道：「病人是心臟病，有咳血症狀，但是目前狀況穩定。病人需要靜養，今天不適合探病，按現在的恢復情況來看，三天後就能開放探視了。」

潘老的老妻聽了，又開始哭，「王醫生，我兒子都住了幾次院了，你們開的藥也不管用，回去一段時間又反覆，你們醫院到底能不能治？」

王醫生聽多了這類家屬的埋怨，安慰起來也很熟練，「咱們醫院在這方面已經是國內領先的水準，病人的病情我們一定會控制住的，治療需要時間，您二老先放寬心。」

潘老和老妻無奈嘆氣。兒子婚姻不美滿，幾年前離了婚，如今公司破產，家裡欠了一屁股債，哪裡有錢轉院？住在這裡，至少還有京城大學的補助。

周秉嚴等人又是一番寬慰，等回過神來的時候，才想到夏芍也跟來了，卻沒想到一轉頭，走廊空空如也，沒了夏芍的身影。

周銘旭在走廊盡頭對眾人打手勢，周秉嚴等人這才跟潘老告辭，一起出了醫院。來到醫院門口，還是不見夏芍，只有周銘旭在那裡等大家。

「小夏呢？」宋學文問道，有些驚訝。難不成是看見不能救，怕眾人纏她，所以跑了？可是經過這一上午的相處，覺得這女孩子不像是不打招呼就走的人，這是怎麼回事？

「小芍說，潘老的兒子情況有些奇怪，不像是單純的流年凶劫。她要去處理這件事，就先失陪了。另外，她希望這件事先不要告訴潘老。」周銘旭轉達夏芍的話，並拿出一張名片交給周教授，「叔公，這是小芍讓我交給您的，說是看病的錢，能幫潘老暫時解決窘境。」

周秉嚴接過名片一看，上面寫著：華夏慈善基金會。

宋學文和李教授等人湊上來一看，頓時感動。

「小芍還說，您可以把名片給潘老，傍晚她會讓人過來找潘老。」周銘旭補充道。

周秉嚴一嘆，「唉，這丫頭，跟潘老素不相識，倒是叫她費心了。」

「她就沒說潘老的兒子是怎麼回事？」李教授問道。

周銘旭搖搖頭。

眾人跟著一嘆，心想大師行事都這麼神祕嗎？罷了罷了，人家肯插手，他們也可以放心了。至於到底是怎麼回事，好奇也沒用，等著看吧！

其實，到底是怎麼回事，夏芍從醫院離開的時候也沒有答案。

她只能斷定潘老的兒子是中邪，但是天下邪術之多，僅憑一眼很難論斷。

光是心臟病、咳血，她能想像到的邪術就有很多種。

而白天醫院裡人多，潘老和老妻也在病房外守著，顯然不是進去查看的時候。許多邪術都是夜晚作祟，想知道潘老的兒子中了什麼邪術，只能夜探一回才知道了。

夏芍之所以果斷離開，是因為那群學者求知欲太強，她說一句，他們便會追根究底，她不如先離開，等確認事態再跟大家解釋。

自從來到京城，先是室友中蠱，再是舞會上那個叫鄭安的親人有中邪跡象，再到今天潘老的兒子中招，這一樁樁的事，雖然並不一定有關聯，但起碼能說明京城的水很深。

第六章　詭譎邪術

夏芍離開醫院之後，沒回學校宿舍，而是回了徐天胤的別墅。

過去的時候，她順路買了菜。今天徐天胤回徐家，車子開走了，夏芍和周銘旭去周教授家裡是搭計程車去的。她來到京城後，還沒來得及買車，雖然公司落戶京城之後有配備專車，但她還是決定找時間讓師兄陪她去買一輛車，這樣出入方便些。

回到別墅，徐天胤還沒回來，她看了看時間，已近傍晚，便穿上圍裙進廚房做飯。

不知徐家人對劉嵐昨晚被打的事有什麼反應，她其實不太關心，她只在意師兄會不會被罵。

徐天胤回來的時候，一開門便聞見了飯菜香。他在門口愣了許久，才關上門，繞過客廳，來到廚房。只見夏芍圍著碎花圍裙，繞著灶臺轉。

剛煮好的一盤紅燒肉，熱氣迷濛了她恬靜的眉眼。徐天胤看到她把菜放到旁邊，拿了筷子夾起一塊偷嘗，誰知肉太燙，她的嘴唇被燙得猛然一縮。

徐天胤大步上前，把她扳過身細看，蹙眉道：「燙著沒？我去找藥。」

夏芍愣住，師兄什麼時候回來的？

她做菜太專心，竟然沒發現。

「沒燙著。」夏芍笑了笑，瞥見旁邊有一個被徐天胤隨手丟下的袋子，袋口大敞，可以看到裡面的青菜，「師兄去買菜了？」

「嗯。」徐天胤還盯著夏芍的嘴唇瞧，確定沒起泡才道：「以為妳會在周教授家待很晚。」

夏芍笑道：「所以，你就穿著軍服去菜市場？」

徐天胤是穿著軍裝回徐家的，沒想到他沒換常服就去菜市場買菜……

夏芍想到穿著軍裝的師兄在菜市場裡穿梭的情景，就忍不住笑了出來。

徐天胤一臉茫然，不知道她在笑什麼。

夏芍也不解釋，只道：「只剩一道菜，不用你幫忙。你去換衣服，準備吃飯。」

徐天胤被推出廚房，一步三回頭地執行命令去了。

四菜一湯，夏芍和徐天胤面對面坐著，見他吃的多，她的胃口也變得很好。雖然想問他徐家人有沒有責怪他，但想到會破壞吃飯的氣氛，她便體貼地沒問出口。

徐天胤扒了兩口飯，忽然道：「爺爺說，讓妳去家裡吃頓飯。」

夏芍一口菜剛放進嘴裡，險些噴出來。她連忙伸手遮住嘴巴，表情略呆滯。

徐天胤見她露出少見的呆樣兒，他微微一笑，重複道：「爺爺說，讓妳去家裡吃頓飯。」

夏芍嚥下口中的菜，好半天才問：「老爺子說的？什麼時候？」

「明天中午。」徐天胤道。

明天中午，那按時間算，徐家人應該都還在。

夏芍倒是沒想到老爺子會這麼早就發話要她去徐家，她還以為怎麼也得再過一段時間。徐老爺子對她的考察是結束了嗎？

徐老爺子有請，她自當從命。儘管徐家其他人對她有意見，但是她絲毫不畏懼。去就去，她倒想看看徐家都是些什麼人。

「好。」夏芍果斷應允，見徐天胤眸光更柔，便問：「是去徐家？還是在飯店？」

「徐家。」徐天胤答。

「好，但是在明天中午之前，也就是今晚，師兄要先陪我去一個地方。」夏芍道。

「哪裡？」

「醫院。」

醫院晚上有護士值班，潘老和他的老妻回家休息了，走廊上空無一人。

夏芍和徐天胤走在走廊上，一道陰煞遮蔽監控鏡頭，兩人來到病房前停住。

病房裡一片漆黑，走廊的燈光照著病床上躺著的男人，可以隱約窺見他的印堂和人中有青黑的邪氣，半罩著面容，令他宛如僵死的人一般。

此刻，病房不像病房，倒有點像停屍間。

夏芍指了指裡面的人，徐天胤微微點頭，打開房門，兩人走了進去。病房的門壓根兒沒鎖，兩人很順利入內。走廊的燈光在關門之後熄滅，病房裡也陷入黑暗之中，唯有窗外的月光照進來，照得人的臉色慘白。

夏芍開天眼看床上的人，低聲道：「五臟元氣衰竭，有陰煞的跡象。心臟元氣也消耗大半，這人恐怕活不過三天。這邪術噬人五臟，醫院卻只檢查出是心臟病，而且伴有吐血症狀……」

徐天胤道：「不確定。鬼降、陰陽道，或者……蠱術。」

僅憑這點，確實不好推斷。各國邪術不乏如此厲害的，但僅憑這點判定太草率了，畢竟解除邪術，須判定準了才有辦法實施，就如同對症下藥，若是下錯了藥，不僅不能救人，反倒害人。

「我傾向是本土邪道作法，或者是鬼降，又或者是這人在美國的時候招惹了黑巫師？至於陰陽道，那是日本的巫術，這些年已不多見了。蠱術……不太可能吧？」夏芍想了一會兒，看向徐天胤，「這個人體內沒有蟲蠱的痕跡，只有陰煞殘留。如果是蠱術，我只能想到一種，但這種蠱術聽說隋唐後就失傳了。」

徐天胤點頭。

夏芍又去看床上的人，「若是這人醒著就好了。醫院的診斷不提，潘老所知的發作症狀可能也不全面。發作時有什麼感受，只有本人清楚。問一問他，也許能有答案。」

徐天胤又點頭，然後走到床頭，掌心覆於床上男人的百會處，將自己的元氣逼入百會穴中。

夏芍知道他這是想用自己的元陽調整此人的陰陽平衡，助其甦醒。這法子雖治標不治本，但短暫使其甦醒，倒是可以一用。

只是，徐天胤的元陽不像夏芍的可以耗損不盡，雖然依他的修為，助這人甦醒易如反掌，但夏芍還是上前，以天眼觀察床上中招之人體內的元陽聚集情況，打算見好就收，不讓徐天胤多一絲損耗。

然而，剛走幾步，夏芍和徐天胤便雙雙抬頭。

窗外的某個方向似乎有什麼東西正看著病房裡面……

那東西散發著陰森的鬼氣，夏芍和徐天胤的反應很快，此處是三樓，窗外怎麼可能有東西？兩人一轉頭，那東西便迅速逃跑。

徐天胤兩步到了窗邊，跳下去前對夏芍道：「走門！」他這是不讓她跳窗，但這時轉出病房下樓，再出醫院大門，那東西早不知跑哪兒去了，夏芍自是不肯，畢竟三樓對她來說並不算高。她沒跳過樓，可旁邊有排水管，她身手敏捷，踩著管子三兩下便能落地。

夏芍開著天眼，見那黑乎乎的東西往醫院後面逃去，徐天胤已經追遠，她便在後頭跟著。一路看見徐天胤追著那東西進了醫院後面的一幢大樓。那幢大樓在漆黑的夜色裡陰氣極重，夏芍往裡面一掃視，便心中有數。

太平間！

醫院晚上的太平間裡也有值班員工，那東西被徐天胤追得緊，竄進太平間，一名五十來歲的男子正在桌子後面打瞌睡，那東西便往男子身上附去。

徐天胤早有所料，虛空打出一道靈符，那東西半途轉道，竄去了樓上。打瞌睡的男子驚醒，一抬頭只來得及望見徐天胤上樓的背影。他吃驚地想要大喊，夏芍及時過來，一掌劈暈男子，然後迅速跟著上樓。

那東西速度飛快，轉眼到了頂樓。徐天胤追過去，已不見了那東西的蹤影。

夏芍跟了上來，指著其中一間停屍間，「在裡面！」

她說話的時候，徐天胤已經感覺到那個停屍間陰煞極盛，當下抽出將軍，踹開停屍間的門。停屍間裡陰煞瀰漫，一團黑乎乎的東西站在停屍間盡頭，周圍屍體上的陰煞已全數被它吸收。它盯著徐天胤和夏芍，渾身的毛都炸開，一雙死氣森森的眼盯著徐天胤手中的將軍。

夏芍驚訝萬分，沒想到會見到貓鬼，她一直以為這種邪術失傳了。

貓鬼不是尋常的貓，它的體型比普通的貓大，傳說中兩三尺的長毛被隱在黑乎乎的陰煞裡，只能看見一雙詭異的眼睛和鋒利如彎刀的爪子。

「貓鬼……潘老的兒子中的竟然是蠱術！」夏芍沉聲道。

貓鬼就是貓的陰魂。傳說貓有九條命，其實並非是指真有九條命，而是貓很記仇，九世不忘。若死時有執念，可與人一樣成為陰魂。

邪道通常會尋找老貓將其殺死，再取其陰魂，於每夜子時祭祀，直到可以操縱來害人。

此邪術也叫貓蠱，中招者身體和心臟會像針刺般疼痛，據說是貓鬼在吞噬人的內臟，中招者不久後就會吐血而亡。實則不然，貓鬼吞噬的是五臟的元氣，但元氣耗盡必殞命卻是真的。

貓蠱是蠱術中動物蠱的一種，與蟲蠱不同，最是凶惡。被視為妖術，因其不僅可咒人死亡，還可奪人錢財，將受害者的錢財轉移到施術者手中。

此邪術在正史和野史中都有記載，盛於隋唐，最為著名的是「獨孤陀事件」。

獨孤陀是隋文帝的皇后獨孤皇后之弟，官拜將軍，其妻母家中世代養鬼，府中有一名婢女名叫徐阿妮，遵獨孤陀之命，詛咒獨孤皇后，並蓄養貓鬼斂財害人，被隋文帝查獲，將其貶為庶民。後隋文帝下詔：「蓄貓鬼、蠱惑、魘媚等野道之家，流放邊疆。」

到了隋煬帝時，京都又發生貓鬼事件，民間聞貓色變，最後不得不將城中所有蓄養老貓的人家全數抓起來，被誅殺和流放者多達三千人，稱為「京都貓鬼事件」。

同樣的事件還發生在唐高宗年間宮中，《大唐疏議》中有明文規定：「蓄造貓鬼及教導貓鬼之法者，皆絞；家人或知而不報者，皆流三千里。」

正因隋唐時期對蓄養貓鬼的遏止，才使此術法慢慢失傳。對於這術法，夏芍也只是聽師父當故事說過而已。她知道日本有種邪術，名為陰陽道，可驅使式神謀財害命，其中也有類似的術法，但已多年不見有人用了，而內地更是如此，貓鬼蠱早就失傳。

失傳的貓鬼此刻就在眼前，讓夏芍很想弄清楚會這邪術的人是誰。

這時，貓鬼已將停屍間裡的陰氣全數吸入體內，整個身體周邊的陰煞大了一圈，它的雙眼盯著徐天胤，爪子磨著地面，發出的聲音詭譎尖銳得令人頭皮發麻。

前有強敵，後無退路，又無法嚇退兩人，貓鬼左右一看，鑽牆便走。

在貓鬼左右張望的時候，徐天胤便敏銳地感覺到它要逃，隨即縱身竄出，握著將軍朝貓鬼劈了出。貓鬼的前爪被切斷，沒有血氣，斷爪處湧出黑氣。貓鬼憤怒嚎叫，停屍間裡充斥陰煞，眼前景象一變，赫然出現地獄血海般的幻象。

夏芍和徐天胤站在血海中央，腳下遍布腥臭黏膩的腐肉和骨頭。腐爛的老貓目露凶光，忽然張嘴咬來。徐天胤手持將軍，反手一劃，煞氣衝撞得整個停屍間震了震，兩道黑霧被劈開，將軍明顯占了上風。血海幻象消失，貓鬼被逼退到角落，周邊陰煞迅速往它身上聚集，看樣子它竟想將軍釋出的陰煞吸收到身體裡。

夏芍冷哼一聲，取出繫在腿側的龍鱗。

龍鱗出鞘，黑暗的停屍間裡閃過一道亮光，夏芍冷笑，「你會吸收陰煞？那就來試試看能不能把我這刀上的陰煞也吸收了。」

貓鬼吸納的動作滯住，龐大的身子猛然往天花板跳去。

夏芍揮舞龍鱗，喝道：「去！」

龍鱗瞬間放射出無數面孔猙獰的人臉，纏住了貓鬼。貓鬼的爪子被將軍劈斷，煞力受損，若此時操縱貓鬼的人將它收回，每夜子時重新祭煉，便能使貓鬼恢復如前。

此刻貓鬼被重創，飼主應該已經知道，且受了反噬。按理說該收回貓鬼，這人卻不收回。

夏芍冷哼一聲，對方是怕暴露身分？

貓鬼和龍鱗的陰煞纏鬥在一起，但這貓鬼再老，也不可能是千年老貓，怎會是龍鱗的對手？

不一會兒，貓鬼的煞氣便被龍鱗吸去了大半，身形縮小了許多，在半空中搖搖欲墜，眼看就要掉下來。可這貓鬼實在精明，半空中身子一轉，張嘴便朝夏芍撲來。

徐天胤將夏芍往身後拉，伸手一揮，釋出的元陽之氣襲向撲來的貓鬼。貓鬼的身子瞬間被毀去一半，整個身體像皮球似的彈出去，撞到牆壁。

徐天胤提起將軍，便要宰了貓鬼。

夏芍笑著攔住他，喚道：「大黃！」

金蟒陡然現身，巨大的身體在停屍間裡擠得快要變形，它不屑地瞥了眼縮在角落裡的貓鬼，看向夏芍，似乎在說：「叫老子出來，就是為了對付這隻小貓？」

夏芍挑眉，自打上回這傢伙被香港龍脈的陰煞餵飽後，現在連小貓小狗都看不上眼了。

金蟒見狀，勉為其難地張開大嘴，準備把貓鬼往嘴裡送。

夏芍又道：「等等，誰讓你吃了？」

金蟒停下動作，聽無良主人道：「我是讓你把它帶進塔裡，好好看著。」

金蟒無語，它這是被當成看門狗了嗎？

夏芍笑了笑，把金蟒和貓鬼一同收進了金玉玲瓏塔中。

既然幕後之人不肯現身，那她暫時留著這隻貓鬼，自有辦法找著此人。

不過，要找下蠱之人，她先得去找一個人。

到京城月餘，就遇到了兩回蠱術事件，不可謂機率不高，夏芍直覺應該去找衣妮探探。

時值國慶假期，夏芍回到京城大學，來到生物系的宿舍大樓，卻被告知衣妮不在宿舍。她去哪裡了，室友也不知道，只道放假後她就沒了影兒。

找不到人，夏芍便和徐天胤去百貨公司買禮物，中午要去徐家吃飯，不好空著手去。

至於潘老的兒子，貓鬼受創被擒，他的病自然不會再惡化。她打算在徐家吃完飯就再去一趟醫院，給他一張靈符。

夏芍和徐天胤在買禮物的時候，接到了華苑會館經理的電話，說有位姓鄭的先生想見她。夏芍這才想起這件事來，掛了電話她有些出神。

徐天胤問：「怎麼了？」

夏芍回過神，答道：「師兄還記得舞會那天找我的財務局的鄭副局長嗎？他的親人有中邪的跡象，而且他和他的親人都有財務問題，你說……會不會又是蠱術？」

貓鬼蠱是謀財害命的邪術，偏偏這兩天她遇到的古怪事件都跟人命、中邪、金錢有關，讓人想不多想都難。

「有可能。」徐天胤伸手理了理她耳邊細軟的髮絲，「去看之前，不必多想。」

夏芍笑笑，「知道了，不分心，今天的時間都是你的。」

這時的徐家人也在忙活。

夏芍中午要來吃飯，徐老爺子很高興，一大早就叫來警衛員，向來衣著簡樸的他，開始挑剔起衣服的顏色。

「不好不好，這顏色顯得我太嚴肅了。」徐康國看著警衛員手裡的藏青色唐裝，擺了擺手。

警衛員忍了忍，才沒說出「您本來就很嚴肅」的話。

他又挑來一件紅色唐裝，又被否決。

「不好不好，太扎眼了，會叫那丫頭看笑話。」

警衛員一噎，「老首長，您想多了吧？今天夏小姐來拜見您，您是長輩，她哪能笑話您？您以為還跟在公園裡似的？」

徐康國瞪眼，「你敢保證她不會笑話我？她要是笑了，我這張老臉都丟沒了，是不是擼了你這警衛員的職？」

警衛員又被噎住。老首長今天像個孩子似的，瞧把他樂得。這只是孫子帶孫媳婦回來見他，要是真到了結婚的時候，不得把他樂得合不攏嘴。

徐康國平時儉樸，衣服多是白色、灰色，別的樣式的還真的少，最後警衛員找了一件淺咖啡色的短袖唐衫，徐老爺子看了看，嘆了口氣，「就這件吧。」

他穿上之後，便背著手往書房去了。

到了書房，徐康國走到窗邊，負手遠望，望著紅牆外的方向。

青天，紅瓦，陽光靜好。

時間才上午，徐天胤和夏芍自不會這麼早就來，但是徐彥紹和徐彥英兩家人卻是早早到了。

老爺子親口發話要夏芍來徐家吃飯，不管他們願不願意，今天都必須早到，免得老爺子認為他們是故意怠慢。

徐彥英今天很高興，穿了件喜慶的衣服，反觀徐彥紹一家，平靜許多，尤其是徐天哲更是有些沉默。徐家人都以為他是昨天被老爺子責怪，才會情緒低落，殊不知，徐天哲昨天回去的時候收到了一個消息。

舞會那晚，那名故意提起徐天胤父母忌日的人出事了，車禍身亡。

徐天哲想起夏芍的話，直覺這件事跟她有關係，可又覺得她就算膽子大到敢打劉嵐，也不致於敢殺害京城官員吧？

這樣一想，徐天哲覺得可能是他想多了，也許是巧合也說不定。

然而，當他拿到詳細的車禍報告時，卻當場愣在原地。

那名官員出的是車禍，卻不是一場車禍。用老話說，這人就是該死了。閻王要他的命，無論如何他都躲不過。

這人早上從家裡出來，莫名其妙先是被高樓落下的花盆砸傷，送到醫院後，傷勢不重，縫了幾針便可以回家。倒楣的是，他坐車回家的路上出了車禍。司機一點事也沒有，他卻受重傷。交警來處理事故，司機打電話叫了救護車。詭異的是，救護車在半路也出了車禍。車上的人，包括開車的司機都沒事，偏偏那名官員傷重身亡。

一天之內，三次事故發生在同一個人身上。與他同車的人沒事，偏巧這個官員出事。

這件事被當成普通的交通意外處理，因為並無人為痕跡。道路監視器記錄得很清楚，就是兩起普通的交通事故釀成的悲劇，但徐天哲卻盯著手中的事故報告久久沒動。

這一刻，他想起了夏芍別有深意的微笑和她那彈指的古怪動作。

徐天哲忍不住出了一身冷汗。

他知道這場事故的內情，可他不能說。他是徐家人，怎能說怪力亂神的話？

『徐市長，你這個妹妹不算聰明，但我想你應該是聰明人，記得留意今天提及你堂哥父母忌日的男人。』

這是夏芍那天對他說的話，直到此時，徐天哲才明白她的意思。這是她的威脅，她有著神鬼莫測的本事，動動手指便能叫人莫名喪命。她是在警告他，不要做出聰明人不該做的事。這也是她給他的信號，是她嫁入徐家，能給徐家帶來好處的展示？

夏芍和徐天胤來到徐家的時候是中午十一點。

稍早一輛紅旗轎車駛進徐天胤所在的社區，停在他的別墅門口，夏芍沒想到徐老爺子竟會派車來接。她和徐天胤的打扮很輕便，徐天胤沒穿軍裝，而穿了黑色襯衫，袖口隨意挽著，看起來很家常。她則是穿著白色上衣搭配白色長裙，外罩短袖的粉色小衫，頭髮自然垂落肩頭。

徐天胤看向夏芍，牽住她的手，道：「有我。」

夏芍聽懂了他的意思，他是怕她去徐家會受到刁難，表示會為她撐腰。

車子駛進紅牆內，來到一座改建過的中西式混合風格的宅子前停下。

徐天胤和夏芍提著行李，由警衛員領著入內。客廳裡有著紅色屏風、紅木沙發、淡金地毯，中式的裝潢，看著既氣派又肅穆。

徐康國坐在中間，其下按徐家座次，左邊四位長輩兩男兩女，右邊是徐天哲和劉嵐。

徐天胤牽著夏芍的手進來，兩人另一手都提著禮盒。

不等夏芍主動寒暄，老爺子便先開了口：「年輕人賺了點錢就不知道節儉了，有買這些沒用東西的錢，不如捐錢給那些吃不飽、沒錢念書的孩子。」

這話聽著平常，徐家人倒是一驚。

按理說，應該夏芍先拜見老爺子，可是老爺子先開口，雖說是訓話，卻給了她莫大的面子。這聽著是在訓斥夏芍，實則在告訴全家人：我不擺譜，你們也別想端架子！

徐家人心驚，暗暗打量夏芍。

看著夏芍尋常的裝扮，徐彥紹微微瞇眼。他知道她的成就不小，正因為如此，應該懂得人情世故，怎麼這樣就來了徐家？就算老爺子不喜晚輩盛裝打扮，但是第一次見長輩，還是要講究一下。她是真的不諳此道，還是別有用意？

華芳暗自撇嘴，果然很寒酸。

劉正鴻瞥了徐彥紹夫妻一眼，不動聲色。老爺子就喜歡這樣素淨的著裝，他們又不是不知道。這無疑是合了老爺子的意，卻不知夏芍是歪打正著，還是故意為之？

徐家人紛紛看著夏芍，等著她回話。

夏芍神態如常，以開玩笑的語氣道：「就知道進門得挨您老的罵，這不，您瞧，我們帶的禮品都是安神退火的。」

徐康國險些噎著，這丫頭送個禮也不忘給他添堵。

「哼！還沒進家門呢，就嫌我嘮叨了？」

「哪敢嫌棄您啊，您不叫我早上五點起床陪您打太極就不錯了。」夏芍笑咪咪地道。

徐康國看她這模樣，氣不打一處來，「年輕人本來就應該早起！」

夏芍似就等著老爺子這話，她笑著答道：「年輕人早起無妨，您老卻是上了年紀，太早起容易氣虛，吃些安神的補品對身體好。」

徐康國一愣，道：「讓妳陪我打太極，那是教妳要有孝心！」

「是啊，我很有孝心。」夏芍指指禮盒，笑得眉眼彎了起來，像小狐狸似的。

「行了行了，伶牙俐齒！妳這丫頭就不知道讓讓老人家！」

徐家人被這你來我往給驚得愣了。

這是怎麼回事？老爺子和夏芍見過面了？

聽兩人話裡的意思，何止是見過面這麼簡單？若是不知道的人，還以為這是祖孫倆。

徐家人齊齊看著老爺子，只見老爺子雖然板著臉，眼裡卻有慈祥的笑意。

這時，徐天胤轉頭問夏芍：「妳跟爺爺見過面了？」

夏芍笑而不語，看著徐老爺子。

徐康國瞪她一眼，擺擺手，「見過了，見過了，你弟弟妹妹也見過了，去見見長輩吧。」

徐康國沒說兩人是什麼時候在哪裡見過的，但這話把心中五味雜陣的徐家人又給驚住了。

徐天哲和劉嵐被老爺子直接定義成「弟弟妹妹」，這話裡的意思還不明顯？

老爺子這是不知何時與夏芍見過面了，心裡早就認了她，今天請她來做客，不止是見面吃頓飯這麼簡單，根本是間接承認她是徐家的孫媳婦了。

徐天胤牽起夏芍的手，為她引見。

夏芍首先看向西裝革履的徐彥紹，天蒼地閣一看便是當官的料。

「這是叔叔。」徐天胤道。

她接著看向另一名身材略瘦的中年男人。此人國字臉，天庭飽滿，鼻樑端正，顯然也是為官的面相，但性情堅韌些，一看便知其責任心重，處事有原則得多。

徐天胤道：「這是姑父。」

再見另外兩名女子，座次排在前的，穿著深紅色套裝，目光柔和，笑起來時眼角有魚尾紋。

「這是姑姑。」徐天胤的聲音明顯和緩。

夏芍又看向戴著黑框眼鏡的短髮女子，她給人的感覺頗嚴肅。額頭寬闊，略帶鷹鉤的鼻和不夠圓潤的下頷，看著便知其家境出身極好，但是個精打細算、記仇刻薄的人。

徐天胤道：「這是嬸嬸。」

在徐天胤介紹過一圈後，夏芍這才點頭道：「叔叔嬸嬸好，姑姑姑父好。」

她的稱呼明顯讓氣氛有稍微的凝滯，徐彥紹笑了，顯得很熱誠，「好好好，小夏來了就好，家裡這兩天可都在談論妳呢！」

劉正鴻看了徐彥紹一眼，這幾天他們是都在議論夏芍，只是氣氛並不是太好。

劉正鴻感受到夏芍看來的目光，對她點點頭，沒有刻意說什麼客套的場面話。

徐彥英是最高興的人，她變戲法似的拿出一個厚厚的紅包，對丈夫劉正鴻笑道：「這孩子真大方，當初我頭一回去你們家，光是改個口我就臉紅了好一會兒。」

劉正鴻聽了妻子的話，這才露出點笑意來，似乎在說：當著晚輩們的面，妳真好意思說。

徐彥英笑了笑，把紅包遞給夏芍，「按規矩，頭一次見面是要給紅包的。這是姑姑給妳的，好好拿著。只是一點心意，妳可別嫌棄。」
夏芍微愣。她知道徐家除了老爺子，這位姑姑對徐天胤也很好，只是她打了她的女兒，還以為徐彥英定然會對自己有意見，卻不想會是這樣。
華芳也不情不願地拿出紅包遞給夏芍。不管這個紅包她願不願給，老爺子喜歡她，昨天徐天胤又有了那番表態，夏芍進徐家的門眼看著是必然的了。就是做個樣子，她今兒也得給紅包。
只是，華芳沒有多說什麼，只是把紅包給夏芍，扯著臉皮笑了笑。
夏芍只當沒看見，大大方方地接過，「謝謝姑姑，謝謝嬸嬸。」
徐彥英歡喜地笑，直道一家人不用客氣，華芳還是皮笑肉不笑。
夏芍這才看向徐天哲和劉嵐。
兩人很有禮貌地站了起來，只是徐天哲看夏芍的目光有些深，除此之外，禮數周到。
劉嵐則是低著頭，手指亂絞。
這時，警衛員過來道：「老首長，午餐準備好了。」
徐康國聞言站起身，用手杖往前頭虛虛一指，「走吧。」
徐家用餐有獨立的餐廳，老爺子在前頭領路，一家人在後頭跟著。夏芍和徐天胤陪在老爺子左右，一路跟著到了餐廳。
徐家的餐廳也是中式裝潢，紅木圓桌、雕著福壽花樣的硬木椅，另有紅韻牡丹的壁畫。
徐家吃飯是按著輩分排座次的，徐天胤和夏芍坐在老爺子右手邊，其後是徐天哲、劉嵐。老爺子左手邊是徐彥紹、華芳夫妻，再往後是劉正鴻、徐彥英夫妻。
吃飯的時候，餐桌上靜悄悄的。徐康國並不要求食不言，但是他自己吃飯時話少，久而久之，他不開口，也就沒人敢說話了。

徐彥英看氣氛沉悶，想著夏芍頭一回來徐家，氣氛太僵硬不好，便打算開口打破僵局，沒想到老爺子主動發話了：「丫頭家裡還有些什麼人啊？」

夏芍放下碗筷，笑答：「爺爺奶奶都還在，我父親是長子，家裡有兩位姑姑和一位叔叔，外祖父那邊已經沒有什麼親戚了。」

「嗯。」徐康國點點頭，他早就知道夏芍家裡的狀況，現在不過問給其他人聽。

「聽說妳爺爺以前是當兵的？」徐康國又問。

夏芍笑道：「可不是？他老人家說，戰爭年代的時候，跟您同桌吃過飯。」

其他人愣住，連徐康國都停下了筷子。他知道夏芍的爺爺是退伍老兵，卻不知竟有淵源？

「妳爺爺當初在哪個部隊？」徐康國問。

「他沒細說，只說那時候您是團參謀，上臺講過話，後來他在戰場上勇猛殺敵，您還親自嘉獎了，跟他同桌吃過飯。」

徐康國沉吟，看起來像是在回想。他當團參謀的時間很長，過了這麼些年，也想不起來了，但仍是認真地點頭，「原來妳這丫頭也是功勳之後，好好好！」說完，看向徐天胤，「你有空去見見夏丫頭家裡的人，不可缺了禮數。」

「好。」徐天胤道。

眼見著這才幾句話的功夫，事情就定下來了，有人歡喜，有人發愁。

徐彥英道：「不聊不知道，這就是緣分啊！」

華芳嘴角向下耷拉，什麼緣分？不過是套近乎罷了。一個是退伍老兵，一個是開國元勳，這緣分可真「近」。

徐康國又對夏芍道：「天胤的性子妳是知道的，妳父母未必能滿意，這方面你們都用點心。現在時代不同了，年輕人都喜歡自由戀愛，可你們當晚輩的也不能叫長輩太操心。」

「是。」徐天胤和夏芍點頭。

華芳終於忍不住開口，「爸說的是，咱們天胤什麼都好，就是性情冷了些。小夏的父母擔心是常事，畢竟小夏年紀不大，還在念大學，他們都談婚論嫁了，換成哪個父母能不擔心？」

這話說得有道理，但到了華芳嘴裡，卻讓人覺得話裡有話。

夏芍比徐天胤小了十歲，甚至比劉嵐小，夏芍要是說父母同意，未免有夏家巴不得把女兒趕緊嫁出去攀龍附鳳的意思，不同意才是正常的。

而且，夏芍今年才十九歲，她和徐天胤認識的時候不是更小？

徐天胤昨天剛表態過，華芳今天也不敢過分，因此，她說話是斟酌著說。表面上聽起來是在關心夏芍，但是了解她的人都能聽出她的話外音來。

「您說的對。」夏芍笑著，暗地裡壓住徐天胤的手，「我父母已經來過京城，他們對這件事也有擔心之處，不過我相信日久見人心。天胤的性情外冷內熱，他雖不善言辭，卻很重情。孝順長輩，又重親情，嬸嬸在徐家這麼多年，想必比我清楚他對親情有多渴望。我的父母是通情達理的人，他們像天下所有的父母一樣，只希望我幸福。我相信哪怕只給他們三年，他們也能看到天胤的好。」

夏芍的話說得不緊不慢，華芳卻像是被人打了一巴掌。

她聽懂了，夏芍這是在諷刺她，嫁進徐家三十年，竟看不出徐天胤對親情的在意，還不如她的父母。給他們三年，他們都能看到他的好。

華芳臉皮發緊，就如同她剛才那番話讓人挑不出毛病，夏芍這席話也讓人找不出語病。

「好了，吃飯。」徐康國這時說道，臉色不太好。

華芳看了老爺子一眼，趕緊陪笑，「是啊，吃飯。小夏，多吃點。今兒妳來，老爺子很高興，這一桌子菜，可是按國宴的標準的。咱們老爺子向來節儉，不喜歡有人剩菜剩飯。你們年輕人胃口好，多吃一點。」

她熱情地招呼夏芍，又道：「妳要是吃著好，等妳父母來的時候，也讓他們嘗嘗。」

華芳這話，令人聽著不舒服。

徐彥英皺了皺眉頭，看向老爺子。雖說華芳的話挑不出毛病，可老爺子若是不喜，還是可以抬出「食不言」的規矩，叫她少說話。

徐康國端著碗吃著菜，好像聽不出華芳這話有什麼意思，連徐天胤都沒反應。

與其說他沒反應，不如說他彷彿沒見聽見華芳的話。

此刻，他的目光落在夏芍身上，看她看了有一會兒了，其他人不知道他在看什麼，只有夏芍明白。徐家人只知道徐天胤在香港養病，除了老爺子，至今無人知道他是唐宗伯的弟子，所以夏芍在徐家不好叫他師兄，便直呼其名。正是她喚了他的名字，才讓他一直盯著她看。

夏芍似也沒聽出華芳的話外之意，只微笑著又喚了師兄的名字：「天胤。」

徐天胤的氣息微頓，越發目不轉睛，「唔。」

夏芍笑道：「我沒吃過國宴，你應該常吃吧？」

「少。」徐天胤對於她的問題，多半是有問必答，「過年才有。」

「哦……」夏芍拉長話音，再問：「那你以前在國外，豈不是更少吃？」

「嗯。」徐天胤點頭。

「那就多吃點，我吃著味道是不錯，不愧是國宴。」夏芍夾菜到徐天胤的碗裡。

華芳眼簾垂下，掩不住輕視之意。

「在外面執行任務，可沒有這麼好的菜可以吃。」夏芍又道：「聽說你們在外面吃的都沒什麼營養的，就是些壓縮餅乾之類的？」

徐天胤低頭吃夏芍夾給他的菜，聞言抬頭，望了她一會兒，才道：「沒有。有時任務緊急，無法事先準備。」

「那你們吃什麼？」

「就地取材。」

「比如？」

「生食。」

兩人你一言我一語，吃飯的徐家人，手頓了頓。

夏芍很是心疼，見華芳正吃著獅子頭，便將自己面前的獅子頭端過來，撥開上面的菜葉，夾一口吃，然後微微點頭，放到徐天胤面前，「味道不錯，多吃些。」

徐天胤點頭，端過去就吃。

華芳瞥一眼面前的肥四瘦六比例正好的五花肉丁，忽然沒了食慾。

不僅沒了食慾，她忽然覺得自己吃了一半的獅子頭看起來像是一團生肉，瞧著噁心。

她趕忙端過來一碗烏魚蛋湯，想拿來壓一壓反胃的感覺。

夏芍忽然又笑了，「這個烏魚蛋湯不錯，冬食祛寒，夏食解熱，來，多喝些。」她說著，端了一碗給徐天胤，「青省靠海，說來烏魚蛋還是那邊出產的，有乾貨。你若是再出任務，可以帶一些，補充蛋白質。」

徐天胤道：「要煮，沒時間。蛋白質，蟲子就可以。」

夏芍蹙眉，徐家人筷子齊齊又一頓。

華芳望著將要入口的烏魚蛋，眼前一花，像是看到上面布滿了肥嫩的蟲卵……

她連忙捂嘴，臉色發白，強忍著沒吐出來。

夏芍彷彿沒發現她的不適，看著徐天胤，心疼道：「你在外面執行任務就是吃這些？山裡野味多，你們好歹去抓個什麼東西。」

「打獵容易暴露目標。」

「那也不能餓肚子。」

「不會，有別的野獸捕獵剩下的腐肉，也能吃。」

眾人瞬間臉色發白，再去看那一桌子精緻的菜餚，刷地變了臉色。獅子頭不知什麼時候變成了生肉，烏魚蛋湯上面飄著的都是肥蟲，魚翅化成了蚯蚓，佛跳牆散發著臭氣，裡面混雜著一堆似是腐爛了的內臟，上面還有幾隻蒼蠅飛來飛去……

被噁心到的華芳，終於忍不住捂著嘴離席，狂奔了出去。

隨後跑出去的是劉嵐，她的臉色異常慘白。

接著站起來的是徐天哲，他的臉色也不太好看，臨走時意味深長地看了夏芍一眼，似是知道這一切是她搞的鬼，但他同樣感到驚訝，她果然有些神祕的本事。

「爺爺，我去看看我媽和嵐嵐。」徐天哲走前還記得跟老爺子說了一聲。

徐彥紹吃吃不下去，坐又坐不住。

「爸，我出去看看他們。」徐彥紹也不忘跟老爺子打招呼，臨走時同樣看了夏芍一眼。

席上只剩下徐老爺子、劉正鴻、徐彥英、夏芍和徐天胤。

桌上的菜餚飄香，哪有剛才離席的人看見的景象？

夏芍愜意地微笑，繼續夾菜給徐天胤，順便夾一些給老爺子。

徐彥英覺得莫名其妙，不知道大家是怎麼回事，想到女兒，心裡擔心，便起身道：「爸，我出去看看嵐嵐。」

徐彥英離席後，劉正鴻看向夏芍，他看得出來是她故意為之。華芳剛才說的那些話，雖然是個人都聽著不舒服，但也確實挑不出錯來。原以為夏芍今天初來徐家拜訪，會暫且忍耐……

雖然沒忍，可也沒跟華芳吵起來。

她從頭到尾都沒理華芳，只跟徐天胤閒聊，然後便聊走了一桌子的人……

劉正鴻咳了一聲，掩飾想笑的意圖。他做徐家的女婿二十多年，還是第一次見二房吃癟，連禮數上從來不出錯的徐彥紹都被她聊得離席了。

雖然離席的人裡也有自己的女兒……唉！

劉正鴻嘆了一口氣，起身道：「爸，我去看看她們母女。」

這下子，席上終於只剩下夏芍、徐天胤和徐老爺子。

夏芍笑得很愉悅，一點也不掩飾。剛才就是她施的術法，她只是引了龍鱗的一些陰煞出來，讓某些人看見幻象而已。在將陰煞引出時，她還以元氣護住了徐老爺子和看起來還算順眼的劉正鴻、徐彥英夫妻。

夏芍一施法，徐天胤是知道的，他便默默配合她，說了不少話。

夏芍笑著看向門外，不就是自視高貴，說她父母沒吃過國宴嗎？沒事，她要某些人日後一看見國宴就想吐。

徐康國看了她一眼，無言嘆氣。

徐家這些兒孫，沒有吃過什麼苦，普通人家一輩子也吃不到的國宴，在他們眼裡不稀奇。正因如此，他們才會自視甚高。

他怎麼會聽不出二兒媳婦話裡的意思？他不說話，不是挑不出她的錯，而是不好開口說她，而是故意不說。他想看看夏家丫頭會怎麼應對。雖然他沒有門第之見，但是不代表他不知道徐家現在是什麼地位。她要嫁進徐家，成為徐家未來的主母，很多情況她都要面對。

今天，他很滿意。

這法子或許比他數十年如一日的訓誡管用。

夏芍笑咪咪地夾菜到老爺子的碗裡，「您老不會也反胃吧？」

徐康國哼了哼，「當我跟他們一樣？我當初上戰場的時候，樹皮草根，什麼沒吃過？」

一頓家宴，變成了三個人吃，結果當然是剩下不少飯菜。

吃完飯，坐了一會兒，夏芍和徐天胤扶著徐康國一路散步回去。走到涼亭的時候，發現徐家其他人都在那裡。他們是寧可被老爺子訓斥，也不敢再回餐桌上了。

「吃飯吃到一半就離席，徐家有這種規矩嗎？哼，剩下的飯菜，你們今晚給我接著吃完！」徐康國一到涼亭便道。

華芳一聽，臉色刷地白了，忍不住轉身又想吐了。

其他人的臉色也好看不到哪裡去，劉嵐不敢說話，只偷偷扯著母親的衣角求救。

徐彥英看著她，嘆道：「不就是接著吃嗎？想想妳天胤表哥在國外執行任務的時候有多苦，吃的是些什麼，妳還好意思浪費？」

徐彥英不說不要緊，一說劉嵐便臉色一白，轉頭也去吐了。

徐彥英無奈，看了夏芍一眼。這一眼雖然複雜，但也沒有責怪的意思。她知道女兒嬌氣都是給慣出來的，可是畢竟是自己身上掉下來的肉，哪有不疼的？

只是，心疼過後，總要頭疼罷了。

女兒現在瞧著是有些怕夏芍，這也未必不是好事，且看著吧。

徐康國提出要帶夏芍四處逛逛，一家人只得陪著，倒是華芳臉色不好看就是。

老爺子今天的精神特別好，走走停停，累了就坐下歇一會兒，這一逛就逛了大半個下午，直到下午四點才說乏了。

夏芍和徐天胤陪老爺子回去，被他留下來吃了晚飯才放人。

晚餐的時候，除了三人吃得開，其他人都沒什麼胃口。用完飯，徐家人出來送夏芍，夏芍不忘跟華芳說一句：「嬸嬸，今兒的國宴確實味道不錯。就照您說的，哪日我父母來了，也叫他們嘗嘗吧。」

華芳只覺胃裡翻攪，再度轉身去吐了。

夏芍笑著和徐天胤上車，徐彥英忽然叫住夏芍：「小夏，妳等等。」

夏芍看向徐彥英，徐彥英朝她招招手，夏芍便走了過去。

兩人來到一處花壇後頭，徐彥英又拿出一個紅包遞給夏芍，「拿著。」

夏芍很驚訝。

「天胤的父母雖然不在了，但他們若是在天有靈，也會高興的，這是我替他們準備的。」

夏芍低頭看著手中的紅包，忽然覺得沉甸甸的。

「謝謝姑姑。今天因為我，您飯都沒吃好吧？」

徐彥英笑笑，「不缺這一頓。」隨即她內疚地道：「前天舞會上的事我聽說了，嵐嵐的那些話妳別放在心上。這個孩子讓我寵壞了，我當初懷她的時候很不容易，後來生下她，想著她是家裡唯一的女孩子，捨不得打罵，就這麼寵著。原先她只是嬌氣些，沒想到她會不分輕重地說那些話。姑姑向妳道個歉，妳別往心裡去。這孩子心地不壞，就是被寵壞了，說起來我也有責任。」

夏芍見徐彥英笑容苦澀，便有些汗顏。她不覺得自己那晚做得過分，但徐彥英身為人母，女兒被打了，還來跟自己道歉。她和她的丈夫為人都不錯，怎麼把女兒教養成這麼個性子？

「唉，妳啊，將來當人家的母親就明白了。」徐彥英嘆氣，看夏芍的眼神有了些深意，「不過我想，依妳和天胤的性子，將來的孩子必定不會這樣。」

夏芍笑不語，忽然感覺到身後有人，一回頭，見徐天胤站在幾步外，也不知聽見這話沒。

「好了，快回去吧。」徐彥英笑著擺擺手，讓夏芍跟著徐天胤回去。

兩人來時坐的是老爺子派的車，回去自然也不例外。警衛員親自開車，將兩人送回別墅。今天徐家人沒吃好，他們兩人卻是吃了不少，便牽著手，在別墅外兜了幾圈才進屋。一進門，夏芍伸手去按門邊的電燈開關，半路卻被另一隻大手截住。

夏芍愣住，只覺大手很溫暖，接著頭上便傳來灼熱的呼吸。

夏芍微微一笑，轉身抱住徐天胤的腰。

她的唇很快被擄獲，肆意侵入。她忍不住用小手撫上他緊實的胸膛，然後她聽見他喉嚨裡似發出悶哼聲，接著一把抱起她往沙發上去。

黑暗中，她陷在寬大柔軟的沙發裡，像落入陷阱的獵物。

徐天胤站在她身前，慢慢脫著自己的衣服，她忽然感覺到危險。

他很快壓下來，重量擠空了她肺部的空氣，她喊道：「師兄……」

徐天胤半撐著身子在她身上俯視她，糾正她：「不對。」

夏芍只笑不語，但她沒得意太久，笑聲便變成了驚呼。

徐天胤的大手毫不客氣地探去她的長裙底下，扯掉了那阻擋他的障礙物，在她的驚呼聲中，手指逼近，又道：「不對。」

她臉頰漲紅，瞪一眼身上的男人。

他的目光深沉，堅持道：「改口。」

他逼著她改稱呼，奈何他一開口，她便想笑。半晌，他默默壓了下來。

以為他終於忍耐到了極點，想先要了她再說，沒想到，他只是壓下來，臉埋在她的頸窩裡，聲音沙啞地喚道：「芍。」

夏芍用眼尾餘光瞥向徐天胤，不知是氣還是笑。

他學聰明了，還會柔情攻勢了！

但不得不說，這攻勢用對了，夏芍心軟了，轉頭在他耳邊用只有他能聽得見的聲音輕喚。

徐天胤的身子微僵，夏芍笑著又喚一聲，才感覺到男人胸膛沉沉起伏。

他幾乎是在瞬間爆發，客廳裡頓起響起低低的呻吟聲。

不知過了多久，沙發上有人影起身。徐天胤抱著夏芍走進臥室，腳一踢，門砰一聲關上，緊接著臥室裡又傳出了喘息聲。

一直到後半夜，雲雨漸歇，臥室裡隱約可以看見相擁的人影。

徐天胤的聲音依舊沙啞，他道：「搬過來住。」

夏芍軟綿綿地靠在徐天胤懷裡，心想，搬過來是不可能的，她是覺得住學校宿舍諸多不便，正想申請搬出來，但徐家尚未對外界承認她，兩人也沒有訂婚，不適合光明正大住在一起。

而且，徐天胤在軍區，不是每天都能回來。現在倒不必急著同居，過兩年也不遲。

徐天胤將她抱得緊了些，依戀地道：「搬過來。」

夏芍迷迷糊糊地咕噥道：「沒訂婚。」

然後，安心地睡著了。

徐天胤睜著眼，毫無睡意。

沒訂婚？

他的視線落到她手指上的那枚戒指。

這不算嗎？

於是，第二天早上夏芍醒來，徐天胤就直接發問，結果收穫了夏芍戲謔的目光，「徐司令，這戒指只代表我答應你的求婚，可你不覺得在婚禮前你欠我一個訂婚儀式嗎？」

徐天胤不懂求婚、訂婚、結婚，一字之差，為什麼過程這麼漫長而充滿考驗。

但如果要訂婚，徐老爺子是絕對沒意見的，只是夏芍的父母那一關可不好過。他們不僅擔心徐家門庭太高，夏芍會受委屈，還覺得她年紀太小，談婚事太早。

吃早餐的時候，徐天胤很沉默，吃完他才道：「過年的時候去妳家。」

夏芍聽懂了他的意思，他是說過年時去她家正式拜訪夏家人。夏芍笑著點頭，沒什麼意見。現在家人都知道這件事，徐家她去過了，按理，徐天胤是該去見見自己家裡的人。雖然她離結婚的年紀還早，但訂婚倒是沒問題。

早餐過後，徐天胤開車送夏芍去華苑會館。

華苑在京城的會館是收購了一家經營不善的俱樂部改建而成的，在京城沒有人脈建俱樂部或者私人會館，基本是不成的。

華苑會館不在市郊，而是在三環市區。現代城市的喧囂被一扇紅漆復古的大門隔絕在外，一進入其中，便可見竹林雅景，身在其中，心情莫名平靜。

鄭安和弟弟鄭奎一早就到了，見到徐天胤，鄭安受寵若驚，「徐將軍，沒想到您也來了。」

鄭奎是京城一家公司的老闆，他不認識徐天胤，聽到哥哥的話，趕緊也跟著寒暄。

徐天胤冷淡地點頭，夏芍道：「好了，客套話就免了。鄭局長、鄭總，坐吧。」

夏芍逕自往沙發裡坐下，侍者送了茶來，徐天胤在旁邊給夏芍倒茶。

鄭安並沒有告訴夏芍自己弟弟的身分，她卻稱呼他為鄭總，兄弟兩人都覺得驚異。

不過，他們很快就發現現在驚異太早了。

夏芍不看鄭安，只看鄭奎，「鄭總的兩顴紅赤，面色灰敗，看起來心臟不太好。」

鄭奎臉色微變。

「你犯病的時候，心臟會有刺痛感，而且近期開始咳血。」

鄭奎眼神發直。

「白天不發作，每次都在晚上發作。」

「……」

「身體發冷，意識清醒，卻有種莫名的恐懼感。」

「……」

鄭安、鄭奎兩兄弟聽得臉色一變再變。他哥哥前兩天告訴他，有人沒見過他，就能斷定他有財務問題。起先他還覺得太神，此刻卻不由不信。

鄭安身子都坐直了，一拍大腿道：「對對對，夏董，這、這……您怎麼看出來的？」

「你的公司什麼時候開始出現財務問題的？」夏芍不答反問。

鄭奎還有些懵，直到鄭安拍了他一下，他才反應過來，「啊，去、去年！」

去年？

夏芍垂眸。潘老的兒子是前年公司財務出狀況，今年命在旦夕。鄭奎臉上的邪氣也重，但比起潘老的兒子，死氣沒那麼重。

果然，從發作週期上來說，兩者是差不多的。

「恭喜你，你中蠱了。」夏芍淡淡地道。

可不是要恭喜？貓鬼蠱失傳多年，這都能中蠱，機率可比中彩券頭獎還低。

鄭安和鄭奎呆住，一時反應不過來。

夏芍簡單地將貓鬼蠱的由來和發作症狀與兩人一說，兩人聽完更懵了。

蠱術？太扯了吧？

夏芍看著鄭奎，問：「我剛才論斷你的症狀時，你的心跳快嗎？」

鄭奎還在愣神，聽見這話，下意識點頭。

夏芍又道：「若真是心臟病，剛才為何不發病？」

鄭奎傻住。

「若真是心臟病，一年多來，為何只晚上發病？」夏芍再問。

鄭奎不知如何答了。這麼說來，確實古怪。他以前常去健身房，身體很好，年年做體檢，一直很正常。別說心臟病了，就是感冒都很少。去年突然查出心臟病，他還覺得是禍不單行，以為是因為公司財務有問題，他日夜焦慮所致。不管他想了什麼方法補救，銀行貸款也貸了，該虧的仍然虧，還總是虧在莫名其妙的地方。

夏芍身上帶著貓鬼，但她不想放出來，有些東西不適合流出去。這兩人現在已經是走投無路，他們信也得信，不信也得信。

鄭奎卻是有些信了，「夏董，不，大師，那、那我們該怎麼辦？」

夏芍不言，只讓侍者拿來了朱砂黃紙，當場畫了三張靈符，其中兩張給了鄭安和鄭奎，「貓鬼以噬人五臟元氣為食，此符聚元氣，帶在身上，陰邪不近。」

鄭安、鄭奎接過，「這就行了？」

兩人臉色有點古怪，符籙像是騙人的神棍才會用的東西。

「管不管用，看效果就知道了。從今天起，他心臟病不會再發作。」夏芍道。

這並不是解貓鬼蠱的辦法，只不過是聚元氣、驅陰邪，讓邪物不敢再靠近而已。夏芍並非不會解此蠱，但此蠱一解，貓鬼必死。她如今留著那隻貓鬼還有用，所以只能採取這種治標不治本的方法先壓制著。

鄭奎一聽，這才生出希冀的神色。他是不懂這些，但既然夏芍這麼說了，那就試試。

「夏董，那我呢？我心臟沒病，拿著這張符管用嗎？」鄭安一看弟弟的事可以解決了，這才急忙問起自己。

夏芍看向他，「鄭局長，你是與他相處久了，邪氣才會沾染到你身上，你拿著這張符可以驅邪氣，不過，你的財務問題這張符可沒辦法幫你解決。老實說，你的財務問題是怎麼來的，你自己心裡清楚。我看你現在準頭發青，山根起霧，印堂黑氣直沖天中，如果再不把財務上的虧空填上，兩個月之內，必有牢獄之災。」

鄭安臉色刷白，鄭奎則猛地轉頭，看向他大哥，「哥，你財務上有虧空？」

鄭安支支吾吾，鄭奎想到了什麼，猛地站起來，「你之前給我的錢，是從公款裡挪用的？」

「哪有，你別亂想，我會做這種事嗎？」鄭安否認。

「那財務上的虧空哪來的？」鄭奎急了，「你不是說錢是這些年偷著在外頭投資所分到的紅利嗎？你這不是在犯渾嗎？」

鄭安眼見瞞不住，無奈道：「那要不然怎麼辦？看著你的公司倒閉嗎？」

「倒閉就倒閉，總比你坐牢強！」

兄弟倆對吼，夏芍在一旁看著，心中嘆氣。

有人只在乎眼前的利益，也有人重視親情。鄭安雖是用錯了方法，但是想到這幾日徐家人的所作所為，怎能不叫人感慨？

若師兄也有這樣的兄弟，若徐家多是這樣的人，師兄何至於性情孤冷？

「虧空了多少？」夏芍忽然開口，兄弟倆從爭吵中回頭。

「兩百萬……」鄭安低頭，他也不知道為什麼要回答，尤其徐天胤在場，什麼都暴露了，他有可能真的要坐牢了。

夏芍叫來侍者，拿來紙筆，淡定地開了張支票給他。

鄭安呆呆地接過，低頭一看，竟然是兩百萬。

「拿著，這不是高利貸，也不是慈善捐款。你們兄弟倆寫張欠條給我，以後有錢再還給我。」夏芍把紙筆遞給鄭安和鄭奎。

夏芍出手相助，雖是感動於鄭安兄弟二人的情義，但也是另有目的，鄭安是姜系的人。

這人既然重情，說不定日後能有用處。

夏芍不想介入京城派系的爭鬥之中，但她在慈善拍賣會上得罪王卓，讓王卓吃了個啞巴虧，這人必定不會放過她，而且她現在在外界看來，算是徐家的人，她想避也避不開。

既然如此，不如現在就開始撒網。

「好了，你們兩個先坐下，我還有事要問。」夏芍又道：「鄭總，你的公司出現財務危機，受益者是哪家公司？」

貓鬼蠱是謀財害命的術法，害了命，必然是要謀財。

或許是敵對公司的人請人作法害人，也或許是敵對公司的人就跟這件事有關。不管是何者，追蹤受益者，自然就能查出些下蠱之人的蛛絲馬跡來。

這點，潘老的兒子那邊也一樣，只是他兒子還在醫院未醒，她想問也問不了。就算去問衣妮，依那女孩子的性格，她未必會告訴她，因此，她只好靠自己先多方下手查找。

鄭安、鄭奎拿著那張兩百萬的支票，這時才從震驚中回過神來。

鄭安知道挪用公款不對，但他實在是沒有辦法了。他父母去世得早，兄弟兩人相依為命，混到今天這個地步不容易，他不能眼睜睜看著弟弟的公司破產。本想著先挪用一下，等公司周轉過來再填補上，沒想到這錢竟打了水漂。他做好準備了，最差的後果就是自己去坐牢，可他沒想到有人會借錢給他。

不是高利貸，也不是施捨。

鄭安捏著手裡的支票，薄薄的一張紙，卻沉重得似拿不起來。

在官場打滾多年，他的心早變得涼薄，今天卻頭一回覺得血熱。

「夏董……」鄭安不知說什麼好，鄭奎也紅了眼眶。

夏芍看了兩人一眼。這兄弟兩人其實可以不用感謝她，她是帶了其他目的的，所以不想承他們的謝，只好再次問道：「鄭總，你的公司經營不善，受益的公司是哪家？」

鄭奎不是笨人，夏芍這麼問，明顯是在說有人給他下蠱，他對頭的公司最可疑。

鄭奎連忙答道：「我的公司是飯店，平時有我哥的人脈，向來不缺人氣。一年前，客流量開始莫名減少，我把飯店重新裝修，又請了名廚來，客人還是少。我的飯店附近開了幾家飯店，各有特色，競爭肯定有，但我經營了幾年，在京城有八家分店，不至於被他們壓垮。如果一定要說奇怪的地方，我倒是想起一家來。那家飯店是去年新開的，老闆是外地人，在京城的人脈不及我，不及周圍幾家，他開店的地段也比我們偏。當時我覺得他可能做不下去，至多一年就會倒閉，沒想到他沒事，我的飯店卻開始出狀況。他倒是沒提出要收購我的飯店，但是我想我的飯店倒閉，對同行應該都有好處，只不過，他的情況更奇怪。夏菫，妳說是不是他害我？」

鄭奎一開始不覺得可疑，越說越覺得是那人，也越是氣憤。

「那個老闆是男的嗎？」夏芍不答反問。

鄭奎點頭，「是男的，有什麼問題嗎？」

夏芍垂眸。當然有問題，修煉蠱術的通常是女人。

當然，也不排除是幫人作法，可是蠱術和以風水術幫人聚財不一樣，貓鬼蠱應該是錢財最終轉移到施蠱者手中才是。

如果真是這家飯店，那麼只有一種解釋，背後的老闆可能是女人。

「你的飯店這一年來客人減少，你有觀察到這些人都去了哪裡嗎？」夏芍又問。

「不能說全去了那家，但是他家的生意確實很紅火，我有不少客戶都過去了。」鄭奎越說越肯定，「好啊，果然是他！」

「鄭總，問個私人的問題，你八家飯店生意紅火時一年盈利能有多少？」夏芍問。

鄭奎一愣，這話如果是別人問的，他一定不會透露，但是眼前的少女剛救他於水火之中，雪中送炭的情義自是不同，而且她還有另外一重身分。

華夏集團的資產，他仰望都不及，自然不必像防備同行那樣防備她。

「說起來不怕夏菫笑話，我這八家飯店好年景的時候，一年盈利七八百萬不成問題。就是淡季時，盈利也有這個數目的一半。」鄭奎道。

夏芍瞇眼深思，沉思過後道：「好，大體情況我知道了。這件事你們暫時不要輕易斷定，待有結果了，我會告訴你們的。」

夏芍起身，「你們可以離開，也可以在這裡多坐一會兒。會館裡佈著有養生效果的風水局，對你們的身體有調理的作用。」

鄭安和鄭奎兄弟倆如今都沒什麼錢，自然是付不起華苑會館高昂的會費。聽夏芍這麼說，兄弟倆很是感動，起身要道謝，夏芍卻擺擺手，跟著徐天胤先出去了。

蠱術和風水術不同，若是利用風水術斂財，陰陽氣場會改變，夏芍只需要去對方的飯店看看就好。可若是蠱術，那便不容易抓到下蠱之人。

夏芍到了車上之後道：「師兄，幫我查查那家飯店的幕後老闆。」

「好。」徐天胤點頭。

夏芍沉默一會兒，又道：「去京城大學吧，先去周教授家裡。」

夏芍去周教授家裡，是為了送剛才畫好的符。她一共畫了三張，給了鄭安和鄭奎兄弟兩張，還有一張是給潘老的兒子的。

夏芍之所以不送去醫院，是因為她沒能在第一時間解蠱，不太想接受人家的感謝，只好勞煩周教授送去，等查明下蠱之人，把蠱術解除之後，再去見潘老一家。

夏芍一個人上了樓，並得知潘老的兒子身體好轉，已經出院回家休養了。

周秉嚴見到夏芍手中的符籙很感興趣，可惜夏芍今天沒有太多時間說這件事。她也沒有細說潘老的兒子是中蠱，只託周教授幫忙把符送去，令潘老的兒子日夜帶在身上。

夏芍走前問：「教授，您知道潘老的兒子在美國是開什麼公司的嗎？」

周秉嚴不知道夏芍為什麼問起這事，想了想，答道：「這個我聽潘老提過一回，好像是貿易公司。具體的我沒問，只知道公司不小。」

夏芍垂眸，貿易公司？不是飯店？

「公司的資產有多少，潘老提過嗎？」

周秉嚴愣了一下，「有個兩三千萬吧，我只是聽說，不是很清楚。妳問這個做什麼？跟潘老的兒子這事有關聯嗎？」

「我正在查，沒查出結果來，跟您說了您也是白操心，不如等有了結果我再告訴您。」夏芍說完，便起身告辭，心裡已有個念頭。

這人以貓鬼害人，謀人錢財，害的卻不是大財團。如此看來，倒是心思縝密。大財團的錢財沒那麼容易吞，施法的時間長，且這些人也可能會請風水師將蠱術看破，還不如聚少成多。

從周教授家裡出來，夏芍直接回去京城大學。

眼下是放假時間，還是有不少學生在學校裡。正值午飯時間，夏芍和徐天胤牽著手在校園裡散步，一路上收穫目光無數。看的人越多，徐天胤的手牽得越緊，直走到生物系女生宿舍樓下，徐天胤才放開夏芍。

夏芍上了樓，還是找衣妮。

這次她的運氣很好，衣妮正在宿舍。

京城十月初的天氣，中午還是很熱，宿舍裡的女生都一副無精打采的樣子，唯獨衣妮，眼神清亮，看人似一把刀子在戳，戳得人清醒萬分，睡意全無。

「聽說妳來找過我？」衣妮到了走廊上便問。她今天看夏芍是帶了笑的，當然還是有審視的意味，「我們不是說好了井水不犯河水嗎？」

「我們是說好了，可是我發現有人放蠱謀財害命，妳說我該不該來找妳？」夏芍微笑。

衣妮原本帶了些笑意的臉色立刻沉了下來，「妳說誰謀財害命？什麼人的臭錢值得我放蠱去要的他的命？」

「我沒說是妳。」夏芍還是微笑，「老實說，我覺得依妳的修為，還不夠蓄養貓鬼。」

雖然與衣妮沒見過幾面，但這個女孩子的性子夏芍還是有些把握的，如果真是她做下的事，她不像是不敢承認，她不屑撒謊。只是，夏芍不敢確定衣妮認不認識這個人，畢竟兩個會蠱術的人都在京城，太巧了，所以她拿話試探衣妮。

衣妮的臉色刷地變了。

「妳說什麼？」她的臉色不是慘白的，而是眼神瞬間變得森冷。

「妳見到貓鬼了？在哪裡見到的，快告訴我！」她上前一步，伸手去抓夏芍的手。

夏芍往後退開，這時，有兩名女生走過來，見夏芍和衣妮之間氣氛不對勁，便停住腳步，不知該不該往前走。

夏芍見此地不是說話的地方，便壓低聲音對衣妮道：「下去談。」

兩人下了樓，還是在上回晚上見面的林蔭道裡。

徐天胤在遠處長椅上坐著沒靠近，衣妮看了他一眼，似看出他身上的元氣是奇門中人來，卻沒理會，而是對夏芍道：「告訴我貓鬼的事。」

夏芍只覺得這個女孩子性子剛烈，一點也不柔軟，但她不介意，「看來妳認識這個人。那就好辦了，我們來做個交易，我告訴妳貓鬼的事，妳告訴我這個人是誰。」

「我為什麼要告訴妳？」

「那我為什麼要告訴妳貓鬼的事？」夏芍挑眉。

「因為這是我們門派的事。妳告訴我，我幫妳做一件事。」衣妮乾脆俐落地道。

「可我就想知道這個人是誰。」夏芍見衣妮眉頭皺緊，笑了起來，不緊不慢道：「如果妳改變主意，今晚子時還是這裡見，我有個好東西給妳看。」

現在貓鬼就在金玉玲瓏塔裡，但此時正當午時，放它出來等於殺死它。

夏芍轉身就走，不管衣妮在後頭怎樣著急，只揮了揮手，頭也不回，「當然，如果妳不來，我也有眉目了，可以自己查。」

夏芍是可以自己查，但就算她查出來，要查這人的門派還是得費一番功夫。如今的玄門外患不少，她傷了這隻貓鬼，很明顯得罪了施法的人。若要跟這人鬥法，她怎麼也得弄清楚對方背後有沒有勢力，有沒有可能給玄門帶來麻煩。

這就是她為什麼非得找衣妮問問的原因。

現在看來她是找對了，或許今晚就會有答案。

夏芍和徐天胤一起離開京城大學，兩人現在愛上了在家裡做飯的感覺，因此路上順便轉道去買了菜，回到別墅自己做飯吃。

下午夏芍沒什麼事，她打算去公司一趟，但沒去成，因為她接到了一個陌生的電話。

夏芍的私人電話號碼知道的人很少，能打到她手機上的人，要麼是打錯了，要麼……

她接起電話，隨即挑了挑眉，原來是徐天哲。

徐天哲能查到她的私人電話號碼，夏芍一點也不驚訝。他約夏芍在一家高級會館見面，夏芍沒有拒絕的道理。她掛上電話，跟徐天胤說了。徐天胤眉頭輕皺，牽起夏芍的手，「我陪妳。」

「你當然要陪我。」夏芍輕笑，「不過，你陪我到會館外面就好，我自己進去跟他談。」

徐天哲約夏芍見面的會館與華苑會館是全然的兩種風格，金碧輝華，很是氣派。

會館的經理親自出來迎接夏芍，表現得相當熱情，又是握手又是寒暄，一路將夏芍帶到專屬於徐天哲的會客室。夏芍進門的時候，便聞到了熟悉的碧螺春香氣。

「聽說夏小姐喜歡喝碧螺春，希望我招待的對。」徐天哲在夏芍坐下後，開口笑道。

夏芍笑笑，「我更希望今天徐市長的招待不僅僅是這杯茶。」

夏芍開門見山，徐天哲卻是端起茶喝了一口，放下時才道：「昨天我母親有些生氣。」

他竟是不提那名車禍身亡的官員的事，而是說起了華芳。

夏芍微微挑眉，「哦？只是有些？」

徐天哲沉默了一會兒。

昨晚回到家，他的母親發了好大一通火，言語間皆是對夏芍的不滿。長這麼大，他第一次看見母親這麼生氣，而這一切全是因為昨天眼前這個少女的故意為之。

「夏小姐，我覺得妳做事都沒在考慮後果。」徐天哲看著夏芍，「舞會上打嵐嵐，家宴上使手段逼我媽離席。我知道妳想進徐家，可我看到的是妳在樹敵。」

「那徐市長呢？你也是我樹立起來的敵人嗎？」徐天哲沉得住氣，就是不提那名官員的事，夏芍卻不順著他拐彎抹角，而是直入主題。

徐天哲微愣，他以為她至少會解釋這麼做的理由，但是她沒有，這讓他皺眉，「夏小姐，我知道有句話叫藝高人膽大，妳有些古怪的本事，可這不代表妳可以為所欲為。妳若嫁進徐家，我們就是一家人，但妳得罪了我母親，得罪了嵐嵐，徐家有不喜歡妳的人，妳覺得妳嫁進來，以後會過得舒心嗎？」

夏芍好笑地看了徐天哲一眼，似乎覺得他很天真，「徐市長，我認為你應該知道，在絕對的力量面前，所謂的『不喜歡』不過是小孩子的情緒。」

她壓根兒不在乎華芳和劉嵐喜不喜歡她，在她眼裡，她們的不喜歡，對她無法造成任何威脅，那不過是小孩子在耍性子。

徐天哲看了夏芍一眼，終於拿出一疊資料丟到夏芍面前。資料在夏芍面前散開，一頁一頁，全是那名車禍身亡的官員死亡的慘照，「夏小姐，我想妳錯了，這世上絕對的力量是國家的法律，不管妳是什麼人，犯了罪，妳都逃脫不了法律的懲處。」

夏芍唇角緩緩揚起來，笑得意味深長，「徐市長，我從來不懷疑國家的法律，正因為我相信，我才知道法律是講證據的，敢問，你有證據嗎？」

徐天哲笑了笑，「我的確沒有證據，不過我知道這是夏小姐所為。妳在舞會上，不就是為了告訴我這一點？」

「那徐市長今天找我，是想告訴我什麼？」

「應該是夏小姐想告訴我些什麼。」徐天哲笑道：「這件事若是夏小姐做的，我們還有談的餘地。如果不是，那我們何必多談？」

兩人對望片刻，夏芍大方承認，「沒錯，是我做的，那現在我們可以談了？」

徐天哲嘴角揚起，「是，我們可以談了。」

他說完這話，丟出了一樣東西在桌上，似乎是可攜式錄音器。

夏芍笑了起來，笑得有些嘲諷，「徐市長，我不懂你的意思。」

「夏小姐是聰明人，怎麼這時候裝傻了？」徐天哲往沙發椅背靠去，眉宇間有著舒心的笑意，「妳何不按開聽聽看？」

夏芍看著徐天哲，比他還好整以暇，「是啊，徐市長何不按開聽聽看？」

徐天哲望著她這從容不迫的樣子，收斂起笑意，伸手把錄音器拿起來按下播放鍵。

結果裡面傳出來的不是兩人的對話，而是一陣刺耳的沙沙聲……

徐天哲蹙眉，把電源關上又打開，可聽到的還是雜音。

他沉下了臉，他不知道是怎麼回事，是夏芍搞的鬼，還是她運氣好，但既然意圖敗露，他也不打算再隱藏，而是哼笑一聲，「夏小姐別高興得太早，妳忘了這棟大樓裡還有監視器。」

「徐市長，我認為你應該先看看監視器的畫面。」夏芍的表情冷淡下來。

徐天哲看了夏芍一會兒，這才不確定地起身，走進內室打電話。半晌，經理告訴他，監視器剛才壞了，所有的畫面都受到干擾，看不清楚。不僅是他的會客室，整個大樓都是如此。

徐天哲放下電話，寒著臉回來坐下。

夏芍的笑容裡有著嘲諷之意。

她雖然才見過徐天哲兩面，便能看出此人城府很深。這樣的人善於謀算，不會喜歡這種被人威脅的感覺，所以他必須反擊，哪怕是攥個把柄在手裡，從今往後互相牽制。

互相牽制，也好過被人威脅。

經歷過被瞿濤用監控錄影算計的她，在這方面自是加倍小心。她進入這棟大樓的時候，就釋出龍鱗的陰煞。人在這樣的環境裡短時間不會受到什麼影響，但陰氣重的地方，訊號卻是會受到干擾。這跟夜晚開車路過墓地的時候，車裡廣播收訊總是不太好一樣。

徐天哲不是奇門中人，他的挾制手段，除了監視器、錄音，她還真想不出其他的來。果然，他就用了這一招。

徐天哲冷著臉看她，「妳是怎麼做到的？」

這句話不再是誘她招供的陷阱，即便是她說了，也只有他聽得到。

「怎麼做到的，徐市長不需要知道，你只要知道，這世上除了權力和利益，除了世人眼中徐家的地位，尚有在這之外的人就好。」夏芍冷冷地道。

徐天哲認真質問：「妳想要我支持妳嫁進徐家？」

「不。」夏芍的表情很冷淡，「我只想要你乖乖地做你的市長，做你的徐家二少，不該管的事就別管。」

徐天哲蹙眉。

「我不需要你的支持。」夏芍冷笑，「你們把徐家看得太高太重，在我眼裡，徐家有徐天胤才是徐家。如果他不在徐家，一個有你們這些眼裡只有利益的齷齪門庭，我才不稀罕進！」

徐天哲看著夏芍，知道她沒有說謊。

「徐家有人不喜歡我，我過門之後日子就會不舒坦？」夏芍還是笑得嘲諷，「你們把自己太當一回事了。我想舒坦，你們阻止不了。我要你們不舒坦，你們阻止得了嗎？」

徐天哲第一次臉皮發緊，臉色很不好看。

話雖不好聽，卻是事實。

「可是，我想讓你們舒坦些，因為你們是他的家人，他重情，他還是看重你們的。」夏芍垂下眼簾，「他重視你們，我只重視他。你們讓他過得好，我就讓你們過得好。你們誰讓他不舒坦，我讓你們全家不舒坦。」

夏芍站起身，走之前又道：「如果你不是他的弟弟，今天你已經跟資料上的那個人一樣。」

「我不需要你我互利，我大費周章地提醒你，只是希望你不要做傻事，因為你是他弟弟。」

「我不需要威脅你，你的身分在我眼裡沒有優勢。你若惹我，我可以殺你，但我不能，因為你是他弟弟。」

「我不需要你為我爭取嫁進徐家的籌碼，在我眼裡，你尚不能與他比肩。算計提防自家人，你已落了下乘。我看不上你，雖然你是他弟弟。」

徐天哲身子一震。

夏芍抬眼看了看這個房間的裝潢，看了看溫馨的裝飾，忽然笑了，「連你這樣的人，在爾虞我詐的縫隙裡都會覺得累，想在這種地方尋求安寧，何況是他？他對親情有多渴望，你多半不懂。」

「他不是你的敵人，他是你哥哥。」夏芍最後看了徐天哲一眼，轉身往門外走，走到門口，沒有回頭，聲音卻冷了，「這世上任何東西都能消耗，感情也一樣。如果有一天他不愛你們了，便是你們的死期。」

房門砰一聲關上，驚醒了徐天哲。

桌上的錄音器靜靜地擱著，此刻卻有些刺眼。

徐天哲起身走到窗邊往外看。

大樓外面有一棵合歡樹，秋風吹來，幾片枯黃的葉子落在夏芍的頭髮上。樹下停著一輛黑色路虎車，站在車邊的徐天胤看見，伸手幫她把葉子拂去，目光暖柔。

他開口問了句什麼，夏芍輕笑著答他，兩人不知是不是在說剛才的事。徐天哲站在窗邊，聽不見他們的對話，但表情能看清楚。

半晌，徐天胤打開車門，讓夏芍坐到副駕駛座上，幫她繫好安全帶，然後關上車門。

車門關上的同時，他轉身朝大樓看來。

徐天哲知道大樓的玻璃從外面看是看不到裡面的，也知道徐天胤應該不知道他身在哪個房間，但他還是在他看來的時候往後躲避。

他不明白為什麼要躲，也不懂有什麼可避，但他還是退開了，像作賊似的。

而且，躲開的瞬間，徐天哲震驚了。

他分明感覺到徐天胤的視線精準地射過來，似是早就知道他的位置。

徐天哲微愣，他彷彿看見徐天胤犀利的眼神中有著落寞之色。

『他不是你的敵人，他是你哥哥。』

夏芍的聲音似在耳邊響起，徐天哲忽然心生煩躁，他走回桌邊，手一揮，將桌上的錄音器和資料全掃進旁邊的垃圾桶裡。

垃圾桶砰一聲倒地，在地上滾了兩圈，徐天哲一驚，回過神來。

他盯著垃圾桶和掉出來的東西，像是不相信這是自己會做的事。等他再回到窗邊往外看時，徐天胤和夏芍已經離開了。

下午，夏芍還是去了趟公司。

慈善拍賣會之後，很多事情還待處理。那枚贗品刀幣警察帶走，于德榮、謝長海還在警局。

夏芍來到公司的時候，被告知警方需要就這件事請她明天去做個筆錄，她自然是應下。

這件事至今已有四天，尚不見王卓那方有什麼動作。據說拍賣會那天，王卓與一些朋友去國外度假，至今未歸，但發生了這麼大的事，他不可能不知道。他至今沒有動作，也不見想辦法把謝長海撈出來，不知他有什麼打算。

夏芍並不懼，見招拆招就是。

夏芍在公司裡待了一下午，新任的華夏拍賣京城分公司的總經理人選待定中。孫長德得知公司有內鬼之後，打電話給夏芍，反省道歉。他尚在處理華夏拍賣公司在其他省市的工作，國慶日都忙得沒空休息，但還是表示後天會來京城一趟，當面向夏芍致歉並推薦人選。

孫長德是華夏集團的元老，如今還能保持這份心，夏芍頗為欣慰。她當初決定聘用孫長德，就是看他面相沉穩忠厚，如今果然是沒看錯人。

這件事情發生在華夏集團裡，是夏芍首次發現有內鬼，自然不能這樣輕易揭過，開會敲打敲打那些高階主管還是需要的。於是，夏芍不僅讓孫長德後天來京城，陳滿貫、馬顯榮，以及所有華夏集團旗下拍賣公司和古董店的總經理，後天都必須來京城。

在公司看了一下午的卷宗，夏芍直到傍晚才伸了伸筋骨。徐天胤從沙發上起身，走到她身後，幫她按捏肩膀。

夏芍笑著閉上眼享受，甚至轉移陣地到沙發上，故意靠在徐天胤身上，要他幫忙按摩。直到她舒舒服服得快要睡著時，徐天胤從身後擁住她，低聲道：「回家吧。」

回家。

這個字眼讓夏芍心裡暖融融的。

兩人回去的路上買了菜，晚上做了四菜一湯，看起來倒真像是在過日子。

晚飯後，兩人在客廳看電視吃水果，還去臥室小睡了一會兒。夜深之時，夏芍在睡夢中感覺到身後的男人擁著她的手臂緊了緊，然後湊過來她頸窩輕吻。

夏芍動了動，聽徐天胤道：「時間到了，該去赴約了。」

第七章　幕後緝凶

夏芍和徐天胤到了京城大學的時候，正是子時。

離生物系女生宿舍不遠處的林蔭小道上，衣妮已經等在那裡了。

「有什麼東西給我看，拿出來吧。」衣妮開門見山。

夏芍倒是喜歡她這不廢話的性子，便也不多言，意念一動，道：「大黃，把那東西送出來給我們的朋友看一看。」

沒動靜。

夏芍挑眉，等了一會兒，才道：「讓你看個門，難不成你的塔被一隻小貓給占據了？連隻小貓也看不住，日後別去崑崙了。」

話音剛落，衣妮的臉色一變，「什麼小貓？」

與她的聲音同時出現的是一陣陰風，林蔭道兩旁的樹林沙沙作響，狂風掃著落葉在地上打成捲兒，夏芍胸前作為裝飾品掛著的金玉塔裡，一道黑色煞氣湧出。

煞氣一出，金色光芒亮得刺眼。衣妮見過金蟒，在漁村小島的風水師考核中，夏芍曾令它出其不意傷了余九志一條手臂。時隔一年再見，衣妮猛地往後退了幾步。

她感覺得到危險，這條金蟒的陰煞之強，與一年前竟有截然不同的差距。

她緊盯著那道冒出來的陰煞，想看個明白。

但是等啊等啊等，只等到了一條尾巴……

那傢伙的頭待在塔裡不肯出來，只伸出了尾巴，尾巴捲著一隻蔫了的東西。那東西被金蟒的陰煞挾制得灰頭土臉，但依稀能看出是一隻貓。

衣妮一看到那隻貓，臉色倏地變了，甚至不顧金蟒的陰煞太強，驟然奔近。

金蟒在她到來前，尾巴一甩，將貓鬼甩了出去，自己回到塔裡耍小脾氣去。衣妮隨著貓鬼在空中拋出去的軌跡轉身，跑了過去。夏芍抽出龍鱗，四張猙獰的人臉射向貓鬼，以四象封印的方位將其纏住，然後拖了回來。

衣妮見貓鬼被抓走，厲聲道：「把那隻貓鬼給我看看！」

夏芍微笑，「可以。作為交換，告訴我這個會貓鬼蠱的人是什麼來歷。」

「這是我們門派的事，妳最好別插手。」衣妮的臉色沉下來，「我可以幫妳做一件事，但這個人的事，妳別管。」

「我只想知道這個人的事。」夏芍不為所動。

衣妮有些惱怒，「江湖上插手別的門派事務，向來是取禍之道，妳不會不懂。」

「我對貴門派的事不感興趣，問題是，我已經得罪了這個人。」夏芍瞥一眼貓鬼，「這個人對人下蠱，謀財害命，我的兩名客戶都中了招。這隻貓鬼被我抓住，我已經跟此人結仇。」

「妳跟她結仇，我幫妳解決，不需要妳出手。」

「哦？我們之間的關係什麼時候這麼好了？」夏芍分毫不讓，「我怎麼知道妳能不能對付得了這個人？萬一妳應付不了，我還是得跟這個人照面。既然如此，我為什麼不先弄清他的來歷。所謂，知己知彼……」

兩人對望，靜默良久，誰也不肯退讓。

最後，夏芍退了一步，「我已經抓到這個人的一點尾巴，順藤摸瓜就能找到他。如果妳肯告訴我他的來歷，我可以考慮透露這個消息給妳。」

夏芍之所以這麼說，是因為她敢肯定衣妮與這個人有仇怨。她急切地想找這個人出來，所以這個人的下落對她來說，應該是個很好的誘餌。

果然，衣妮審視地看著夏芍，「妳沒騙我？」

「我沒這麼無聊，晚上不睡覺，特地半夜從家裡跑出來騙妳。」夏芍淡然道。

衣妮盯著夏芍的眼神並不放鬆，她指著貓鬼道：「這隻貓鬼也給我？」

夏芍惡意地笑笑，「那就要看妳提供的消息能不能讓我滿意了。」

「妳……」衣妮糾結。她咬著牙，似乎在天人交戰。

半晌，衣妮道：「好，我告訴妳，不過妳要發誓，不許往外說！」

夏芍見衣妮看她的眼神彷彿她敢洩密，她就一口咬死她似的，不由一笑，「道上的規矩，我還是懂的。妳不信我，也該信我不會拿玄門的聲譽開玩笑。」

這話果然比夏芍以自己的名譽發誓有效，衣妮看了夏芍好一會兒才點頭，「好，一個在風水師考核時以一對敵整個門派叛徒的人，我還算佩服妳的膽量，就信妳一次！」

衣妮不再廢話，深吸一口氣，「沒錯，這個人是我們門派的，她是叛徒，我要殺她！」

夏芍並不意外，按衣妮之前的表現，已經讓她有這種感覺了。

「據我所知，蠱術的門派，向來是母傳女，很少傳給外人。」

衣妮知道夏芍是在試探她說的話是否屬實，便哼了一聲，「我說要告訴妳，就不會撒謊！別把我想得跟你們這些異族人一樣，滿肚子壞水！」

異族人？

夏芍笑笑。這個女孩子不知在什麼地方長大的，竟用了這麼個詞彙，她只在一些古老的江湖軼事裡聽過這種稱呼。

「這跟異族還是苗疆沒有差別，那個人不也是你們門派的人嗎？蠱術是不傳外族的，叛徒也是你們本族的，不是嗎？」

這話似戳痛了衣妮，她陡然發怒，「對，所以她是我們族人的叛徒，要殺掉！」

對衣妮的暴戾，夏芍早就有所了解，她可以對一個有過口角的人下蠱，當時夏芍就斷定衣妮許是經歷過一些事，此刻看來，果然如此。

「她是我師姊。」衣妮說出這話，自己先呸了一口，「她是個狠毒的女人，為了一個男人背叛寨子，偷了我們族裡祕傳的貓鬼蠱術，還殺了她師父！」

果然是女人，夏芍蹙眉，臉色也變得嚴肅。

這麼說，這個人是欺師滅祖之輩了。

「她師父？」夏芍覺得奇怪，衣妮叫她師姊，那她不應該說「殺了我師父」嗎？

衣妮沒想到夏芍這麼敏銳，頓時咬牙，「她師父是我阿嬤！」

夏芍倒吸一口氣，竟是殺師殺母之仇。

怪不得蠱術門派走出寨子的人很少，衣妮卻來到京城大學讀書。怪不得衣妮年紀不大，看人的眼神總那麼鋒利。怪不得衣妮會練那種定時要放出來，否則就會反噬的蟲蠱。

「我追查她的下落很多年了，本以為這個不要臉的叛徒會出現在風水師考核上，沒想到她沒現身，但是我在考核的時候，認識了其他門派的人，從他們的言談裡，知道有人在很多年前在京城遇到有人放蠱，所以我就來了京城，誰知遇上妳了，運氣真差。」衣妮笑得森然，「太好了，總算讓我抓到她的尾巴了！」

夏芍垂眸，感覺到衣妮看向了她。

「我要說的說完了，現在該妳兌現妳的承諾了。」

夏芍略一思量，便把鄭奎飯店的事說出來，「對方的飯店叫興和，負責人是男人，不過我想他背後應該另有老闆，多半是那個女人。」

說話間，夏芍把貓鬼放了。那隻貓鬼被徐天胤斬去前爪，這幾天在塔裡也沒有受到供奉，如今更加虛弱，已經奄奄一息了。

衣妮念了個咒，把這隻貓鬼制住，然後察看一番，當下冷笑，「果然是隻老貓。有它在，我必定能叫她死得更難看。」她對夏芍點點頭，「妳告訴我她的消息，又把貓鬼給了我，我只告訴了妳門派的事，二對一，我還欠妳個人情。還是那句話，我幫妳做一件事，隨便妳提。」

夏芍笑了笑，這女孩子倒是恩怨分明，「那就先欠著吧。」說完，她轉身就想走。

衣妮在後頭叫道：「喂！什麼叫先欠著？我不喜歡欠別人！讓我幫妳做什麼，現在就想！」

「我只想要妳快點解決這件事，那隻貓鬼還困著我的兩位客戶。我已給他們下了符，但是治標不治本。他們要想康復，只有解了這蠱。若解蠱，貓鬼必死。若不解蠱，他們就得天天這麼吊著。國慶假期一過，我就考慮給他們除了這蠱禍。」夏芍回身說完，轉身便走，「妳要報仇就快些動手，需要幫忙也可以來找我。」

一張紙片破空直射向衣妮，衣妮下意識接過，低頭一看，原來是華苑會館的名片，上面有夏芍的聯絡方式。

「這是我的事，我說過不要妳插手！」衣妮如此道。

夏芍沒再回話，和徐天胤逕自走遠了。

當初她要查這女人的來歷，就是不想給玄門再添新仇，如今看來，這個女人勢單，還是蠱毒門派的叛徒，想來衣妮要對付此人，會召集他們門派的人馬，不需她插手。

那樣最好，他們自己的叛徒自己清理，她樂得什麼也不管。

第二天，夏芍去警局做筆錄，這才得知，于德榮和謝長海竟都招供了。

于德榮就算了，謝長海居然也招了。

謝長海一人扛下了所有的罪狀，他稱自己做這種把贗品送進拍賣公司的勾當不是一回兩回了，蓋因利潤驚人，便被他看作斂財之法。在華夏集團慈善拍賣會的事情上，華夏拍賣京城分公司的總經理劉舟被他收買，事情皆是他謀劃的，王卓在國外度假，並不知情。

那天在拍賣會上，于德榮說得很清楚了，這件事就是王卓的伎倆，為的並不全是斂財，而是事後把贗品的事捅出去，好讓外界認為徐王兩家交好。

然而，這件事沒有證據，警方也頗為頭疼，偏偏謝長海咬死了不改口。

據說他剛進警局的時候很囂張，稱他是王少的人，警方敢動他，絕對會吃不了兜著走。他拒不配合，卻沒想到在兩天之後忽然開口，承擔下了一切罪責。

夏芍覺得這裡面很有耐人尋味的地方。

王卓在國外度假，謝長海被抓進警局，按理說，他的手機和一切與外界通訊的手段都在秦系的人的控制之下，謝長海無法與王卓取得聯繫，但外面的人卻可以通知王卓。這件事明顯是王卓授意謝長海承擔罪責，那麼……指示是從哪裡傳遞進去的呢？

警局裡面自然不會都是秦系的人。

要麼是姜系的人趁機接觸過謝長海，要麼是秦系裡有內鬼。

當初在華夏集團拍賣大廳帶走謝長海的周隊長，從面相上看是個鐵血古板的人，他雖然知道夏芍和徐家的關係，但是對於她的提問都不予回答，只道這是警方的事。

周隊長只親自為夏芍做了筆錄，問明那天在廣場上古董做局的事，以及她發現公司裡有內鬼的過程，然後便讓她回去了。

臨走前，夏芍看了周隊長一眼，這才轉身離開。

從目前的案情來看，于德榮認罪，謝長海認罪，對華夏集團就已經有交代了。

至於王卓方面，則沒有證據。

且在外人看來，這件事已經對西品堂的聲譽造成影響，難不成還能真把王卓給送上法庭？那也太扯了，他可是王少。

大家都覺得以現在京城的局勢，就算是徐家，也不會跟王家徹底鬧翻。夏芍是可能嫁進徐家的人，徐家的利益就是她的利益，她怎麼也得考慮這些，所以應該會見好就收，不追究王卓。

事實上，夏芍不怕追究王卓會惹怒王家，她只是知道沒有證據證明王卓跟此事有關，就是到了法院，也不一定能判他的罪。再者，京城很複雜，如何知道法院裡沒有姜系的人？

所以，權衡之下，夏芍更願意要麼不動，要動就來個大清洗，讓這幫人無法再算計咬人。

國慶假期最後一天，華夏集團的大廈裡，華夏拍賣公司、福瑞祥古董店，各地高階主管齊聚。在這個還是假期的時間裡，會議事裡的氣氛肅穆。夏芍坐在董事長席位上，穿著白色套裝，淡然微笑，卻沒人敢抬頭。

孫長德、陳滿貫分坐她左右下首首席，前者表情愧疚，後者皺眉，一臉氣憤。其餘經理則相當震驚，他們直到今天才得知慈善拍賣會上的真相。

事情其實早就傳出來了，但是眾人聽到的是在拍賣會上夏芍對賓客們的那套說辭，許多人以為這就是事實，沒想到竟是內鬼所為。

孫長德在靜默的氣氛中站起來，他低著頭，非常自責，「董事長，這事我有疏失。人是我推薦的，我知道公司在京城落戶有多重要，所以拍賣公司總經理的人選，我仔細斟酌過。我調查過這個人，他之前沒有劣跡，他給我的印象也不錯，沒想到他一進公司就出問題。這是我的錯，我願意承擔責任。」

「確實是你的錯，那你就罰薪半年，從年底的紅利扣除。」夏芍淡淡地道。

孫長德道：「是。」他心甘情願，甚至覺得罰得有些輕了。

孫長德知道，這件事是華夏集團發現的第一例，按理說該殺雞儆猴。華夏集團發展至今，越來越需要人才。公司越大，事情越多，他一路陪著夏董走來，知道得力的助手對她有多重要，所以今天她若因贗品的事發怒，或者說出要他引咎辭職的話，他是不會答應的。

他有今天，全賴夏董當年慧眼。有這恩情在，她讓他走，他都不會在她需要人的時候走。

「還有我，我跟你一樣。」夏芍又道。

孫長德猛然抬起頭，「董事長？」

陳滿貫、馬顯榮、祝雁蘭等人也驚訝地看向夏芍。

「我身為董事長，因為課業的關係，對公司也有所疏忽。這次的事，不只是孫總有責任，我也有。」夏芍平靜地道：「這處罰決議會召開董事會討論，最終決定時，會給大家一個交代。」

孫長德看著夏芍，很是動容。

夏芍掃視會議室裡的眾人，「我是要你們記住，大家身在華夏集團，一榮俱榮，一損俱損。若有損，我不懼於承擔責任，它本就是我一手創立的，但也正因為它是我一手創立，誰要損它，我更不懼於要那個人負起應有的責任。」

眾人低頭，任何一個集團大了，都會有蛀蟲。不少人會私下撈油水，就連在座的人都不敢說自己沒動過歪心思，只是，今天過後，誰再有這種想法，就得掂量掂量了。

夏芍連王家的面子都不給，難不成還會給他們這些人面子？

這場會議開了整整一天，前面是檢討慈善拍賣會的事，後面乾脆做起了報告，讓各位主管報告近來各公司的狀況，並提些改革的建議。

晚餐夏芍是和這些人在飯店吃的，等散會時，已經是晚上十點。

徐天胤開車來接夏芍，這些經理不少人是第一次見到徐天胤，都不由露出討好的笑容。在眾人眼裡，夏芍若嫁進徐家，那華夏集團的地位和未來必是光明坦途，而他們身在華夏集團裡，說出去也是身價倍增。

夏芍上車的時候，陳滿貫和馬顯榮笑著出來送她，他們來趟京城不容易，平時都是大忙人，明天就要回青省，再見夏芍可能是過年的時候了。孫長德站在旁邊，想跟夏芍說些道別的話，又有點不好意思，惹得陳滿貫哈哈大笑，調侃道：「孫老弟，今天來的不是你，是你兒子吧？」

孫長德鬧了個大紅臉，他兒子才五歲，這罵人也太損了。

夏芍笑著看向孫長德，此時不是上班時間，她的笑容看起來像是對待朋友，也開玩笑道：「只有聖人才不犯錯，很高興你的目標是聖人。」

孫長德一愣，馬顯榮反應過來，噗哧一笑。

原本夏芍和徐天胤是要直接回別墅休息，但車開到一半，夏芍的手機鈴聲響了。她看了一眼，是華苑會館那邊打來的。

這麼晚打電話給她，很明顯事情不太正常。

夏芍按下通話鍵，猛地聽見那頭的華苑會館的員工驚恐的尖叫聲，那尖叫聲伴隨著嘈雜聲響，似是員工在躲避什麼，還撞倒了桌椅。

夏芍臉色一沉，看了眼徐天胤。徐天胤早在聽見手機裡聲音不對的時候，便轉動方向盤，快速朝華苑會館的方向駛去。

到了華苑會館門口，車子還沒停穩，有個人撞了過來。

砰一聲，那人趴在車頭前。

車燈一照，就見那人七孔流血，面色慘白。

夏芍大吃一驚，那人赫然是衣妮。

夏芍和徐天胤下車查看，徐天胤把夏芍往身旁撥，提著衣妮的衣領就轉去旁邊的草坪上。

衣妮方才衝出來，大抵是用了最後的力氣，此刻一點反抗的餘地也沒有。衣妮躺在地上，車燈照著她恐怖的臉，也照見她腫脹如甕的肚腹。

若此時有不明真相的人經過，定會以為徐天胤開車撞到孕婦。

衣妮的肚腹腫脹在偏上的位置，腹脹如鼓，她穿著的上衣被往上撐，露出的肚皮布滿血絲。

夏芍皺著眉頭，空氣裡有淡淡的腥味，與血腥味無關，是一種很難聞的刺鼻味道。

「她中蠱了。」夏芍望著衣妮腫脹的腹部，眉頭皺得極緊，「像是金蠶蠱。」

「嗯。」徐天胤點頭。

金蠶蠱在清代《驗方新編》中曾提到：「此蠱金色，其形如蠶，能入人腹，食人腸胃，其糞亦能毒人……此蠱不畏水火刀槍，最難滅除。」

其實用民間的說法，便是影視劇裡常見的下蠱方法。將百毒之蟲放在一個罐子裡密封，令其互相殘殺，過一年或者數年再打開罐子，其中僅存的一隻，形狀像蠶，皮膚金黃，便是金蠶。

以金蠶毒液或者分泌物下到食物裡，人食用後便會中蠱。中蠱後，周身皮肉如有數百蟲行，癢極難忍，且胸腹攪痛，腫脹如甕，七日流血而亡。

這也是令夏芍最不可置信的地方。看衣妮的症狀，像是中了金蠶蠱，可是金蠶蠱要通過吃東西才能中招，她若是去找那人報仇，又怎會吃她的東西？何況，衣妮本身就是草鬼婆，最擅長用蠱，即便是尋常的飯食，她也應該比平常人更敏感才是，為什麼會中蠱呢？

中蠱不奇怪，中金蠶蠱就很怪了。

夏芍心裡狐疑，但再狐疑，人還是要救的。

徐天胤還是不肯讓夏芍靠近，自己上前拎起衣妮，一路拎進華苑會館裡。會館裡值班的員工和保全還處在驚恐狀態，櫃檯上面的東西散落一地，還沾著血，一眼看去，很像是凶案現場。

夏芍在櫃檯後面找到一名女性員工，她蹲在後面，握著電話直發抖，一見到夏芍，如同看見救星，哇一聲哭了出來。

夏芍只得趕緊安撫她，還給那名女性員工補了元氣。

徐天胤提著衣妮上樓，夏芍留在後面先了解大致的情況，得知衣妮進來時還有意識，那時她尚不曾七孔流血。櫃檯的值班員工看她肚子有些鼓，以為她是孕婦。雖然對她這種時候來會館感到奇怪，但見她拿出夏芍的名片，便打了電話給夏芍。

在值班員工打電話的時候，衣妮開始露出痛苦的表情，眼睛、鼻孔流血，值班員工嚇壞了，尖叫著就躲到了櫃檯後面。

衣妮跌跌撞撞轉進來，伸手要抓她，把她嚇得四處躲避。此刻想來，她想抓的或許是電話，可那時候值班員工哪裡想得到那麼多，她的尖叫聲招來了保全。保全進來就看見衣妮「行凶」，幾個人當下圍上來，想把她制服。誰知她一回頭，保全一看見她的臉，也嚇了一大跳。

有膽大的保全拿起電棍把她往外趕，趕人的時候，大家看見衣妮的肚子，以為她是孕婦，不敢下重手，便輪流呼喝，將她一點一點往外趕。

幸虧夏芍接到電話的時候，地點離會館不太遠，不然趕過來，衣妮若是被攆走了，這副樣子在路上，即便不是中蠱而亡，出車禍也是難免的。

「董事長，這、這是……」幾名保全到現在說話還有些結巴。

「我的一位朋友出了點事，讓你們受了驚嚇，非常抱歉。」夏芍道。

保全們聽了，有的人露出受寵若驚的表情，有的則有些不好意思。聽說是夏董的朋友，他們還以為會挨罵，或者董事長看他們被嚇懵了，會覺得他們膽子太小而辭退他們。

「今晚的事都別往外說，把地上的東西收拾好，全部拿出去燒掉，不要再用。」夏芍看一眼散落一地的卷宗上滴著的血跡，皺了皺眉頭。

華苑會館接待的本來就是想請人看風水的客戶，來這裡工作，眾人就知道會遇到玄乎的事，但真正經歷了詭異的事情後，才發現之前覺得刺激是多麼的可笑。

夏芍吩咐把東西拿出去燒掉，保全們自然聽出這些東西可能有危險，當即擼袖子準備要去撿東西，卻被夏芍攔下，「別用手碰，都去戴口罩拿掃把，把東西掃出去燒掉。」

「董事長，這、這東西有毒嗎？」有兩個膽子大的保全問道。

「如果有毒，你們在這裡待這麼久早就中毒了。只是為了安全起見，讓你們這麼處理罷了。」夏芍對眾人的反應並不責怪，哪有人不惜命？遇到這種事，會退縮是常事，「放心吧，要真能毒死人，你們搶著做，我還不讓。把你們毒死了，我上哪兒去找活蹦亂跳的人賠給你們父母？」

這話帶了調侃之意，保全們全都笑了，各自聽令下去收拾東西。

夏芍又寫了兩張單子，交給其中一名膽量很大的保全，說道：「你走一趟，幫我把這單子上列的東西都買回來。」

那名保全低頭一看，一張上面寫著：「蒼術、白芷、雄黃酒、蘭草。」

只有四樣，但用量很大。

另一張單子上列出的東西很多，但用量少：「刺皮根二錢、常山四錢、山豆根五錢、乾蜈蚣一條、黃柏五錢、乾蜘蛛五隻、穿山甲五錢、白酒一瓶。」

前一張單子還好，後面這張看了讓人頭皮發麻，湊上來看的人都變了臉色。就算再不懂醫理的人也知道蜈蚣、蜘蛛這些東西是有毒的。

「董事長，那、那個人怎麼了？」有人忍不住問。

「別問那麼多了，照方抓藥就是。蘭草要是買不齊用量，明天去藥材行買，其他的東西必須先買齊。」夏芍邊囑咐邊看了眾人一眼，問：「誰知道這個時間去哪裡能買到活鴿？」

「活鴿？」眾人傻眼，眼下都晚上十一點多了，去哪裡買活鴿？

有人拍了一下腦門，「也許飯店裡有。」

這個時間也就飯店還開著門了。

夏芍點頭，看向說話的人，「好，這事交給你去辦。記住，要買白鴿。買回來之後，送去我房間裡，快去快回。」

夏芍吩咐完，轉身回了自己在會館的專屬房間。

衣妮躺在一張掐絲景泰藍的硬木太妃椅上，夏芍一進來，就又聞見刺鼻的腥味。

徐天胤站在一旁，見她進來便道：「是金蠶蠱。」

夏芍點頭，她也覺得是金蠶蠱，這症狀實在是分毫不差。

「那人既會祭煉貓鬼蠱，又煉得金蠶蠱，修為確實頗高。」夏芍站在太妃椅三尺外蹙眉。

金蠶蠱絕對不像民間傳言那般，尋百蟲放進罐子裡令其自相殘殺就能煉出來。夏芍知道，僅是煉蠱的日子就有講究，通常會在農曆五月五的端午節，毒氣最旺盛時煉蠱，不是端午的百蟲不成蠱。再者，煉蠱的罐子也有門道，要口小腹大，要通風通氣，還要緊實。煉蠱前，以及煉蠱的過程中，禱告、咒術都是不可少的。且少則一年，多則數年，不可中斷，否則傷主。

這些都是她從師父書房的古籍裡看來的，但究竟怎麼煉蠱，只有蠱毒門派才知道。這些都是祕法，莫說尋常人，即便是其他門派的人知道方法也未必能煉出來，驅蠱的方法也未必精通。

所以，夏芍雖然能斷定衣妮中的是金蠶蠱，卻對她怎麼中蠱的很困惑。或許只能等她醒來才知道。

「我讓人去買解蠱的藥材了，應該要一段時間才能回來。」夏芍道。

「嗯。」徐天胤走過來牽著她的手往內室走，內室有張床，「去睡一會兒，人來了叫妳。」

夏芍無奈一笑，「還睡，估計今晚都不能合眼了，明天能不能去上課都不知道呢！」

明天徐天胤要回軍區，夏芍也是假期結束後第一天上課，大學的第一堂課，她實在是不願意錯過，但也沒辦法，一切都得看稍後解蠱的情況樂不樂觀。

去買藥材的人回來得很慢，那名去買活鴿的保全倒先回來了。

他把鴿子提過來，不知道夏芍要幹麼，夏芍囑咐道：「把鴿子的血放完再拿過來。」

那名保全張了張嘴，但看夏芍表情嚴肅，便什麼也不敢問，趕緊下去照辦。

片刻，他又回來了，手上端著一碗鮮紅的鴿血。

夏芍接過，讓那人出去。按方中記載，這白鴿血該風乾再用的，眼下卻是沒時間了。

衣妮七孔流血不止，人在昏迷中。夏芍和徐天胤又等了一個多小時，去買藥材的保全才回來。他還是個細心的，把夏芍要的藥材各自分袋裝好。

這名保全跑了好幾家藥材行，把人家店裡所存的蘭草都買了下來，裝了小半麻袋。

夏芍見這人做事精細，點了點頭，「雄黃酒拿下去，你們每個人都喝一些，剩下的灑地。蒼術和白芷放到大廳的香爐裡，蘭草留一人份下來，剩下的你們幾個分了，拿回去煮湯泡澡。」

那名保全張嘴，沒想到第一張單子上的方子是給他們的。

「放心，你們沒什麼事，我只是按端午除毒的法子讓你們除除晦氣，只有好處，沒有壞處。」夏芍解釋道：「去吧，剩下的東西給我，再幫我拿一個藥臼子上來。」

「好。」那名保全把東西交給夏芍，這才轉身出去。

華苑會館向來養生，會館裡常熏香，藥臼子也有，夏芍有時看面相發現客戶身體不太好，也會隨手開一兩味養生的藥材，讓會館裡的員工研磨好再交給客戶。

保全去了一會兒就回來，把藥臼子遞給夏芍便要走，夏芍喚住那人，問：「你叫什麼名字？」

那名保全愣了愣，撓撓頭，有點不好意思，「陶大薑，俺爺爺起的名字。」

夏芍笑了笑，點點頭，便讓陶大薑走了。

徐天胤已經拿起打火機，將草藥中的刺皮拿出來燒，燒枯的部分研末放到一旁。

按方記載：「金蠶蠱不畏水火刀槍，最難滅除，唯畏刺。」這裡的刺，指的就是刺皮。刺皮是一種草藥，味苦，性平，有小毒，主反胃。

徐天胤將刺皮研磨的粉末用熱水沖泡，來到太妃椅前。夏芍把衣妮扶起來，徐天胤捏住她的下頷便往嘴裡灌。

昏迷的衣妮哪會吞嚥？夏芍用手指往她頸間脈門一按，她這才不自覺把水嚥了下去。

夏芍和徐天胤退到一旁等待。

等了約莫一小時，衣妮總算有了反應。

她陡然睜眼，眼角還淌著血，眼裡滿是血絲。接著往旁邊一趴，翻身就吐。

地上沒盆子，有盆子也沒用。只見衣妮吐出來的全是一隻隻活蟲，那些蟲身形像蠍，渾身呈金黃色，正是小金蠶。

徐天胤早早就把夏芍拉到身後，衣妮一吐，他已經畫好符，幾乎是那些金蠶落地的瞬間，符便打了下去。金蠶落地，還沒四處奔逃，便已死得不能再死。

衣妮吐了好幾口，吐完之後，渾身虛脫，就這麼癱軟在躺椅上，又昏迷過去。

夏芍發現衣妮鼓脹的肚子小了些，她立刻把刺皮研磨的黑灰再次沖水，又給衣妮灌了下去。

這回等的時間略短，四五十分鐘左右，衣妮翻身再吐，吐完肚子又更小了。

每次給她灌水，藥效發揮的時間越短，到後來十分鐘便吐一次。天濛濛亮的時候，她的肚子已恢復原樣，只是臉色仍然泛青，金蠶也許是除盡了，毒卻沒完全清除。

好在夏芍早有準備。

她把剩下的草藥常山、山豆根、乾蜈蚣、黃柏、乾蜘蛛、穿山甲和白酒拿出來，這些東西在等待衣妮吐金蠶的時間裡，已經用藥臼子磨好，分成三份放進酒裡，最後放了鴿血一起煮開，然後又餵衣妮喝了下去。

此方是從書中看來的，據說中金蠶蠱毒深者，此方必癒。只是夏芍未曾解過蠱毒，因此額外多了份心思，先找來刺皮根讓衣妮把金蠶吐盡，再為她解毒，如此確保萬無一失。

此方須服三次，眼看夏芍今天是不用想去學校上課了，於是她打電話給班導師，謊稱公司有重要的會議要開，必須請一天假。

依夏芍如今的成就，她並不需要綁在學校裡悶頭讀書，因此班導師沒有為難她，態度還很好，表示會跟學校說明狀況。

夏芍道了謝，這才掛了電話。

徐天胤今天也跟軍區請了假，給衣妮解蠱看著還算順利，只是頗耗時間。不過，最艱難的一晚已經過去了，夏芍一人就能應付得來，徐天胤其實可以回軍區，但他堅持陪在她身邊。

這天，兩人分早中晚三次給衣妮灌了藥酒，剩下的只能看她的意志力和蠱毒去除的情況了。

夏芍和徐天胤也沒什麼吃東西的胃口，晚上給衣妮灌過最後一次藥，夏芍見她臉色的青氣去了大半，但人仍舊在沉睡中，便只得跟徐天胤去內室休息。

兩人雖是休息，但沒睡沉，後半夜聽見外間有響動，立即起身出去察看。

衣妮醒了。她起先只是翻動一下身體，表情痛苦。夏芍走過去給她補了些元氣，約莫十分鐘，衣妮的眼皮才動了動，這是醒了，她七孔流血的情況早在吐盡金蠶後就慢慢止住。

夏芍讓人端了盆水來，幫衣妮擦洗身子，此時衣妮臉色雖蒼白，但青黑已去。

衣妮醒過來後，目光仍舊渙散，本能地要起身發難，可她哪有力氣？身體動了動，像是抽搐，隨後又軟了下來。

夏芍繼續給她補元氣，沉聲道：「妳現在很安全，可以放心休養。」

也不知是不是這話起了作用，衣妮沒有再折騰，又沉沉睡了過去。

她這一睡便又是大半天，夏芍無奈又請了假，直到第二天傍晚，衣妮才真正醒過來。

「……這是哪裡？」這是她醒來後的第一句話。

夏芍上前扶她起來，這丫頭很倔強，自己強撐著要起來，卻沒有氣力，最後還是夏芍扶她，還遞了杯溫水給她潤喉，然後打電話要員工準備清粥送上來。

衣妮的眼神慢慢由渙散變為清明，似乎想起了之前很多事，但她想不起來還好，一想起來，渾身一個激靈，臉上的表情瞬間殺氣騰騰的，甚至翻身下榻，可惜現在的她哪裡站得穩？她的腳一踏到地上，便摔倒在地。

徐天胤就在旁邊，卻是視而不見。

夏芍也是不理，只是看著衣妮，目光淡然，「妳要是真有能耐走出去，妳就去，我絕不攔妳。不過，妳若是再中了蠱，就別來找我。」

好強也要有個限度，她明顯是嫌命太長。

衣妮咬著牙，掙扎了好一會兒才爬起來，卻沒力氣爬回椅子上，便靠著椅子坐著大口喘氣。

夏芍點點頭，「還有力氣爬起來，那就是有力氣說話。現在我是妳的救命恩人，我要知道這是怎麼一回事。」

雖然跟衣妮接觸次數不多，但她的倔強給夏芍留下了深刻的印象，就怕她來一句「這是我們門派的事，不用妳管」。夏芍抬出救命恩人的身分來，就是要堵住她這句有可能說出口的話。

果然，這話讓衣妮抬眼。要她抬頭有些困難，她的目光此時不像往常那麼犀利，「我中了那個叛徒的……金蠶蠱。」

見她肯合作，夏芍態度這才好些，「我知道妳中的是金蠶蠱，不然找不到解蠱的方法，妳哪能活到現在？不過我很奇怪，妳是怎麼中蠱的？」

提起這事，衣妮就是一臉憤恨，「那個賤人，幾年不見，功力見長，竟然……煉成了無形的金蠶蠱……我找到她，一踏進房子裡，就……中了蠱。」

無形的金蠶蠱？

夏芍挑眉，這她倒是沒聽過。

「那是我們寨子裡祕傳的蠱術。把金蠶放在香爐裡，用祕法供奉，這樣的金蠶蠱是無形的，聞了香，就會中蠱……」衣妮說話斷斷續續，有氣無力。她自然不會說是什麼祕術，但以她的性子，起初連自己的任何事都不透露，現在能說出這些來已是不易。

這方法夏芍確實沒聽說過，世上的祕法，果真是奇之又奇。

「妳一進去就中了蠱，那怎麼跑到我這裡來了？妳那個同門師姊妹呢？別告訴我，妳是單槍匹馬去的。」夏芍問出這話，突然覺得，以衣妮的性子，還真有可能。那個人跟她有殺母之仇，她得知此人的藏身地，確實有可能忍不住殺過去。

嘖！這事是她事先沒考慮到！

沒想到的是，衣妮聽聞這話便苦笑，「哪有什麼同門，我從寨子裡出來就回不去了……」

夏芍很驚訝。

「我們寨子傳承祕法……女孩子從來不與外界通婚，也……不與外界接觸。我早年從寨子裡出來，一個人在外面生活，找那個女人的下落……現在找著了，我也回不去了……我現在在她們眼裡，也是叛徒……」衣妮低著頭，眼眶微紅。

夏芍愣住，心裡微酸。

母親遇害的時候，衣妮或許還小，心裡卻種下為母報仇的心願，但寨子不允許修煉祕法蠱術的女孩子外出，隻身出逃。從來沒與外界接觸過，她如何生活，如何考上京城大學，這一切不得而知，能知道的只是她為尋殺母仇人、門派的叛徒出走，如今仇人就在眼前，哪怕能為母報仇，她卻也變成叛徒回不去了。

夏上前去把溫水遞給衣妮，她連杯子都握不住，夏芍便拿著杯子讓她喝了兩口，她還有好多疑問還沒問，員工便送了清粥過來。

夏芍把衣妮從地上扶起來，讓她重新坐到椅子上，然後把粥端過去。

清粥裡什麼也沒放，衣妮卻狼吞虎嚥。

夏芍餵她吃，她許是覺得沒面子或不習慣，一直都低著頭，等到見了碗底，夏芍要把碗拿開，卻見一滴豆大的水珠落下。

衣妮不知哪裡來的力氣，抬起手臂擦去淚水。

「那個賤人也討不了好，妳傷了她的貓鬼，她元氣大傷，在屋子裡佈了金蠶蠱。我雖中蠱，但是宰了那隻貓鬼，看見她吐血了，她現在一定也不好過。要是現在過去，說不定能找到她。」衣妮喝了清粥，明顯恢復了些氣力，說話也不再斷續無力。

夏芍在意的是衣妮的前半段話。那隻貓鬼被她傷了，後來又放在金玉玲瓏塔裡由大黃看管，一直沒恢復元氣，而那人身為飼主，自然身子不振。她做下這樣謀財害命的事，或許不知是誰看破她的蠱術，但也一定會有所警覺。

這個女人也是狠角色，身體受重傷，不躲出去，卻在屋子裡佈下金蠶蠱，用祕法煉製，殺人於無形，只要踏進房子就中招。

夏芍忽然覺得很危險，如果前兩天徐天胤查出這個人的藏身之處，是兩人去找她嗎？

這個女人佈下陷阱，定是等著傷她貓鬼的人上門。或許連她也沒想到，她等來的會是同門。

「妳現在還確定她會在那裡等妳再找上門？」夏芍斂眸，「從妳中蠱至今，已經兩天兩夜。」

衣妮要是不殺那隻貓鬼，或許情況還好一點。如今貓鬼死了，那個女人受重傷，屋子裡佈有金蠶蠱的事也暴露，她會笨得在原地候著嗎？

「那也要去看看！那個賤人狡猾得很，說不定她就在原地休養！」衣妮激動道。她這一激動，便忍不住一陣咳嗽，她暫時無法走路，更別提去報仇了。

她自己也清楚，於是看了看夏芍手中的空碗，道：「再來一碗！」

夏芍哭笑不得，「妳以為再吃一碗，妳就有力氣站起來？再吃一碗，就能殺上門去？這只是清粥而已，不是大力丸。」

話雖這麼說，但夏芍還是按了內線電話，叫人再送一碗粥過來。

放下電話，夏芍看向徐天胤，衣妮說的不無道理，對方也有可能反其道而行，就留在原來的地方沒走。那麼，他們去，還是不去？

以這個女人的狠毒，她要知道是自己傷了她的貓鬼，害她被人殺上門，現在又元氣大傷，未免不會有報仇的心思。

其實最讓夏芍介意的還是，以她在京城的名氣，那個女人定然已經知道她是玄門的人，這次傷貓鬼，她未必猜不到她身上來，畢竟能傷貓鬼的人，不會一抓一大把。

如果這個女人猜出是她，先前不來尋仇只是因為她手中有貓鬼挾制，而她又身受重傷……

那如今貓鬼已死，她總有復元的一天。

夏芍蹙眉，她不喜歡這種被人盯著的，不知何時找上門來的不確定因素，她決定去看看。

當然，她不會像衣妮這麼魯莽，她問：「那個人住在哪裡？叫什麼名字？妳是怎麼查到她的藏身之地的？」

「那個賤人還需要名字嗎？她就是賤人！」衣妮咬牙切齒，但她說完之後發現夏芍看著她不說話，便不情不願地說出那個令她作嘔的名字，「她叫衣緹娜。她的藏身之地很好找，我去了那家飯店，把老闆抓來一問，他就說了。原本我以為給他餵蠱才能撬開他的嘴。哼，貪生怕死之輩，才打得他找不著北，他就全招了！」

夏芍心想，對方恐怕不是貪生怕死這麼簡單，他要是抵死不招，衣妮怎能找到衣緹娜的藏身之處？又怎麼會中蠱？

「師兄，你有辦法查查那個人還在不在藏身地嗎？」夏芍看向徐天胤，「我說的是不讓任何人涉險的辦法。」

「有。」徐天胤點頭，看向衣妮，「地址。」

衣妮看著徐天胤，露出今天第一個笑容，「真沒想到外界傳聞唐大師有兩名嫡傳弟子，女的已經名滿天下，男的神出鬼沒，沒人知道是誰，卻原來是京城軍區的少將。嘖嘖，少將和風水大師，根本八竿子打不著！」

夏芍瞥她一眼，「我倒是第一次發現妳這麼多話，還是在這麼虛弱的時候。」

「我喝了一碗粥。」衣妮的思維讓夏芍覺得很奇葩。

這時，清粥又送了過來，衣妮這回試著自己喝，堅決不用夏芍伺候。看著她勺子拿得直發抖，粥灑得桌上到處都是，卻還是倔強地靠自己，夏芍便沒有再堅持。

喝粥前衣妮報了地址，徐天胤便出去了。

夏芍不知道他是用什麼方法查的，只知不到一會兒他就回來了。

「人不在，已經走了。」

「不在？」衣妮喃喃道，嘴角還沾著粥粒，隨即她的臉上露出暴戾之色，「那個賤女人又逃走了！她去哪裡了？」

「出國。」

衣妮只是隨口咆哮發洩，她為母報仇付出了那麼多，眼看著死仇就在眼前，結果險些死在她手上，卻又被她逃了，更沒想到她隨口一句話，徐天胤竟然回答了。

夏芍蹙眉，「出國了？」

「泰國。」徐天胤點頭，「昨晚離開的。」

泰國？

夏芍的眉頭皺得更深。

「泰國？」衣妮目光驟變。

夏芍問：「妳想到什麼了？」

「她一定是去找她的相好了！」衣妮道。

「她的相好是降頭師？」夏芍問。

「不知道，但一定是奇門江湖的人。」衣妮恨恨地道：「那個賤人的修為哪有我阿嬤高，肯定是有人幫她！」

夏芍蹙眉，「依妳對衣緹娜的了解，如果她知道妳沒死，她會回來取妳性命嗎？」

「那個賤人，我巴不得她回來！」衣妮狠狠地道。

衣緹娜去泰國有兩個可能，一是重傷在身，深知留在京城若被她尋到，肯定敵不過，於是逃去泰國。二是她懷恨在心，去泰國除了養傷，還會找幫手回來報仇。

這兩個可能性無論是哪個，夏芍都得按第二種打算，而且……

夏芍目光微閃，徐天胤望著她，似看出她的想法，當下輕輕點頭。

兩人的目光交流落在衣妮眼裡，她忍不住問：「喂，怎麼了？」

夏芍不理她，而是對徐天胤道：「衣緹娜逃去泰國，未必不是好事，或許我們可以拿這件事做點文章。」

衣妮皺眉，「好事？」

徐天胤也不理她，逕自看著夏芍，「妳想利用她引降頭師過來？」

夏芍點頭，「不管她去泰國做什麼，哪怕真就只是逃出境外休養，也最好逼她回來……逼她帶幫手回來。」

衣妮聽到前半段眼睛一亮，聽見最後一句又茫然，「為什麼要逼她帶幫手回來？」

「妳想好怎麼做了。」徐天胤道。不是疑問句，是肯定句。

「嗯。」夏芍笑著點頭，「放消息出去，就說這個人在京城放蠱謀財害命，已被我識破。現在玄門已經查明她的身分來歷，還將她列入追殺名單。」

衣妮道：「喂……」聽不懂！

「玄門和降頭師有仇，未必會去泰國追殺她，她可能會識破。」徐天胤道。

「那就跟師父他們知會一聲，真的將她列入追殺名單中。除非她這輩子窩在泰國，否則只要她現身，就會被追殺。你說，這樣一個人，她可以不懼她師妹在身後追殺她，那是因兩人修為有差距，那她敢不敢承擔被玄門一派追殺，忍受一輩子被人盯著，到死都困在泰國？」

「她可以潛逃，玄門未必能盯住泰國的出境口。」

「但她也可能忍受不了，找幫手回來主動出擊。要知道，敵人的敵人就是朋友。」

夏芍和徐天胤一來一往，討論此事的成功率，最後徐天胤點頭，「有可能。」

「百分之五十的可能，很值得一試。」夏芍意味深長地一笑，笑容微涼。

沒錯，她就是想利用衣緹娜潛逃到泰國的機會，試試看能不能把降頭師給引來京城。當年暗害師父的凶手裡就有泰國的降頭師通密，玄門跟他有仇，他跟玄門也有仇。在清理門戶的時候，玄門殺了他的弟子薩克，據說通密記仇，這個仇他不可能不報。

通密到現在都沒有動靜，而夏芍目前在京城大學讀書，她有公司和學業的事要忙，未必有時間去泰國，乾脆挖個坑把對方引過來埋了。

夏芍原本打算在讀大學的這段時間，利用暑假領著玄門弟子奔赴泰國，為師父報仇，也順便尋回三名失蹤女弟子的屍骨，帶回家鄉安葬。

沒想到現在會遇到這麼一件事，讓夏芍有機可乘。儘管不是百分百肯定衣緹娜會被逼回來，但還是值得試試看。

「我來安排。」徐天胤道。

「不必，我想起有個人能辦這件事。」夏芍笑笑。她知道徐天胤在外執行任務多年，必然認識各條道上的人馬，可這事有危險，她不想讓徐天胤的朋友去送死。即便不是朋友，欠著對方的人情也不好。人情這東西，將來都是要還的。

「喂，你們到底在說什麼？」衣妮聽得很暴躁，若不是身體還沒恢復，她早就跳起來宰人。

徐天胤看向她，眼神冷颼颼的。

夏芍這才把事情向衣妮解釋。

玄門的仇人是降頭師，衣妮的仇人是衣緹娜。夏芍的安排，衣妮沒有意見，這是對兩方都有利的事，反正比衣妮追去泰國單打獨鬥強。只是這事有幾分成功的可能，尚待驗證。

衣妮醒來的時候已是傍晚，商議完這件事，天色已有些黑了，她的蠱毒剛清，身體還很虛，夏芍要她繼續休息，自己拿著手機走出房門，來到走廊上，撥通了戚宸的電話。

電話響了好幾聲，那邊才接起來，而且態度不是很好，「受委屈了，找我哭訴？」

夏芍無語，很不雅地翻了個白眼。這個男人可真記仇，上回她在舞會上話說太直白，氣得戚宸當場走人後，離開京城前都沒給她好臉色。時隔一週，他竟然還記著這事。

「沒人能讓我受委屈，我只會讓別人哭。」夏芍淡淡地道。

然後，她聽見戚宸在電話那頭哼了一聲。

夏芍不想跟戚宸鬥嘴，開門見山便道：「我想跟你要乃侖的電話。」

夏芍想讓乃侖幫忙散播消息，上回在皇圖，救他一命本是想著或許日後有用得著的地方，如今果然這麼快就用上他了。

戚宸道：「我記得我跟妳說過吧？電話給不給妳看我的心情，我現在心情不好，以後再說。」

說完，他竟然掛了電話。

夏芍盯著手機良久，不是因戚宸掛她電話而發愣，而是在他剛剛掛電話的時候，她似乎聽見開關車門的聲音，以及侍者恭敬的招呼聲。

也就是說，戚宸剛才在路上，現在不知到了哪裡。

他今晚有事？

夏芍略一琢磨，心想即便戚宸有事，此時也該剛剛進去，未到談正事的時候，所以她趕著這點時間又打了過去。

這次響的時間更久，等戚宸接起來的時候，只聽那邊聲音嘈雜，像是在舞廳。

「這件事很重要。」夏芍道。

她剛說完，便聽見電話那頭傳來一群女人的嬌笑聲，戚宸一如既往地狂傲，哼了一聲，卻又似乎帶著點笑意，「我的心情也很重要。」

「把乃侖的聯絡方式給我。那天我說話確實直白了些，讓戚當家折了顏面，我向你道歉，這總行了吧？」

電話那頭，女人的聲音又大了些，戚宸道：「不夠誠意，除非妳來香港拿，要一個人來。」

「我現在有事，剛開始上課，去不成。」夏芍鬱悶，為了救衣妮，她都曠課兩天了。

「既然沒有誠意，那就算了。」戚宸的聲音冷了下來，再次掛上電話。

夏芍蹙眉，如此兩番，她也有些不快了。再次撥了電話過去，接通的那刻，聽到那頭傳來嗲聲嗲氣的聲音：「當家的，這是跟誰講電話呢？」

皇圖娛樂城裡，音樂聲震耳欲聾，夜晚男女們的遊戲才剛剛開始。戚宸坐在沙發裡，雙臂搭在椅背上，黑色襯衫只繫了一顆扣子，黑龍盤踞他的胸口，令他看起來既狂野又霸氣。

他的腿上坐著一名妖嬈的女子，細腰豐胸，周圍陪坐的小姐都看著那女子，嫉妒不已。只是那得了戚宸青睞的女子此刻卻腰身挺直，笑容有些不自然的僵硬。

她是皇圖娛樂城的老人了，深知戚宸的行事作風，他從不在自己的場子跟女人亂來，即便是跟其他黑道老大談事情，對方要求女人作陪，他也只是招她這樣懂規矩的來逢場作戲，私下裡，沒有哪個場子的女人能接近他。

今晚壓根兒就沒有公事要談，他卻招了她來，這讓她莫名打了個寒顫。她想起那些場子裡自以為有些姿色的女孩子，試圖在戚宸來的時候使狐媚手段，戚宸當場都是應了帶走，但事後那些人都莫名其妙失蹤了。

戚宸像烈火，猜不透抓不著，沒人知道他喜歡什麼樣的女人，沒人能摸得透他，但他今晚點了自己，是天堂是地獄，且讓她賭一賭。

「當家的，這是跟誰講電話呢？」她故意裝出熟稔的語氣。

她沒想到的是，才剛說完話，戚宸便變得暴躁。

他在跟誰講電話，她聽不出來，能聽見的只有戚宸。

夏芍的聲音微涼，「既然你不說，那就不必說了，我自有其他管道能查到，但是我告訴你，這件事事關為我師父報仇，戚當家既然不想透露，我也不好強人所難。日後三合會的祭祀、修墳、安宅、嫁娶、開市、吉凶、問卜諸事請不必找我，我的心情永遠都不好。」

夏芍說完，便把電話掛了。

戚宸氣得摔手機，怒喝一聲：「滾！」

不待他腿上的女子起身，他便霍然起身，憤恨地走了兩圈。

那女子嚇得跌坐在地，站也站不起來。

戚宸忽然轉頭看向旁邊沙發上坐著的自己的部下。

洪廣嘴角抽了抽，韓飛笑咪咪地看戲，兩人懷裡摟著的美人都僵成了雕像。

展若皓單獨坐在一張沙發裡，身邊沒女人。

戚宸看著展若皓，臉色發黑，想說話，喘了幾口粗氣都沒開口，但他越是這樣，韓飛臉上的笑容就越大，忍不住笑出聲來。

大哥在應付女人這方面實在是太遜了，好好的展現大度的機會，硬是叫他把人給惹毛了。

結果，難受的還不是他自己？

傻透了！

韓飛沒說出來，他可不想再被發配到小島上「度假」，他才剛回來，還沒休息夠。

戚宸瞪了韓飛一眼，臉色更黑，又對展若皓大吼：「把乃侖的電話傳給那個女人！」說完，他像是想起什麼，補充了一句：「別說是我要你傳的。」

「噗！」韓飛沒忍住，再次笑出聲來。

戚宸突然抬腿踹向韓飛，韓飛反應也快，向後一仰，整張沙發向後翻倒。

雖然躲過了戚宸一腳，沙發上的美人們卻遭了殃，她們紛紛驚呼，裙底春光外洩，而韓飛已經身手敏捷地跳到旁邊。洪廣也在戚宸轉身的剎那就反應過來，從沙發上騰地起身，退到一邊。

展若皓沒被戚宸的怒火波及，他低頭發簡訊，連頭也沒抬。

夏芍掛了電話之後，非常鬱悶，轉身看見徐天胤站在門口。

「找乃侖？」他問。

「嗯。」夏芍點頭，「戚宸不肯說，師兄能查到嗎？」

「幫妳查。」徐天胤走過來，伸手擁住她拍背。

夏芍被他這哄人的動作惹笑了。

徐天胤安撫夏芍一會兒，夏芍的手機便響了，是簡訊的提示音。

發簡訊的人是展若皓，簡訊的內容是乃侖的電話號碼。

夏芍嘆了口氣。戚宸這人，她實在不知道說什麼好了。似乎能好好說話的時候，他從來都不好好說話，兩人從認識至今，氣氛就沒和諧過。

夏芍看著簡訊，決定打電話給戚宸。

她不覺得她在舞會上說的那番話有錯，只是確實太直了些。戚宸這樣自尊心強的人，不高興是難免的。今天也是，兩人的脾氣都太衝了，既然如此，也不必說誰對誰錯。夏芍向來不覺得自己孩子氣，朋友對她的好她都記得，想想依戚宸的氣性可能會氣好幾天，她決定主動跟他聯絡。

電話撥通，那邊卻顯示關機。

嘖！還是讓他氣著吧！

夏芍悶悶地掛了電話，轉而打給了乃侖。

乃侖自然不認識夏芍的號碼，她打了三遍才接通，接起來的是一個女人，說著緬甸話，夏芍聽不懂，但她知道這一定是因為乃侖小心，此時他一定在女人身邊。

她不管女人說什麼，徑直用國語道：「乃侖老大，還記得皇圖娛樂城，你的救命恩人嗎？」

電話那頭隨即傳來男人的聲音。

乃侖的國語說得不是很好，但可以交流，他豪爽地笑道：「原來是夏大師，怠慢了！」

夏芍也不跟他寒暄，直接說道：「乃侖老大好記性，既然沒忘了我，那麼一定不會忘記你還欠我一個人情，現在我有一件事正需要乃侖老大幫忙。」

乃侖沒接話，只聽夏芍說：「我有個仇人前幾天逃到泰國，我想請乃侖老大幫我在泰國放些話出去。」她把放出的內容說了一遍。

乃侖頓時哈哈笑了起來，「夏大師，什麼人能從妳手中受傷逃走？真是高手啊！」

這話聽起來像稱讚，其實是在試探。乃侖此人看似粗豪，實則精明，他見識過了夏芍古怪的手段，能從她手下逃出去，那必定是高手，而且能被玄門的人當成敵人，那一定是奇門江湖的人。讓他插手，得罪了這些人，他還有好下場嗎？

夏芍跟乃侖有過一面之緣，知道他的性子。她聽出他話裡的意思，也不隱瞞，「確實是擅長蠱術的高手，只是她傷了我的朋友，才讓她逃了，所以我想請乃侖老大幫個忙，散布消息。」

乃侖一聽夏芍肯說是什麼人，心裡先信了她一半，但她的話讓他不由拒絕，「大師，你們中國的蠱術和我們泰國的降頭術，聽說都是一家。夏大師實在是太高看我了，我乃侖雖然在金三角混得開，但也不敢得罪降頭師。今天得罪了這些人，明天我怎麼死的都不知道。」

夏芍沒說出放消息的真正目標不僅是衣緹娜，還有泰國降頭師，可乃侖還是相當擔心，在他看來，蠱術和降頭術一樣可怕。

「哦，那乃侖老大的意思是……風水師就是好得罪的？」夏芍挑眉，意味深長。

乃侖果然沉默了一陣兒，隨後笑了，「夏大師開玩笑了，我當然不是這個意思。」

「那你的意思是，我的修為不夠，不足以殺了這人，到最後還會連累為我散布消息的人被這女人所害，是嗎？」夏芍堵得乃侖一句話也說不出來。

「這……」

「這件事很簡單，只是讓你的人在泰國散布消息，再派幾個人盯著出境口，盯緊了這女人的動向而已。這與乃侖老大的性命比起來，實在是一件舉手之勞的小事。」

乃侖險些破口大罵，舉手之勞？這叫舉手之勞？聽起來很簡單，可她也不想想，那女人不是泰國人，要在泰國全境散布消息，還得讓她知道，這等於是逼得他把在泰國的勢力全部調用，明面的暗處的。等這件事過去，這些暴露的人手都得重新安排。

培養一個暗樁要花費多少年的心血？舉手之勞？確實是舉手之勞——她舉舉手，他就得把這些年的心血都給毀了。

當然，如果當初在皇圖，沒有夏芍出手相救，他也看不到這些苦心經營的心血，但這代價著實不輕，而且對方確實不好惹。他要做那忘恩負義的人，下場一定不會好。

「我把此人的照片和資料傳給你，以乃侖老大的實力，定能查出她在泰國的安身之處，到時一切就有勞你了。」夏芍一副「這事就這麼定了」的語氣。

乃侖無奈，有資料那當然是好些，散布消息的範圍能縮小，他暴露的力量能小則小，不過似乎也省不到哪裡去……唉！

「好吧，夏大師，這雖然是報答大師的救命之恩，不過我手下的兄弟也是冒了危險的。我知道中國人講究交情，以後要是兄弟有事，大師可得出手幫忙啊！」乃俞這就算應了下來，但還是忍不住想多爭取點利益。

夏芍笑笑，自然應下。

衣緹娜的照片和資料不難找，徐天胤既然能查到她的出境資訊，自然有她的護照資料，夏芍立刻安排將這些傳過去給乃俞，接下來便是等消息了。

衣妮在華苑會館又休息了一晚，晚上用留下來的那些蘭草煮水沐浴，第二天早上起來，身體又恢復了些。雖然還是虛弱，臉色蒼白，但是走路沒問題了。

她是個倔強的，不肯被當作病人照顧，一能下地走路，便恨不得一蹦三尺高，讓任何看見她的人都認為她很好，但會館裡看見她的員工只有驚恐、驚奇和走避。目光從她的臉瞄到肚子，再從肚子瞄回來，大抵是在詫異兩天前的「孕婦」呢？最後這些目光都被衣妮不客氣地瞪回去。

夏芍沒有跟員工們解釋衣妮中的是蠱毒，可她待在房間裡兩天三夜後再次出來，已經從那晚七孔流血的嚇人模樣變得活蹦亂跳，見到的人無不感到驚奇——喝了那副草藥就好了？

整個會館裡傳得沸沸揚揚的，衣妮一出現就遭到了圍觀。

夏芍任她被圍觀，自己則和徐天胤出了會館，來到車旁。徐天胤今天回軍區，要先開車送夏芍回學校，夏芍又想起買車的事，便與徐天胤約好了週末一起去看車。

等兩人說完話，衣妮才出來，臉色很難看，「妳的員工真是大驚小怪！」

「他們只是普通人，大驚小怪很正常，而且正是這群大驚小怪的人受了妳的驚嚇之後，還去跑腿幫妳買藥。」夏芍一句話把衣妮堵得說不出話來，隨後三人上車，回了京城大學。

夏芍一開學就缺課兩天，再次高調了一把。每個大學都有學生翹課，京城大學也不例外，本不是什麼新鮮的事，奈何夏芍從入學報到開始便成為風雲人物，因此發生在她身上的事，總會被無形中放大，於是她一回到學校就收穫了各種目光。

有人覺得一定是她公司有事，有工作要忙請假缺課不算什麼；有人則覺得夏芍清高驕傲，開學就請假，有種搞特權的意思。

除了這兩種聲音，京城大學裡這兩天還有些謠言，說夏芍放假期間肯定是和徐天胤出去玩，現在對她來說，最重要的就是討好男朋友，嫁進徐家，有男人就什麼都有了。

夏芍的朋友們自然聽到了這種言論，苗妍擔心夏芍生氣，便沒敢跟她說，反倒是中午吃飯的時間，柳仙仙不管不顧地拿出來調侃夏芍，夏芍這才挑眉，她說怎麼今早一回寢室，另外兩名室友看她的眼光都有些奇怪。

雖然她不在意別人的看法，但是大學四年寢室的氣氛不好，她便有些不願將就，「這段時間我考慮過這件事了，住在宿舍很不方便，我打算搬出去住，這兩天就會跟學校申請。」

夏芍邊說邊夾了筍絲，苗妍、柳仙仙、元澤和周銘旭聞言都愣了。

「別啊，好不容易聚到一起，妳又想溜！有異性沒人性，要男人不要姊妹了是嗎？」柳仙仙眼睛瞪得圓溜，直覺夏芍要搬出去是想和徐天胤住在一起。

元澤看著夏芍，明顯也是這麼想的。

夏芍白了柳仙仙一眼，「妳的想像力真豐富，我師兄平時在軍區，妳以為我們有時間天天膩在一起？我是想搬去會館住，那邊有我的房間，離學校不算遠，住著也方便。」

若以前想搬出去住只是覺得宿舍不方便，現在夏芍卻是必須搬去校外住。泰國那邊正在撒網，萬一有事，她在外面比在學校便於反應和布局，而且她住在學校，萬一對方找來，對同學和朋友們來說也有危險。

「住會館？」柳仙仙眼睛一亮，「幹麼住會館？既然妳想搬出去，那咱們一起搬不就好了？從上高中老娘就住宿舍，實在是住煩了！要不，咱們出去租一間公寓住？學校後面有不少公寓，好多都是空著租給學生的，咱們也去租？」

夏芍無語，她想單獨搬出去，為的就是和他們分開，不給他們帶來危險。要是住在一起，那跟住在宿舍有什麼區別？

「元澤、周銘旭，你們兩個也去，咱們可以住對門！」柳仙仙不等夏芍說話，逕自安排起來。

元澤笑了笑，有些無奈，「我就不去了，我收到了學生會的入會邀請。」

按校規，學生當然是不能出去租房子住的，但這種事校方歷來阻止不了，可是身為學生會的成員，還是不好帶頭違反校規。

「你還真吃香！」柳仙仙鬱悶，但沒有多言。

夏芍笑著恭喜元澤，雖然她對京城大學的學生會沒什麼好感，但是如今已不是高中時期，每個人都有自己的路要走，元澤將來從政，京城大學的學生會將會是他很好的資歷。

「但願你能改變學生會在我心目中的形象。」夏芍調侃道。

元澤聳肩，「這麼看來，任重道遠。」

幾人都知道，夏芍青市一中的時候就跟學生會鬧得不愉快，到了京城大學，報到那天也與學生會的人有齟齬，她對學生會的印象向來是不佳的。

元澤蹙眉，「據我所知，學生會想邀請妳加入。這兩天妳沒來上課，我想他們會找妳的。」

這事還真讓元澤說中了，下午夏芍的課只有兩節，上完之後她打算去找班導師，申請外宿，但是剛下課，門口就來了四個人。

這幾人一出現，學生們就起了騷動，來人正是學生會的成員。

為首的是學生會長張瑞，張瑞身旁跟著的人是國際交流部長汪冬、實踐部長姜正文，以及就業規劃部長鄧晨。

這些部門在學生會裡有著舉足輕重的地位，比起生活部、文藝部、體育部等，更受學生們的重視，畢竟這些部門與學生們將來出國、就業、實習等事息息相關，因此，由張瑞帶領的四人隊伍一出現在教室門口，大家都注意到了。

眾人的目光齊刷刷盯去夏芍身上，羨慕嫉妒恨都有。

夏芍起身抱著課本走了過去，目光從張瑞身後的姜正文、汪冬和鄧晨身上掃過。

「張會長，你好。」夏芍不是喜歡高調的人，儘管知道學生會的來意，卻想著出去再說。

張瑞笑道：「夏董，妳好。聽說前兩天妳在忙公司的事，我們可是等很久了。學生會想找妳商量入會的事，占用妳一點時間，妳不介意去一趟學生會辦公室吧？」

張瑞很客氣，夏芍打量了他一眼。

張瑞的父親張權是京城市長，雖然是市長，卻是省部級高官。張瑞能成為京城大學的學生會會長，與其官二代的身分分不開，但這裡面也是有他自己的能力的，畢竟京城官員遍地，京城大學學生會幹部是官二代的不少，張瑞能脫穎而出，自有他的能耐。

方才他這話，聽著是客套，實則是說給其他學生聽的。

夏芍開學報到的時候，跟學生會發生了些口角，張瑞大抵是算計到她不太想加入學生會，於是便藉著寒暄之機當眾說出邀請夏芍入學生會的話，這有點趕鴨子上架的意思，如果夏芍不想給學生會難堪，她就不得不答應。

再者，夏芍和學生會有過節的事，全校皆知，如今學生會對她如此禮遇，會長和三位分量很重的部長親自來請，看在眾人眼裡，那便是以禮以德服人，夏芍若拒絕，到時只怕名聲不好。

一句話，學生會既能賺得好名聲，夏芍還能受到些壓力，張瑞算計頗深。

夏芍淡然笑道：「會長親自來請，我哪能說沒時間？走吧。」

張瑞眼睛一亮，當即跟夏芍「你請我請」地一番退讓，離開教室。

直到夏芍的身影再看不見，教室裡各種目光才化作感慨與恨。

學生會的門檻太高，夏芍是成功的企業家，是徐家未來的長孫媳，現在又要加入學生會，別人一輩子能占其一就樂得合不攏嘴的事，如今全被一人占了，果然是人比人氣死人。

大家不知道的是，學生會辦公室裡的氣氛其實不太愉快。

張瑞身為會長坐在首位，夏芍被奉為上賓，坐在張瑞下首，夏芍的對面，姜正文、汪冬、鄧晨三人並排而坐。

此刻，在場的四人都驚訝地看著她，好像是不敢想像她竟然會拒絕加入學生會。

「夏董，我想妳是不是對學生會有些誤解？其實妳可以多了解一下學生會。京城大學的學生會是國內歷史最悠久的愛國學生組織，一直走在時代前端，身負國家和民族的命運。許多學生以身為京城大學學生會的會員為榮，夏董是年輕一輩最優秀的企業家，國家發展經濟的棟樑之才，我想夏董既然如此優秀，應該不介意為同學做個楷模。加入學生會，引領我們國家最優秀的學子們走上成功之路。」張瑞一番話說的冠冕堂皇，情真意切。

夏芍卻依舊是那個態度，「張會長，我確實與學生會的人有過一些不愉快，但請相信我不會因此否定京城大學學生會的價值。我對學生會很景仰，也很敬重，不過，我加不加入學生會，並不影響我對學生會的看法。」

張瑞早該想到，當初入學典禮上演講都不帶講稿的夏芍，口才不會差。聽她這麼說，就是在推脫，他當即又想開口，但被夏芍搶了先。

「我想請問張會長，我不加入學生會，就不是京城大學的學生了嗎？」

「這……」張瑞一愣，「當然不是。」

「我不加入學生會，就無法成為其他學生的楷模了嗎？」

「這……」張瑞再愣，「當然也不是。」

他已經知道夏芍想說什麼了。

果然，夏芍道：「既然如此，我不加入學生會，我的價值也依然存在。」

「我只是覺得，依夏董的成就，加入學生會，能使妳錦上添花。」張瑞不自然地笑道。

「如果我的錦上添花會給學生會添麻煩，我是不會考慮的。」夏芍搖頭，「張會長，我很感謝你的邀請，如果我現在不是諸事纏身，我一定會答應，但我實在抽不出時間參與學生會的日常工作，我認為這是對學生會的不負責。責任二字是成就任何事的底限，如果沒有它，我也沒有今天的成績，所以請相信我不是看不上學生會，也不是因為跟學生會的人有過節而拒絕，而是我實在不認為我能勝任學生會的工作。」

「與其如此，不如不加入。」夏芍一笑，做出結論。

席間一陣沉默。

「夏董，妳真的不再考慮了？」張瑞問。

夏芍笑著起身，「張會長，還是那句話，我不是學生會的人，也是京城大學的人。世上很多事不是只有一種可能性，我雖然很遺憾不能加入學生會，但如果學生會有什麼活動需要我的支持，我還是願意的。日後同學畢業之際，華夏集團也會優先提供實習崗位。我們不能同在學生會共事，卻還是有機會合作。」

夏芍說完，便道：「我還有事，恕我先告辭了。」

她對有些發愣的張瑞點點頭，接著轉身離開學生會辦公室。

門關上後，辦公室裡一片寂靜。

這時，內室的門打開，一名學生會女幹部走了出來，正是宣傳部長王梓菡。

王梓菡臉色微沉，「她果然拒絕了。」

王梓菡一現身，其他人都看向她。

她沒跟著去邀請夏芍，剛才也沒現身，不止是因為她跟夏芍在入學報到的時候有些不愉快，張瑞擔心夏芍見到王梓菡心中不快，會拒絕加入學生會。更重要的是，京城大學的學生不知道，學生會裡的人卻很清楚，華夏集團的慈善拍賣會上出了件不愉快的事，跟王家有關。

王梓菡就是王家人，是軍委王委員的小女兒，王卓的妹妹。

王卓雖是京城四少裡最不值一提的人物，只能靠著母親家族的資產在京城開古董店，但王梓菡卻比王卓優秀。京城大學學生會宣傳部部長，將來要麼走上政壇，要麼去軍區從事政治工作。王家對她寄予厚望，她在學生會的地位也舉足輕重。

張瑞看見她，帶了三分客氣的笑，語氣遺憾，「還真讓妳說中了。」

為什麼遺憾，張瑞沒說。他看得出來，王梓菡不是很喜歡夏芍。

然而，剛才與夏芍的談話，他倒是發現她思維敏捷，頗有辯才，且不驕不躁，讓人很能生出賞識之心來。

不提官商地位之別，她的成就確實令人欽佩，而且她將來有可能是徐家人，以徐家的地位，她確實有資本驕傲。可她從頭到尾都沒表露半點看不上學生會的意思，雖然拒絕，但言詞客氣有度，聽著倒讓人沒那麼難堪，而且最後她還提出以後可以合作。

張瑞是聰明人，這是夏芍拒絕加入學生會卻想跟學生會保持友好關係的意思，再者，有了這麼一句話，便不至於讓學生會顏面掃地。

這時，鄧晨拍桌子怒道：「會長當眾請她她還拒絕，不是讓會長和學生會顏面掃地嗎？」

張瑞皺了皺眉頭，鄧晨占著個就業規劃部長的頭銜，實際上在幾人當中地位排最末。他沒有官家背景，家中是經商的，父親是民航業巨頭，僅是富二代而已。

鄧晨平時結交官家子弟，跟著姜正文，最會溜鬚拍馬，張瑞不太看得上他。

他道：「怎麼讓學生會顏面掃地了？她最後說的那番話你沒聽到？她表示學生會日後有活動，她可以贊助。以後畢業生實習，華夏集團優先提供實習崗位。你是就業規劃部長，這事對你也有好處，這麼句話你都聽不出來？」

鄧晨一噎，平時張瑞很少正眼看他，今天開口卻是為夏芍說話，他直覺這是張瑞針對他，咕噥道：「贊助和實習崗位我們家也能給……」

張瑞耳尖，聽見這話便臉色一沉，「實習崗位向來不是一家公司能承包的，我們需要的是多行業甚至是全行業的崗位。京城大學這麼多學子，每年應屆畢業生實習崗位有多少？你是就業規劃部長，不會不清楚吧？你們家吃得下這麼多？要這麼有能耐，每年京城大學還辦畢業招聘會安幹什麼，都去你家不就行了？你們家是民航企業，華夏集團是古董、拍賣、地產、網路傳媒企業。地產業這些年大熱，你知道僅地產公司每年能提供多少實習崗位嗎？網路傳媒更是發展的重頭戲，你們民航也能提供這方面的職位，但能有一家專業且發展前景廣闊的網路傳媒公司提供的崗位多？再者，我們歷史國學專業的畢業生，就業路子就窄，古董拍賣這一行倒不失為一個好的選擇。這些事不是你們一家能包攬的，需要多家集團公司與我們京大合作，這樣才能為學生們提供更寬廣的選擇。怎麼，除了你們家，你就看不上別人了？沒這麼大的胃，就別有這麼大的口氣！」

張瑞是學生會會長，向來有威嚴，在學生會裡，除了姜正文、王梓菡這樣有背景的人，張瑞對其他人是可以不必顧忌的。

鄧晨挨了頓罵，縮著脖子不敢再開口。張瑞他惹不起，惹了他對自己一點好處也沒有。見自己不過是說了句話，就被張瑞批成這樣，他索性不開口了。

王梓菡看了張瑞一眼，看出他似乎頗欣賞夏芍，便垂下眼眸，沒說什麼。

姜正文見王梓菡神色不豫，便笑了笑，伸手去拉她，「怎麼了？她拒絕被妳猜中了，這是妳料事如神，妳還不高興？」

姜正文輕聲細語，笑容還帶著些寵溺。他這樣子被其他女生見了，都會臉紅心跳，王梓菡卻是起了雞皮疙瘩，不由往後退了一步，避開姜正文的碰觸，徑直走去他對面坐下。

姜正文是姜家人，姜家三代僅兩子一女，姜正文是京城四少姜正祈的弟弟，姜家最小的兒子，素來受寵，但正應了那句話，越受寵的越不成器。姜正文與王卓一個樣，整天只知道追女人，他還很自戀，覺得自己家世好又帥氣，把自己當情聖，覺得女人都應該拜倒在他的西裝褲下，跟不少女生都牽扯不清。他怎麼考上京城大學的，人人心知肚明。

若不是姜王兩家交好，王梓菡都懶得理姜正文。

張瑞也懶得理姜正文，姜正文和鄧晨都不辦實事，這種事問他們一點用也沒有，因此，他看向國際交流部部長汪冬。

汪冬的家世也很深，他父親是地方上省政協主席，省部級別。汪冬在學生會的這些官家子弟裡，是少有的能辦實事的。他一向低調，但關鍵時刻，他的話是有分量的。

「汪部長，你怎麼看這件事？」張瑞問。

汪冬聽張瑞問話，這才道：「好辦。學生會將華夏集團優先提供畢業生實習崗位的事進行宣傳就可以了。或許我們可以再與夏董接觸一次，舉辦一場與華夏集團簽訂實習合同的舞會，這樣能把大家的注意力引開。即便有人注意到夏董不加入學生會，至少我們兩方傳達出去的訊息是友好的，誰的顏面也不會受損。學生會辦了實事，華夏集團引進畢業生，是雙贏的事。」

張瑞點頭，「嗯，我也這麼認為。」隨後他看向王梓菡，「王部長的意思呢？」

王梓道：「既然會長和汪部長都沒什麼意見，我也沒意見，學生會的權威不會受損就好。」

「好，那宣傳的事歸你們宣傳部管，事情就由妳去安排吧。改天我再找夏董一次，敲定簽訂合同的事。」張瑞拍板，這事就這麼定了下來。

夏芍離開學生會後，便去了班導師的辦公室。她申請搬出宿舍住到校外，理由是自己上課的時間之外，要處理公司事務，晚上留在公司有很多文件要處理。

這是正當理由，班導師沒道理不應，當下便說此事會報給學校，她等待批復就可以。

校方的批復很快，第二天就下來了。

才開學沒幾天，夏芍便要搬走，苗妍非常捨不得，幫忙收拾行李的時候動作慢得像烏龜，磨磨蹭蹭的，柳仙仙則在一旁邊幫忙收拾邊罵：「靠！我們系的老古板竟然不准我搬出去住，難道老娘的理由不正當嗎？老娘出去租公寓住，客廳大，方便練舞，多勤奮？那個老古董為什麼不同意？宿舍寢室那麼窄，能練舞嗎？」

「難道學校沒有練舞房？」夏芍接了一句，立刻遭到柳仙仙的瞪視。

「練舞房裡每時每刻都有人，老娘想要清靜一點，獨舞不可以嗎？」柳仙仙險些用長長的指甲去戳夏芍，「妳倒是自由了，轉身就忘了這些還在為自由而戰的革命戰友了是不是？」

夏芍無語，柳仙仙還沒貧完，「雖然認識妳這麼個革命叛徒是老娘的不幸，但老娘還是很有革命友誼的。妳就要走了，老娘決定今晚召集朋友，給妳餞行！」

夏芍更無語，她只是搬出去住，又不是遠行，每天都來學校上課，中午和晚上她們都聚在一起吃飯，餞哪門子的行？

柳仙仙柳眉倒豎，「妳這是什麼表情？難道妳不應該感動嗎？不應該羞愧嗎？不應該滿含淚光地表示今晚的餞行宴妳請客嗎？」

夏芍扶額羞愧，替柳仙仙羞愧。

所謂餞行，其實就是朋友們一起出去玩鬧而已。夏芍想著來了京城，還沒好好逛過京城，於是點頭同意。她打電話讓會館的司機開車來接她的行李，柳仙仙和苗妍跟去幫她安置。

夏芍在華苑會館的房間雅致舒適，比宿舍的寢室方便多了。她也沒有太多東西，不過就是些衣物和生活用品，稍微收拾好，三人便從會館出發，前往市區的一家主題酒吧。

這家酒吧很有特色，是柳仙仙等人國慶日放假期間發現的。夏芍陪著徐天胤，他們不好意思做電燈泡，就說這地方日後要帶夏芍來坐坐。

說是很有特色，其實就是比較常見的海盜風情的酒吧，但這家酒吧主題更狂野些。風帆、海盜船、航海地圖、邪惡的骷髏頭、海盜刀，暗紅色調，裡面像在舉辦一場狂歡派對。

這家酒吧沒有包廂，沒有樂隊，體驗的就是古典情懷和海盜時代的灑脫自由。桌椅全採用復古木製，中世紀打扮的美麗女郎端著托盤遊走在客人之間，客人的餐桌上全是大杯的啤酒、大盤的烤肉，還有女孩子們喜歡的乳酪和乾麵包。

元澤和周銘旭先一步到了，搶占最裡面角落的位置，他們知道夏芍不太喜歡吵鬧，這個位置相對清靜，而且視野也好。

夏芍和柳仙仙、苗妍一起走過去，苗妍點了乳酪和乾麵包，柳仙仙則要啤酒，又點了清淡的蔬菜沙拉。夏芍點了乳酪水果濃湯，男生們當然要烤肉。

身材火辣的女郎端著托盤上菜的時候，挑逗地擠著眉眼，「兩位小哥，你們的烤肉來了。」說話間，上半身前傾，胸前雪白的肉都快被擠出來了。

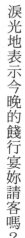

周銘旭的臉刷地紅到耳根，低著頭，眼都不敢抬。

元澤很紳士地道了聲謝，笑容一貫溫煦，相當有定力。

女郎走後，夏芍忍不住打趣：「怪不得你們喜歡來這裡，原來是這樣啊！」

周銘旭剛把頭抬起來，一聽這話，臉又紅了，下意識先看了眼苗妍，才擺手，「沒有沒有，小芍，妳別亂說！我們、我們來這裡是因為這裡氣氛好，烤肉、烤肉好吃！」

柳仙仙正喝著啤酒，聞言噴了出來，「烤肉？剛才看肉還沒看夠？」

周銘旭的臉紅得險些爆血管，「不是，我是說、我是說……我、我、我去洗手間。」

周銘旭借尿遁倉皇而逃，柳仙仙在後面笑得前俯後仰，肚子都疼了，直拍夏芍，「小芍，妳這青梅竹馬怎麼這麼純情？」

「妳知道他純情還打趣他？」夏芍說這話時，自己也忍不住笑。

「剛才妳不也調侃他了嗎？」柳仙仙瞪眼，反駁回去。

「我那是調侃元少，元少見過大場面，不怕。」夏芍笑看向對面的元澤。

元澤雙手交疊放在腹部前，含蓄一笑，「我也純情。」

夏芍：「……」

柳仙仙：「……」

苗妍眨巴著眼，看看這個，看看那個。

片刻後，幾個人大笑。

周銘旭去洗手間，半天都沒回來，大家覺得他是不洗幾把臉，不把臉上的紅暈逼回去是不會回來的，於是眾人便先開吃。

元澤吃得最優雅，烤肉入嘴，嘴唇不沾油漬，更是享受地眯起眼睛。

柳仙仙吃得最悶，喝著啤酒，吃著沙拉，看夏芍和苗妍一個喝濃湯，一個蘸著乳酪吃麵包，頓覺鬱悶，「晚上吃這種東西，妳們是在給需要保持身材的人下戰帖嗎？」

夏芍微笑，繼續喝濃湯。她每天會打坐，調整身體元氣，到了她這修為，不必擔心這些。

苗妍眨眨眼，有些不好意思地道：「我需要增肥……」

柳仙仙抱頭，覺得這種怎麼吃也吃不胖的人是女性的公敵，需要增肥的人更是全宇宙的公敵。

「行了，妳這個跳舞的人晚上敢喝啤酒，也是讓人羨慕的好體質了。」夏芍厚道地道。

柳仙仙翻了個白眼。她喝點啤酒倒沒什麼，畢竟每天練舞，運動量在那裡，但晚上她是一點也不敢碰高脂肪的食物，那些濃湯、乳酪、烤肉，也就只能看不能吃。

柳仙仙的目光從眼前的碗碟上掃過，落在烤肉上時微微一愣，夏芍、元澤和苗妍跟著看過去，也是微愣。四人這才覺得，周銘旭去的時間也太久了。

「我去看看。」元澤起身。

剛起身，便見周銘旭回來了。

酒吧裡燈光暗紅，人聲鼎沸，他遠遠走過來，瞧著沒了，幾人這才鬆了一口氣，心道這小子臉紅得真久，卻沒想到元澤率先發現對勁。

周銘旭臉色陰沉，他的左邊嘴角明顯腫了起來。

「怎麼回事？」元澤先問。夏芍、柳仙仙和苗妍都站了起來。

「跌倒了？」苗妍問。

夏芍蹙眉，心知不可能，跌倒了為何臉色這麼難看？周銘旭的性子向來憨厚，脾氣極好，少有這種神情，夏芍從沒見他臉色這麼難看過。

「出什麼事了？你被打了？」夏芍沉聲問。

周銘旭擦擦嘴角，氣悶地坐下來，「被狗咬了！」

「狗能咬到你的嘴角？」柳仙仙瞪眼，掃視了一遍酒吧，「是不是有什麼小混混打你了？我說你這性子怎麼吃了虧都悶不吭聲的？有人打你你就打回去，打不過就回來說一聲，我們幫你！還有吃了虧自己生悶氣的？」

「誰打你的？」夏芍也問，眼裡現出涼意。她知道周銘旭是不會主動惹事的，必然是有人欺負了他。也怪今天酒吧裡光線暗，才沒發現周銘旭被人打了。

周銘旭看起來有些心寒，「算了吧，誰打的都沒用。要是被外人打了，還能打回去。被自己人打了，上哪兒去打人？」

自己人？

夏芍匪夷所思，「哪來的自己人？自己人不都在這裡？」

「自己人不還有一個來了京城，一直沒見到的？」周銘旭沉著臉。

夏芍心裡咯噔一聲。來了京城，還有一個遲遲沒見到的，不就是……

「杜平哥？」夏芍不可置信。

「除了他，別人揍我，我早揍回去了！」周銘旭一聽這名字，就一肚子火氣，不小心扯動嘴角的傷，頓時齜牙咧嘴。他摸了下嘴角，更加氣憤，「我在洗手間看見他了。我們來京城這麼久，國慶日我去找過他，他不在，能怪我們不重視他嗎？去他的！也不見他有多重視我們，小芍妳去了青市讀書以後，他就變得很奇怪，不怎麼理我和翠翠姊了。我們倆還整天擔心他，熱臉去貼人家的冷屁股，後來他考來京城，說要打工，過年連家都不回，我們還以為他發奮圖強了，結果呢？我剛才在洗手間碰見他，他跟幾個公子哥兒在一起，我只是不小心碰了其中一個人一下，那個人就叫杜平教訓我。他媽的，他還真揍我，像不認識我似的！」

周銘旭發洩一通，聽得幾個人都愣了。

柳仙仙和苗妍不認識杜平，但是這麼一聽，就知道應該是夏芍的另一個從小認識的好朋友。元澤倒是認識杜平，以前在東市一中附屬中學讀初中的時候，兩人是同學，但元澤跟杜平不熟，卻知道杜平和劉翠翠、周銘旭都是夏芍的好朋友。

所以元澤相當驚訝。

夏芍更是錯愕，杜平裝作不認識周銘旭，還打了他？

「他跟幾個公子哥混在一起？」夏芍不太敢相信，她還記得那個在泥土地上翻跟斗的杜平，他總是一身正氣，有些憤世嫉俗，看不慣那些有錢人，他竟會給那種人當跟班？

「他在哪裡？」夏芍沉聲問。

「走了！難不成，真等妳過去？他有那個臉嗎？」周銘旭道。

夏芍蹙眉，元澤見她神色不豫，原本要說什麼，最終沒開口。

有些人在見識了生活水平的差距後是會改變的，只不過這事發生在好朋友身上，令人傷感，還是不提了，也許其中有什麼誤會呢？

可即便是有誤會，周銘旭這一拳也挨了，幾個人都沒了聚會的興致，最後是苗妍看見周銘旭嘴角青腫，提出去附近的醫院處理傷口。這點傷其實不礙事，但周銘旭沒說不去，反倒咧嘴笑了笑，雖然有些難看，好歹露出點笑面來。

離開酒吧，周銘旭沒去醫院，而是回京城大學的醫務室擦了點藥。晚上夏芍回會館休息，臨走前她看向苗妍，道：「以後我不在宿舍裡住，妳跟另外兩個人住一起，該硬氣的時候就得硬氣，千萬別被她們欺負了。」

苗妍聽了夏芍的話，覺得她一定是還在為周銘旭被欺負的事生氣，便趕緊點頭安慰她，「妳放心吧，我不太擅長跟人爭什麼，但是為了將來替我爸分憂，我也會學著應付這種事的。小芍，妳不用擔心我，我一個人正好逼著自己學起來。」

夏芍笑了笑，頗為欣慰。

出了校園，夏芍攔計程車去了首都大學的工商學院。

夏芍到了校門口的時候，已經是晚上十一點，她一路打聽，來到了金融系男生宿舍樓下。

「我想找金融系三班的杜平，能幫我看看他在不在宿舍嗎？」夏芍找了個男學生問道。

那人被夏芍的美貌男生驚豔住，二話不說就奔上樓，過了十分鐘下來，後頭跟了幾個看美女的學生，告訴她：「杜平不在宿舍。」

夏芍垂眸，在酒吧裡見到杜平是八點鐘左右，現在差不多到了宿舍關門的時候，她這才來他所在的學校問問，沒想到他竟然沒回來。

幾個男學生以為夏芍在傷心，有人咕噥道：「去！杜平那小子什麼時候有這種桃花運了？老子比他好多了，也沒個女朋友。」

「人家現在牛氣著，你能比？」

「是，比不了，拍馬屁比不了！」

幾個人說話嘲諷，聲音不大，夏芍卻聽得清楚。

有個男生道：「這位學妹，我看妳別等了，杜平經常夜不歸宿，這時候他不回來，那今晚肯定是不回來了。」

夏芍眉頭皺得更緊，她不想跟這些人打聽杜平平時的狀況，她寧願和杜平當面談。

「謝謝這位學長，這是我的電話，勞煩你等杜平回來給他，就說我等他電話。你說我姓夏，他就知道了。」夏芍拿出手機，跟這名男生要了電話號碼撥過去，讓他把自己的私人號碼記下。

旁邊幾個男生圍過來，探頭探腦，那名拿著手機的學生滿面紅光，連連點頭。其他人則是忿忿不平，憑什麼沒有美女留電話給他們？

回到華苑會館，夏芍處理完公事，與徐天胤通過電話，這才上床睡覺。

第二天，她一邊上課一邊等杜平的電話。

等了兩天，都沒等到。

兩天的時間裡，夏芍趁著沒課的時候去看望周教授，並由周教授引薦，去見了潘老父子。

貓鬼被衣妮殺了，不必再用其他方法解蠱，蠱術也算是解了的。

潘老一家見到夏芍，很是激動。不說別的，家中近期債務纏身，住院的錢都是華夏慈善基金解決的。向來錦上添花不如雪中送炭，對潘老一家來說，基金會的援手可謂是救他們一家於水火之中。如今恩人就在眼前，他們怎能不激動？

夏芍並非是來受人感謝的，而是告知潘老一家所遭遇的實情。

一聽說兒子中了蠱，一家人起初都不敢相信，連周教授都很詫異。

夏芍只得答應日後有時間為學者們單獨說說她所知的關於蠱毒的事。見夏芍說得篤定，潘老一家不由得不信，只是不知兒子得罪了誰，會遭此惡毒咒殺。

夏芍說對方是謀財害命，如今那人潛逃出境，玄門正在追捕。她告訴潘老一家，蠱毒已解，她畫的符可以繼續戴在身上，對身體恢復有好處。

潘老一家人應下，又想起周教授等人曾轉述過夏芍為自家兒子看相的事，還是有些擔心，就怕他這一劫還是過不去。

夏芍道：「禍福相依，若沒有人下蠱謀財害命，這劫許會應在別處，如今應在了這裡，可謂不幸中的大幸。日後大富大貴或許沒有，安然度日還是沒問題的。」

潘老一家大喜，對老人來說，兒子賺不賺錢不重要，能平安就好，而潘老的兒子經歷過生死大劫，也覺得陪伴在父母身邊，讓他們頤養天年不再擔心受怕才是孝順。他稱自己病好之後會在京城找份工作，邊工作邊還債，同時陪伴父母。

夏芍點頭一笑。潘家的事到此也算圓滿了，她原本不想介入旁人的生死大劫中，但被蠱術所害又有些不同，此事應不會擔業障。

至於潘老的兒子能不能找到稱心的工作，這不必她操心。依潘老在學術界的名望，又有周教授等人護航，怎麼也能找到收入不錯的體面工作。

離開潘家後，夏芍打電話給鄭奎，告知他蠱術已解，害他的人潛逃到泰國，玄門正在追捕中。鄭奎自是感激不盡，並在得知確實是那家飯店的幕後老闆害他時，咬牙切齒地表示等他的飯店周轉過來，會予以反擊，並表示週末希望能宴請夏芍，感謝她的出手相救。

潘老一家剛才也說要請夏芍吃飯，被夏芍婉拒了，鄭奎也一樣。夏芍稱自己最近很忙，以後有機會再說。

她沒說謊，她真的很忙。

華夏集團要和京城大學簽訂實習生定向合約，準備舉辦舞會。

她還在等杜平電話，心中許多疑問待解決。

她還想買輛出入代步的新車，已經和徐天胤約好週末一起去看車。

然而，杜平始終沒打電話給夏芍，夏芍又找了個晚上去他學校，仍是沒見到人。

朋友們到了這個年紀，各有各的生活，她也不是每天那麼閒有時間管，她有自己的事要忙。

反正遇不上，暫時就只能等了。

週五這天下午的最後一堂課，她迎來了選修課：風水概論。

第八章 爭車風波

夏芍按理並不需要報風水的選修課程，這門課的教授是周秉嚴，多年沒聽周教授的課，夏芍頗為懷念，怎麼也得捧一下場。報這堂課的學生還真不少，夏芍一進教室便愣了，幾乎滿座。

教室裡的談笑聲霎時一靜，眾人齊刷刷看向夏芍，夏芍則淡定地尋了靠邊的座位坐下。

「還好我料事如神，知道這堂課要占位。」元澤一坐下就笑道。

夏芍的朋友都來了，周銘旭自不必說，今天是周教授的課，他一定會來聽，而苗妍因自小有陰陽眼，對風水諸事堅信不疑。元澤則是因夏芍是風水師，對這門課感興趣才來的。

唯獨柳仙仙，理由令人哭笑不得，「身邊就有個神棍，幹麼不報神棍的課？老娘也聽了幾年神神叨叨的事了，現在有機會拿來混學分，不選這門課豈不是傻了？」

夏芍扶額，元澤一笑，「有她這種想法的人還真不少，所以才會這麼多人。聽說周教授的初衷是為了讓年輕人多了解些國學文化，且風水太過深奧，考試不會太難，因此這幾年來聽課的學生越來越多，當然其中不乏有為了混學分來的。」

夏芍挑眉看他，「你倒是消息靈通。」

「妳以為學生會是白進的？」元澤笑笑，「好處就是人脈、消息。」

夏芍笑了，說起學生會，華夏集團成為京城大學合作實習單位的事正在商談。舞會還沒定下時間，這件事便傳得全校皆知，搞得這幾天一些大四的學生在校園裡遇到夏芍便先毛遂自薦。

「又是一年新生報到，看著每年都有新面孔加入，我很欣慰啊！」周秉嚴笑道：「每年有新生到來的時候，我總是要講講風水文化，從《周易》到如今國內外易經的重視和研究，藉此引起你們對這門課的興趣。不過，這些內容想必大三大四的同學們都聽得耳朵起繭了。」

「今年我們就來點不一樣的。」周秉嚴話鋒一轉，說道。

「我退休的那幾年曾經回老家，在老家教了幾年書，收了一名很特別的學生。我教她國學書法繪畫，教她古董收藏，她算是我最小的一個弟子，但於風水之道上，我不及她所學的皮毛。」

周秉嚴是國學泰斗，卻說他連自己的學生都不如？

臺下的學生們臉色古怪，沒讀大學之前就成了周教授的學生？可是誰這麼奇怪去學風水？

「她今年很巧地也考上了京城大學，今天就坐在臺下。」周秉嚴又拋出重磅炸彈。

在場的人沸騰了，當下轉頭到處張望。

京城大學代表著全國最優秀的學府，專門培養現代科技型人才，而學風水的人是什麼？路邊算命的瞎子，鄉下給人看墳地的先生，或者是開著算命館混日子的所謂「大師」。

儘管京城大學開了風水課，儘管教這門課的是享譽國內外的國學泰斗，但有些根深蒂固的觀念還是難以一朝一夕改變，這也是周秉嚴最無奈的地方。

這幾年為了能讓校方同意開設風水選修課程，他磨破了嘴皮，跟玄學研究會的學者們在國內外四處演講，但還是有不少學生抱著看戲的心態。

這也是周秉嚴要在課堂上提起夏芍的原因，他再次掃了眼臺下的學生們，「我以前跟你們推薦過《推背圖》，有多少人看過？」

周秉嚴這麼一問，還真有不少人舉起手。當初周教授推薦時，說得神乎其神，兩位預言大師李淳風和袁天罡對唐朝及以後朝代重要事件的預測，無不應驗，而且《推背圖》連歷史朝代的順序都不曾亂過，不可謂不神奇。

周秉嚴見看過的學生超過半數，笑著點頭，「好。看過的同學應該知道，《推背圖》是唐朝兩位預言大師李淳風和袁天罡所著。李淳風是古代著名的天文學家、曆算學家，世界上第一位給風定級的人。他編著中國古代第一部星象巨著《乙巳占》，被譽為中國古代星象百科全書。他改進漢代天文渾儀，加黃道、赤道、白道三環，是當時世界上最先進的天文觀測儀器。他主持並註解的十部算經是世界上最早的數學教材，我國和周邊各國一直沿用到近代。」

「但很少有人知道，他著過《宅經》，被尊為風水宗師。他也著過《六壬陰陽經》，被稱為六壬祖師，是著名的占卜學家。同時，他還著有《金鎖流珠引》，是有名的符籙六甲典集，可以說是一位道家名人。」

學生們不由自主啊了一聲，覺得這跟剛才教授提起的他那學生似乎是一個感覺，明明是天文曆算學家，有如此重要的科學著作，卻同時是位風水師。

「這位先哲曾被後人評價為『古今知天文曆數者第一人』。在他仙逝之後，其陰陽學方面的造詣傳給了後人。經歷一千多年，至今傳了一百零六代，門派總部安居香港，其門下弟子在香港、華爾街以及東南亞各國富有盛名，其掌門祖師唐宗伯更是在華人界德高望重。」

學生們已經不知該說什麼了，好像越聽越覺得世界上有很多他們不知道的一面。

「我剛才提到的我收的學生，她便是唐老先生的嫡傳弟子，香港玄門第一百零六代傳人，所以今天這堂課有她在，我就不在關公面前耍大刀了，還是讓她上來給你們講課吧。」周秉嚴說著，望向臺下的夏芍。

夏芍苦笑地站了起來，她沒想到今天周教授會把她拎出來。

在身邊一群朋友看戲的目光中趕鴨子上架，往臺上走，教室裡卻是一片譁然。

「夏董？」

「騙人的吧？」

夏芍風水師的身分在內地沒有被媒體大肆渲染過，很多人並不知道。

「我是來聽教授的課的，沒想到會被推上來。教授，您老這是偷懶。這堂課上完，我可是要去您家裡蹭頓飯。」夏芍對坐到旁聽席的周教授開玩笑道。

周教授哭笑不得，「妳就知道吃。快開始吧，想吃飯得先幹活。」

夏芍笑笑。她原本是很意外，但見不少人半信半疑的目光，大抵也能猜出周教授的用心良苦。只怕這風水課開是開了，學生們認同度卻不高，周教授才會把她推上講臺。

也正因他知道大多數學生的想法，才在她上臺前說了那麼多話當成鋪墊。玄門祖師的生平被拿出來說了個遍，無非就是要震一震學生們，等她上臺的時候，受的質疑能少些。

夏芍掃了一眼臺下的人，忽然聽見一個吊兒郎當的笑聲，「我以為是誰啊，這不是夏董嗎？真叫人意外啊！」

只見教室中間，視野最好的位置，有個長相中上的男學生正笑著，表情頗是不屑。

夏芍有些眼熟，隨後想起他是學生會的幹部，那天跟著張瑞來請她的其中一人，名叫鄧晨。

鄧晨身旁坐著兩名打扮清純的女學生，她們陪著他一起笑。

其他人一看是學生會就業規劃部的部長，頓時閉上嘴巴。

夏芍挑眉，這明顯是來找碴的。

「夏董真厲害，不止事業有成，還是風水師！」鄧晨這話絕不是稱讚，傻子也能聽出其中的諷刺之意。說完這話，他又看向周教授，「教授，像夏董這樣的人才，她演講我們當然是願意聽的。您老直接拿出夏董的名頭就好了，說什麼古人啊。光夏董的大名，就能嚇死我們了。」

周教授被當眾擠兌，頓時皺起眉頭。

夏芍怒極反而笑了，「我倒不覺得鄧部長會嚇死，我覺得鄧部長的膽量很令人佩服。」

鄧晨皺眉，不覺得夏芍是在誇獎他。

夏芍問：「敢問鄧部長九歲時在做什麼？」

鄧晨莫名其妙地一愣，但見大家的目光都聚在他身上，不得不回答，語氣卻不是很好，「九歲能幹什麼？小屁孩一個！」

夏芍笑笑，「李淳風九歲時博覽群書，遠赴南坨山靜雲觀拜至元道長為師，學習陰陽學說。我不敢與祖師爺相提並論，但九歲時拜師祖師爺像前，接受風水傳承。」

鄧晨臉色一變。

夏芍又問：「敢問鄧部長十七歲時在做什麼？」

鄧晨這回知道了夏芍的用意，臉色發黑，知道不能再胡亂答。他悶了一口氣，想跳起來說老子十七歲的時候怎樣怎樣牛逼，但一時編不出來，只得悶著不吭聲。

「李淳風十七歲成為秦王李世民的謀士，官拜參軍。我還是不敢跟祖師爺相提並論，但十七歲時華夏集團初具規模，聞名青省。」夏芍道：「我大抵能猜出鄧部長十七歲時在做什麼，香車隨便換，美女隨便招，揮霍的是父輩的資產，仗著的是父輩的威望，敢問鄧部長個人建功立業否？」

學生們吸了一口氣，看看夏芍，再看看鄧晨。

鄧晨的臉色已經黑得像鍋底，沒有什麼事比事實更打臉。

「再請問鄧部長二十歲時在做什麼？」

鄧晨眼睛一亮，二十歲他加入學生會兩年，雖然還不是部長，但是是幹部。

「李淳風二十歲編撰大唐曆法，授將仕郎，入太史局。我今年尚不足二十歲，華夏集團如何，想必不用我多說。」夏芍不給鄧晨說話的機會，說完才問：「敢問鄧部長二十歲時功業如何？」

鄧晨哪還有臉說出來？

夏芍臉色一沉，聲音陡然拔高，「李淳風二十五歲著天文觀測和曆算的《法象志》，在朝為官四十八年，是天文學家、地理學家、數學家、陰陽大家。聽鄧部長的口氣，像是看不起古人。敢問鄧部長是此時功績比古人高？還是敢保證等你去世的時候能名垂青史千年？」

教室裡靜悄悄的，眾人大氣不敢喘。

夏芍冷笑，「古代先賢嚇不死鄧部長，我也沒那本事嚇死鄧部長。人無知，則無畏。」

鄧晨臉色黑一陣紅一陣。

「鄧部長無知，在座這麼多京城大學的學生是不會跟你一樣無知的。」夏芍的目光從鄧晨身上轉開，掃了眼在座的其他人，「誰能告訴我，木星自轉一次是多少年？」

夏芍話題轉換之快，很多人跟不上。

但迫於她的氣勢，有人舉手答道：「二十年。」

「土星呢？」

「三十年。」又有人答。

「土星、木星、水星的交匯週期是多少年？」

「六十年。」

「太陽系九星交匯是多少年？」

「一百八十年。」

夏芍點頭，「風水上有一個很重要很基礎的理論，叫做三元九運。一元六十年，剛好一甲子。三元便是一百八十年，太陽系星體運行規律與風水上的元運之說不謀而合。」

學生們瞪大眼睛，雖然很多人還不懂三元九運，但是聽起來似乎有科學上的道理。

「大家知道十二生肖的由來嗎？」夏芍問。

很多人搖頭。

「木星繞太陽一周為十二年，古人發現木星對地球人的影響很大，原來木星的體積和重量僅次於太陽。由此派生出十二生肖，所以木星又叫『歲星』，風水上值年太歲便是因此而來。」

眾人恍然大悟。

「剛才我說的『元運』，源自於古代占星學家的觀點。古代的占星學家認為，每二十年會有不同的星運，影響到人事運程。沒有不變的風水，因為運程每二十年都在變，風水輪流轉的說法就是出自此處。」

不少人張著嘴，這些確實是課本上學不到的，今天還是第一次聽說。

「在座有多少建築系的學生？」夏芍掃向教室。

眾人相互看看，有近半的人舉手。

「建築系的學生，對最基本的風水理論，我認為是應該學習和掌握的。」夏芍又道：「我問個問題，你們在設計一座建築的時候，會不會為求創新，而設計成四面缺角的形式？」

許多人搖頭。

「從美學上來說，四面缺角也不好看。」有人道。

夏芍點頭，「不僅不好看，缺西北角、東北角不利男，缺東南角、西南角不利女。風水講究天圓地方，房子要四角俱全才能安穩。」

眾人面面相覷。

夏芍拿起粉筆，在黑板上畫T字路口，T字下方又畫一座簡易的房子，「說點淺顯易懂的，你們覺得這個房子蓋在這個位置有什麼問題？」

有人來了興致，仔細看了看，道：「就這個房子嗎？孤零零的。」

有個女學生道：「房子的大門正對路口嗎？說不出是什麼感覺，就覺得路太直了，一條大路那麼直，看起來空蕩蕩的，感覺不太舒服。」

「學妹，路上有車，只是沒畫出來而已。」有人扶額。

眾人哄堂大笑，氣氛漸漸活躍起來。

周秉嚴非常欣慰，也很嘆服。他這兩年上課，盡力讓學生們對這門課感興趣，奈何勁兒使得不少，成效卻不大，倒是沒想到可以從建築系的學生入手。

夏芍點了頭，「那位女同學說得很對。男生的感官多理性，女生的感官多感性。」

那名女學生有些不好意思地笑了笑。

「從風水的角度上來說，這樣的房子所處的位置犯了路沖煞。我們居住在宇宙環境裡，每樣事物都有其氣場。一條筆直的大路，氣場很強，直沖入建築裡，裡面的人大多無法承受這麼強的氣場，便很容易出意外，有血光之災。」夏芍解釋道：「氣場學說太過抽象的話，我也可以從科學的角度說明。T字形路口，路筆直，房子在大路盡頭，人從裡面出來，遇到直直開過來的車輛機率很高，車禍的機率也就高。」

大家盯著黑板上的圖尋思，覺得似乎真是這麼回事。

「再說室內裝修，你們認為這種格局的房子有什麼問題嗎？」夏芍又在黑板上畫簡易的圖，圖中只是分了幾個格子，然後標明客廳、臥室、廚房、廁所。

這回眾人的興致更大，但盯著圖看來看去，沒覺得有什麼不對。

夏芍指了指廚房和廁所，「這個房子的廚房正對廁所，在風水上來說，不利主人的健康。大家可以想想看，廚房是做飯的地方，廁所是排泄的地方，兩者相對，空氣對流，廁所裡不太好的空氣進入到廚房裡，久而久之，自然會影響健康。」

眾人恍然。

夏芍又畫一張圖，大門、客廳、臥室在同一條直線上，「這個房子在風水上屬於穿堂局。一進大門，便是客廳，且一眼能看到主人的臥室，這種格局也不利健康。從心理學上來說，人是需要隱私的。客人來訪，一眼就能看見主人的臥室，主人會有種被窺看的感覺，久而久之，易生抑鬱、焦慮的情緒。」

其實豈止是不利健康，還不聚財。風水講究聚氣，氣從大門入，從臥室後的陽臺出，整個在一條直線上，入了便出，有財進門立刻會花出去。不過，這話夏芍沒說，很多事要循序漸進，由淺才能入深。對沒什麼概念的學生而言，她還是說得淺顯些更好。

接著，夏芍又畫圖說明了大門正對廁所、廁所或廚房在房子中央，以及廚衛相鄰的狀況，並簡單說了室內擺設的問題，比如床對面為什麼不能放鏡子，床頂為什麼不能有橫樑，床頭為什麼不適合掛太重的東西，如畫框等。

「你們設計這樣的建築和格局，或者在室內裝修的時候提供這樣的擺設，會產生很多問題。一個好的建築設計師或室內設計師，不僅要從美學的角度為客戶提供意見，還應該讓房間使客戶住得更舒心。華夏集團艾達地產在這方面就會對設計師進行培訓，一位能使客戶住得舒心的設計師，無論是應聘地產公司還是獨立創業，都能受到客戶歡迎。即使是非建築系的人，懂得最基本的風水擺設，對自己也有好處。」

當事情與自身的專業或者利益結合時，人都會產生興趣。

一堂課進行到最後，下課鈴響時，大家都覺得時間過得太快了。

夏芍進行最後的總結，「現代風水理論很多是古代先輩們智慧的延伸，風水學說是我們的古代先輩在沒有任何現代科技技術的條件下對自然的領悟，我們應該心懷敬意。無知並不可恥，科學的進步就是從無知到有知的過程。我們應該感到可恥的是，明明對一件事無知，還要對其抱持嗤之以鼻的態度。若先哲們都如此對待無知的事物，科學不會進步，社會也不會進步。我希望今天我們當成迷信的事，在未來有很大一部分可以成為科學。這件事任重而道遠，非一代人可為，可我期盼可以看到更多人尊重我們的傳統文化。只有民族的，才是世界的。」

夏芍用魯迅的話做結尾，然後朝臺下鞠躬致謝，「我不是教授，只是一個風水傳承者，感謝大家今天聽我講這一堂課。」

夏芍說完，又對激動的周教授鞠躬，這才下臺走回自己的座位，叫上朋友，離開教室。

直到夏芍的背影消失在門口，教室裡才爆出熱烈的掌聲。

夏芍對身後的掌聲充耳不聞，她跟朋友道別後便回了華苑會館，開著公司的車去買菜，準備回徐天胤的別墅。兩人說好了週末要一起過，徐天胤陪夏芍去買車。

徐天胤從軍區回到別墅的時候，天已經快黑了，他的車在前院停下，沒開去車庫。下車後，他快步走向大門，彷彿有些迫不及待。

這幢別墅買了數年，從來都是像旅館一樣的存在，如今卻因夏芍而成為了他的想念。

他想念這幢別墅，想要回到這裡，他總算有了一個可以回來的地方。

徐天胤打開大門，客廳裡燈光暖黃，電視開著，屋裡瀰漫著飯菜的香氣。夏芍正從廚房裡端菜出來，看見他回來，把菜放到桌上，然後笑著跑過來抱住他。

她的身上還帶著些油煙氣，徐天胤卻抱緊她深嗅。她覺得頸窩癢，想要躲開，還打趣他：「嗅一口不要錢啊？徐將軍，我們晚上去散散步看看車，順便再掏掏腰包？」

夏芍自是不缺買車的錢，但她跟徐天胤可不客氣。

徐天胤嘴角揚起，「好。」

夏芍放開徐天胤，兩人洗手吃飯。吃完飯，稍事休息，兩人便開車出去。徐天胤尋了處停車場把車子停妥，夏芍便牽著他的手沿著街道漫步。

兩側的霓虹燈閃爍，人潮來往熙攘，京城十月中旬還不冷，徐天胤穿著黑色薄衫，夏芍則難得穿短裙，上身罩著粉色薄外套。兩人手牽手，像是熱戀的情侶。

他們邊走邊逛，夏芍幫徐天胤買了兩件秋天穿的衣服，又補充了些家裡需要添置的小擺件，等走到街道盡頭，才想起今晚是出來看車的。

很巧剛過轉角，便看見馬路對面有個門面氣派的保時捷車行。

夏芍還沒想好買什麼車，正好進去看看。還沒過馬路，她看見前頭有家賣小吃的店，遠遠地便能聞到香氣，店門口排著很長的隊伍。夏芍拉著徐天胤過去一看，原來是賣京城小吃的店，有貓耳朵、蜜三刀、開口笑、藤蘿餅等等。

夏芍見店裡乾淨，店員忙得沒空抬頭，想必味道不錯。

徐天胤問：「想吃？」

「嗯。」夏芍看著徐天胤，「不知哪樣好吃，師兄小時候常吃哪些？」

徐天胤三歲以後只怕也沒在京城吃過風味道地的小吃了。

夏芍提起他小時候，自然勾起他童年的回憶，不過這次他手心沒怎麼發涼，神態也如常，夏芍見了暗暗鬆了一口氣，看來那天去了陵園之後，他的心結慢慢解開了。

徐天胤想了想，答道：「肉餅。」

夏芍噗哧一笑，男生果然喜歡肉餅比甜食多。

往店裡看去，還真有這樣的點心，煎得金黃，名字也有趣，叫做門釘肉餅，「好，就它了。我還想吃貓耳朵，師兄在這裡排隊，我先去對面的車行看看。」

這裡的隊伍少說要排半個小時，她不確定有沒有喜歡的車款，所以想先去看看。今晚說不定要走好幾家，最好還是不要浪費時間。

「好。」徐天胤對夏芍的要求向來是不拒絕的，但他也沒留下排隊，而是看看車流，牽著她的手送她過馬路，一起進了車行。

車行的銷售人員笑著迎上來，徐天胤道：「她要看車，帶她看看。」

銷售人員是名年輕的女性，身穿黑色套裝，領口露出半片傲人的雪白，妝容精緻。

她見徐天胤和夏芍牽著手進來，便知道兩人的關係，於是不多看徐天胤，只一眼便確定這個男人是金主，「先生放心，這位小姐需要什麼車款，我們會用心推薦的。」

徐天胤點頭，轉身出了門，過馬路，去對面的小吃店排隊買點心去了。

銷售人員愣了愣。一般來說，來車行買車，男女同行的情況下，男人都是金主。他們見多了為搏美女一笑，陪著看車，趁機炫耀自己對車子有多了解，再炫耀一下財力。即便是酷些的金主，也會坐在旁邊看雜誌，等女人挑好車就過來付錢走人。

她不由往對面看了一眼又一眼，心想這次不會看走了眼，來的不是金主吧？可看那個男人雖然不是西裝革履，衣服也不像是便宜貨……

「這位小姐，可以帶我去看車了嗎？」

銷售人員猛地回過神來。

「您的男朋友對您真好。」銷售人員為了緩解尷尬，誇讚了一句，隨後領著夏芍去看車，「不知您的預算是多少，我好幫您做推薦。」

夏芍微微一笑，「先看看再說吧。」

銷售人員見夏芍往裡面走，只得趕緊跟上。這回不敢再試探什麼，在後面介紹道：「保時捷是德國車，歐系車的優點是車身堅固，操控性好，安全性高，品質是可以放心的。」

夏芍沒有說話，邊走邊看。對方只說優點，可沒說缺點。歐系車的缺點是耗油，小問題多，經常需要進廠維修保養。不過，她首先考慮的還是看安全性和操控性，德國車倒是不錯。

正想著，她忽然瞥見前方的展臺上展示著一輛白色的車，線條流暢，令人眼睛一亮。

銷售人員見她去看那輛展示車，便跟過去笑道：「您的眼光真好，這是今年剛上市的車款，相比去年的款式做了小幅度的改動，外形的變化主要體現在大燈上，採用了原先只在高一級別的全反射式的大燈，線條少了原先的柔和，多了一分犀利，使得整體外觀更有衝擊力，甚至配備了現今最先進的動力系統。這款車另有檢測系統，可以確保及時檢驗出排氣和燃油中的任何故障。車上的安全氣囊和防盜裝置也很齊全，車子的時速每小時可達到二百八十三公里，絕對能帶您體驗風馳電掣的快感。」

銷售人員詳細地介紹，夏芍聽進去的不多，她正在糾結，畢竟這輛車是跑車。

她更喜歡家庭型或商務型的車，外觀雖然不時尚，但是寬敞舒適。徐天胤開的路虎車也是軍用越野版的，夏芍喜歡這類大氣的車子。她沒開過跑車，但眼前這輛車卻吸引了她的目光。線條優美，白色也是她喜歡的。

夏芍尋思的時候，銷售人員也在打量她，雖然不知道她的消費力如何，但還是說道：「我們車行裡就剩這一輛現貨了，您如果喜歡，今晚可以提走，晚了可能就要預訂了。」

「多少錢？」夏芍問。兩百萬以內她可以考慮，多了就不要了。她不缺錢，但也考慮實用性，初次嘗試跑車，不必買價位太高的。若是開著覺得喜歡，日後再換車就好了。

銷售人員一聽夏芍詢問價位，不由笑了。有錢的客人都不問價位的，看來……

她雖這麼想，還是笑著答了，只不過這笑容怎麼看都有些假，沒方才那麼熱情，「我們這款車雖是新款，可是在跑車裡也算不上太貴，含稅的話，定價是一百八十九萬。」

夏芍看得出銷售人員的表情變化，可她不想與這種人計較，還涵養極好地笑了笑，「確實不算貴，好吧，就它了。」

「咦？」銷售人員瞪大眼睛看夏芍。

夏芍好脾氣地笑笑，「不是就剩這輛現貨了嗎？那就辦手續吧。這款車的顏色我很喜歡，若是其他顏色，我可能就不考慮了。」

「好的！好的！」銷售人員哪管夏芍為什麼看中這輛車，她只看重自己的獎金。剛剛還笑得有些假，現在則是滿面紅光，「請您往這邊走，我們去辦理手續。」

夏芍點頭，剛走兩步才想起她沒帶信用卡。她的皮包便放在車上，她身上的衣服沒口袋，錢包和信用卡都在徐天胤身上。

夏芍喚住銷售人員，往車行對面看了看，見徐天胤前面只剩下十來個人，這才笑道：「稍等一下吧，我男朋友應該快回來了。」

銷售人員心想，果然付錢的是男人，但不管付錢的是誰，今晚這輛車能賣出去，她自然不怕等再等十幾二十幾分鐘。

「好，請您先去休息坐一會兒，我給您準備咖啡。」銷售人員殷勤道。

這時，一名身材高瘦，穿著時髦的年輕女子走進車行，一進來便道：「聽說你們這裡來了新款的跑車，在哪兒呢？我瞧瞧。」

其他人都看了過來，夏芍和那名銷售人員也一起轉頭。

當看清那名女子的模樣時，銷售人員的臉色微變。

其他車行的人都陪著客戶，見這情況，穿著西裝的經理笑著迎了上去。

「蘇小姐大駕光臨，真是讓我們車行蓬蓽生輝啊！」黃經理一上來便討好地道。

蘇瑜的視線在黃經理的頭上飄過，笑道：「行了，黃經理，每次來你都是這句話，你不煩我還嫌煩。帶我去看車吧，在哪兒呢？」

黃經理不惱也不尷尬，做了個請的手勢，便把蘇瑜請到展示臺上那輛白色跑車前面。

蘇瑜皺眉，「怎麼是白色的？我喜歡紅色的，你連這都不知道？」

「喲，這您可冤枉我了，您的喜好我哪能不知道啊？可是這次紅色的車款特別暢銷，我們車行已經預訂了，到現在都還沒消息。」

蘇瑜表情不悅，黃經理見了，趕緊為她介紹這輛車的性能，說得口沫橫飛，「……咱們京城真的就剩這一輛，您要是開到路上，絕對拉風！」

蘇瑜繞著這輛車走了兩圈，勉為其難地道：「算了算了，我的車都是紅色的，偶爾開白色的，就當換換口味吧，反正也開不了多長時間，膩了還得換。」

「蘇小姐的車，在京城稱第二，誰敢稱第一？我這就安排人幫您辦手續。」黃經理奉承道。

蘇瑜得意地笑了笑，掏出一張信用卡遞給黃經理，「拿去！」

從蘇瑜進來到決定買車，不過兩三分鐘，夏芍就站在十來步開外，見這情況挑眉，看向身旁的銷售人員，「你們車行就是這麼辦事的？」

銷售人員一臉尷尬，對夏芍內疚地點點頭，趕緊走上前去，「黃經理！」

黃經理停下腳步，有點不悅，那名銷售人員卻管不得這些，連忙在他耳邊嘀咕了幾句，黃經理不由轉頭看向夏芍。

蘇瑜不耐煩地道：「怎麼了？快辦手續，我等一下還有飯局，別讓我遲到了！」

黃經理和銷售人員都是一愣。

「有什麼問題嗎？」蘇瑜問。

「沒問題！沒問題！」黃經理竟是直接無視了夏芍，「您稍等，我這就去辦。」

「怎麼沒問題？我不是問題嗎？」夏芍冷冷地道：「黃經理，這就是你們車行的做派？」

黃經理沒想到夏芍會出聲，當即停下腳步，蘇瑜也轉過頭來，看向夏芍。

這一看，才發現眼前站著的女孩子長得很漂亮，肌膚白皙無瑕，如白玉雕琢般，令人屏息。

女人看女人總是帶著挑剔的眼光，尤其是遇上優於自己的，要麼欣賞，要麼反感，蘇瑜便是後者，她不悅地對夏芍道：「妳是什麼人？」

「我是在妳前面訂下這輛車的人。」夏芍道。

「黃經理，這怎麼回事？」蘇瑜質問。

「這……」黃經理看看夏芍，再看看蘇瑜，在看到蘇瑜板起臉時，陡然一驚，趕緊陪笑道：「沒什麼，這位小姐確實看了這輛車，但她身上沒帶那麼多錢，所以這輛車當然是蘇小姐的。」

「沒帶夠錢？」蘇瑜噗哧一聲笑了起來，隨後打量夏芍，「沒帶夠錢出來看什麼車？在我前面看上了這輛車？在我前面看上了這輛車的人多著，可是都有錢買嗎？」

蘇瑜瞟了眼黃經理手裡拿著的信用卡，一副教導夏芍的口吻，「下回買車，記得先帶錢。」

夏芍看也不看她，只是看著黃經理，「我怎麼不記得我說過沒帶錢？黃經理顛倒是非的本事，真是叫人大開眼界。」

蘇瑜目光凌厲地射向黃經理，「你不是說她沒帶錢嗎？」

「她、她是沒帶錢啊！」黃經理不敢得罪蘇瑜，便一口咬定夏芍沒帶錢，還端出職業化的笑容對夏芍道：「這位小姐，我知道妳看上了這輛車，本來妳是想訂的，結果蘇小姐先下了訂，妳心裡不痛快。可妳沒帶錢，妳也不能怨我們不是嗎？妳要是喜歡這個車款，我們可以幫妳預訂，妳看怎麼樣？」

「我身上不方便帶錢，我已經說過錢在我朋友身上，他就在對面，十幾分鐘就會過來，你們的銷售人員已經答應為我辦理手續。黃經理，你這事辦得可不厚道。」

黃經理當然知道，剛才的銷售人員都跟他說了，但他此時才故作恍然的模樣，隨即笑了，笑得很為夏芍著想，「這位小姐，其實我們推薦的車型款式都是為客戶著想的，不是所有客戶都適合同款型的車。就這輛跑車來說，確實是我們的銷售人員推薦失誤。其實我們一般人更適合買家庭款的車，實用又不貴。居家過日子，當然是實用省錢的最好，妳說是吧？」

黃經理邊說邊又看向在對面排隊買點心的那些人。會去排隊買那種小吃的，能是什麼有錢有勢的人？充其量不過是有點錢而已。

京城是什麼地方？家裡有個幾百萬家底的人不在少數，估摸著這個女孩子的男朋友也就是這種家庭。追女孩子嘛，顯擺顯擺財力，咬牙買輛一百來萬的車給女朋友炫耀。

這種人平時黃經理是最喜歡的，但今晚黃經理是寧願得罪冤大頭，也不願得罪真正的金主。

蘇瑜不是他們敢惹的人，她的背後大有來頭。

夏芍冷笑，「多謝黃經理的善意提醒，貴店如此為顧客著想，真令人有賓至如歸之感。」聽出夏芍這話是明褒實貶，黃經理裝糊塗道：「客氣，客氣。」說完，給了身旁的銷售人員一記眼刀，「平時是怎麼告訴你們的，連根據顧客的需求推薦車款都不懂嗎？還不趕緊帶著這位小姐去挑輛合適的？」

銷售人員偷偷瞟一眼夏芍，有怒不敢言。本來這單是她的，她也知道蘇瑜不好得罪，但剛才還是抱著試試看的心態跟經理說了，畢竟賣出一輛車去能分到的獎金不少。

經理說得倒輕巧，他把客人得罪了，人家還會在這裡買車嗎？

嘀咕歸嘀咕，為了保住工作，銷售人員忍了，硬著頭皮對夏芍道：「這位小姐這邊請。」

夏芍看也不看她，對黃經理冷聲道：「我可不需要黃經理為我著想。我買我的車，日子過得下去我就買，過不下去我就不買，難不成我連這麼淺顯的道理都不懂，要黃經理為我操心？」

黃經理見夏芍跟他扛上，臉也拉了下來，「這位小姐，我不記得妳剛才有看上這輛車，妳這是胡攪蠻纏。妳再這樣，我們就要叫保全來了。」

他說完，還看向旁邊的銷售人員，沉聲問：「這位小姐剛才看上這輛車了嗎？」

銷售人員一驚。她明白經理的意思，如果她答是，那明天她就可以不用來上班了，於是她只好硬著頭皮道：「沒有。」

夏芍冷笑一聲。

黃經理也冷笑，走上前兩步，在夏芍身邊壓低聲音警告道：「蘇小姐是有背景的人，可不是妳惹得起的，識趣的話，妳就別再糾纏，不然誰都沒好處。妳要還想在我們這裡買車，我們給妳優惠，要是不想就趕緊離開，別惹事！」

「哦？她有什麼背景，我倒想聽聽。」夏芍慢悠悠地道。

黃經理瞪著夏芍，不敢相信她居然如此不上道。

蘇瑜見黃經理三番兩次被打斷，早就不耐煩，正要發作，聽夏芍這麼問，她的不耐煩倒是緩了緩，露出好笑的表情來，似乎不介意黃經理透露一二，也不介意欣賞對方聽完後的表情。

然而，黃經理還沒開口，又有人走了進來。

那人一進來便問：「黃經理，我的車到了？」

來人是名軍人，三十歲不到的少校，個頭中等，長相一般，但軍裝在身，走路都神氣。

黃經理拉長的臉立刻往橫向發展，堆滿笑容迎了上去，「唉喲，崔營長，今晚我們這裡不知道吹了什麼風，蘇小姐在，您也大駕光臨，哈哈，我得去看看黃曆，今兒真是好日子！」

崔營長一聽，轉頭看去，見到蘇瑜後愣了一下，趕緊走過去，客氣地道：「蘇小姐也在？那真是巧了。有陣子沒見，蘇主任還好吧？」

蘇瑜對崔建豪的套近乎只是笑了笑，神態依舊高傲。其實兩人還真的很熟，從小在一個軍區大院裡長大的，只不過崔建豪的父親是總後勤部的，而她的父親是軍團政治部副主任。兩人的父親軍銜相同，但蘇家現在的地位比崔家高。

崔建豪見蘇瑜態度倨傲，眼下掠過陰霾。蘇瑜這個女人不就是王家內定的兒媳婦嗎？王卓那種人根本是蠢材，有什麼好得意的？

現在的王家已經不是以前的王家了，王老爺子過世後，王家只有二代在軍委獨撐大樑，三代不成器，要不然依王家一線世家的地位，哪看得上蘇家？但凡家裡有好女兒的，誰願意嫁王卓？

王家現在是與蘇家聯姻，藉此鞏固軍中地位，又與姜系聯手，往政界靠攏。這一系列的動作其實已經說明王家外表風光，內裡大不如前了。蘇家和王家聯姻，不過是看上王老爺子在軍中的威信，想給自家找些利益，再往上爬一爬而已。

崔建豪心裡哼了哼，表面上卻笑了。瘦死的駱駝比馬大，王家目前還是沒人敢惹的，「咦，王少呢？」

「卓少國慶假期陪我去杜拜玩了一圈，公司一堆事要處理，他說要再開一家拍賣公司，現在正忙著。我說要換輛車，他便讓我先來挑了。」蘇瑜邊說邊笑著往黃經理拿著的信用卡看了一眼。

崔建豪雖然看不起王卓做生意，臉上卻不動聲色，而是往蘇瑜身後的白色跑車看去，誇讚道：「好車！蘇小姐的眼光還是這麼好！」

「眼光好的不止是我。」蘇瑜哼笑一聲，瞥向夏芍。

兩人方才聊天的話，不是聾子都能聽見，但凡京城的人看見崔建豪身上這身軍裝，再聽聽兩人的對話，沒有猜不出蘇瑜身分的。

夏芍自然聽了出來。她在聽見王少的時候挑了挑眉，在聽見王卓要開拍賣公司的時候又挑了挑眉，隨即露出別有深意的笑容，這可真是冤家路窄。

夏芍自知慈善拍賣會上得罪了王卓，所以她把跟王卓有關的人的資料都讓徐天胤找給她了，當然知道王卓有個未婚妻姓蘇，父親是總後勤部軍需部的，怪不得鼻子朝天，原來是王家人。

蘇瑜原以為會看見夏芍後悔驚怕的表情，卻正撞見她莫測高深的笑容。

崔建豪聽出些不對勁來，佯裝關切地問道：「黃經理，出什麼事了？」

「沒什麼，不過是來了個難纏的客人，沒帶夠錢還想跟蘇小姐爭這輛車。」

崔建豪不可思議地看向夏芍，這一眼目露驚豔，隨即壓住，不管怎麼樣，蘇家是不能得罪的，「這位小姐倒是有勇氣，在京城敢跟蘇小姐爭車的，我還沒見過。不過，我勸妳還是別爭了，對妳沒什麼好處。」

「崔營長弄錯了，是我先看上的，是蘇小姐跟我爭。」夏芍微笑不動。

「妳——」黃經理氣極。

崔建豪挑眉，越發有興趣了。

這個女孩子看上這輛跑車，卻沒帶夠錢，想必家裡也算富裕。

「這樣吧，這位小姐向蘇小姐道個歉，然後我帶妳去別處看車。隨便妳挑，妳看上哪輛都由我付錢，怎麼樣？」崔建豪問。

黃經理驚訝地看向崔建豪，又看看夏芍，心想這個女孩子真是好命。

蘇瑜冷哼了一聲，「你倒是憐香惜玉，可惜人家有男朋友了。」

崔建豪一愣，蘇瑜像看戲一樣，望向對面，眉梢眼角都是不屑的笑意，「人家的男朋友可體貼著，正在對面排隊買點心呢！」

崔建豪張了張嘴，也一臉好笑，「那種地方能有什麼好吃的？這位小姐要是喜歡，打電話給飯店，隨傳隨到。」

夏芍冷笑。這些飯來張口茶來伸手的人，哪知道叫外賣沒有自己排隊買來的香？對她來說，男人買車給女人，不如為女人排隊買點心，這也是屬於她和師兄之間的小溫馨。

見夏芍不說話，崔建豪以為夏芍有些難堪，便笑道：「好了，就這麼定了，妳向蘇小姐道歉，我買車給妳。黃經理，去把我的車開了，這位小姐要跟我離開。」

「崔營長，我認識你嗎？」夏芍臉色冷了下來。

黃經理聽見這話，再也忍受不了，「妳不要不識抬舉，再不走，我就叫保全把妳轟出去！」

說話間，黃經理給早就注意這邊情況的兩名保全使了個眼色，保全當真走了過來。

崔建豪的臉色也不太好看，夏芍剛才的話像是一巴掌打在他臉上。他今晚穿著軍裝來的，覺得普通人見了怎麼也該畏懼些，而且他還說要送她車，別的女人聽了，哪個不是眉開眼笑？偏偏眼前這個不識抬舉。

這個女孩子美是美，性情實在不討喜，讓她受點教訓也好。

所以，崔建豪看見兩名保全不客氣地上前要架人時，他沒有阻止，而是冷眼旁觀。

然而，就在兩名保全要去抓夏芍的手臂時，手還沒碰到她，離她還有段距離，便不知為何，兩人的身體陡然一縮，像炮彈似的向兩旁飛了出去。

車行裡的所有人都呆住，兩名保全各自撞向兩邊的新車，落地時面朝下，顯然是暈了過去，而兩輛新車的車身赫然出現兩道凹陷。

黃經理最先反應過來，心疼他的車，那可都是款式最新的車啊！

崔建豪在黃經理跺腳的時候才回過神，他不知道剛才的事是怎麼發生的，如果不是這麼多人在場親眼目睹，如果不是燈光亮如白晝，保不准在場的人就以為見鬼了。

崔建豪在還沒細想的時候，便身體快大腦一步，伸手抓向夏芍的肩膀。眼看就要碰到她的肩膀，他心中大喜，可下一刻，他也飛了出去。

崔建豪根本不知道發生什麼事，只覺肚腹一痛，他就像是被撞飛一樣彈了出去。

夏芍嘆了口氣，看向擋在她身前的徐天胤。

這男人什麼時候來的？

這想法還沒在腦子裡轉開，崔建豪便飛出車行大門外，砰一聲落地，嚇得路人紛紛圍了過來。崔建豪眼前發黑，幾乎背過氣去。

蘇瑜眼珠瞪得都快凸出來，黃經理的嘴更是張得可以塞進鴨蛋了。

徐天胤轉身看向夏芍，問：「怎麼了？」

夏芍指著後面的白色跑車，慢悠悠地道：「我看上了這款車，本想等你來付錢，結果半路有人看上，那位黃經理發揚了趨炎附勢見風使舵曲意逢迎的最高境界，叫了保全來要轟我出去。」

徐天胤目光冰冷地望向黃經理，黃經理和他的視線一對上，打了個哆嗦，跳著往後退，邊退邊伸出手指著兩人，「你你你你、你敢傷人？報警！報警！」

車行的其他保全反應過來，立刻掏出手機來報警。

夏芍看著徐天胤，「他們要報警耶，我們是走還是留？」

黃經理氣得跳腳，對保全呼喝道：「給我把門關上，我看誰敢走！告訴你們，我們車行裡有監視器，你們跑不了的！」

夏芍看了黃經理一眼，眼神有著憐憫。算了，那就留下來吧。在這兒把事情解決，總比回家了還要被人打擾好。

「好香！」夏芍眼睛一亮，看向徐天胤手中的袋子。他提了兩個袋子，裝著貓耳朵和肉餅，都是剛起鍋的，肉餅還熱騰騰的，香氣四溢。

徐天胤遞給夏芍，「給妳，肉餅。」

他心細，跟店家要了塑膠手套，吃的時候不會把手指弄得油膩。夏芍戴上一隻，捏了一塊肉餅咬一口，幸福地瞇起了眼，「好吃，怪不得師兄喜歡！你嚐嚐是不是小時候的味道？」

夏芍把咬過一口的肉餅遞到徐天胤嘴邊，他低頭咬了一口，然後點點頭。

其實他不太記得小時候吃的時候是什麼味道了，不過她喜歡，他就覺得好吃。

夏芍笑咪咪地又咬了一口，吃得歡快。

眾人圍觀兩人若無其事地吃肉餅，黃經理一口血險些噴出來。

黃經理搶了一名保全手裡的手機，重新撥了個號碼，「高局長，我們車行裡有人鬧事打人，打了我的兩名保全，還打了崔營長……對，崔建豪崔營長……好，你們盡快，謝謝高局長！」

掛上電話，黃經理惡狠狠地瞪一眼夏芍和徐天胤。

蘇瑜這時也反應過來，她打電話給好朋友，說今晚有事不過去了，然後又撥了個電話，「喂？劉叔叔，我這裡遇到了一點麻煩，在保時捷車行裡……對，憑劉叔叔安排，謝謝劉叔叔。」

黃經理在一旁聽著，心中一喜，難不成是武警部隊的劉司令？劉司令肯定不會親自來，但派一隊武警來，也夠這兩個人受的了。

這時，崔建豪這才跌跌撞撞地爬了起來。他畢竟是軍人，抗打能力強，不像那兩名保全一樣暈了過去，但也在地上躺了十分鐘。丟了臉被人圍觀了不說，起來的時候眼前還發黑，腰腹針扎般疼痛。他伸手一摸，爆了一句髒話。

操！肋骨斷了少說三根！

崔建豪不可思議，他怎麼說也是軍人，竟被人一腳踹飛出去，還斷了三根肋骨。他的理智告訴他，裡面那人的身手這麼好，肯定有來頭，但他現在實在理智不了，長這麼大，從讀書到參軍任職，一切順利。三十歲的少校軍銜，擔任營長，他也算是年輕有為，而且他父親是總後勤部的，在京城少有人敢惹他，他何曾像今晚這樣丟臉過？

崔建豪惱怒，但他這樣肯定已無法進去跟人打架，於是他起身便也掏出電話，聲音大得裡面能聽見，「喂？是我！媽的，我被人打了，給我帶隊兄弟來，保時捷車行！快點，這是命令！」

黃經理在裡面聽見，又是一喜。

警察！武警！軍隊！

這兩人還跑得了？死都不知道怎麼死的！

他快意地看向夏芍和徐天胤，這一看，眼神直了。

夏芍正坐在她身後那輛白色跑車的車蓋上，手裡拿著貓耳朵，吃得津津有味。

黃經理眼前一黑，血壓升高。他嘴唇哆嗦，手也哆嗦——被氣的，氣得都不知道說什麼好了。

夏芍看著徐天胤，漫不經心地道：「他們叫了警察、武警、軍隊。警察就算了，武警和軍隊這樣出動，不算是違紀嗎？」

徐天胤把另一塊貓耳朵遞給她，還沒回答，黃經理先開口了。

黃經理冷笑，「違紀？告訴你們，在京城，有權就是王法，誰也不敢管！」

「哦……」夏芍點頭，一副受教的樣子，然後她看向徐天胤，問：「那我們有權嗎？」

徐天胤答道：「有。」

夏芍不說話了，但黃經理愣了，蘇瑜愣了，保全和崔建豪離得遠，沒聽見。

隨即黃經理笑了。

有權？京城有權的人多了，一塊板磚砸下來，砸中十個人，九個是當官的，端看誰的權大。

徐天胤拿出手機，撥了個號碼。他的聲音冷，語氣冷，聽的人更冷，「軍令。第六裝甲師警衛連即刻出動，目標地點市中心保時捷車行，時間一小時。」

夏芍微笑，又咬了一口貓耳朵。

蘇瑜倒吸一口氣，黃經理則是瞪大了眼睛。

警衛連？

警衛連代表什麼，黃經理在京城混，不會不知道。警衛連是正軍正師級單位的標配，平時用來保護指揮機關，戰時可用來保護部隊首長。

黃經理捂著心口，覺得血壓頂得頭都要炸了。

首長？黃經理驚恐地盯著徐天胤，他現在已經無法猜測這個男人的軍銜職務，他腦子裡嗡嗡作響，只記得他下命令的時候提起裝甲師。

他知道一個裝甲師下轄兩個坦克團、三個資訊連、三個步兵戰車團、兩個師屬火砲營、一個警衛連、兩個裝甲戰車團、兩個偵察連、兩個後勤保障營、一個輜重營、一個情報連、兩個輕步團，總兵力一萬三千人。

這個男人難道是師長？家裡也是有背景的？

必然是有背景的，不然他不會敢跟蘇瑜和崔建豪對著幹。

黃經理震驚地看向蘇瑜，都是京城軍區的，難道她不認識？

蘇瑜還真的不認識，她捂著嘴，眼神變了又變。別人對軍隊裡的事不了解，她是軍區大院裡長大的，還能不知道？第六裝甲師是第三十八軍團的。之前沒有注意，只覺得眼前這個男人有點熟悉，想想他的年紀，看看他的氣質，他調動的是警衛連……

蘇瑜的心開始往下沉，「徐……徐將軍？」

徐天胤冷冷地看了蘇瑜一眼，蘇瑜臉色刷白。

黃經理已經不會說話了，他腦中的最後一根弦斷裂，兩眼一翻，暈了過去。

旁邊的銷售人員嚇得叫出來，門口的保全不知道發生了什麼事，所有人都處在震驚中。

徐天胤給警衛連下達的命令是一小時內到達，以裝甲師的師部駐地來說，這個時間要求也算很苛刻了，不過戰時什麼情況都可能遇到，夏芍相信，一個小時內警衛連一定會趕到。

不過，警衛連還沒來，警察先到了。

這些警察來得也不算快，他們雖然離得不遠，但大抵是黃經理打的電話，這些人聽說蘇瑜有麻煩，為了表示重視，還整裝過來。

沒一會兒功夫，車行門口停了七八輛警車，車上下來二三十人，為首的中年男人命人將圍觀的人群隔開，背著手進來。

「這是怎麼回事？」高局長打著官腔，掃視車行一圈，回答他的只有一片死寂。

高局長看見蘇瑜，立刻露出笑容，「蘇小姐，妳有沒有受到驚嚇？」

「沒有。」蘇瑜笑了笑，笑容很僵硬。

高局長覺得蘇小姐一定是受到了驚嚇，瞧這嚇得臉都白了。

他眉頭一皺，覺得不對勁，沒看見報案人，黃經理哪去了？

黃經理被扶去一邊躺著，還在昏死中。其他員工也感覺到事情不對勁，不敢擅自出來回答，便大著膽子掐他的人中，生生把他給掐醒。

黃經理一醒過來就看見高局長，眼前又是一黑，這時幾個不明就裡的保全上來指認，「就是他們兩個，他們行凶打人！」

高局長和身後幾個警察下屬看過去，只見白色跑車上坐著一名眉眼含笑的少女，她正若無其事地吃著貓耳朵。再看少女面前的男人，冷漠至極。

看來，這兩人就是犯案的人了。

「當眾行凶，影響惡劣，給我銬上帶走！」高局長下令。

「使不得！使不得！」黃經理顧不得腦子還暈著，從地上跳起來，衝到高局長面前，一個勁兒點頭哈腰，臉色發苦，「使不得！高局長，這、這都是誤會！不能銬啊，真的不能銬！」

高局長不悅，「黃經理，你不是說你的保全被打了，崔營長被打了……咦，崔營長呢？」

高局長四處看了看，沒發現崔建豪。

崔建豪不在門口，不知道去了哪裡，不過黃經理現在哪有心情管崔建豪，他看看徐天胤，又看看高局長，表情苦得如喪考妣，「高局長，這是誤會！這位、這位是徐將軍，剛才只是有點小誤會而已。呵呵，不信……不信你問蘇小姐。」

黃經理這時候已經不得不把蘇瑜推出去了，蘇瑜的父親是軍團政治部副主任，從級別上來說，還是徐天胤高。

蘇瑜臉色很難看，但也不得不擠出笑來，「是，高局長，這是誤會……這位是徐將軍。」

「徐、徐將軍？」高局長噎住，身後一干下屬全都愣住，「哪位徐將軍？」

黃經理都快哭了，還有哪位？眼前這位都把警衛連調來了，一會兒就到，而你們這群警察磨磨蹭蹭半小時才到，人家差不多都快到了。

沒人回答，高局長卻慢慢變了臉色。

「徐、徐司令？」

徐天胤冷淡地點頭。

「哎呀，徐將軍，幸會幸會！」高局長立刻變臉，換上熱切的笑容，激動地與徐天胤握手，握完手一轉頭，怒斥黃經理：「黃經理，這是怎麼回事？你給我一個交代！」

黃經理覺得今天真的應該看看黃曆，最初他以為車行裡來了蘇瑜和崔建豪是莫大的榮耀，哪知道在兩人之前還有個徐天胤。

徐天胤可是共和國最年輕的少將，徐家什麼背景不用多說，說句不好聽的話，徐老爺子要是去世，中央首長都要親自為他老人家開追悼會，全國悼念。

黃經理垂頭喪氣，忽然覺得前途暗淡。

高局長狠狠瞪了他一眼，目光轉向徐天胤身後。

他打量了一下夏芍，這才露出恍然的表情，「哎呀，這位莫非是夏董？」

夏芍笑了笑，從車蓋上下來，禮貌地伸手跟高局長握了握，問：「高局長，黃經理報案，需要問問案情，或者去警局做筆錄嗎？」

「夏董哪兒的話！」高局長擺擺手，笑容很自然，只是暗暗觀察夏芍的臉色，見她說這話並無憤慨，也不炫耀，看起來並沒有要追究的意思。

高局長鬆了一口氣，回頭就瞪黃經理，「黃經理，你連誤會都沒弄清楚就報警？你這是妨害警方工作，要接受懲處的！」

黃經理耷拉著腦袋，面如死灰，連看夏芍都不敢，他今晚算是把這姑奶奶給得罪了。聽說徐司令曾經在京城大學的開學典禮上求婚，外界傳言這位冷面少將對夏董非常寵溺，今晚也算是見識了，堂堂徐家嫡孫，堂堂少獎，竟去排隊幫女朋友買點心，誰會相信？

這位夏董也是，明明平時看報導看了不少，今晚怎麼就沒能認出來？

他卻不想想他只認蘇瑜和崔建豪，兩眼只望權貴，哪裡會看得到穿著尋常的徐天胤和夏芍？若兩人不主動表明身分，他只怕看都不會多看一眼。

況且若沒有傳出徐天胤求婚的事，即便今晚黃經理認出了夏芍，也未必會以理辦事，畢竟和夏芍看上同輛車的人是蘇瑜。普天之下，權大還是錢大，不必問也知道黃經理會怎麼選。

有錢的人遇上官都沒處說理了，何況沒錢沒勢的普通百姓？

而他身旁為夏芍推薦新車的銷售人員卻是盯著夏芍，眼睛眨也不眨。

天啊，居然是夏董！

她臉上火辣辣的，她竟會覺得夏董沒錢買一百多萬的車？雖然她搞不懂為什麼這麼有錢還要問價錢，但這就像她搞不懂為什麼夏芍和徐天胤要這麼低調一樣，或許就是有不愛顯擺的人。

可惜，黃經理和她都打了眼，錯過了貴人。

這時，蘇瑜也正在打量夏芍，她也是沒認出她來。慈善拍賣會的時候，以她的身分，本也被邀請，但她和未婚夫王卓在國外度假，也就沒有見過。即便是看過報導，也沒一眼就認出來。

夏芍見蘇瑜望來，只是微微一笑，又退回去坐在車蓋上，繼續吃她的貓耳朵。她的態度讓蘇瑜眉毛豎起，她這是什麼態度？

不管怎麼說，她是王家的準兒媳，夏芍又算什麼？不過是徐天胤求了個婚，現在徐家都沒對外承認她，兩人相比，明顯是她高她一頭，憑什麼她的態度這麼怠慢？一個生意人而已。

蘇瑜忘了，她的准未婚夫也只是一個生意人。

當然，即便她想起這事來，她也會覺得王卓出身比夏芍高貴多了。

「有水嗎？」徐天胤忽然開口，看向黃經理身旁那名女銷售人員。銷售人員一愣，以為徐天胤口渴了，趕緊去拿，聽徐天胤又補充了一句：「溫的。」

銷售人員很快就回來，眼不敢抬，敬茶似的把水遞給徐天胤。

徐天胤將水杯握在手裡試了試水溫，然後遞給夏芍，「喝。」

夏芍笑著把杯子捧過去喝了一口。

高局長呵呵一笑，黃經理臉色又灰一層，蘇瑜則咬著唇，開始喘氣。

她是王家的準兒媳，在外人看來，她的未來婚姻也算美好的。有王家的背景，王卓再不成器，家裡都可以供他一世吃喝，而王卓對她也算好，再怎麼花天酒地，她是他的正牌未婚妻，他在正式場合，陪在他身邊的只能是她，其他女人都沒資格。

但只有她知道，男人再不吝錢財，不吝給予正室的地位，也不及他給妳一丁點寵愛。那才是女人想要的，也是女人真正能倚仗的。

聽說徐老爺子最恨徐家子弟跟人拚權勢，徐天胤為了這個女人竟不惜動用警衛連。這裡可是鬧區，他就不怕徐老爺子訓斥嗎？

這時，門口又一陣騷動，二十名荷槍實彈的武警從車裡下來，領頭的隊長見車行門口停了好幾輛警車，便帶人衝進來，喝問：「京城武警總隊二分隊，奉命現場防暴，暴亂份子是否已經制伏？人質是否已經救出？」

高局長不知道竟然還叫了武警來，頓時瞪向黃經理。黃經理縮在眾人的陰影裡，不敢瞪蘇瑜，只低頭拿眼去覷她。蘇瑜嘴唇都快咬破了，深吸一口氣，看向徐天胤。

徐天胤看著夏芍，夏芍左手水杯，右手貓耳朵，相當的自在。

武警二分隊的張隊長看見蘇瑜，便問道：「蘇小姐，您沒事了？」

蘇瑜此刻的臉色已經難以形容。沒事？她看起來像是沒事嗎？可除了沒事，她還能怎麼答？說有事，然後讓這隊武警圍了徐天胤，讓高局長再跟黃經理似的跳起來，說使不得誤會了？

「沒事。」好半天，蘇瑜才從牙縫裡擠出兩個字。

「啊？」張隊長愣了。真沒事？怎麼蘇小姐的臉色這麼差？

高局長笑著走過來跟張隊長握手，「張隊長，沒事，一場誤會而已。」

張隊長更困惑了。

這時幾名警察跟著高局長過來，把事情小聲對著張隊長一嘀咕。張隊長看向徐天胤和夏芍，臉色變了又變，最後轉身揮手，帶著人出去，掏出手機打電話回去彙報。

蘇瑜看見張隊長出去，目光頻變，今晚的事要怎麼跟跟劉叔叔交代？

然而，今晚的亂子似乎還嫌不夠多，張隊長剛帶著人出去，便聽遠處又有呼嘯聲傳來。

張隊長張著嘴，電話打到一半都忘了說話。

軍車停下，裡面下來百來名氣勢洶洶的小兵，為首的是臉色陰霾的崔建豪，崔建豪捂著肋骨，吸氣都疼，卻咬牙逞強，揮手道：「給我把車行圍了！」

「是！」一群荷著步槍的小兵上前，看也不看身旁的武警，眨眼的功夫便圍住車行。

崔建豪走進去，見警察和武警都到了，就知道人肯定走不了，他一踏進去便道：「高局長，把人交給我就行了。」

高局長這回笑不出來了，警察、武警、軍隊都到了，京城好久沒鬧過這麼大的事了，接下來要怎麼收場才好？

「崔營長，這事是……」是誤會。

但這話沒說出來，高局長的聲音就堵在喉嚨裡。

門口再次傳來騷動聲，又有一批車開過來了，這次還是軍車，但與崔建豪帶來的軍車有很大的區別，這次來的像是野戰部隊的車。

車行門口已經停滿了車，可後來的軍車裡下來的人卻都面無表情，下車列隊集合，不過三秒，百人的隊伍迅速，軍靴整齊劃一地踏在地上，一步一步走進車行。

門口先到的那些小兵看看自己手裡的步槍，再看看人家的高端配備，一個個瞪大了眼，不知道發生了什麼事。見這百人隊伍過來，本想上前打聲招呼問問狀況，卻對上一張張沒表情的臉。

百人隊伍的領頭軍人跑進車行，在徐天胤面前的三步遠站定，敬禮稟報：「報告首長同志，第三十八軍團第六裝甲師警衛連，全員全裝按時到達目標地點，集合完畢，請您指示！」

崔建豪看著那個一腳踹斷他三根肋骨的男人，捂著胸口，忽然覺得斷掉的肋骨更疼了……

「繳械，制伏。」徐天胤的命令簡單明瞭。

「是！」那名軍人應聲領命，朝百人隊伍喝道：「繳械！制伏！」

崔建豪的父親是總後勤部的，今晚他招來的小兵自然也是後勤部的兵。後勤部的兵遇上烈日風吹裡打熬出來的野戰軍，一個照面的功夫就被繳械制伏在地。

那些小兵都覺得不可思議，為什麼他們要被制伏？難不成打崔少的人是……

這個人是誰，不傻的人心裡都有答案。

第三十八軍團，還能出動警衛連，除了徐家那位，還能有誰？

高局長見狀，陪著笑，「徐將軍，教訓可以，別鬧出人命就行，別鬧出人命就行！」

崔建豪一聽這話，險些沒噴出一口血來。高局長卻是說完話就擺擺手帶著手下走出車行，然後指揮手下驅散人群，而武警分隊的張隊長這時才反應過來，也趕緊幫忙協助驅散圍觀的人潮，豎起警戒線，遠遠地把人都清理出了大半條街。

崔建豪仍震驚地盯著徐天胤。他就是被打傻了，也能猜出徐天胤的身分了。他看看徐天胤，又去看夏芍。知道了徐天胤的身分，夏芍的身分也就呼之欲出了。

崔建豪忽然覺得兩眼發黑，徐天胤今年剛回京城，他小時候也不是在京城長大，很多京城權貴子弟都不認得他，這才鬧出了今天的烏龍事件。

徐天胤雖然回來不久，但因為他是徐家嫡長孫，所以關於他的事，其實自從他走入軍界就沒斷過。聽說這人面冷，在外執行祕密任務建功無數。聽說這人雖冷，卻為了一個女人在京城大學的開學典禮上求婚，而他今天要帶走的，大概就是這個女人……

完了，得罪了徐天胤，回去他老爸還不得剝了他一層皮！

黃經理早就哆嗦著縮到角落去，恨不得自己不存在，而這時候確實也沒人分多餘的目光給他，只留他自己在角落裡暗自擔憂自己的未來。

沒人知道接下來該怎麼收場，高局長和張隊長乾脆以維持秩序為名，躲得遠遠的不進來。

夏芍慢條斯理地吃著她的貓耳朵，蘇瑜看得既怒且喜。

怒的是今晚的事是兩人爭同一輛車引起的，事情發展到如今，她的臉已經丟得不能再丟了，她還不依不饒？而喜的是她不依不饒真是好。夏芍小家子氣又沒見識，以為得了徐天胤的寵便能飛上枝頭，所以恃寵而驕，哪知京城的水深。而她自小在京城長大，自認知道京城子弟拚女人拚錢財拚權勢，打架鬥毆無人敢管是常事，唯獨徐家子弟不行。徐老爺子最恨家中子弟跟人鬥權，徐天哲少年時期在京城便是四少之首，他遇事就從不敢與人以權相爭，圈子裡的人都知道徐家的家教嚴，而這女人顯然不知道。

蘇瑜總算舒心了一點，快意地看著夏芍，夏芍卻百無聊賴地頻頻看向車行門口。

事情都鬧這麼大了，該來的人怎麼還不來呢？

徐天胤與夏芍對視一眼，彼此心照不宣。

徐天胤默默退到車旁，牽起夏芍的手，陪著她等人。

夏芍微微一笑，果然還是師兄了解她。

這些人以為她讓師兄把警衛連調來，是為了給自己撐腰出氣？呵，區區一輛車而已，欺她的，看輕她的，都是些不入流的人，她要給自己出氣，犯得著出動師兄的軍隊嗎？不過，既然人家看得起他們，那就必須有值得的回報。

事情鬧大了，鬧得不可收拾，某些人才會來。

夏芍吃飽了，點心還剩很多。她拿出一個肉餅咬了一口，雖然有點涼，味道還是很香濃，這才遞給徐天胤，笑道：「鬧了一晚上了，師兄吃宵夜。」

「唔。」徐天胤低頭，目光落在夏芍咬的那一口上，眼眸幽黑深邃。隨即，他接過去，很珍惜地咬在那一口上，慢慢嚼慢慢吃。

兩人又是這般旁若無人地曬恩愛，看得蘇瑜咬牙切齒，好在這種情況沒有持續太久，約莫過了十分鐘，有人從車行門口走了進來。

夏芍挑眉，心道，終於來了！

（未完待續）

綺思館
晴空強檔新書
戀愛吧！一切的不可理喻都好可
大神，笑一下嘛
上
雲端／著
AixKira／繪
大神虐她千百遍，她讓大神很哀怨！
寧欺閻羅王，莫惹唐門郎
遇見大神之後，她才知道有些人是不能招惹的
一旦惹上，便是一輩子的事
甜蜜爆笑的網遊愛情小說
晴空
更多精彩書介與活動請上
「晴空萬里」部落格：http://sky.ryefield.com.tw

悅讀NOVEL 007

傾城一諾 7

國家圖書館出版品預行編目資料

傾城一諾 / 鳳今著. -- 臺北市 : 晴空, 城邦文化出版 : 家庭傳媒城邦分公司發行,
2017.07
冊； 公分. --（悅讀NOVEL ; 7-）
ISBN 978-986-94467-5-4（第7冊：平裝）

857.7 106003532

作者	鳳今
責任編輯	施雅棠
國際版權	吳玲瑋 蔡傳宜
行銷	艾青荷 蘇莞婷 黃家瑜
業務	李再星 枏幸君 陳美燕
編輯總監	劉麗真
總經理	陳逸瑛
發行人	凃玉雲
出版	晴空 城邦文化事業股份有限公司 104台北市中山區民生東路二段141號5樓 電話：（886）2-2500-7696 傳真：（886）2-2500-1967 E-mail：bwps.service@cite.com.tw
發行	英屬蓋曼群島商家庭傳媒股份有限公司城邦分公司 104台北市中山區民生東路二段141號2樓 書虫客服服務專線：(886)2-2500-7718；2500-7719 24小時傳真服務：(886)2-2500-1990；2500-1991 服務時間：週一至週五09:30-12:00；13:30-17:00 郵撥帳號：19863813 戶名：書虫股份有限公司 讀者服務信箱E-mail：service@readingclub.com.tw
晴空部落格	http://sky.ryefield.com.tw
香港發行所	城邦（香港）出版集團有限公司 香港灣仔駱克道193號東超商業中心1樓 電話：852-2508-6231 傳真：852-2578-9337 E-mail：hkcite@biznetvigator.com
馬新發行所	城邦（馬新）出版集團【Cite (M) Sdn Bhd】 41, Jalan Radin Anum, Bandar Baru Sri Petaling, 57000 Kuala Lumpur, Malaysia. 電話：(603) 9057-8822 傳真：(603) 9057-6622 Email：cite@cite.com.my
美術設計	洸譜創意設計股份有限公司
印刷	沐春行銷創意有限公司
初版一刷	2017年07月25日
定價	280元
ISBN	978-986-94467-5-4